Donna Leon
Endstation Venedig

Donna Leon

Endstation Venedig

Commissario Brunettis zweiter Fall

Roman

Aus dem Amerikanischen von Monika Elwenspoek

Büchergilde Gutenberg

Für Peggy Flynn

Volgi intorno lo sguardo, o sire, e vedi qual strage orrenda nel tuo nobil regno, fa il crudo mostro. Ah mira allagate di sangue quelle pubbliche vie. Ad ogni passo vedrai chi geme, e l'alma gonfia d'atro velen dal corpo esala.

Blick umher, o König, und sieh, welche Verwüstung das wilde Ungeheuer in deinem stolzen Reich anrichtet! Sieh die offenen Straßen vom Blut überschwemmt! Bei jedem Schritt findest du einen, der stöhnend aus dem vom scheußlichen Gift geschwollenen Leib die Seele aushaucht!

IDOMENEO

1

Die Leiche trieb mit dem Gesicht nach unten im dunklen Wasser des Kanals. Sanft zog die zurückgehende Flut sie zur offenen Lagune hin, die am Ende des Kanals begann. Der Kopf schlug ein paarmal gegen die bemoosten Stufen am Ufer vor der Basilika SS. Giovanni e Paolo, verfing sich dort einen Augenblick und drehte ab, als die Beine in elegant tänzerischem Bogen herumschwangen, den Körper mit sich fortzogen und ihn weiter aufs offene Wasser und die Freiheit zudriften ließen.

Von der nahen Kirche schlug es vier Uhr morgens, und der Sog des Wassers verlangsamte sich wie auf Befehl der Glocke.

Er ließ immer mehr nach, bis der Moment völliger Ruhe zwischen den Gezeiten erreicht war, wenn das Wasser darauf wartet, daß die neue Tide ihr Tagwerk übernimmt. Gefangen in dieser Ruhe schaukelte das leblose Ding auf dem Wasser, dunkel gekleidet und unsichtbar. Die Zeit verstrich im Schweigen, das kurz darauf von zwei vorbeigehenden Männern gebrochen wurde, die sich leise in dem an Zischlauten reichen venezianischen Dialekt unterhielten. Einer schob einen flachen, mit Zeitungen beladenen Wagen und war auf dem Weg zu seinem Kiosk, der andere zu seiner Arbeit im Krankenhaus, das eine ganze Seite des großen, offenen Campo einnahm.

Draußen in der Lagune tuckerte ein kleines Boot vorbei, und kleine, kurze Wellen kräuselten den Kanal, spielten mit der Leiche und drückten sie gegen die Mauer.

Als die Glocken fünf schlugen, stieß in einem der Häuser am Kanal eine Frau die dunkelgrünen Läden ihres Küchenfensters auf, drehte sich um und stellte die Gasflamme unter ihrem Kaffeetopf kleiner. Verschlafen löffelte sie Zucker in eine kleine Tasse, drehte mit geübter Handbewegung das Gas ab und goß mit dickem Strahl den Kaffee in ihre Tasse. Dann umfaßte sie mit beiden Händen die Tasse und trat ans offene Fenster, wo sie, wie jeden Morgen seit Jahrzehnten, zum großen Reiterstandbild des Condottiere Colleoni hinübersah, einst der gefürchtetste aller venezianischen Heerführer, jetzt ein guter Nachbar. Für Bianca Pianaro war dies der friedlichste Augenblick des Tages, und der in ewiges bronzenes Schweigen gegossene Colleoni war der ideale Genosse für diese kostbare, heimliche und stille Viertelstunde.

Sie schlürfte ihren Kaffee, freute sich an dessen Wärme und beobachtete die Tauben, die sich bereits pickend dem Sockel der Statue näherten. Beiläufig schaute sie nach unten, wo das kleine Boot ihres Mannes im dunkelgrünen Wasser dümpelte. Es hatte in der Nacht geregnet, und sie wollte sehen, ob die Plane über dem Boot noch da war. Wenn der Wind sie gelöst hatte, mußte Nino hinuntergehen und das Boot ausschöpfen, bevor er zur Arbeit fuhr. Sie beugte sich vor, um besser sehen zu können.

Zuerst dachte sie, es sei ein Müllsack, den die nächtliche Flut vom Ufer herübergeschwemmt hatte. Aber die Form war seltsam symmetrisch, länglich, mit zwei Ästen, die an den Seiten herausragten, beinah als ob…

»*Oh, Dio*«, japste sie und ließ ihre Kaffeetasse ins Wasser unter sich fallen, nicht weit entfernt von der seltsamen Form, die bäuchlings im Kanal trieb. »Nino, Nino«, schrie sie, während sie sich zum Schlafzimmer umdrehte. »Im Kanal treibt eine Leiche.«

Dieselbe Nachricht, »Im Kanal treibt eine Leiche«, weckte zwanzig Minuten später Guido Brunetti. Er stützte sich auf die linke Schulter und zog das Telefon zu sich aufs Bett. »Wo?«

»Santi Giovanni e Paolo. Vor dem Krankenhaus, Commissario«, antwortete der Polizist, der ihn sofort angerufen hatte, nachdem die Meldung bei der Questura eingegangen war.

»Was ist passiert? Wer hat sie gefunden?« fragte Brunetti, während er die Beine unter der Decke hervorschwang und sich auf die Bettkante setzte.

»Ich weiß nicht, Commissario. Ein Mann namens Pianaro hat es telefonisch gemeldet.«

»Und warum rufen Sie mich an?« wollte Brunetti wissen, wobei er gar nicht erst versuchte, seine Verärgerung zu verbergen, die eindeutig ausgelöst war durch einen Blick auf das leuchtende Zifferblatt des Weckers: fünf Uhr einunddreißig. »Was ist mit der Nachtschicht? Ist denn keiner da?«

»Sie sind alle nach Hause gegangen, Commissario. Ich habe Bozzetti angerufen, aber seine Frau sagt, er ist noch nicht zu Hause.« Die Stimme des jungen Mannes wurde immer unsicherer, während er sprach. »Da habe ich Sie angerufen, weil ich wußte, daß Sie Tagschicht haben.«

Und die begann, wie Brunetti sich sagte, in zweieinhalb Stunden. Er schwieg.

»Sind Sie noch da, Commissario?«

»Ja, ich bin da. Und es ist halb sechs.«

»Ich weiß«, greinte der junge Mann. »Aber ich konnte sonst niemanden erreichen.«

»Schon gut, schon gut. Ich gehe hin und sehe mir die Sache an. Schicken Sie mir ein Boot. Sofort.« Angesichts der Uhrzeit und der Tatsache, daß die Nachtschicht schon weg war, fragte er: »Ist jemand da, der es herbringen kann?«

»Ja, Commissario. Bonsuan ist eben gekommen. Soll ich ihn schicken?«

»Ja, und zwar sofort. Und rufen Sie die anderen von der Tagschicht an. Sie sollen mich dort treffen.«

»Ja, Commissario«, antwortete der junge Mann, dem man die Erleichterung darüber anhörte, daß jemand die Sache übernahm. »Und benachrichtigen Sie Dottore Rizzardi. Bitten Sie ihn, so schnell wie möglich hinzukommen.«

»Ja, Commissario. Noch etwas, Commissario?«

»Nein, nichts weiter. Aber schicken Sie das Boot. Sofort. Und sagen Sie den anderen, wenn sie vor mir da sind, sollen sie absperren. Niemand darf in die Nähe der Leiche.« Wie viele Beweise wurden schon vernichtet, während er jetzt sprach, wie viele Zigarettenkippen weggeworfen, wie viele Paar Schuhe waren übers Pflaster geschlurft? Ohne ein weiteres Wort legte Brunetti auf.

Neben ihm im Bett regte sich Paola und sah mit einem Auge zu ihm auf, das andere war von ihrem schützend gegen das Licht erhobenen nackten Arm verdeckt. Sie gab einen Laut von sich, den er aus langer Erfahrung als Frage erkannte.

»Eine Leiche im Kanal. Sie kommen mich abholen. Ich rufe dich an.«

Der Laut, mit dem sie das aufnahm, klang zustimmend. Sie drehte sich auf den Bauch und schlief schon wieder, sicher der einzige Mensch in der ganzen Stadt, den es nicht interessierte, daß in einem der Kanäle eine Leiche trieb.

Er zog sich rasch an, beschloß aufs Rasieren zu verzichten und ging in die Küche, um zu sehen, ob noch Kaffee da war. Er öffnete den Deckel der Caffettiera und stellte fest, daß noch ein kleiner Rest vom Abend übrig war. Obwohl er aufgewärmten Kaffee verabscheute, schüttete er ihn in einen Topf und drehte die Gasflamme hoch, während er dabeistand und wartete, daß es kochte. Als es soweit war, goß er das dickflüssige Gebräu in eine Tasse, löffelte drei Stück Zucker hinein und trank schnell aus.

Das Klingeln der Türglocke zeigte die Ankunft des Polizeiboots an. Er warf einen Blick auf seine Armbanduhr. Acht Minuten vor sechs. Das mußte Bonsuan sein, kein anderer war in der Lage, ein Boot so schnell hierherzubringen. Er holte ein wollenes Jackett aus dem Schrank neben der Wohnungstür. Septembermorgen konnten kalt sein, und womöglich war es auch noch windig bei SS. Giovanni e Paolo, so nah am offenen Wasser der Lagune.

Am Fuß der fünf Treppen angelangt, öffnete er die Haustür und stand Puccetti gegenüber, einem Rekruten, der noch keine fünf Monate bei der Polizei war.

»*Buon giorno,* Signor Commissario«, sagte Puccetti fröhlich und salutierte. Viel mehr Lärm und Bewegung, als Brunetti zu dieser Stunde für angemessen hielt.

Er antwortete mit einer Handbewegung und eilte die schmale Calle entlang, in der er wohnte. Auf dem Wasser sah er das Polizeiboot mit seinem rhythmisch blinkenden Blaulicht am Landesteg liegen. Am Steuer erkannte er Bonsuan, einen Polizeibootführer, in dessen Adern das Blut zahlloser Generationen von Buranofischern floß – Blut, das sich inzwischen mit Lagunenwasser gemischt haben mußte – und der ein instinktives Wissen über Gezeiten und Strömungen in sich trug, das es ihm erlaubt hätte, die Kanäle der Stadt mit geschlossenen Augen zu durchfahren.

Bonsuan, vierschrötig und vollbärtig, quittierte Brunettis Ankunft mit einem Nicken, ebenso ein Zugeständnis an die Tageszeit wie an seinen Vorgesetzten. Puccetti sprang an Deck zu zwei dort wartenden, uniformierten Polizisten. Einer von ihnen machte die Leine los, und Bonsuan lenkte das Boot rasch rückwärts hinaus in den Canal Grande, wo er es scharf herumschwang und zurück in Richtung Rialto-Brücke fuhr. Sie glitten unter der Brücke hindurch und in einen Einbahnkanal zur Rechten. Kurz darauf bogen sie nach links ab, dann wieder rechts. Brunetti stand an Deck, den Kragen gegen den Wind und die morgendliche Kühle hochgeschlagen. Die Boote auf beiden Seiten des Kanals schaukelten in ihrem Kielwasser, und andere, die mit frischem Obst und Gemüse von Sant' Erasmo hereinkamen, wichen beim Anblick des Blaulichts seitlich in den Schutz der Häuser aus.

Endlich bogen sie in den Rio dei Mendicanti, den Kanal, der neben dem Krankenhaus und dann hinaus in die Lagune floß, genau gegenüber dem Friedhof. Die Nähe des Friedhofs war höchstwahrscheinlich Zufall, doch die meisten Venezianer, die eine Behandlung im Krankenhaus überlebt hatten, sahen in der Lage des Friedhofs einen stummen Kommentar zur Tüchtigkeit des Krankenhauspersonals.

Auf halbem Weg sah Brunetti zur Rechten eine kleine Menschengruppe zusammengedrängt am Ufer stehen. Bonsuan brachte das Boot fünfzig Meter weiter vorne zum Halten, ein in Brunettis Augen absolut nutzloser Versuch, irgendwelche Spuren am Fundort der Leiche durch ihre Ankunft nicht zu zerstören.

Einer der Polizisten kam zum Boot und streckte Brunetti die Hand entgegen, um ihm beim Aussteigen behilflich zu sein. »*Buon giorno,* Signor Commissario. Wir haben ihn herausgeholt, aber wie Sie sehen, haben wir schon Gesellschaft bekommen.« Er deutete auf die neun oder zehn Leute, die sich um etwas auf dem Boden scharten und mit ihren Körpern Brunettis Blick darauf verdeckten.

Der Polizist wandte sich wieder den Leuten zu und sagte im Gehen: »Polizei. Zurücktreten, bitte.« Das Nahen der beiden Männer, nicht der Befehl, bewog die Leute Platz zu machen.

Auf dem Boden sah Brunetti den Körper eines jungen Mannes auf dem Rücken liegen, dessen offene Augen ins Morgenlicht starrten. Neben ihm standen zwei Polizisten, die Uniformen bis an die Achseln durchnäßt. Beide salutierten, als sie Brunetti sahen. Sowie sie die Hände wieder an die Hose legten, tropfte neben ihnen Wasser auf den Boden. Er erkannte sie. Luciani und Rossi, beides gute Leute.

»Und?« fragte Brunetti, während er auf den Toten hinuntersah.

Luciani, der Dienstältere, antwortete: »Er trieb im Kanal, als wir ankamen, Dottore. Ein Mann in dem Haus da drüben«, er deutete auf ein ockerfarbenes Haus auf der gegenüberliegenden Seite des Kanals, »hat uns angerufen. Seine Frau hat ihn entdeckt.«

Brunetti drehte sich um und schaute zu dem Haus hinüber. »Vierter Stock«, erklärte Luciani. Brunetti hob den Blick und sah gerade noch eine Gestalt vom Fenster zurückweichen. Während er sich das Gebäude und die Nachbarhäuser genauer ansah, bemerkte er eine ganze Reihe dunkler Schatten an den Fenstern. Einige zogen sich zurück, als er hinschaute, andere nicht.

Brunetti wandte sich wieder Luciani zu und bedeutete ihm mit einem Kopfnicken fortzufahren. »Er trieb in der Nähe der Treppe, aber wir mußten ins Wasser, um ihn herauszubekommen. Ich habe ihn auf den Rücken gelegt. Zur Wiederbelebung. Aber es war hoffnungslos, Commissario. Wie es aussieht, ist er schon lange tot.« Seine Stimme klang abbittend, beinah als würde der erfolglose Versuch, dem jungen Mann wieder Leben einzuhauchen, die Endgültigkeit seines Todes noch unterstreichen.

»Haben Sie die Leiche durchsucht?« fragte Brunetti.

»Nein. Als wir sahen, daß wir nichts tun konnten, hielten wir es für das beste, ihn für den Arzt so liegenzulassen.«

»Gut, gut«, murmelte Brunetti. Luciani erschauerte, entweder vor Kälte oder in Erkenntnis seines Mißerfolgs, und kleine Wassertropfen fielen unter ihm zu Boden.

»Sie beide gehen jetzt nach Hause. Nehmen Sie ein Bad, essen Sie was. Und trinken Sie etwas gegen die Kälte.« Beide Männer lächelten bei diesen Worten, dankbar für den Vorschlag. »Und nehmen Sie das Boot. Bonsuan bringt Sie heim. Beide.«

Die Männer bedankten sich und drängten sich durch die Menschentraube, die in den letzten Minuten seit Brunettis Ankunft größer geworden war. Er wandte sich an einen der beiden Uniformierten, die mit ihm gekommen waren. »Drängen Sie die Leute zurück, dann lassen Sie sich Namen und Adressen geben, von allen«, ordnete er an. »Fragen Sie, wann sie hier angekommen sind und ob sie heute morgen irgend etwas Ungewöhnliches gesehen oder gehört haben. Danach schicken Sie sie nach Hause.« Er verabscheute diese Leichenfledderer, die sich stets an Orten des Todes einfanden, und hatte nie verstanden, welche Faszination der Tod für viele hatte, besonders in seiner gewaltsamen Form.

Er sah sich wieder das Gesicht des jungen Mannes auf dem Boden an, das jetzt Gegenstand so vieler mitleidloser Blicke war. Ein gutaussehender Mann mit kurzem, blondem Haar, das dunkler wirkte durch die Nässe, die eine Pfütze rings um ihn bildete. Seine Augen waren von einem klaren, durchsichtigen Blau, sein Gesicht wirkte symmetrisch, die Nase schmal und wohlgeformt.

Hinter sich hörte Brunetti die Stimmen der Polizisten, die begannen, die Menge zurückzudrängen. Er rief Puccetti zu sich und ignorierte das erneute Salutieren des jungen Mannes. »Puccetti, gehen Sie zu den Häusern da drüben auf der anderen Seite des Kanals, und fragen Sie, ob jemand etwas gehört oder gesehen hat.«

»In welcher Zeit, Commissario?«

Brunetti überlegte kurz und bedachte den Mondstand. Vor zwei Nächten hatten sie Neumond gehabt; die Flut war demnach nicht stark genug gewesen, um die Leiche sehr weit zu tragen. Er würde Bonsuan danach fragen. Die Hände des Toten waren seltsam runzlig und weiß, ein sicheres Zeichen, daß er lange im Wasser gelegen hatte. Wenn er erst wußte, wie lange der junge Mann schon tot war, würde er es Bonsuan überlassen, auszurechnen, wie weit es ihn abgetrieben haben konnte. Und von woher. Inzwischen mußte er Puccetti eine Antwort geben. »Fragen Sie nach der ganzen vergangenen Nacht. Und sperren Sie die Stelle ab. Schicken Sie die Leute nach Hause, wenn möglich.« – Kaum möglich, wie er wußte. Venedig hatte seinen Bürgern wenige Ereignisse dieser Art zu bieten; sie würden nur widerwillig gehen.

Er hörte ein weiteres Boot kommen. Eine zweite weiße Polizeibarkasse bog mit blinkendem Blaulicht in den Kanal ein und hielt an derselben Landestelle, die Bonsuan benutzt hatte. Auch auf diesem Boot waren drei Uniformierte und ein Mann in Zivil. Wie Sonnenblumen wandten die Gesichter der Menge sich vom Gegenstand ihrer bisherigen Aufmerksamkeit zu den Männern, die aus dem Boot sprangen und auf sie zukamen.

Voran ging Dr. Ettore Rizzardi, der Leichenbeschauer der Stadt. Unberührt von den Blicken, die auf ihm lagen, trat er auf Brunetti zu und streckte freundlich die Hand aus. »*Buon di*, Guido. Was ist los?«

Brunetti trat zur Seite, so daß Rizzardi sehen konnte, was zu ihren Füßen lag. »Er war im Kanal. Luciani und Rossi haben ihn herausgezogen, aber sie konnten nichts mehr tun. Luciani hat es versucht, aber es war zu spät.«

Rizzardi nickte und grunzte etwas dazu. Die verschrumpelte Haut an den Händen sagte ihm, daß es für jede Hilfe zu spät gewesen war.

»Sieht aus, als ob er lange da drin gelegen hätte, Ettore. Aber Sie können es mir sicher genauer sagen.«

Rizzardi nahm dieses Kompliment nur als recht und billig entgegen und wandte seine Aufmerksamkeit der Leiche zu. Als er sich darüberbeugte, wurde das Zischeln in der Menge noch lebhafter. Er beachtete es nicht, stellte seine Tasche sorgsam auf ein trockenes Fleckchen neben dem Toten und bückte sich.

Brunetti machte kehrt und trat auf die vorderste Reihe der Leute zu, die inzwischen dichtgedrängt standen.

»Wenn Sie Ihre Personalien angegeben haben, können Sie gehen. Es gibt nichts weiter zu sehen. Sie können also ruhig gehen, alle.« Ein alter Mann mit grauem Bart neigte sich energisch nach links, um an Brunetti vorbei sehen zu können, was der Arzt an der Leiche machte. »Ich sagte, Sie können gehen.« Brunetti sprach den Alten direkt an. Der richtete sich auf, warf Brunetti einen völlig abwesenden Blick zu und beugte sich wieder zur Seite, nur am Tun des Arztes interessiert. Eine alte Frau riß ärgerlich an der Leine ihres Terriers, sichtlich in Wut über diesen neuerlichen Beweis polizeilicher Brutalität. Die Uniformierten gingen langsam an der Menge entlang und bewegten sie sanft mit einem Wort oder dem Druck einer Hand gegen eine Schulter zum Gehen. Der letzte war der alte Mann mit dem Bart, der nur bis zu dem Eisengeländer zurückging, das die Statue von Colleoni umgab, sich dagegen lehnte und sich weigerte, den Campo zu verlassen oder seine Rechte als Bürger preiszugeben.

»Guido, kommen Sie doch mal einen Augenblick her«, rief Rizzardi von hinten.

Brunetti drehte sich um und trat neben den knienden Arzt, der das Hemd des Toten hochgeschoben hatte. Etwa fünfzehn Zentimeter oberhalb der Taille sah Brunetti auf der linken Seite einen horizontalen Strich, an dessen ausgefransten Rändern das Fleisch merkwürdig graublau aussah. Er kniete sich neben Rizzardi in eine kalte Pfütze, um besser sehen zu können. Der Schnitt war etwa so lang wie sein Daumen und klaffte, wahrscheinlich weil die Leiche so lange im Wasser gelegen hatte, seltsam blutlos auseinander.

»Das ist nicht irgendein Tourist, der zuviel getrunken hat und dann in den Kanal gefallen ist, Guido.«

Brunetti nickte in stillschweigender Übereinstimmung. »Was könnte so etwas verursachen?« fragte er mit einer Kopfbewegung zu der Wunde hin.

»Ein Messer mit breiter Klinge. Und wer immer das getan hat, war entweder sehr gut oder hatte sehr viel Glück.«

»Wie meinen Sie das?« fragte Brunetti.

»Ich will jetzt nicht allzuviel darin herumstochern, bevor ich ihn nicht aufmachen und mir das genau ansehen kann«, sagte Rizzardi. »Aber wenn der Winkel stimmt, und soweit ich sehen kann, deutet alles darauf hin, dann hatte er einen geraden Weg zum Herzen. Keine Rippen dazwischen, gar nichts. Schon der geringste Schub, das kleinste bißchen Druck, und der andere ist tot.« Rizzardi wiederholte: »Entweder sehr gut, oder sehr viel Glück.«

Brunetti sah nur die Breite der Wunde; er hatte keine Ahnung von dem Verlauf, den sie innerhalb des Körpers nahm. »Hätte es auch etwas anderes sein können? Ich meine, etwas anderes als ein Messer?«

»Ganz sicher kann ich nicht sein, bevor ich mir das innere Gewebe genauer angesehen habe, aber ich glaube nicht.«

»Und Ertrinken? Wenn der Stich sein Herz nicht erreicht hätte, könnte er dann trotzdem ertrunken sein?«

Rizzardi ging in die Hocke, wobei er vorsichtig die Schöße seines Regenmantels zusammenraffte, um ihn vor der Nässe zu bewahren. »Nein, kaum. Wenn das Herz verfehlt wurde, wäre er nicht schwer genug verletzt gewesen, um sich nicht noch selbst aus dem Wasser zu retten. Sehen Sie nur, wie blaß er ist. Ich glaube, so ist es passiert: Ein einziger Stich. Und der richtige Winkel. Dann wäre der Tod fast augenblicklich eingetreten.« Er richtete sich auf und sagte: »Armer Teufel.« Von allem, was an diesem Morgen über den jungen Mann gesprochen wurde, kam das wohl einem Totengebet am nächsten. »Ein gutaussehender Junge, und seine Kondition war hervorragend. Ich würde sagen, er war Sportler, oder zumindest jemand, der sehr auf sich achtete.« Er beugte sich wieder über die Leiche und strich mit einer seltsam väterlich anmutenden Geste über die Augen des Toten, um sie zu schließen. Eines wollte nicht zugehen, das andere schloß sich für einen Moment, öffnete sich dann wieder und starrte gen Himmel. Rizzardi murmelte etwas vor sich hin, nahm ein Taschentuch aus seiner Brusttasche und legte es dem jungen Mann übers Gesicht.

»Bedecke sein Antlitz. Er starb jung«, murmelte Brunetti.

»Wie bitte?«

Brunetti zuckte die Achseln. »Ach, nichts. Etwas, was Paola immer sagt.« Er wandte den Blick von dem jungen Mann ab, betrachtete einen Moment die Fassade der Basilika und ließ ihre Symmetrie beruhigend auf sich einwirken. »Wann können Sie mir Genaueres sagen, Ettore?«

Rizzardi warf einen kurzen Blick auf seine Armbanduhr. »Wenn Ihre Leute ihn gleich zur Friedhofsinsel rausbringen, kann ich ihn mir heute vormittag noch vornehmen. Rufen Sie mich nach dem Mittagessen an, dann weiß ich mehr. Aber ich glaube nicht, daß es Zweifel gibt, Guido.« Der Arzt zögerte etwas, weil er Brunetti nicht gern in seine Arbeit hineinreden wollte, dann fragte er: »Sehen Sie nicht seine Taschen durch?«

Auch wenn er das in seinem Beruf schon viele Male getan hatte, widerstrebte Brunetti dieses allererste Eindringen in die Intimsphäre eines Toten immer noch, diese erste schreckliche Machtausübung des Staates gegenüber denen, die dahingegangen waren. Er haßte es, in ihren Tagebüchern und Schubladen herumstöbern, ihre Briefe durchlesen und ihre Kleidung befingern zu müssen.

Aber da sich die Leiche ohnehin nicht mehr am Fundort befand, bestand kein Grund, sie unberührt zu lassen, bis der Fotograf die genaue Lage beim Tod festgehalten hätte. Er hockte sich neben den jungen Mann und schob seine Hand in dessen Hosentasche. Er fand ein paar Münzen und legte sie neben ihn. In der anderen Tasche war ein einfacher Metallring mit vier Schlüsseln. Unaufgefordert beugte Rizzardi sich herunter und half, den Toten auf die Seite zu drehen, damit Brunetti in die Gesäßtaschen fassen konnte. In einer steckte ein durchnäßtes gelbes Stück Papier, eindeutig eine Fahrkarte, in der anderen eine Papierserviette, ebenso durchweicht. Er nickte Rizzardi zu, und sie ließen den Körper auf den Boden zurückgleiten.

Brunetti hob eine der Münzen auf und hielt sie dem Arzt hin.

»Was ist das?« wollte Rizzardi wissen.

»Amerikanisches Geld. Fünfundzwanzig Cents.« In Venedig schien das ein seltsamer Fund in der Tasche eines Toten.

»Ah, das könnte es sein«, meinte der Arzt. »Ein Amerikaner.«

»Was?«

»Warum er in so guter Verfassung ist«, antwortete Rizzardi, ohne sich der traurigen Ungereimtheit der Gegenwartsform bewußt zu sein. »Das könnte die Erklärung sein. Die sind immer so fit, so gesund.« Gemeinsam sahen sie den Körper an, die schmale Taille unter dem noch immer offenen Hemd.

»Wenn er Amerikaner ist, erkenne ich es an den Zähnen«, sagte Rizzardi.

»Wieso?«

»An der zahnärztlichen Arbeit. Sie benutzen andere

Techniken, besseres Material. Wenn an den Zähnen etwas gemacht worden ist, kann ich Ihnen heute nachmittag sagen, ob er Amerikaner ist.«

Wäre er nicht Brunetti gewesen, er hätte Rizzardi vielleicht gebeten, sofort nachzusehen, aber er sah keinen Grund zur Eile und wollte auch dieses junge Gesicht nicht noch einmal stören. »Danke, Ettore. Ich schicke einen Fotografen zu Ihnen hinaus, um ein paar Aufnahmen zu machen. Ob Sie wohl seine Augen schließen können?«

»Aber sicher. Ich sorge dafür, daß er so natürlich aussieht wie möglich. Aber für die Fotos wollen Sie die Augen doch wohl offen haben, oder?«

Um ein Haar hätte Brunetti gesagt, er wolle diese Augen nie wieder offen sehen, aber er hielt sich zurück und sagte statt dessen: »Ja, ja natürlich.«

»Und schicken Sie jemanden für die Fingerabdrücke, Guido.«

»Ja.«

»Gut. Dann rufen Sie mich gegen drei Uhr an.« Sie gaben sich kurz die Hand, und Dr. Rizzardi nahm seine Tasche vom Boden. Ohne sich zu verabschieden, ging er über den Platz auf das riesige, offene Portal des Krankenhauses zu, zwei Stunden zu früh bei der Arbeit.

Während sie die Leiche inspiziert hatten, waren weitere Polizisten gekommen, es mußten inzwischen acht sein, die jetzt in etwa drei Meter Entfernung den Toten in einem Halbkreis abriegelten. »Sergente Vianello«, rief Brunetti, und einer von ihnen trat aus der Reihe und kam zu ihm.

»Nehmen Sie zwei Ihrer Leute, bringen Sie ihn zum Boot, und schaffen Sie ihn nach San Michele hinüber.«

Während das geschah, nahm Brunetti seine Betrachtung der Basilika wieder auf und ließ den Blick über die hochragenden Türmchen gleiten. Dann schaute er über den Campo zur Statue von Colleoni hinüber, die vielleicht Zeuge des Verbrechens gewesen war.

Vianello trat zu ihm. »Ich habe ihn nach San Michele bringen lassen, Commissario. Noch etwas?«

»Ja. Gibt es hier in der Nähe eine Bar?«

»Da drüben, Commissario, hinter der Statue. Sie macht um sechs Uhr auf.«

»Gut. Ich brauche einen Kaffee.« Während sie zu der Bar hinübergingen, begann Brunetti, Anordnungen zu geben. »Wir brauchen Taucher, zwei. Sie sollen da anfangen, wo die Leiche gefunden wurde. Ich möchte alles haben, was wie eine Waffe aussieht: ein Messer, Klinge etwa zwei Zentimeter breit. Aber es kann auch etwas anderes gewesen sein, sogar ein einfaches Stück Metall. Lassen Sie also alles herausholen, was eine derartige Wunde verursacht haben könnte. Werkzeug, alles.«

»Ja, Commissario«, sagte Vianello, während er im Gehen versuchte, sich alles zu notieren.

»Dottor Rizzardi teilt uns heute nachmittag den Zeitpunkt des Todes mit. Sobald wir den haben, möchte ich mit Bonsuan sprechen.«

»Wegen der Gezeiten, Commissario?« fragte Vianello, der gleich verstand.

»Ja. Und fangen Sie schon mal an, sich bei den Hotels zu erkundigen. Ob jemand vermißt wird, besonders Amerikaner.« Er wußte, daß die Männer das nicht gern machten, diese endlosen Anrufe in den Hotels, deren bei der Polizei aufliegende Liste Seiten umfaßte. Und nach den Hotels kamen die Pensionen und Gästehäuser, noch mehr Seiten voller Namen und Telefonnummern.

Die dumpfige Wärme der Bar war tröstlich und vertraut, wie auch der Geruch nach Kaffee und Gebäck. Ein Mann und eine Frau standen am Tresen, warfen einen Blick auf den Uniformierten und wandten sich wieder ihrem Gespräch zu. Brunetti bestellte einen Espresso, Vianello einen *caffè corretto*, schwarzen Kaffee mit einem kräftigen Schuß Grappa. Als der Barmann die Tassen vor sie hinstellte, tat sich jeder der beiden zwei Stück Zucker hinein und nahm die warme Tasse einen Augenblick zwischen die Hände.

Vianello trank seinen Kaffee mit einem Schluck, stellte die Tasse auf den Tresen zurück und fragte: »Noch etwas, Commissario?«

»Erkundigen Sie sich nach der Drogenszene in der Umgebung. Wer wo dealt. Stellen Sie fest, ob in der Gegend schon jemand im Zusammenhang mit Drogen oder Straßenkriminalität polizeilich aufgefallen ist: Dealen, Fixen, Klauen, alles. Und bringen Sie in Erfahrung, wo die zum Drücken hingehen, in welche dieser Calli, die als Sackgassen am Kanal enden; ob es eine Stelle gibt, wo morgens Spritzen herumliegen.«

»Glauben Sie, daß es um Drogen geht, Commissario?«

Brunetti trank seinen Espresso aus und bedeutete dem Barmann, ihm einen zweiten zu bringen. Ohne die Antwort abzuwarten, schüttelte Vianello rasch verneinend den Kopf, aber Brunetti sagte: »Ich weiß nicht, möglich wäre es. Überprüfen wir das also als erstes.«

Vianello nickte und schrieb in sein Notizbuch, bevor er es in die Brusttasche steckte und nach seinem Portemonnaie griff.

»Nein, nein«, meinte Brunetti. »Das übernehme ich. Gehen Sie zum Boot und rufen Sie wegen der Taucher an. Und lassen Sie Ihre Leute Sperren aufstellen. Die Zugänge zum Kanal müssen abgesperrt werden, solange die Taucher arbeiten.«

Vianello bedankte sich mit einem Kopfnicken für den Kaffee und ging. Durch die beschlagenen Fenster der Bar sah Brunetti dem Treiben auf dem Campo draußen zu. Er beobachtete, wie die Leute von der Hauptbrücke kamen, die zum Krankenhaus führte, die Polizei zu ihrer Rechten sahen und dann die Umstehenden fragten, was los sei. Die meisten blieben stehen und schauten von den dunkel Uniformierten, die immer noch herumliefen, zu der Polizeibarkasse, die am Rand des Kanals schaukelte. Dann, nachdem sie absolut nichts Besonderes feststellen konnten, gingen sie weiter ihren Beschäftigungen nach. Der alte Mann lehnte immer noch an dem eisernen Geländer. Selbst nach all den Jahren Polizeiarbeit konnte Brunetti nicht verstehen, wie Menschen sich so willig in die Nähe des Todes ihrer Artgenossen begaben. Es war ein Rätsel, das er nie hatte lösen können, diese schreckliche Faszination der Endlichkeit des Lebens, besonders wenn sie gewaltsam war wie hier.

Er wandte sich wieder seinem zweiten Espresso zu und trank ihn rasch. »Wieviel?« fragte er.

»Fünftausend Lire.«

Brunetti zahlte mit einem Zehner und wartete auf sein

Wechselgeld. Als der Barmann es ihm reichte, fragte er: »Etwas Schlimmes?«

»Ja, etwas Schlimmes«, antwortete Brunetti. »Etwas sehr Schlimmes.«

2

Die Questura lag so nah, daß es für Brunetti einfacher war, zu Fuß zu gehen, als mit den Uniformierten in der Polizeibarkasse zurückzufahren. Er ging hintenherum, an der evangelischen Kirche vorbei, und näherte sich von rechts dem Gebäude der Questura. Der Polizist am Haupteingang öffnete die schwere Glastür, sobald er ihn sah, und Brunetti ging zu der Treppe, die zu seinem Büro im vierten Stock führte, vorbei an der Schlange von Ausländern, die um eine Aufenthaltsgenehmigung oder Arbeitserlaubnis anstanden. Die Schlange reichte durch die halbe Halle.

In seinem Büro angelangt, fand er seinen Schreibtisch so vor, wie er ihn tags zuvor verlassen hatte, bedeckt mit Papieren und Akten in nicht erkennbarer Ordnung. Der nächstliegende Stapel enthielt Personalbeurteilungen, die er als Teil des byzantinischen Verfahrens, das alle Staatsdiener zwecks Beförderung zu durchlaufen hatten, sämtlich lesen und kommentieren mußte. Ein anderer Stapel enthielt die Unterlagen zum letzten Mordfall in der Stadt, diesem brutalen, irrwitzigen Totschlag an einem jungen Mann, der sich vor einem Monat an der Uferbefestigung Le Zattere ereignet hatte. Das Opfer war so brutal zusammengeschlagen worden, daß die Polizei es erst für das Werk einer Gang gehalten hatte. Statt dessen hatten sie nach nur einem Tag herausgefunden, daß der Mörder ein schmächtiges Bürschchen von sechzehn Jahren war. Das

Opfer war homosexuell gewesen, und der Vater des Mörders ein bekannter Faschist, der seinem Sohn eingetrichtert hatte, daß Kommunisten und Schwule ein Ungeziefer seien, das nur den Tod verdiente. So waren diese beiden jungen Männer in der Frühe eines strahlenden Sommermorgens am Ufer des Giudecca-Kanals in einer tödlichen Flugbahn aufeinandergetroffen. Niemand wußte, was zwischen ihnen vorgefallen war, aber das Opfer war derart zugerichtet, daß man der Familie das Recht verweigerte, die Leiche zu sehen, die ihnen in einem versiegelten Sarg übergeben wurde. Das Stück Holz, mit dem er zu Tode geprügelt und gestochen worden war, lag in einem Plastikkasten in einem Aktenschrank im zweiten Stock der Questura. Es blieb wenig zu tun, außer darauf zu achten, daß die psychiatrische Behandlung des Mörders fortgeführt wurde und er bis zur Verhandlung unter Hausarrest blieb. Eine psychiatrische Behandlung für die Familie des Opfers sah der Staat nicht vor.

Statt sich an seinen Schreibtisch zu setzen, zog Brunetti eine Schublade auf und nahm einen elektrischen Rasierapparat heraus. Beim Rasieren stand er am Fenster und blickte hinaus auf die Fassade von San Lorenzo, die immer noch, wie in den vergangenen fünf Jahren, mit einem Gerüst umgeben war, hinter dem angeblich eine umfassende Restaurierung stattfand. Er hatte keinen Beweis, daß dies geschah, denn nichts hatte sich in all den Jahren verändert, und das Hauptportal der Kirche blieb ewig geschlossen.

Sein Telefon klingelte, die direkte Leitung nach draußen. Er sah auf die Uhr. Neun Uhr dreißig. Das waren sicher die Aasgeier. Er schaltete den Rasierapparat aus und ging an seinen Schreibtisch hinüber, um den Anruf entgegenzunehmen.

»Brunetti.«

»*Buon giorno*, Commissario. Hier ist Carlon«, sagte eine tiefe Stimme, um sich dann noch unnötigerweise als Polizeireporter des *Gazzettino* vorzustellen.

»*Buon giorno*, Signor Carlon.« Brunetti wußte, was Carlon wollte, ließ ihn aber fragen. Dank Carlons Berichterstattung über den letzten Mordfall war das Privatleben des Opfers bloßgestellt worden, und Brunetti war immer noch sehr erbittert darüber.

»Sagen Sie mir etwas über den Amerikaner, den Sie heute früh aus dem Rio dei Mendicanti gezogen haben.«

»Herausgezogen hat ihn der Kollege Luciani, und wir haben keinen Beweis dafür, daß es ein Amerikaner war.«

»Ich nehme alles zurück, Dottore«, sagte Carlon mit einem Sarkasmus, der aus der Entschuldigung eine Beleidigung machte. Als Brunetti nicht reagierte, fragte er: »Er wurde ermordet, oder?« Dabei machte er keinen Hehl aus seiner Freude über diese Möglichkeit.

»Es sieht so aus.«

»Erstochen?«

Wie kamen die nur zu ihren Informationen? Und auch noch derart schnell. »Ja.«

»Ermordet?« wiederholte Carlon in bemüht geduldigem Ton.

»Das letzte Wort darüber kann erst gesprochen werden, wenn wir die Ergebnisse der Autopsie haben, die Dottor Rizzardi heute nachmittag vornehmen wird.«

»Hatte die Leiche eine Stichwunde?«

»Ja.«

»Aber Sie sind nicht sicher, ob diese Stichwunde die Todesursache war?« Carlons Frage endete mit einem ungläubigen Schnauben.

»Nein, das sind wir nicht«, antwortete Brunetti ausdruckslos. »Wie schon gesagt, nichts ist sicher, bevor wir das Ergebnis der Autopsie haben.«

»Gab es andere Anzeichen für Gewalt?« fragte Carlon, unzufrieden mit den dürftigen Auskünften.

»Nicht vor dem Autopsiebericht«, wiederholte Brunetti.

»Wollen Sie mir als nächstes erzählen, daß er auch ertrunken sein könnte, Commissario?«

»Signor Carlon«, sagte Brunetti, dem es langsam reichte, »wie Sie sehr wohl wissen, würde er, wenn er auch nur kurz im Wasser eines unserer Kanäle gewesen wäre, eher an einer Seuche gestorben als ertrunken sein.« Am anderen Ende herrschte Schweigen. »Wenn Sie mich bitte heute nachmittag anrufen würden, gegen vier. Dann gebe ich Ihnen gern etwas genauere Informationen.«

»Vielen Dank, Commissario. Das tue ich bestimmt. Ach ja – wie hieß dieser Kollege noch?«

»Luciani, Mario Luciani, ein vorbildlicher Polizist.« Das waren sie alle, wenn Brunetti der Presse gegenüber von ihnen sprach.

»Vielen Dank, Commissario. Ich werde es erwähnen. Und ganz bestimmt erwähne ich in meinem Artikel Ihre Kooperation.«

Ohne weitere Umstände legte Carlon auf.

Früher war Brunettis Verhältnis zur Presse relativ freundlich gewesen, manchmal sogar mehr als das, und zuweilen hatte er die Presse sogar eingespannt, um Informationen über ein Verbrechen herauszukitzeln. Aber in den letzten Jahren hatte die immer höher schlagende Welle von Sensationsjournalismus jeden Umgang mit Reportern verhindert, der mehr als rein formal war; denn jede Vermutung, die er äußerte, wurde anderntags garantiert als mehr oder weniger direkte Schuldzuweisung veröffentlicht. Darum war Brunetti vorsichtig geworden und gab nur noch sehr begrenzt Auskunft, wobei die Reporter immer sicher sein konnten, daß diese stimmte.

Er merkte, daß er eigentlich nichts weiter tun konnte, bevor er nicht etwas über die Herkunft der Fahrkarte in der Tasche des Toten gehört oder den Autopsiebericht bekommen hatte. Die Leute in den Büros unten waren damit beschäftigt, die Hotels durchzutelefonieren, und würden ihm Bescheid sagen, wenn sie irgend etwas in Erfahrung brachten. Demnach konnte er nichts tun, als weiter Personalbeurteilungen zu lesen und abzuzeichnen.

Eine Stunde später, kurz vor elf, summte seine Gegensprechanlage. Schon als er den Hörer abnahm, wußte er nur allzugut, wer es war. »Ja, Vice-Questore?«

Etwas überrumpelt ob der direkten Anrede, oder vielleicht auch, weil er gehofft hatte, Brunetti sei nicht da oder schlafe, brauchte sein Chef, Vice-Questore Patta, einen Moment, bevor er antworten konnte. »Was ist das für eine Geschichte mit einem toten Amerikaner, Brunetti? Warum bin ich nicht informiert worden? Können Sie sich vorstellen, was das für den Tourismus bedeutet?«

Brunetti vermutete, daß die dritte Frage die einzige war, die Patta wirklich interessierte. »Was für ein Amerikaner?« fragte Brunetti mit gespielter Neugier.

»Der Amerikaner, den Sie heute morgen aus dem Wasser gezogen haben.«

»Oh«, sagte Brunetti, diesmal die höfliche Überraschung selbst. »Ist der Bericht schon da? Dann war er also wirklich Amerikaner?«

»Kommen Sie mir nicht so oberschlau, Brunetti«, sagte Patta ärgerlich. »Der Bericht ist noch nicht da, aber der Mann hatte amerikanisches Geld in der Tasche, also muß er Amerikaner sein.«

»Oder Numismatiker«, erklärte Brunetti freundlich.

Es folgte eine lange Pause, die Brunetti sagte, daß der Vice-Questore nicht wußte, was das hieß.

»Ich habe Ihnen gesagt, Sie sollen mir nicht so oberschlau kommen, Brunetti. Wir gehen davon aus, daß er Amerikaner ist. Wir können es nicht brauchen, daß in dieser Stadt Amerikaner ermordet werden, wo es in diesem Jahr schon so schlimm um den Tourismus steht. Verstehen Sie das?«

Brunetti verkniff sich die Gegenfrage, ob es denn in Ordnung sei, Menschen anderer Nationalitäten umzubringen – Albaner vielleicht? –, und sagte nur: »Ja, Vice-Questore.«

»Und?«

»Und was?«

»Was haben Sie unternommen?«

»Taucher untersuchen den Kanal an der Stelle, an der er gefunden wurde. Wenn wir wissen, wann er gestorben ist, lassen wir die Stellen untersuchen, von denen aus er abgetrieben sein könnte, ausgehend von der Annahme, daß er irgendwo anders getötet worden ist. Vianello überprüft die Drogenszene in der Umgebung, und das Labor arbeitet an den Sachen, die wir in seinen Taschen gefunden haben.«

»Diese Münzen?«

»Ich bin nicht sicher, ob wir uns vom Labor bestätigen lassen müssen, daß es amerikanische sind.«

Nach einem langen Schweigen, das Brunetti anzeigte, wie wenig klug es wäre, seinen Vorgesetzten weiter auf die Schippe zu nehmen, fragte Patta: »Was ist mit Rizzardi?«

»Er sagt, er schickt mir seinen Bericht heute nachmittag.«

»Sorgen Sie dafür, daß ich eine Kopie bekomme«, befahl Patta.

»Gut. Noch etwas?«

»Nein, das ist alles.« Patta legte auf, und Brunetti widmete sich wieder seinen Beurteilungen.

Als er sie fertig hatte, war es nach eins. Da er nicht wußte, wann Rizzardi ihn anrufen würde, und den Bericht so rasch wie möglich haben wollte, beschloß er, zum Mittagessen weder nach Hause noch in ein Restaurant zu gehen, obwohl er nach dem langen Vormittag hungrig war. Statt dessen entschied er sich für ein paar *tramezzini* und ging zu der Bar am Ponte dei Greci.

Als er das Lokal betrat, begrüßte ihn Arianna, die Besitzerin, mit Namen und stellte automatisch ein Weinglas vor ihn auf den Tresen. Orso, ihr alter deutscher Schäferhund, der im Lauf der Jahre eine besondere Zuneigung zu Brunetti entwickelt hatte, erhob sich arthritisch von seinem üblichen Platz neben der Eistruhe und tapste zu ihm hin. Er wartete, bis Brunetti ihm den Kopf getätschelt und ihn sanft an den Ohren gezaust hatte, dann ließ er sich zu seinen Füßen nieder. Die vielen Stammkunden der Bar waren daran gewöhnt, über Orso hinwegzusteigen und ihm kleine Bissen zuzuwerfen. Er hatte eine besondere Vorliebe für Spargel.

»Welche hätten Sie gern, Guido?« fragte Arianna, womit sie die *tramezzini* meinte, und goß dabei unaufgefordert Rotwein in sein Glas.

»Ich hätte gern eines mit Schinken und Artischocken, und eines mit Shrimps.« Zu seinen Füßen begann Orsos Schwanz wie ein Ventilator gegen sein Fußgelenk zu wedeln. »Und eins mit Spargel.« Als die Sandwichs kamen, bat er um ein weiteres Glas Wein und trank langsam, während er daran dachte, wie sich die Dinge komplizieren würden, wenn der Tote tatsächlich ein Amerikaner war. Er wußte nicht, ob es Probleme wegen der Zuständigkeit geben würde, und beschloß, darüber nicht nachzudenken.

Als wollte sie genau das verhindern, sagte Arianna: »Schlimm, das mit dem Amerikaner.«

»Wir sind nicht sicher, ob es einer ist, noch nicht.«

»Also, wenn es einer ist, schreit garantiert bald einer ›Terrorismus!‹, und das ist für keinen gut.« Obwohl sie gebürtige Jugoslawin war, dachte sie ganz venezianisch: das Geschäft geht vor.

»In dieser Gegend spielt sich einiges mit Drogen ab«,

fügte sie hinzu, als könnte schon die bloße Erwähnung die Sache zu einem Drogenfall machen. Brunetti fiel ein, daß sie auch ein Hotel besaß und allein schon der Gedanke an Terrorismus sie deshalb mit berechtigter Panik erfüllen mußte.

»Ja, wir überprüfen das, Arianna. Danke.« Während er sprach, löste sich ein Stück Spargel von seinem Sandwich und fiel direkt vor Orsos Nase auf den Boden. Und als das verschwunden war, ein weiteres. Der Hund hatte Schwierigkeiten, auf die Beine zu kommen; warum ihm sein Essen also nicht servieren?

Brunetti legte einen Zehntausendlireschein auf den Tresen und steckte das Wechselgeld ein, als Arianna es ihm gab. Sie hatte sich nicht die Mühe gemacht, den Betrag in die Kasse zu tippen, so daß die Summe unregistriert und also auch unversteuert blieb. Brunetti hatte schon vor Jahren aufgehört, sich Gedanken um diesen ständigen Betrug am Staat zu machen. Sollten die Beamten der Finanzbehörde sich damit befassen. Nach dem Gesetz mußte sie den Betrag eintippen und ihm eine Quittung aushändigen; wenn er ohne den Beleg die Bar verließ, konnten sie beide zu Geldstrafen in Höhe von Hunderttausenden von Lire verurteilt werden. Oft warteten die Beamten der Finanzbehörde vor Bars, Geschäften und Restaurants und beobachteten den Gang der Dinge durch die Fenster, um dann die Herauskommenden anzuhalten und ihre Quittung zu verlangen. Aber Venedig war eine kleine Stadt, und alle von der Finanzbehörde kannten ihn; er würde also nie angehalten werden, es sei denn, sie holten sich Hilfe von außerhalb und veranstalteten, was die Presse einen »Blitzkrieg« nannte, indem sie im gesamten Geschäftsviertel der Stadt herumpirschten und Millionen Lire an Bußgeldern an einem Tag einnahmen. Und wenn sie ihn anhielten? Dann würde er seinen Ausweis zücken und sagen, er habe nur die Toilette benutzt. Aus denselben Steuern wurde sein Gehalt bezahlt; das stimmte. Aber das hatte für ihn und vermutlich auch für die Mehrheit seiner Mitbürger schon lange nichts mehr zu bedeuten. In einem Land, in dem die Mafia morden konnte, wann und wen sie wollte, sah Brunetti es kaum als großes Verbrechen an, wenn jemand für eine Tasse Kaffe keine Quittung vorzeigen konnte.

Wieder an seinem Schreibtisch, fand er einen Zettel, auf dem er gebeten wurde, Dr. Rizzardi anzurufen. Als Brunetti das tat, erreichte er den Arzt noch in seinem Büro auf der Friedhofsinsel.

»*Ciao*, Ettore. Hier ist Guido. Was haben Sie herausgefunden?«

»Ich habe mir sein Gebiß angesehen. Alles amerikanische Arbeit. Er hatte sechs Füllungen und eine Wurzelbehandlung, alles über mehrere Jahre verteilt, und was die Technik angeht, gibt es keinen Zweifel. Alles amerikanisch.«

Brunetti wußte, daß er nicht zu fragen brauchte, ob Rizzardi ganz sicher sei.

»Und sonst?«

»Die Klinge war zwei Zentimter breit und mindestens fünfzehn lang. Die Spitze hat das Herz durchbohrt, genau wie ich dachte. Sie ist glatt zwischen den Rippen durchgeglitten, hat sie nicht mal angekratzt; wer immer das getan hat, verstand genug davon, um die Klinge horizontal zu halten. Und der Winkel war perfekt.« Er hielt einen Augenblick inne, dann fügte er hinzu: »Da es auf der linken Seite war, würde ich sagen, der Täter war Rechtshänder oder hat zumindest die rechte Hand benutzt.«

»Und seine Größe? Können Sie darüber etwas sagen?«

»Nein, nichts Definitives. Aber er muß dem Toten ziemlich nahe gekommen sein, wahrscheinlich hat er ihm direkt gegenübergestanden.«

»Gibt es Anzeichen für einen Kampf? Irgendwas unter seinen Fingernägeln?«

»Nein. Nichts. Aber er hat fünf bis sechs Stunden im Wasser gelegen, wenn also überhaupt etwas da war, ist es wahrscheinlich abgespült worden.

»Fünf bis sechs Stunden?«

»Ja. Ich schätze, er ist so zwischen Mitternacht und ein Uhr gestorben.«

»Noch etwas?«

»Nichts Besonderes. Er war in sehr guter körperlicher Verfassung, sehr muskulös.«

»Und der Mageninhalt?«

»Er hat ein paar Stunden vor seinem Tod etwas gegessen. Wahrscheinlich ein Sandwich. Schinken und Tomate. Aber getrunken hat er nichts, jedenfalls nichts Alkoholisches. Er hatte keinen Alkohol im Blut, und so wie seine Leber aussieht, würde ich sagen, er hat sehr wenig getrunken, wenn überhaupt.«

»Narben? Operationen?«

»Eine kleine Narbe hatte er«, begann Rizzardi, dann hielt er inne, und Brunetti hörte Papier rascheln. »Am linken Handgelenk, halbmondförmig. Könnte alles mögliche sein. Keinerlei Operationen. Er hatte noch seine Mandeln, und den Blinddarm auch. Vollkommen gesund.« Brunetti hörte an der Stimme, daß Rizzardi ihm mehr nicht sagen konnte.

»Danke, Ettore. Schicken Sie mir einen Bericht?«

»Möchte Seine Obrigkeit ihn sehen?«

Brunetti grinste über Rizzardis Titel für Patta. »Er möchte ihn haben. Ich bin nicht sicher, ob er ihn lesen wird.«

»Na, wenn er es tut, wird er feststellen, daß er so von medizinischer Fachterminologie strotzt, daß er mich zum Übersetzen braucht.« Vor drei Jahren hatte Patta versucht, Rizzardis Einstellung als Leichenbeschauer zu hintertreiben, weil der Neffe eines Freundes von ihm gerade sein Medizinstudium abgeschlossen hatte und einen Posten beim Staat suchte. Aber Rizzardi mit seiner fünfzehnjährigen Erfahrung als Pathologe war eingestellt worden, und seitdem führten er und Patta einen Guerillakrieg gegeneinander.

»Also, dann freue ich mich auf die Lektüre«, sagte Brunetti.

»Oh, Sie werden kein Wort verstehen. Versuchen Sie es erst gar nicht, Guido. Wenn Sie Fragen haben, rufen Sie mich an, und ich erkläre es Ihnen.«

»Was ist mit seiner Kleidung?« fragte Brunetti, obwohl er wußte, daß dies nicht in Rizzardis Aufgabenbereich gehörte.

»Er hatte Jeans an, Levi's. Und einen Turnschuh Marke Reebok, Größe 44.« Bevor Brunetti etwas sagen konnte, fuhr Rizzardi fort: »Ich weiß, ich weiß. Das heißt noch nicht, daß er Amerikaner war. Levi's und Reeboks kann man heute überall kaufen. Aber seine Unterwäsche war amerikanisch. Die Etiketten waren in Englisch, und es stand ›Made in USA‹ drauf.« Die Stimme des Arztes veränderte sich, und ein für ihn ungewöhnliches Interesse kam durch. »Haben Ihre Jungs bei den Hotels etwas in Erfahrung bringen können? Irgendeinen Hinweis darauf, wer er war?«

»Ich habe noch nichts gehört, deshalb nehme ich an, daß sie immer noch telefonieren.«

»Ich hoffe, Sie finden heraus, wer er ist, damit Sie ihn nach Hause schicken können. Es ist nicht schön, in der Fremde zu sterben.«

»Danke, Ettore. Ich werde mein Bestes tun, um herauszufinden, wer er ist. Und ihn nach Hause schicken.«

Er legte auf. Ein Amerikaner. Er hatte keine Brieftasche bei sich gehabt, keinen Paß, keinen Ausweis, kein Geld, bis auf die paar Münzen. All das deutete auf Straßenraub hin, einer, der schrecklich danebengegangen war und mit Mord geendet hatte statt mit Raub. Und der Dieb besaß ein Messer und hatte es entweder mit Glück oder mit Geschick eingesetzt. Straßenkriminelle in Venedig hatten manchmal Glück, aber sie besaßen selten Geschick. Sie griffen zu und rannten. In jeder anderen Stadt hätte dies für einen Raubüberfall mit tödlichem Ausgang gehalten werden können, aber hier in Venedig passierte so etwas einfach nicht. Geschick oder Glück? Und wenn es Geschick war, wessen Geschicklichkeit war es dann, und warum war es nötig gewesen, Geschick einzusetzen?

Er rief unten im Hauptbüro an und fragte, ob es schon irgendeinen Erfolg bei den Hotels gäbe. Die Hotels erster und zweiter Klasse vermißten nur einen Gast, einen etwa Fünfzigjährigen, der vergangene Nacht nicht in sein Zimmer im Gabrielli Sandwirth zurückgekehrt war. Die Männer hatten begonnen, die kleineren Hotels zu überprüfen, von denen eines einen Amerikaner hatte, der vergangene Nacht abgereist war, dessen Beschreibung aber nicht paßte.

Brunetti war klar, daß er auch eine Wohnung in der Stadt gemietet haben konnte; in dem Fall mochten Tage vergehen, bevor er als vermißt gemeldet wurde; oder er wurde womöglich gar nicht vermißt.

Er rief im Labor an und verlangte Enzo Bocchese, den Leiter. Als dieser an den Apparat kam, fragte Brunetti: »Bocchese, haben Sie irgendwelche Erkenntnisse aus dem Tascheninhalt gewinnen können?« Er mußte nicht dazusagen, wessen Tascheninhalt.

»Wir haben die Fahrkarte mit dem Infrarot geprüft. Sie war so durchweicht, daß ich nicht geglaubt habe, wir würden etwas erkennen. Haben wir aber.«

Bocchese, der so schrecklich stolz war auf seine technischen Geräte und was er alles damit machen konnte, wollte immer erst gebeten und dann gelobt werden. »Sehr gut. Ich weiß nicht, wie Sie das machen, aber Sie finden ja immer etwas.« Wenn das nur annähernd wahr wäre! »Woher stammte sie?«

»Aus Vicenza. Rückfahrkarte nach Venedig. Gestern gekauft und für die Hinfahrt entwertet. Ich habe einen Mann vom Bahnhof herbestellt, um zu sehen, ob der an der Entwertung feststellen kann, welcher Zug es war, aber ich glaub's nicht.«

»Für welche Klasse war sie? Erste oder zweite?«

»Zweite.«

»Noch etwas? Socken, Gürtel?«

»Hat Rizzardi Ihnen etwas über die Kleidung gesagt?«

»Ja. Daß die Unterwäsche amerikanisch ist.«

»Genau. Keine Frage. Der Gürtel – den hätte er überall kaufen können. Schwarzes Leder mit einer Messingschnalle. Die Socken sind Synthetik. Hergestellt in Taiwan oder Korea. Werden überall verkauft.«

»Noch was?«

»Nein, nichts.«

»Gute Arbeit, Bocchese, aber ich glaube nicht, daß wir mehr als die Fahrkarte brauchen, um Gewißheit zu haben.«

»Gewißheit, Commissario?« fragte Bocchese.

»Daß er Amerikaner ist.«

»Warum?« fragte der Laborleiter, eindeutig verwirrt.

»Weil dort die Amerikaner sind«, erklärte Brunetti. Jeder Italiener in der Gegend wußte von dem Stützpunkt in Vicenza. Caserma irgendwas, der Stützpunkt, wo Tausende von Amerikanern mit ihren Familien wohnten, auch heute noch, fast fünfzig Jahre nach Kriegsende. Ja, das würde ganz bestimmt das Schreckgespenst Terrorismus heraufbeschwören, und es gab sicher Probleme wegen der Zuständigkeit. Die Amerikaner hatten ihre eigene Polizei da draußen, und sobald jemand das Wort »Terrorismus« auch nur flüsterte, konnte sehr wohl die NATO mit ins Spiel kommen, und möglicherweise Interpol.

Oder sogar die CIA, eine Vorstellung, bei der Brunetti das Gesicht verzog, wenn er nur daran dachte, wie Patta im Blitzlichtgewitter baden würde, in der Berühmtheit, die deren Ankunft mit sich brächte. Brunetti hatte keine Ahnung, wie Terrorakte sich anfühlten, aber für sein Gefühl war dies hier keiner. Ein Messer war eine allzu gewöhnliche Waffe; es sicherte dem Verbrechen keine Aufmerksamkeit. Und es hatte keinen Bekenneranruf gegeben. Der könnte vielleicht noch kommen, aber das wäre dann zu spät, zu passend.

»Natürlich, natürlich«, sagte Bocchese. »Daran hätte ich denken sollen.« Er wartete, ob Brunetti noch etwas sagen wollte, und als nichts kam, fragte er: »Sonst noch etwas, Commissario?«

»Ja. Wenn Sie mit dem Mann von der Bahn gesprochen haben, lassen Sie mich bitte wissen, ob er Ihnen etwas über den Zug sagen konnte, den er genommen hat.«

»Ich bezweifle, daß er das kann, Commissario. Es ist nur eine Ausstanzung auf der Fahrkarte. Wir können daraus nichts entnehmen, was auf einen bestimmten Zug hindeutet. Aber ich rufe Sie an, wenn er es uns sagen kann. Noch etwas?«

»Nein, nichts weiter. Und vielen Dank, Bocchese.«

Nachdem sie aufgelegt hatten, saß Brunetti an seinem Schreibtisch, starrte an die Wand und überdachte diese Information und die sich daraus ergebenden Möglichkeiten. Ein junger Mann, körperlich fit, kommt nach Venedig mit einer Rückfahrkarte aus einer Stadt, in der ein amerikanischer Militärstützpunkt ist. Die zahntechnischen Arbeiten in seinem Mund sind amerikanischer Machart, und er hat amerikanische Münzen in der Tasche.

Brunetti griff zum Telefon und wählte die Vermittlung. »Verbinden Sie mich bitte mit dem amerikanischen Militärstützpunkt in Vicenza.«

3

Während er auf die Verbindung wartete, kam das Bild dieses jungen Gesichtes mit den im Tod offenen Augen ihm wieder ins Gedächtnis. Es hätte irgendeines der Gesichter sein können, die er auf den Fotos von amerikanischen Soldaten im Golfkrieg gesehen hatte: frisch, glattrasiert, unschuldig, strotzend von jener außergewöhnlichen Gesundheit, die so charakteristisch für Amerikaner war. Aber das Gesicht des jungen Amerikaners am Kanalufer war seltsam ernst gewesen, von seinen Kameraden abgehoben durch das Mysterium des Todes.

»Brunetti«, meldete er sich auf das Summen seiner Sprechanlage.

»Sie sind schwer zu finden, diese Amerikaner«, erklärte der junge Mann von der Vermittlung. »Im Telefonbuch von Vicenza ist der Stützpunkt nicht verzeichnet, auch nicht unter NATO oder unter Vereinigte Staaten von Amerika. Aber unter Militärpolizei habe ich eine Nummer gefunden. Wenn Sie einen Augenblick warten, Commissario, stelle ich die Verbindung her.«

Wie merkwürdig, dachte Brunetti, daß eine Macht, die so präsent war, im Telefonbuch so gut wie unauffindbar sein sollte. Er lauschte den normalen Klickgeräuschen eines Ferngesprächs, hörte es am anderen Ende klingeln und dann eine männliche Stimme sagen: »M.P. Station, kann ich Ihnen helfen, Sir oder Madam?«

»Guten Tag«, sagte Brunetti auf englisch. »Hier spricht

Commissario Guido Brunetti von der venezianischen Polizei. Ich hätte gern mit dem Mann gesprochen, dem bei Ihnen die Polizei untersteht.«

»Darf ich fragen, in welcher Angelegenheit, Sir?«

»In einer polizeilichen. Können Sie mich mit dem verbinden, der dafür zuständig ist?«

»Einen Moment bitte, Sir.«

Es folgte eine lange Pause, in der man am anderen Ende gedämpfte Stimmen hörte, dann sagte eine neue Stimme: »Hier ist Sergeant Frolich. Kann ich Ihnen helfen?«

»Guten Tag, Sergeant. Hier ist Commissario Brunetti von der venezianischen Polizei. Ich möchte gern mit Ihrem vorgesetzten Offizier sprechen.«

»Darf ich fragen, in welcher Angelegenheit, Sir?«

»Wie ich Ihrem Kollegen schon erklärt habe, in einer polizeilichen«, antwortete Brunetti in unverändertem Ton, »und ich möchte mit Ihrem vorgesetzten Offizier sprechen.« Wie lange würde er wohl noch weiter dieselbe Formel wiederholen müssen?

»Es tut mir leid, Sir, aber er ist im Augenblick nicht hier.«

»Wann erwarten Sie ihn zurück?«

»Das kann ich nicht sagen, Sir. Könnten Sie mir einen Anhaltspunkt geben, worum es geht?«

»Um einen vermißten Soldaten.«

»Entschuldigung, Sir?«

»Ich wüßte gern, ob bei Ihnen ein Soldat vermißt gemeldet ist.«

Die Stimme wurde plötzlich ernst. »Wer, sagten Sie, spricht da?«

»Commissario Brunetti. Venezianische Polizei.«

»Können Sie mir bitte Ihre Telefonnummer geben?«

»Sie können mich bei der Questura in Venedig erreichen. Die Nummer ist 5203222, und die Vorwahl für Venedig ist 041, aber Sie wollen die Nummer wahrscheinlich im Telefonbuch nachprüfen. Ich warte auf Ihren Anruf. Brunetti.« Er legte auf, überzeugt, daß sie nun die Nummer prüfen und ihn zurückrufen würden. Die Veränderung in der Stimme des Sergeants hatte Interesse angedeutet, nicht Beunruhigung, demnach gab es wahrscheinlich noch keine Vermißtenmeldung.

Etwa zehn Minuten später klingelte das Telefon, und die Vermittlung sagte, es sei der amerikanische Stützpunkt in Vicenza. »Brunetti«, meldete er sich.

»Commissario Brunetti«, sagte wieder eine andere Stimme, »hier spricht Captain Duncan von der Militärpolizei in Vicenza. Könnten Sie mir bitte sagen, was Sie wissen wollten?«

»Ich möchte gern wissen, ob bei Ihnen ein Soldat vermißt gemeldet wurde. Ein junger Mann, etwa Mitte Zwanzig. Blond, blaue Augen.« Er brauchte einen Moment, um die 1,75 Meter in Fuß und Zoll umzurechnen. »Ungefähr fünf Fuß neun.«

»Könnten Sie mir sagen, warum die venezianische Polizei das wissen möchte? Ist er bei Ihnen in Schwierigkeiten geraten?«

»So könnte man es nennen, Captain. Wir haben heute morgen die Leiche eines jungen Mannes in einem Kanal gefunden. Er hatte eine Rückfahrkarte von Vicenza nach Venedig in der Tasche, und seine Kleidung und die zahntechnischen Arbeiten an seinem Gebiß sind amerikanisch, da haben wir an den Stützpunkt gedacht und überlegt, ob er wohl von dort gekommen ist.«

»Ist er ertrunken?«

Brunetti schwieg darauf so lange, daß der andere seine Frage wiederholte. »Ist er ertrunken?«

»Nein, Captain. Er ist nicht ertrunken. Es gibt Anzeichen für Gewaltanwendung.«

»Was heißt das?«

»Er wurde erstochen.«

»Ausgeraubt?«

»Es hat den Anschein, Captain.«

»Das klingt, als hätten Sie da Zweifel.«

»Es sieht aus wie ein Raubüberfall. Er hatte keine Brieftasche mehr, und alle seine Papiere fehlen.« Brunetti kam wieder auf seine ursprüngliche Frage zurück: »Könnten Sie mir sagen, ob bei Ihnen eine Vermißtenmeldung vorliegt oder ob jemand nicht bei seiner Arbeit erschienen ist?«

Es folgte eine lange Pause, bevor der Captain antwortete: »Kann ich Sie in einer Stunde wieder anrufen?«

»Gewiß.«

»Wir müssen die einzelnen Dienstposten anrufen und sehen, ob jemand an seinem Arbeitsplatz oder in seinem Quartier fehlt. Könnten Sie die Beschreibung bitte noch einmal wiederholen?«

»Der Mann, den wir gefunden haben, ist etwa Mitte Zwanzig, hat blaue Augen und blondes Haar und ist etwa fünf Fuß neun groß.«

»Danke, Commissario. Ich setze meine Leute sofort

darauf an, und wir rufen zurück, sobald wir etwas erfahren haben.«

»Danke, Captain«, sagte Brunetti und legte auf.

Wenn sich herausstellte, daß der junge Mann tatsächlich Amerikaner war, würde Patta sich überschlagen, damit der Mörder möglichst schnell gefunden wurde. Wie Brunetti wußte, war Patta unfähig, hier die Vernichtung eines Menschenlebens zu sehen. Für ihn war das Ganze nicht mehr und nicht weniger als ein Schlag gegen den Tourismus, und um dieses öffentliche Gut zu schützen, würde Patta sicher verrückt spielen.

Er stand auf und ging die Treppe zu den größeren Büroräumen hinunter, in denen die uniformierten Polizisten arbeiteten. Beim Eintreten sah er Luciani, dem von seinem morgendlichen Bad im Kanal nichts mehr anzumerken war. Brunetti schauderte bei der Vorstellung, mit dem Wasser eines der Kanäle in Berührung zu kommen, nicht der Kälte wegen, sondern wegen der Verschmutzung. Er hatte oft gewitzelt, daß er es lieber nicht überleben wolle, sollte er einmal in einen Kanal fallen. Und doch war er als Junge im Canal Grande geschwommen, und ältere Leute, die er kannte, hatten ihm erzählt, daß sie früher das Salzwasser der Kanäle und der Lagune zum Kochen nehmen mußten, damals, als Salz zu den teuren und hochbesteuerten Gütern gehörte und die Venezianer arme Leute waren, weil es noch keine Tourismusindustrie gab.

Vianello war gerade am Telefon, als Brunetti hereinkam, und winkte ihn an seinen Schreibtisch. »Ja, Onkel, das weiß ich«, sagte er. »Aber was ist mit seinem Sohn?

Nein, nicht der, der letztes Jahr den Ärger in Mestrino hatte.«

Während er der Antwort seines Onkels lauschte, nickte er Brunetti zu und bedeutete ihm mit einer Handbewegung, zu warten, bis er sein Gespräch beendet hatte. Brunetti setzte sich und hörte den Rest des Telefonats mit an. »Wann hat er zuletzt gearbeitet? In Breda? Komm schon, Onkel, du weißt, daß er nicht in der Lage ist, irgendeine Arbeit so lange zu behalten.« Vianello verstummte und hörte lange zu, dann sagte er: »Nein, nein, wenn du etwas von ihm hörst, vielleicht, daß er plötzlich viel Geld hat, dann laß es mich wissen. Ja, ja, Onkel, und gib Tante Luisa einen Kuß von mir.« Es folgte eine lange Reihe jener zweisilbigen *»ciaos«*, ohne die ein Venezianer offenbar kein Gespräch beenden konnte.

Als er aufgelegt hatte, wandte Vianello sich an Brunetti und sagte: »Das war mein Onkel Carlo. Er wohnt in der Nähe von Fondamenta Nuove, bei Santi Giovanni e Paolo. Ich habe ihn über die Gegend befragt – wer dort Drogen verkauft, wer welche nimmt. Der einzige, den er kennt, ist dieser Vittorio Argenti.« Brunetti nickte bei dem Namen. »Wir hatten ihn schon x-mal hier. Aber mein Onkel sagt, vor einem halben Jahr hätte er eine Arbeit in Breda angenommen, und wenn ich es mir recht überlege, haben wir ihn genau so lange nicht mehr hier gehabt. Ich kann in den Unterlagen nachsehen, aber ich glaube, ich würde mich erinnern, wenn wir ihn aus irgendeinem Grund aufgegriffen hätten. Mein Onkel kennt die Familie und schwört, alle seien überzeugt, daß Vittorio sich verändert hat.« Vianello zündete sich eine Zigarette an und blies das Streichholz aus. »So wie mein Onkel redet, klingt es, als sei er auch überzeugt.«

»Gibt es außer Argenti noch jemanden in der Gegend?«

»Offenbar war es vor allem er. Es hat in dem Teil der Stadt nie viel Probleme mit Drogen gegeben. Ich kenne Noe, den Müllmann, und er hat sich nie beklagt, daß er morgens Spritzen auf der Straße gefunden hat, nicht wie in San Maurizio«, sagte er. San Maurizio war ein für Drogen berüchtigter Stadtteil.

»Was ist mit Rossi? Hat er etwas in Erfahrung gebracht?«

»Weitgehend dasselbe, Commissario. Die Gegend ist eigentlich ruhig. Gelegentlich gibt es mal einen Raub oder einen Einbruch, aber mit Drogen war da nie viel los, und Gewalt hat es nie gegeben«, sagte er und fügte hinzu: »Vor diesem Fall.«

»Und die Leute in den umliegenden Häusern? Haben sie etwas gehört oder gesehen?«

»Nein, Commissario. Wir haben mit allen gesprochen, die heute morgen auf dem Campo waren, aber niemand hat etwas Verdächtiges gehört oder gesehen. Dasselbe gilt für die Leute in den Häusern.« Er ahnte Brunettis nächste Frage. »Puccetti sagt dasselbe, Commissario.«

»Wo ist Rossi?«

Ohne das geringste Zögern antwortete Vianello: »Er ist einen Kaffee trinken gegangen. Müßte eigentlich gleich zurück sein, wenn Sie mit ihm sprechen wollen.«

»Was ist mit den Tauchern?«

»Sie waren über eine Stunde im Wasser. Aber sie haben nichts zutage gefördert, was man als Waffe bezeichnen könnte. Den üblichen Mist: Flaschen, Tassen, sogar einen Kühlschrank und einen Schraubenzieher, aber nichts, das auch nur annähernd eine Waffe sein könnte.«

»Und Bonsuan? Hat einer mit ihm über die Gezeiten gesprochen?«

»Nein, Commissario. Noch nicht. Wir haben noch keine Todeszeit.«

»Gegen Mitternacht«, erklärte Brunetti.

Vianello schlug ein Dienstbuch auf, das auf seinem Schreibtisch lag, und fuhr mit dickem Finger über die Reihen mit Namen. »Er ist gerade mit einem Boot zum Bahnhof unterwegs. Bringt zwei Gefangene zum Zug nach Mailand. Soll er zu Ihnen ins Büro kommen, wenn er zurück ist?«

Brunetti nickte und wurde dann durch Rossis Rückkehr unterbrochen. Sein Bericht war nicht viel anders als Vianellos: Niemand auf dem Campo oder in den Häusern ringsum hatte an dem Morgen etwas Ungewöhnliches gesehen oder gehört.

In jeder anderen italienischen Stadt wäre die Tatsache, daß niemand etwas gesehen oder gehört hatte, nichts weiter als ein Beweis für das Mißtrauen der Leute gegenüber der Polizei und ihrer allgemeinen Unlust, ihr zu helfen. Hier jedoch, wo die Bürger im allgemeinen gesetzestreu und die meisten Polizisten selbst Venezianer waren, hieß es nichts anderes, als daß sie nichts gehört oder gesehen hatten. Wenn es in der Gegend irgendwelche ernsthaften Verbindungen zu Drogen gab, würden sie es früher oder später erfahren. Jemand würde einen Vetter oder einen Freund oder eine Schwiegermutter haben, der oder die mit einem Freund telefonieren würde, der zufällig einen Vetter, einen Freund oder eine Schwiegermutter bei der Polizei hatte, und so würde die Kunde zu ihm gelangen. Bis dahin würde er es als gegeben hinnehmen müssen, daß es in jenem Teil der Stadt wenig Beziehungen zu Drogen gab, daß es nicht der Ort war, wo jemand hingehen würde, um Drogen zu nehmen oder zu kaufen, schon gar kein Ausländer. All das schien auszuschließen, daß Drogen bei diesem Verbrechen im Spiel waren, jedenfalls wenn es irgendwie mit dieser Gegend zusammenhing.

»Schickt Bonsuan bitte zu mir hoch, wenn er zurückkommt«, ordnete Brunetti an und ging wieder in sein Büro, wobei er mit Bedacht das Treppenhaus im hinteren Teil des Gebäudes benutzte, um Pattas Büro weiträumig zu umgehen. Je länger er es vermeiden konnte, mit seinem Vorgesetzten zu reden, desto besser.

In seinem Büro fiel ihm endlich ein, Paola anzurufen. Er hatte vergessen, ihr zu sagen, daß er zum Mittagessen nicht zu Hause sein würde, aber es war schon Jahre her, daß sie darüber beunruhigt oder überrascht gewesen war. Statt sich mit ihm zu unterhalten, las sie dann beim Essen ein Buch, es sei denn, die Kinder waren da. Genaugenommen hatte er allmählich den Verdacht, daß sie solche ruhigen Mittagspausen genoß, allein mit ihren Autoren, über die sie an der Universität lehrte; denn sie hatte nie etwas dagegen, wenn er sich verspätete oder gar nicht kommen konnte.

Sie nahm beim dritten Klingeln ab. »*Pronto.*«

»*Ciao*, Paola. Ich bin's.«

»Dachte ich mir schon. Wie läuft es so?« Sie stellte nie direkte Fragen nach seiner Arbeit oder warum er nicht zum Essen kommen konnte. Das lag nicht daran, daß sie kein Interesse daran hatte, sie fand es nur besser, zu warten, bis er von selbst darüber redete. Irgendwann bekam sie es doch alles zu hören.

»Tut mir leid mit dem Essen, aber ich mußte telefonieren.«

»Schon gut. Ich habe mit William Faulkner gespeist. Ein sehr interessanter Mann.« Im Lauf der Jahre hatten sie sich angewöhnt, ihre Mittagsbesucher wie richtige Gäste zu behandeln, und machten Witze über die Tischmanieren von Dr. Johnson (schockierend), die Konversation von Melville (skurril) und die Mengen, die Jane Austen trank (gigantisch).

»Ich komme aber zum Abendessen. Ich muß nur noch mit ein paar Leuten hier reden und ein Telefongespräch aus Vicenza abwarten.« Als sie nichts darauf sagte, fügte er hinzu: »Vom dortigen Militärstützpunkt.«

»Ach, dann stimmt es also?« fragte sie, womit sie zu erkennen gab, daß sie schon von dem Verbrechen und der vermutlichen Identität des Opfers gehört hatte. Der Barmann erzählte es dem Postboten, der erzählte es der Frau im zweiten Stock, die rief ihre Schwester an, und bald wußte jedermann in der Stadt, was passiert war, lange vor jeder Verlautbarung in den Zeitungen oder den Abendnachrichten.

»Ja, es stimmt«, bestätigte er.

»Wann meinst du, daß du hier sein kannst?«

»Vor sieben.«

»Gut. Dann gehe ich mal aus der Leitung, falls dein Gespräch kommt.«

Er liebte Paola aus vielerlei Gründen, nicht zuletzt weil er wußte, daß dies der wirkliche Grund für sie war, das Gespräch zu beenden. Es lag keine verschlüsselte Botschaft, keine versteckte Kritik in ihren Worten. »Danke, Paola. Dann bis gegen sieben.«

»*Ciao*, Guido«, und weg war sie, wieder bei William Faulkner, und gab ihn frei für seine Arbeit, gab ihn frei, ohne daß er Schuldgefühle wegen der Anforderungen dieser Arbeit haben mußte.

Es war fast fünf, und immer noch hatten die Amerikaner sich nicht wieder gemeldet. Einen Moment lang war er versucht anzurufen, aber er verkniff es sich. Wenn einer ihrer Leute vermißt wurde, mußten sie mit ihm Kontakt aufnehmen. Schließlich hatte er, um es deutlich zu sagen, die Leiche. Er suchte zwischen den Personalbeurteilungen, die immer noch vor ihm lagen, bis er die von Luciani und Rossi fand. Bei beiden fügte er eine Bemerkung hinzu, daß sie weit über ihre normalen Pflichten hinausgegangen seien, indem sie in den Kanal gestiegen waren, um die Leiche herauszuholen. Sie hätten auf ein Boot warten oder Stangen benutzen können, aber sie hatten etwas getan, wovon er nicht wußte, ob er dazu mutig genug oder willens gewesen wäre.

Das Telefon klingelte. »Brunetti.«

»Hier ist Captain Duncan. Wir haben alle Dienstposten überprüft und festgestellt, daß ein Mann heute nicht zur Arbeit erschienen ist. Ihre Beschreibung paßt auf ihn. Ich habe jemanden zu seiner Wohnung geschickt, aber da ist er nicht, deshalb würde ich Ihnen gern jemanden schikken, der ihn sich ansieht.«

»Wann, Captain?«

»Heute abend, wenn es geht.«

»Natürlich. Wie schicken Sie ihn?«

»Entschuldigung, ich verstehe nicht ganz.«

»Ich wüßte gern, auf welchem Weg er kommt, mit dem Zug oder mit dem Auto, damit ich ihn abholen lassen kann.«

»Ach so«, antwortete Duncan. »Mit dem Auto.«

»Dann schicke ich jemanden zum Piazzale Roma. Dort ist eine Carabinieristation, wenn man auf den Platz kommt, rechts.«

»Gut. Der Wagen ist in etwa fünfzehn Minuten hier, sie müßten dann in einer knappen Stunde da sein, ungefähr Viertel vor sieben.«

»Wir stellen ein Boot bereit. Er muß zur Friedhofsinsel fahren, um die Leiche zu identifizieren. Ist es jemand, der den Mann kannte, Captain?« Brunetti wußte aus langer Erfahrung, wie schwierig es war, einen Toten nach einem Foto zu identifizieren.

»Ja, es ist sein vorgesetzter Offizier im Krankenhaus.«

»Krankenhaus?«

»Der Vermißte ist unser Inspektor für das Gesundheitswesen, Sergeant Foster.«

»Sagen Sie mir bitte noch den Namen des Mannes, der kommt.«

»Captain Peters. Terry Peters. Und, Commissario«, fügte Duncan hinzu, »der Captain ist eine Frau.« Es lag mehr als nur eine Spur Hinterhältigkeit in seinem Ton, als er dann noch hinzufügte: »Und Captain Peters ist auch noch Doctor Peters.«

Was wurde von ihm erwartet, fragte sich Brunetti. Sollte er sich darüber entsetzen, daß die Amerikaner Frauen in ihre Armee aufnahmen? Oder daß sie ihnen sogar gestatteten, Ärztinnen zu sein? Statt dessen beschloß er, den klassischen Italiener zu mimen, der einer Versuchung nicht widerstehen konnte, solange sie in einem Rock daherkam, auch wenn es der Rock einer Militäruniform war. »Sehr gut, Captain. In dem Fall werde ich Captain Peters selbst in Empfang nehmen. Doctor Peters.« Er wolle außerdem mit Fosters Kompaniechef sprechen.

Duncans Antwort kam mit ein paar Sekunden Verzögerung, aber er sagte nur: »Das ist sehr entgegenkommend von Ihnen, Commissario Brunetti. Ich sage Captain Peters, sie soll nach Ihnen fragen.«

»Ja, tun Sie das«, antwortete Brunetti und legte auf, ohne zu warten, daß der andere sich verabschiedete. Sein Ton war, wie er ohne Bedauern feststellte, etwas zu harsch gewesen; es passierte ihm oft, daß er sich durch das, was er zwischen den Worten herauszuhören glaubte, zu Überempfindlichkeiten hinreißen ließ. Früher, bei Interpol-Seminaren mit amerikanischer Beteiligung und während einer dreimonatigen Ausbildung in Washington, war er oft auf dieses nationale Bewußtsein moralischer Überlegenheit gestoßen, diesen unter Amerikanern so verbreiteten Glauben, daß es ihnen irgendwie aufgegeben sei, einer von Irrtümern verdunkelten Welt als strahlendes moralisches Licht zu leuchten. Vielleicht traf das hier gar nicht zu, vielleicht mißdeutete er Duncans Ton, und der

Captain hatte Brunetti nur eine Peinlichkeit ersparen wollen. Wenn das so war, hatte er mit seiner Reaktion sicher alles dazu getan, sämtliche Klischees über die heißblütigen und dünnhäutigen Italiener zu bestätigen.

Er schüttelte verdrießlich den Kopf, wählte eine Leitung nach draußen an und dann seine eigene Nummer.

»*Pronto*«, antwortete Paola nach dreimaligem Klingeln.

»Nochmal ich«, sagte er ohne Einleitung.

»Das heißt, du kommst später.«

»Ich muß zum Piazzale Roma und einen amerikanischen Captain abholen, der aus Vicenza kommt, um die Leiche zu identifizieren. Es dürfte nicht allzu spät werden, nicht später als neun. Sie soll um sieben hiersein.«

»Sie?«

»Ja, sie«, sagte Brunetti. »Ich habe genauso reagiert. Sie ist auch noch Ärztin.«

»Wir leben in einer Welt voller Wunder«, sagte Paola. »Nicht nur Captain, auch noch Doctor. Hoffentlich ist sie in beiden Rollen gut, denn ihretwegen verpaßt du Polenta und Leber.« Das war eines seiner Leibgerichte, und sie hatte es wahrscheinlich vorbereitet, weil er kein Mittagessen bekommen hatte.

»Ich esse, wenn ich komme.«

»Gut. Ich füttere die Kinder ab und warte auf dich.«

»Danke, Paola. Ich werde mich beeilen.«

»Ich warte«, sage sie und legte auf.

Sobald die Leitung frei war, rief er unten im zweiten Stock an und fragte, ob Bonsuan inzwischen zurück sei. Der Bootsführer war gerade gekommen, und Brunetti bat, ihn zu ihm heraufzuschicken.

Ein paar Minuten später trat Danilo Bonsuan in Brunettis Büro. Mit seiner robusten, vierschrötigen Figur sah er genauso aus wie einer, der auf dem Wasser lebt, aber nie auf die Idee käme, das Zeug zu trinken. Brunetti deutete auf den Stuhl vor seinem Schreibtisch. Bonsuan ließ sich darauf nieder, steifgliedrig nach Jahrzehnten auf schwankenden Decks. Brunetti kannte ihn gut genug, um zu wissen, daß er keine freiwilligen Informationen von ihm erwarten konnte, nicht weil Bonsuan nicht wollte, sondern weil er es gewöhnt war, nur dann zu reden, wenn damit ein praktischer Zweck erfüllt wurde.

»Danilo, die Frau hat ihn gegen halb sechs entdeckt, bei tiefster Ebbe. Dottor Rizzardi sagt, er war etwa fünf bis sechs Stunden im Wasser; so lange war er schon tot.« Brunetti hielt inne, um dem Mann Gelegenheit zu geben, sich die Wasserwege ums Krankenhaus vorzustellen. »In dem Kanal, in dem wir ihn gefunden haben, ist keine Spur von einer Waffe zu entdecken.«

Bonsuan machte sich nicht die Mühe, die Bemerkung zu kommentieren. Niemand würde ein gutes Messer wegwerfen.

Brunetti betrachtete es als gesagt und fuhr fort: »Er könnte woanders umgebracht worden sein.«

»Wahrscheinlich«, brach Bonsuan jetzt sein Schweigen.

»Wo?«

»Fünf, sechs Stunden?« fragte Bonsuan. Als Brunetti nickte, legte der Bootsführer den Kopf in den Nacken und schloß die Augen. Brunetti konnte den Gezeitenplan der Lagune, den er studierte, fast selbst sehen. Bonsuan blieb einige Minuten so sitzen. Einmal schüttelte er rasch den

Kopf, um eine Möglichkeit zu verwerfen, von der Brunetti nie erfahren würde. Schließlich öffnete er die Augen und sagte: »Es gibt zwei Stellen, an denen es passiert sein könnte. Hinter Santa Marina. Sie kennen die Sackgasse, die zum Rio Santa Marina hinunterführt, hinter dem neuen Hotel?«

Brunetti nickte. Es war ein stiller Winkel, eine Sackgasse.

»Die andere ist Calle Cocco.« Als Brunetti überrascht schien, erklärte Bonsuan: »Es ist eine von diesen beiden Sackgassen, die von der Calle Lunga abgehen, wo sie den Campo Santa Maria Formosa verläßt. Führt direkt zum Wasser.«

Obwohl er durch Bonsuans Beschreibung wußte, wo diese Calle war, sich sogar den Eingang dazu ins Gedächtnis rufen konnte, an dem er Hunderte von Malen vorbeigegangen sein mußte, konnte Brunetti sich nicht erinnern, sie je tatsächlich entlanggegangen zu sein. Das würde auch niemand tun, es sei denn, er wohnte dort, denn es war, wie Bonsuan erklärt hatte, eine Sackgasse, die ans Wasser führte und dort endete.

»Beide Stellen wären ideal«, meinte Bonsuan. »An beiden kommt nie jemand vorbei, nicht um diese Zeit.«

»Und die Gezeiten?«

»Vergangene Nacht waren sie sehr schwach. Kein richtiger Sog. Und eine Leiche bleibt an allerlei Dingen hängen; das macht sie langsamer. Es hätte jede der beiden Stellen sein können.«

»Und sonst?«

»Vielleicht eine der anderen Calli, die zum Rio Santa

Marina führen, aber die beiden Stellen sind die wahrscheinlichsten, wenn er nur fünf bis sechs Stunden im Wasser getrieben ist.« Bonsuan schien fertig zu sein, aber dann meinte er noch: »Es sei denn, er hatte ein Boot«, wobei er es Brunetti überließ, sich zusammenzureimen, daß er mit »er« den Mörder meinte.

»Möglich wär's, oder?« pflichtete Brunetti ihm bei, obwohl er es für unwahrscheinlich hielt. Ein Boot hieß Motorenlärm, und mitten in der Nacht bedeutete das wütende Gesichter an den Fenstern, die sehen wollten, was da soviel Krach machte.

»Danke, Danilo. Sagen Sie bitte den Tauchern, sie sollen an diesen beiden Stellen suchen – es hat Zeit bis morgen. Und bitten Sie Vianello, ein Team hinzuschicken, um die beiden Stellen zu überprüfen und zu sehen, ob es irgendein Anzeichen dafür gibt, daß es dort passiert ist.«

Bonsuan erhob sich mühsam, mit hörbar knackenden Kniegelenken. Er nickte.

»Wer ist unten, der mich zum Piazzale Roma und dann zur Friedhofsinsel fahren kann?«

»Monetti«, nannte Bonsuan einen der anderen Bootsführer.

»Könnten Sie ihm sagen, daß ich in etwa zehn Minuten losfahren möchte?«

Mit einem Nicken und einem gemurmelten »Ja, Commissario«, ging Bonsuan.

Brunetti merkte plötzlich, wie hungrig er war. Er hatte seit dem Morgen nur drei Sandwichs gegessen, weniger sogar, denn eines hatte Orso verschlungen. Er zog die unterste Schublade seines Schreibtischs auf, ob er nicht irgend etwas fand, vielleicht eine Tüte *buranei*, diese S-förmigen Kekse, die er so mochte und gewöhnlich seinen Kindern abjagen mußte, einen alten Schokoriegel, irgend etwas, aber die Schublade war genauso leer wie das letzte Mal, als er dort nach etwas Eßbarem gesucht hatte.

Dann also Kaffee. Aber das würde heißen, daß Monetti einen Halt einlegen müßte. Daß dieses simple Problem ihn so ärgerlich machte, war ein Gradmesser für seinen Hunger. Doch dann fielen ihm die Damen unten im Ufficio Stranieri ein; sie hatten eigentlich immer etwas für ihn, wenn er betteln kam.

Er ging über die Hintertreppe ins Erdgeschoß, durch die großen Doppeltüren und in das Büro. Sylvia, klein und dunkel, und Anita, groß, blond und attraktiv, saßen sich an ihren Schreibtischen gegenüber und blätterten in Papierstapeln, die offenbar nie abnahmen.

»*Buona sera*«, sagten beide, als er hereinkam, und beugten sich wieder über die grünen Aktendeckel, die vor ihnen ausgebreitet lagen.

»Habt ihr irgendwas zu essen?« fragte er, mehr hungrig als charmant.

Sylvia lächelte und schüttelte stumm den Kopf; er kam nur zu ihnen ins Büro, wenn er um etwas Eßbares betteln oder ihnen sagen wollte, daß einer ihrer Bewerber um eine Arbeits- oder Aufenthaltserlaubnis festgenommen worden war und aus ihren Listen und Akten gestrichen werden konnte.

»Kriegen Sie denn zu Hause nichts zu essen?« fragte Anita, doch gleichzeitig zog sie eine Schublade ihres Schreibtischs auf und nahm eine braune Papiertüte heraus. Sie öffnete sie und holte erst eine, dann zwei, dann drei reife Birnen heraus, die sie für ihn gut erreichbar auf ihren Schreibtisch legte.

Vor drei Jahren hatte einmal ein Algerier, dem die Aufenthaltsgenehmigung verweigert worden war, bei dieser Mitteilung durchgedreht und Anita an den Schultern gepackt und über den Schreibtisch gezogen. Während er sie festhielt und sie auf arabisch wütend beschimpfte, war Brunetti hereingekommen, um sich einen Ordner zu holen. Ohne viel Federlesens hatte er dem Mann einen Arm um den Hals gelegt und ihn gewürgt, bis er Anita losließ, die verschreckt und schluchzend auf ihrem Schreibtisch zusammensackte. Niemand hatte je ein Wort über den Zwischenfall verloren, aber Brunetti wußte, daß in ihrem Schreibtisch immer etwas zu essen für ihn war.

»*Grazie*, Anita«, sagte er und nahm eine der Birnen. Er entfernte den Stiel und biß hinein. Sie war reif und süß. Mit fünf raschen Bissen hatte er sie vertilgt und griff nach der zweiten. Ein bißchen weniger reif, aber immer noch süß und weich. Die beiden feuchten Kerngehäuse in der Hand, nahm er sich die dritte Frucht, bedankte sich noch einmal und ging, gestärkt für die Fahrt zum Piazzale Roma und seinem Treffen mit Doctor Peters, Captain Peters.

4

Er kam zwanzig Minuten vor sieben bei der Carabinieristation am Piazzale Roma an und ließ Monetti in der Polizeibarkasse zurück, um auf ihn und die Ärztin zu warten. Auch wenn es zweifellos etwas über seine Vorurteile aussagte, fand er es angenehmer, sie als Ärztin zu sehen statt als Captain. Er hatte vorher angerufen, so daß die Carabinieri ihn schon erwarteten. Es war der übliche Haufen, die meisten aus dem Süden, und nie schienen sie die verräucherte Wache zu verlassen, deren Sinn und Zweck Brunetti sowieso nicht verstand. Carabinieri hatten nichts mit dem Verkehr zu tun, und Verkehr war das einzige, was es hier auf dem Piazzale Roma gab: Autos, Taxis, Wohnwagen und besonders im Sommer endlose Reihen von Bussen, die hier gerade lange genug parkten, um ihre Touristenladungen auszuspucken. Erst im vergangenen Sommer war eine neue Art von Vehikel dazugekommen, nämlich die dieselbetriebenen, qualmenden Busse, die über Nacht aus einem frisch befreiten Osteuropa angerumpelt kamen. Ihnen entstiegen, von langer Fahrt und Schlafmangel gezeichnet, Tausende sehr höflicher, sehr armer und sehr stämmiger Touristen, um einen einzigen Tag in Venedig zu verbringen und dann betäubt von der Schönheit, die sie an diesem einen Tag gesehen hatten, wieder abzufahren. Hier gewannen sie ihren ersten Eindruck vom Triumph des Kapitalismus und waren viel zu sehr davon bewegt, um zu merken, daß vieles nichts weiter war als Papiermachémasken aus Taiwan und Spitzendeckchen aus Korea.

Er betrat die Wache und tauschte freundliche Begrüßungsworte mit den beiden Diensthabenden aus. »Noch nichts zu sehen von *La Capitana*«, sagte der eine und lachte hämisch bei der Vorstellung, daß eine Frau Offizier sein sollte. Daraufhin beschloß Brunetti, sie wenigstens in Hörweite dieser beiden mit ihrem Dienstgrad anzureden und ihr alle Zeichen des Respekts zu erweisen, auf die sie ein Anrecht hatte. Nicht zum ersten Mal zuckte er innerlich zusammen, wenn er seine eigenen Vorurteile bei anderen wiederfand.

Er tauschte mit den Carabinieri ein paar Nichtigkeiten aus. Welche Siegchancen hatte Neapel an diesem Wochenende? Würde Maradona spielen? Die Regierung stürzen? Er stand an der Glastür und sah den Verkehr in Wellen über den Piazzale Roma schwappen. Fußgänger tänzelten im Zickzack zwischen Autos und Bussen hindurch. Niemand kümmerte sich auch nur einen Deut um die Zebrastreifen oder die weißen Linien, die zur Trennung der Fahrbahnen gedacht waren. Und doch floß der Verkehr reibungslos und rasch dahin.

Eine hellgrüne Limousine überquerte die Busspur und hielt hinter den beiden blau-weißen Carabinieriwagen. Es war ein neutrales Auto ohne Markierungen oder Blaulicht, das einzig Auffällige daran war das Kennzeichen mit der Aufschrift »AFI Official«. Die Fahrertür ging auf, und ein uniformierter Soldat wurde sichtbar. Er stieg aus und öffnete den Verschlag für eine junge Frau in dunkelgrüner Uniform. Sobald sie neben dem Wagen stand, setzte sie ihre Mütze auf und blickte zuerst um sich, dann zur Carabinieristation hinüber.

Ohne sich groß von den Männern zu verabschieden, verließ Brunetti die Station und ging auf das Auto zu. »Doctor Peters?« fragte er im Näherkommen.

Sie sah hoch, als sie ihren Namen hörte, und machte einen Schritt auf ihn zu. Dann streckte sie die Hand aus, drückte die seine kurz und stellte sich als Terry Peters vor. Sie sah aus wie Ende Zwanzig und hatte lockiges braunes Haar, das sich dem Druck ihrer Kopfbedeckung widersetzte. Ihre Augen waren dunkelbraun, die Haut noch vom Sommer getönt. Wenn sie gelächelt hätte, wäre sie noch hübscher gewesen. Statt dessen sah sie ihm direkt in die Augen, den Mund zu einer geraden Linie zusammengekniffen, und fragte: »Sind Sie der Inspektor von der Polizei?«

»Commissario Brunetti. Ich habe ein Boot hier, das uns nach San Michele hinausbringen wird.« Als er ihre Verwirrung sah, erklärte er: »Das ist die Friedhofsinsel. Dorthin ist die Leiche gebracht worden.«

Ohne auf ihre Antwort zu warten, zeigte er zum Anleger und ging über die Straße voraus. Sie sagte noch irgend etwas zu ihrem Fahrer und folgte ihm dann. Am Wasser angelangt, deutete er auf die blau-weiße Polizeibarkasse, die dort lag. »Hierher, Doctor«, sagte er, indem er vom Ufer an Deck sprang. Sie war dicht hinter ihm und ergriff ohne Zögern seine Hand, um sich an Bord helfen zu lassen. Ihr Uniformrock bedeckte gerade ihre Knie. Sie hatte hübsche Beine, gebräunt und muskulös, mit schmalen Fesseln. Sobald sie in der Kabine Platz genommen hatten, lenkte Monetti das Boot in den Canal Grande. Rasch ging es mit rotierendem Blaulicht am Bahnhof vorbei und links in den Canale della Misericordia, dessen Auslauf direkt gegenüber der Friedhofsinsel lag.

Wenn Brunetti einen Besucher von auswärts auf einem Polizeiboot mitnehmen mußte, machte er es sich normalerweise zur Aufgabe, ihn auf Sehenswürdigkeiten und andere interessante Punkte hinzuweisen. Diesmal begnügte er sich mit einer Förmlichkeit. »Sie haben hoffentlich gut hierhergefunden, Doctor.«

Sie blickte auf den schmalen grünen Teppichstreifen zwischen ihnen und murmelte etwas, das er als »ja« verstand, aber weiter sagte sie nichts. Er merkte, daß sie von Zeit zu Zeit tief durchatmete, um sich zur Ruhe zu zwingen, eine seltsame Reaktion, da sie ja immerhin Ärztin war.

Als hätte sie seine Gedanken gelesen, blickte sie zu ihm auf, lächelte ein sehr hübsches Lächeln und sagte: »Es ist etwas anderes, wenn man den Menschen kennt. Beim Medizinstudium sind es Fremde, da ist es leicht, den professionellen Abstand zu wahren.« Sie machte eine lange Pause. »Und Leute in meinem Alter sterben normalerweise nicht.«

Da hatte sie sicher recht. »Haben Sie lange zusammen gearbeitet?« fragte Brunetti.

Sie nickte und wollte antworten, aber bevor sie noch etwas sagen konnte, ruckte das Boot heftig. Sie hielt sich mit beiden Händen an ihrem Sitz fest und warf ihm einen ängstlichen Blick zu.

»Wir sind gerade in die Lagune hinausgefahren, hier ist

mehr Wellengang. Keine Sorge, es ist nichts Beängstigendes.«

»Ich bin kein guter Seemann. Ich stamme aus North Dakota, und da gibt es nicht viel Wasser. Ich habe noch nicht einmal schwimmen gelernt.« Ihr Lächeln war schwach, aber es war wieder da.

»Haben Sie und Mr. Foster lange zusammen gearbeitet?«

»Sergeant Foster«, korrigierte sie ihn automatisch. »Ja. Seit ich vor etwa einem Jahr nach Vicenza kam. Er macht eigentlich alles allein. Die brauchen nur einen Offizier, der die Verantwortung trägt. Und Papiere unterschreibt.«

»Dem man die Schuld geben kann?« fragte er mit einem Lächeln.

»Ja, ja, so könnte man vielleicht sagen. Aber es ist nie etwas schiefgegangen. Nicht bei Sergeant Foster. Er macht seine Arbeit sehr gut.« Ihre Stimme klang herzlich. Lob? Zuneigung?

Das Motorengeräusch unter ihnen wurde zu einem langsamen, gleichmäßigen Schnurren, und dann kam der schwere, dumpfe Schlag, als sie an die Anlegestelle des Friedhofs glitten. Er stand auf und stieg über die schmale Treppe aufs offene Deck, wo er stehenblieb, um die eine Hälfte der Schwingtür für die Ärztin aufzuhalten. Monetti war damit beschäftigt, die Leinen um einen der hölzernen Pfähle zu schlingen, die in absurdem Winkel aus dem Wasser der Lagune ragten.

Brunetti sprang an Land und hielt ihr seinen Arm hin. Sie legte die Hand darauf und war mit einem großen Schritt neben ihm. Er stellte fest, daß sie weder eine

Handtasche noch eine Aktenmappe bei sich hatte. Vielleicht im Auto oder im Boot gelassen.

Der Friedhof wurde um vier Uhr geschlossen, so daß Brunetti auf die Klingel rechts von den großen Holztoren drücken mußte. Kurz darauf wurde das rechte Tor von einem Mann in dunkelblauer Uniform geöffnet, und Brunetti nannte seinen Namen. Der Mann hielt ihnen die Tür auf und schloß sie hinter ihnen. Brunetti ging durch die Haupteinfahrt voraus und blieb am Fenster des Wachmanns stehen, um seinen Namen zu nennen und seinen Dienstausweis vorzuzeigen. Der Wachmann bedeutete ihnen, rechts durch die offene Arkade weiterzugehen. Brunetti nickte. Er kannte den Weg.

Als sie das Gebäude betraten, in dem die Leichenhalle war, spürte Brunetti den plötzlichen Temperaturunterschied. Dr. Peters bemerkte ihn offensichtlich auch, denn sie kreuzte die Arme über der Brust und senkte den Kopf. An einem einfachen Holztisch am Ende des langen Korridors saß ein weißgekleideter Wärter. Er stand auf, als er sie kommen sah, und legte bedachtsam sein Buch vor sich hin, die aufgeklappten Seiten nach unten. »Commissario Brunetti?« fragte er.

»Das ist die Ärztin vom amerikanischen Stützpunkt«, erklärte Brunetti mit einer Kopfbewegung zu der jungen Frau an seiner Seite. Für jemanden, der dem Tod so oft ins Gesicht sah, war der Anblick einer jungen Frau in Militäruniform wohl kaum bemerkenswert, denn der Wärter ging rasch vor ihnen vorbei und öffnete die schwere Holztür zu seiner Linken.

»Ich wußte, daß Sie kommen, und habe ihn schon herausgeholt«, sagte der Mann, während er sie zu einer metallenen Bahre führte, die an einer Seitenwand stand. Alle drei erkannten, was unter dem weißen Tuch lag. Als sie neben der Leiche standen, sah der junge Mann Dr. Peters an. Sie nickte. Er schlug das Tuch zurück, und sie blickte in das Gesicht des Toten. Brunetti beobachtete ihr Gesicht. Die ersten paar Sekunden blieb es völlig ruhig und ausdruckslos, dann schloß sie die Augen und zog die Oberlippe zwischen die Zähne. Falls sie die Tränen zurückzuhalten versuchte, gelang es ihr nicht; sie stiegen hoch und quollen aus ihren Augen. »Mike, Mike«, flüsterte sie, dann wandte sie sich ab.

Brunetti nickte dem Wärter zu, der das Tuch wieder übers Gesicht des jungen Mannes breitete.

Brunetti fühlte ihre Hand auf seinem Arm, ihr Griff war erstaunlich fest. »Woran ist er gestorben?«

Er wollte sich umdrehen und sie nach draußen führen, aber sie packte seinen Arm noch fester und wiederholte eindringlich: »Woran ist er gestorben?«

Brunetti legte seine Hand auf die ihre und sagte: »Kommen Sie nach draußen.«

Bevor er recht wußte, was sie vorhatte, drängte sie sich an ihm vorbei, griff nach dem Tuch und riß es weg, so daß der Körper des jungen Mannes bis zur Taille entblößt war. Der große Y-Schnitt von der Autopsie, der vom Nabel bis zum Hals reichte, war mit Riesenstichen zusammengenäht. Nicht zugenäht und im Vergleich dazu scheinbar harmlos war der kleine horizontale Schnitt, durch den er ums Leben gekommen war.

Ein leises Ächzen entrang sich ihr, und sie wiederholte

den Namen: »Mike, Mike.« Es hörte sich an wie ein langgezogener, durchdringender Klagelaut. Dabei stand sie merkwürdig aufrecht und starr neben der Leiche, und der wehklagende Ton wollte nicht aufhören.

Der Wärter trat rasch vor sie und zog taktvoll das Tuch wieder über die Leiche, das zuerst die beiden Wunden und dann das Gesicht zudeckte.

Sie drehte sich zu Brunetti um, und er sah, daß ihre Augen voller Tränen waren, aber er sah auch noch etwas anderes darin: Angst, nackte, animalische Angst.

»Geht's wieder, Doctor?« fragte er leise, wobei er darauf achtete, sie nur ja nicht zu berühren oder ihr sonst irgendwie zu nahe zu kommen.

Sie nickte, und der seltsame Ausdruck verschwand aus ihren Augen. Abrupt drehte sie sich um und ging auf die Tür zu. Ein paar Schritte davor blieb sie plötzlich stehen und sah sich um, als wäre sie überrascht, da zu sein, wo sie war, dann rannte sie zu einem Waschbecken am anderen Ende der Wand. Sie übergab sich heftig in das Becken und würgte immer wieder, bis sie schließlich halb gebückt, die Arme aufs Becken gestützt, keuchend stehenblieb.

Der Wärter erschien plötzlich neben ihr und reichte ihr ein weißes Handtuch. Sie nahm es mit einem Nicken und wischte sich das Gesicht ab. Sanft nahm der Mann sie beim Arm und führte sie zu einem anderen Becken ein paar Meter weiter an derselben Wand. Er drehte den Heißwasserhahn auf, dann den kalten, und hielt die Hand darunter, bis es die richtige Temperatur hatte. Dann nahm er ihr das Handtuch ab und hielt es, während Doktor Peters sich das Gesicht wusch und den Mund ausspülte. Als sie fertig war, gab er ihr das Handtuch wieder, drehte das Wasser ab und verließ den Raum durch die gegenüberliegende Tür.

Sie faltete das Handtuch zusammen und legte es über den Rand des Beckens. Auf ihrem Weg zurück zu Brunetti vermied sie es, nach links zu sehen, wo die Leiche, jetzt zugedeckt, immer noch auf der Bahre lag.

Als sie bei ihm war, drehte Brunetti sich um und ging zur Tür, hielt sie ihr auf, und sie traten hinaus in die wärmere Abendluft. Während sie unter den langen Arkaden entlanggingen, sagte sie: »Es tut mir leid. Ich weiß auch nicht, warum mir das passiert ist. Ich habe schon öfter Autopsien gesehen. Ich habe sogar welche gemacht.« Sie schüttelte im Gehen ein paarmal den Kopf. Er sah die Bewegung nur aus den Augenwinkeln.

Er fragte, wenn auch nur noch der Form halber: »Ist es Sergeant Foster?«

»Ja, er ist es«, antwortete sie ohne Zögern, aber er merkte, daß sie Mühe hatte, ruhig und gelassen zu sprechen. Selbst ihr Gang war steifer als beim Hineingehen, als ließe sie sich ihre Bewegungen nur noch von der Uniform vorschreiben.

Sie verließen den Friedhof durchs Tor, und Brunetti führte sie hinüber zum Landesteg, wo Monetti das Boot festgemacht hatte. Er saß in der Kabine und las Zeitung. Als er sie kommen sah, faltete er diese zusammen und ging zum Heck, wo er an der Anlegeleine zog, um das Boot so nah ans Ufer zu bringen, daß sie leicht an Bord konnten.

Diesmal sprang sie zuerst aufs Boot und ging sofort die

Treppe hinunter in die Kabine. Brunetti blieb nur lange genug stehen, um Monetti zuzuflüstern: »Lassen Sie sich soviel Zeit wie möglich für den Rückweg«, dann folgte er ihr.

Sie saß jetzt weiter vorn, mit Blick aus den vorderen Fenstern der Kabine. Die Sonne war schon untergegangen, und der Himmel war kaum mehr hell genug, um noch viel von der Silhouette der Stadt zu ihrer Linken erkennen zu können. Er setzte sich ihr gegenüber und sah, wie aufrecht und starr sie dasaß.

»Es sind noch etliche Formalitäten zu erledigen, aber ich nehme an, daß wir die Leiche morgen freigeben können.«

Sie nickte, um anzuzeigen, daß sie ihn gehört hatte.

»Was wird die Army tun?«

»Wie bitte?«

»Was tut die Army in so einem Fall?« wiederholte er.

»Wir schicken die Leiche nach Hause, zu seiner Familie.«

»Nein, das meine ich nicht. Ich meine die Untersuchung des Falles.«

Bei diesen Worten drehte sie sich um und sah ihm in die Augen. Er hielt ihre Verwirrung für gespielt. »Ich verstehe nicht. Was für eine Untersuchung?«

»Um herauszufinden, warum er umgebracht wurde.«

»Aber ich dachte, es war Raubmord«, sagte sie.

»Vielleicht«, meinte er. »Aber ich bezweifle es.«

Sie wandte den Kopf ab, als er das sagte, und starrte aus dem Fenster, doch die Nacht hatte das Panorama von Venedig verschluckt, und sie sah nur ihr eigenes Spiegelbild.

»Darüber weiß ich nichts«, sagte sie mit Nachdruck.

Für Brunetti klang es so, als glaubte sie, wenn sie es nur oft und eindringlich genug wiederholte, würde es wahr. »Was war er für ein Mensch?« fragte er.

Einen Augenblick antwortete sie nicht, aber als sie es dann tat, fand Brunetti ihre Antwort eigenartig. »Aufrichtig. Er war ein aufrichtiger Mensch.«

Es war eine merkwürdige Aussage über einen so jungen Mann. Er wartete, ob sie noch mehr sagen würde. Als sie es nicht tat, fragte er: »Wie gut haben Sie ihn gekannt?«

Er beobachtete ihr Gesicht nicht direkt, sondern dessen Spiegelbild in der Fensterscheibe des Bootes. Sie weinte nicht mehr, doch in ihren Zügen hatte sich eine tiefe Traurigkeit eingenistet. Sie holte tief Luft und antwortete: »Ich kannte ihn sehr gut.« Doch dann veränderte sich ihr Ton, wurde lässiger und beiläufiger. »Wir haben ein Jahr lang zusammen gearbeitet.« Und mehr sagte sie nicht.

»Worin bestand denn seine Arbeit? Captain Duncan sagte, er war Gesundheitsinspektor, aber ich habe eigentlich keine Ahnung, was das heißen soll.«

Sie sah, daß ihre Blicke sich im Fensterglas trafen, und drehte sich zu ihm um. »Er mußte unsere Wohnungen inspizieren. Die, in denen wir Amerikaner wohnen, meine ich. Oder wenn es irgendwelche Beschwerden von Vermietern über die Mieter gab, mußte er ihnen nachgehen.«

»Und sonst?«

»Er mußte zu den Botschaften fahren, für die unser Krankenhaus zuständig ist. Nach Kairo, Warschau und Belgrad, um die Küchen zu überprüfen, ob sie sauber sind.«

»Dann war er also viel auf Reisen?«

»Ziemlich viel, ja.«

»Hat er seine Arbeit gern gemacht?«

Ohne Zögern und mit großem Nachdruck sagte sie: »O ja. Er fand sie sehr wichtig.«

»Und Sie waren seine Vorgesetzte?«

Ihr Lächeln war kaum erkennbar. »So könnte man es wohl nennen. Ich bin eigentlich Kinderärztin; sie haben mir diese Stellung im Gesundheitswesen nur übertragen, um bei Bedarf über die Unterschrift eines Offiziers und eines Arztes zu verfügen. Er hat das Büro fast ganz allein geführt. Gelegentlich gab er mir etwas zu unterschreiben oder bat mich, irgendwelche Dinge zu bestellen. Vieles wird schneller erledigt, wenn ein Offizier es anfordert.«

»Sind Sie je zusammen zu den Botschaften gereist?«

Ob sie seine Frage seltsam fand, konnte er nicht erkennen, denn sie wandte sich ab und starrte wieder aus dem Fenster. »Nein, Sergeant Foster ist immer allein gefahren.« Unvermittelt stand sie auf und ging zur Treppe im hinteren Teil der Kabine. »Kennt Ihr Fahrer, oder wie man ihn nennt, eigentlich den Weg? Ich habe das Gefühl, wir brauchen eine Ewigkeit für die Rückfahrt.« Sie drückte eine Hälfte der Schwingtür auf und blickte aufmerksam hinaus, aber die Gebäude zu beiden Seiten des Kanals sagten ihr nichts.

»Ja, zurück dauert es länger«, log Brunetti ohne schlechtes Gewissen. »Viele Kanäle dürfen nur in einer Richtung befahren werden, so daß wir ganz um den Bahnhof herum müssen, um zum Piazzale Roma zu kommen.« Er sah, daß sie gerade in den Canale di Cannareggio einfuhren. In knapp fünf Minuten würden sie da sein.

Sie drängte sich durch die Schwingtür nach draußen und stellte sich aufs Deck. Ein plötzlicher Windstoß zerrte an ihrer Mütze, und sie drückte sie mit der einen Hand auf den Kopf, nahm sie dann ab und hielt sie in der Hand. Ohne die steife Kopfbedeckung war sie mehr als hübsch.

Er ging hinauf und trat neben sie. Sie bogen gerade nach rechts in den Canal Grande ein. »Es ist sehr schön hier«, sagte sie. Dann fragte sie in anderem Ton: »Woher sprechen Sie so gut Englisch?«

»Ich habe es in der Schule und auf der Universität gelernt, außerdem war ich eine Zeitlang in den Staaten.«

»Aber Sie sprechen sehr gut.«

»Danke. Sprechen Sie Italienisch?«

»*Un poco*«, antwortete sie, lächelte dann und fügte hinzu: »*Molto poco.*«

Vor ihnen tauchte der Anleger des Piazzale Roma auf. Er trat an ihr vorbei und griff nach der Leine, um sie bereit zu haben, während Monetti den nächsten Pfahl anlief. Er warf das Seil über den Pfahl und befestigte es fachmännisch mit einem Seemannsknoten. Monetti stellte den Motor ab, und Brunetti sprang auf den Anlegesteg. Dr. Peters nahm wie selbstverständlich seinen Arm, als sie von Bord ging. Dann ließ sie ihn los, und sie gingen nebeneinander zu dem Wagen, der immer noch vor der Carabinieriwache stand.

Der Fahrer stieg aus, als er sie kommen sah, salutierte und öffnete ihr die hintere Tür. Sie zog den Rock ihrer

Uniform zurecht und glitt auf den Rücksitz. Brunetti hob die Hand, um zu verhindern, daß der Fahrer die Tür hinter ihr zuschlug. »Danke, daß Sie gekommen sind, Doctor«, sagte er, wobei er seine Hand aufs Wagendach legte und sich zum Sprechen hinunterbeugte.

»Keine Ursache«, antwortete sie, ohne sich groß dafür zu bedanken, daß er sie nach San Michele gebracht hatte.

»Ich freue mich darauf, Sie in Vicenza wiederzusehen«, sagte er, gespannt auf ihre Reaktion.

Diese kam plötzlich und ausdrucksstark, und er sah kurz wieder dieselbe Angst aufblitzen wie in dem Moment, als sie die Wunde gesehen hatte, an der Foster gestorben war. »Warum?«

Er lächelte nichtssagend. »Vielleicht kann ich mehr darüber herausfinden, warum er umgebracht wurde.«

Sie beugte sich vor und zog am Türgriff. Ihm blieb nichts übrig, als dem Gewicht der zufallenden Tür auszuweichen. Er sah, wie sie sich vorbeugte und etwas zum Fahrer sagte, dann fuhr das Auto davon. Brunetti blieb stehen und sah zu, wie es sich in den fließenden Verkehr des Piazzale Roma einordnete und die ansteigende Straße hinauf in Richtung Brücke fuhr. Oben verlor er es aus den Augen, ein neutrales, hellgrünes Fahrzeug, das von einem Ausflug nach Venedig zum Festland zurückkehrte.

5

Brunetti machte sich nicht die Mühe, noch einmal in die Carabinieristation hineinzusehen, ob man seine Rückkehr mit dem Captain auch registriert hatte, sondern ging direkt zum Boot zurück, wo er Monetti wieder bei seiner Zeitung fand. Vor Jahren hatte einmal irgendein Ausländer – wer, wußte er nicht mehr – etwas darüber gesagt, wie langsam Italiener lasen. Daran mußte Brunetti seither jedesmal denken, wenn er beobachtete, wie sich jemand auf der ganzen Strecke von Venedig bis Mailand mit einer einzigen Zeitung beschäftigte; Monetti hatte bestimmt reichlich Zeit gehabt, aber er schien immer noch auf den ersten Seiten zu sein. Vielleicht hatte die Langeweile ihn gezwungen, noch einmal von vorn anzufangen.

»Danke, Monetti«, sagte er, als er an Deck trat.

Der junge Mann blickte auf und lächelte. »Ich habe versucht, so langsam wie möglich zu fahren, Commissario. Aber es ist die Pest mit all diesen Irren, die sich einem ans Hinterteil heften und viel zu dicht auffahren.«

Brunetti teilte seine Meinung über italienische Fahrer. Er war schon Anfang Dreißig gewesen, als er Auto fahren gelernt hatte, zwangsweise, weil er für drei Jahre nach Neapel versetzt war. Er fuhr ängstlich und schlecht, langsam aus Vorsicht, und regte sich allzu oft über dieselben Irren auf, die Sorte, die Autos lenkte, nicht Boote.

»Würde es Ihnen etwas ausmachen, mich nach San Silvestro zu bringen?« fragte er.

»Ich lasse Sie direkt am Ende der Calle aussteigen, Commissario, wenn Sie wollen.«

»Danke, Monetti, gern.«

Brunetti zog die Leine mit einem Ruck über den Pfahl und legte sie sorgfältig um den Metallpfosten an der Seite des Bootes. Dann ging er nach vorn und stellte sich neben Monetti, während sie den Canal Grande hinauffuhren. Wenig von dem, was an diesem Ende der Stadt zu sehen war, interessierte Brunetti. Sie ließen den Bahnhof hinter sich, ein Gebäude, das durch seine Trostlosigkeit überraschte.

Wie viele Venezianer hatte Brunetti stets ein Auge für seine Stadt. Oft fiel ihm ein Fenster auf, das er noch nie bemerkt hatte, oder die Sonne erhellte einen Bogengang, und dann zog sich ihm richtiggehend das Herz zusammen, als Reaktion auf etwas, das weit vielschichtiger war als bloße Schönheit. Wenn er darüber nachdachte, kam er zu dem Schluß, daß es etwas mit dem Dialekt zu tun haben mußte, den man hier sprach, mit der Tatsache, daß nicht einmal achtzigtausend Menschen in dieser Stadt lebten, und vielleicht damit, daß er in einem Palazzo aus dem fünfzehnten Jahrhundert in den Kindergarten gegangen war. Wenn er woanders war, fehlte die Stadt ihm auf dieselbe Weise, wie ihm Paola fehlte, und er fühlte sich nur vollständig und ganz, wenn er hier war. Während sie den Kanal hinaufbrausten, genügte ein Blick in die Runde, um den tieferen Sinn all dessen zu beweisen. Er hatte nie mit jemandem darüber gesprochen. Kein Fremder würde es verstehen; und jeder Venezianer würde es überflüssig finden.

Kurz nachdem sie unter der Rialtobrücke durchgefahren waren, lenkte Monetti das Boot nach rechts. Am Ende der langen Calle, die zu Brunettis Haus führte, schaltete er in den Leerlauf und hielt das Boot kurz am Ufer an, um Brunetti an Land springen zu lassen. Noch bevor Brunetti sich umdrehen und dankend die Hand heben konnte, war Monetti schon wieder davon und schwenkte das Boot mit blinkendem Blaulicht in die Richtung, aus der sie gekommen waren, auf dem Weg nach Hause zum Essen.

Brunetti ging mit müden Beinen die Calle entlang; er hatte das Gefühl, den ganzen Tag von einem Boot aufs andere gesprungen zu sein, seit ihn vor zwölf Stunden das erste hier abgeholt hatte. Er öffnete die große Tür des Hauses und schloß sie leise hinter sich. Das schmale Treppenhaus, das sich in Haarnadelkurven bis oben wand, wirkte wie ein perfekter Schalltrichter, und man hörte noch vier Treppen höher, wenn die Haustür zufiel. Vier Treppen. Der Gedanke machte ihm zu schaffen.

Als er die letzte Biegung des Treppenhauses erreicht hatte, roch er die Zwiebeln, was ihm das Erklimmen der restlichen Stufen sehr erleichterte. Er warf einen Blick auf seine Armbanduhr, bevor er den Schlüssel ins Schloß steckte. Halb zehn. Chiara würde noch wach sein, so daß er ihr wenigstens einen Gutenachtkuß geben und sie fragen konnte, ob sie ihre Hausaufgaben gemacht hatte. Bei Raffaele, falls er da war, konnte er ersteres kaum riskieren, und letzteres wäre sinnlos.

»*Ciao, papà*«, rief Chiara aus dem Wohnzimmer. Er hängte sein Jackett in den Schrank und durchquerte den Flur. Chiara lümmelte in einem Sessel und blickte von einem Buch hoch, das aufgeschlagen auf ihrem Schoß lag.

Beim Eintreten knipste er automatisch den Strahler über ihr an. »Willst du blind werden?« fragte er zum siebenhundertsten Mal.

»Ach, *papà*, ich sehe genug zum Lesen.«

Er beugte sich über sie und küßte sie auf die Wange, die sie ihm hinhielt. »Was liest du denn da, mein Engel?«

»*Mamma* hat es mir gegeben. Es ist fabelhaft. Es handelt von einer Gouvernante, die bei einem Mann arbeitet, und dann verlieben sie sich, aber er hat diese verrückte Frau, die auf dem Dachboden eingesperrt ist, und kann sie nicht heiraten, obwohl sie sich echt lieben. Ich bin gerade an der Stelle, als ein Feuer ausbricht. Ich hoffe, sie verbrennt.«

»Wer, Chiara?« fragte er. »Die Gouvernante oder die Ehefrau?«

»Die Ehefrau natürlich, Dummerjan.«

»Warum?«

»Damit Jane Eyre«, sagte sie, wobei aus dem Namen Haschee wurde, »endlich Mr. Rochester heiraten kann«, dessen Namen sie ebenso Gewalt antat.

Er wollte weiter fragen, aber sie war schon wieder bei ihrem Feuer, also ging er in die Küche, wo er Paola über die offene Tür der Waschmaschine gebeugt fand.

»*Ciao*, Guido«, sagte sie und richtete sich auf. »In zehn Minuten können wir essen.« Sie küßte ihn, bevor sie sich dem Herd zuwandte, auf dem Zwiebeln in Öl vor sich hin brutzelten.

»Ich hatte eben eine literarische Diskussion mit unserer

Tochter«, sagte er. »Sie hat mir die Handlung eines großen Klassikers der englischen Literatur erklärt. Ich glaube, es ist besser, wenn wir sie zwingen, die brasilianischen Seifenopern im Fernsehen anzusehen. Sie will doch unbedingt, daß Mrs. Rochester verbrennt.«

»Ach, komm, Guido, das will jeder unbedingt, wenn er *Jane Eyre* liest.« Sie schob die Zwiebeln in der Pfanne hin und her und fügte hinzu: »Jedenfalls beim erstenmal. Was für ein gerissenes, selbstgerechtes Biest diese Jane Eyre wirklich ist, merkt man erst später.«

»Erzählst du das deinen Studenten?« fragte er, während er den Schrank aufmachte und eine Flasche Pinot Noir herausholte.

Die Leber wartete fertig geschnitten auf einem Teller neben der Pfanne. Paola schob eine mit Schlitzen versehene Bratschaufel darunter und ließ die Hälfte der Leber in die Pfanne gleiten, dann trat sie zurück, um keine Ölspritzer abzubekommen. Sie zuckte die Achseln. Das Semester hatte gerade wieder begonnen, und sie hatte offensichtlich keine Lust, in ihrer Freizeit an Studenten zu denken.

Sie rüttelte die Pfanne und fragte: »Wie war die Frau Captain-Doctor?«

Er nahm zwei Gläser aus dem Regal und goß Wein in beide. Dann lehnte er sich gegen den Schrank, gab ihr eins und trank einen Schluck aus seinem, bevor er antwortete: »Sehr jung, und sehr nervös.« Als er sah, daß Paola weiter die Pfanne rüttelte, fügte er hinzu: »Und sehr hübsch.«

Als sie das hörte, nippte sie an ihrem Glas, das sie in der einen Hand hielt, und sah ihn an.

»Nervös? Warum?« Sie trank noch ein Schlückchen Wein, hielt das Glas gegen das Licht, und meinte: »Der hier ist nicht so gut wie der von Mario, oder?«

»Nein«, pflichtete er ihr bei. »Aber dein Vetter Mario ist so sehr damit beschäftigt, sich einen Namen im internationalen Weinhandel zu machen, daß er keine Zeit für so kleine Bestellungen wie unsere hat.«

»Hätte er schon, wenn wir pünktlich bezahlen würden«, blaffte sie.

»Paola, komm. Das war vor sechs Monaten.«

»Und wir haben ihn sechs Monate auf sein Geld warten lassen.«

»Paola, es tut mir leid. Ich dachte, ich hätte die Rechnung bezahlt, und dann habe ich es vergessen. Ich habe mich bei ihm entschuldigt.«

Sie stellte ihr Glas ab und versetzte der Leber einen raschen Stoß.

»Paola, es waren nur zweihunderttausend Lire. Das bringt deinen Vetter Mario nicht ins Armenhaus.«

»Warum sagst du immer ›dein Vetter Mario‹?«

Brunetti hätte beinah gesagt: »Weil er dein Vetter ist und Mario heißt«, statt dessen stellte er sein Glas auf die Arbeitsplatte und legte die Arme um Paola. Lange blieb sie starr und abweisend. Er verstärkte den Druck seiner Arme, bis sie lockerer wurde, sich gegen ihn lehnte und den Kopf an seine Brust legte.

So standen sie, bis sie ihm schließlich mit der Bratschaufel einen kleinen Rippenstoß gab und sagte: »Die Leber brennt an.«

Er ließ sie los und nahm sein Glas wieder auf.

»Ich weiß nicht, warum sie nervös war, aber der Anblick der Leiche hat sie ziemlich mitgenommen.«

»Würde der Anblick einer Leiche nicht jeden mitnehmen, besonders, wenn man den Menschen gekannt hat?«

»Nein, es war mehr als das. Ich bin sicher, zwischen ihnen war etwas.«

»Was denn?«

»Das Übliche.«

»Na ja, du hast gesagt, sie ist hübsch.«

Er lächelte. »Sehr hübsch.«

Sie lächelte.

»Und sehr«, fing er an und suchte nach dem richtigen Wort. Das richtige Wort ergab keinen Sinn. »Und sehr verängstigt.«

»Warum verängstigt?« fragte Paola, während sie die Pfanne zum Tisch trug und auf eine Kachel stellte. »Wovor hat sie Angst? Daß man sie verdächtigen würde, ihn umgebracht zu haben?«

Er holte das große hölzerne Schneidebrett, das neben dem Herd stand, und trug es zum Tisch. Dann setzte er sich hin, schlug das darübergebreitete Küchentuch zurück und deckte den Halbkreis goldfarbener, noch warmer Polenta auf, die gerade fest wurde. Paola brachte einen Salat und die Weinflasche und goß ihnen beiden nach, bevor sie sich zu ihm setzte.

»Nein, ich glaube, das ist es nicht«, sagte er, während er sich Leber und Zwiebeln auf den Teller tat, dazu ein großes Stück Polenta. Er spießte ein Stück Leber auf seine Gabel, schob mit dem Messer Zwiebeln darauf und begann zu essen. Wie es seine Angewohnheit war, sprach er nicht, bis sein Teller leer war. Als die Leber aufgegessen war und er mit dem Rest seiner zweiten Portion Polenta die Soße auftunkte, sagte er: »Ich glaube, sie weiß oder ahnt vielleicht, wer ihn umgebracht hat. Oder warum er umgebracht wurde.«

»Wie kommst du darauf?«

»Wenn du ihr Gesicht gesehen hättest, als sie ihn sah. Nein, nicht als sie sah, daß er tot war, und daß es wirklich Foster war, sondern als sie sah, was ihn umgebracht hatte – sie war einer Panik nah. Das war zuviel.«

»Zuviel?«

»Sie hat sich übergeben.«

»An Ort und Stelle?«

»Ja. Komisch, nicht?«

Paola dachte ein Weilchen nach, bevor sie antwortete. Sie trank ihren Wein aus und goß sich noch ein halbes Glas nach. »Ja. Das ist eine komische Reaktion auf den Tod. Und sie ist doch Ärztin?«

Er nickte.

»Das paßt nicht zusammen. Wovor könnte sie Angst haben?« fragte sie.

»Gibt es Nachtisch?«

»Feigen.«

»Ich liebe dich.«

»Du meinst, du liebst Feigen«, sagte sie und lächelte.

Es waren sechs, vollkommen und feucht vor reifer Süße. Er nahm sein Messer und fing an, eine zu schälen. Als er fertig war und der Saft ihm über die Finger rann, schnitt er sie durch und reichte ihr das größere Stück.

Er steckte das meiste von seiner Hälfte auf einmal in

den Mund und wischte sich den Saft vom Kinn. Dann aß er den Rest und noch zwei weitere Feigen, wischte sich wieder über den Mund, trocknete seine Hände an der Serviette ab und sagte: »Wenn du mir jetzt noch ein Gläschen Port gibst, sterbe ich als glücklicher Mann.«

Paola stand auf und fragte: »Wovor könnte sie sonst noch Angst haben?«

»Wie du gesagt hast – davor, daß sie verdächtigt werden könnte, etwas mit seinem Tod zu tun zu haben. Oder weil sie tatsächlich etwas damit zu tun hatte.«

Sie griff nach einer gedrungenen Portweinflasche im Regal, aber bevor sie etwas davon in zwei winzige Gläser goß, stellte sie die Teller in die Spüle. Dann goß sie den Portwein ein und brachte die Gläser zum Tisch.

Die Süße vermischte sich mit dem Nachgeschmack der Feigen. Ein glücklicher Mann. »Aber ich glaube, es ist weder das eine noch das andere.«

»Warum?«

Er hob die Schultern. »Sie kommt mir nicht vor wie eine Mörderin.«

»Weil sie hübsch ist?« fragte Paola und nippte an ihrem Port.

Er wollte schon sagen, weil sie Ärztin sei, aber da fielen ihm Rizzardis Worte ein, daß der Mörder des jungen Mannes gewußt haben mußte, wo man das Messer ansetzt. Ein Arzt würde das wissen. »Vielleicht«, sagte er, dann wechselte er das Thema und fragte: »Ist Raffi zuhause?« Er sah auf die Uhr. Nach zehn. Sein Sohn wußte, daß er um zehn zu Hause sein mußte, wenn er anderntags Schule hatte.

»Wenn er nicht gekommen ist, während wir gegessen haben, dann nicht«, antwortete Paola.

»Nein, ist er nicht«, sagte Brunetti, der sich zwar seiner Antwort sicher war, nicht aber, warum er es wußte.

Es war spät, sie hatten eine Flasche Wein getrunken, herrliche Feigen gegessen und perfekten Portwein genossen. Sie wollten beide nicht über ihren Sohn reden. Er würde auch am Morgen noch da und noch immer ihr Sohn sein.

»Soll ich für dich abräumen?« Er meinte das Geschirr, aber die Frage war nicht ernst gemeint.

»Nein, das mache ich schon. Geh du Chiara ins Bett schicken.«

Abräumen wäre weniger schwierig gewesen. »Na, ist das Feuer gelöscht?« fragte er, als er ins Wohnzimmer trat.

Sie hörte ihn nicht. Sie war viele Kilometer und viele Jahre von ihm entfernt. Sie saß tief in den Sessel gekuschelt, die Beine weit von sich gestreckt. Auf der Armlehne lagen die Kerngehäuse zweier Äpfel, auf dem Boden neben ihr stand eine Tüte Kekse.

»Chiara«, sagte er, dann lauter: »Chiara.«

Sie blickte kurz auf, sah ihn zuerst nicht und merkte dann, daß es ihr Vater war. Sofort versenkte sie sich wieder in ihr Buch und vergaß ihn.

»Chiara, Zeit, ins Bett zu gehen.«

Sie blätterte eine Seite um.

»Chiara, hast du mich gehört? Zeit fürs Bett.«

Immer noch lesend stieß sie sich mit einer Hand aus dem Sessel hoch. Am Ende der Seite hielt sie gerade lange genug inne, um aufzusehen und ihm einen Kuß zu geben, dann verschwand sie, einen Finger zwischen den Seiten. Er hatte nicht den Mut, ihr zu sagen, sie solle das Buch dalassen. Wenn er in der Nacht aufstand, konnte er ja ihr Licht ausmachen.

Paola kam ins Wohnzimmer. Sie beugte sich vor, knipste die Lampe neben dem Sessel aus, nahm die Apfelreste, hob die Tüte mit den Keksen auf und brachte sie in die Küche.

Brunetti machte das Licht aus und ging über den Flur zum Schlafzimmer.

6

Brunetti kam am nächsten Morgen um acht in die Questura, nachdem er unterwegs noch die Zeitungen gekauft hatte. Der Mord hatte es auf Seite elf des *Corriere* geschafft, der allerdings nur zwei Absätze dafür übrig hatte, in *La Repubblica* wurde er nicht erwähnt, verständlich am Jahrestag eines blutigen Bombenanschlags der sechziger Jahre, aber er war auf der ersten Seite des zweiten Teils von *Il Gazzettino* gelandet, gleich links neben einem Bericht – dieser mit Foto – über den tödlichen Unfall dreier junger Männer, die mit ihrem Auto auf der Autobahn zwischen Dolo und Mestre in einen Baum gerast waren.

In dem Artikel stand, daß der junge Mann, dessen Name mit Michele Foster angegeben war, offensichtlich Opfer eines Raubüberfalls geworden sei. Es wurde die Vermutung ausgesprochen, daß Drogen im Spiel wären, obwohl der Verfasser des Artikels, ganz nach Art des *Gazzettino*, sich nicht die Mühe machte, Genaueres über die Art des Spiels zu sagen. Brunetti dachte manchmal, welch ein Glück es doch für Italien war, daß eine verantwortungsvolle Presse nicht zu den Voraussetzungen für den Beitritt zum Gemeinsamen Markt gehörte.

Im Flur der Questura hatte sich die übliche Menschenschlange vor dem *Ufficio Stranieri* gebildet, mit vielen schlecht gekleideten und armselig beschuhten Emigranten aus Nordafrika und dem frisch befreiten Osteuropa. Brunetti betrachtete diese Schlange nie, ohne sich einer gewissen historischen Ironie bewußt zu sein: Drei Generationen seiner eigenen Familie waren aus Italien geflohen oder hatten es verlassen, um ihr Glück in so weit entfernten Ländern wie Australien oder Argentinien zu suchen. Und in einem durch die Ereignisse der letzten Jahre verwandelten Europa war nun Italien das Eldorado neuer Wellen noch ärmerer, noch dunkelhäutigerer Emigranten. Viele seiner Freunde sprachen von diesen Menschen mit Verachtung, Abscheu, sogar Wut, aber Brunetti sah in ihnen immer auch seine eigenen Vorfahren, wie sie in ähnlichen Schlangen gestanden hatten, auch sie schlecht gekleidet, miserabel beschuht und kaum der Sprache mächtig. Dabei bereit, jedem den Dreck wegzuputzen und die Kinder großzuziehen, der sie dafür bezahlte – genau wie diese armen Teufel hier.

Er ging die Treppen zu seinem Büro im vierten Stock hinauf und begrüßte dabei ein oder zwei Leute mit einem Guten Morgen, andere mit einem Nicken. Im Büro angelangt, sah er nach, ob irgendwelche neuen Papiere auf seinem Schreibtisch lagen. Es war noch nichts gekommen, also fühlte er sich frei, mit dem Tag anzufangen, was er für richtig hielt. Und das war, nach dem Telefon zu greifen und sich mit der Carabinieristation auf dem amerikanischen Stützpunkt in Vicenza verbinden zu lassen.

Wie sich herausstellte, war diese Nummer erheblich einfacher herauszufinden als die des Stützpunkts, und innerhalb weniger Minuten sprach er mit Maggior Ambrogiani, der Brunetti informierte, daß ihm der italienische Teil der Untersuchung von Fosters Tod übertragen worden sei. Ambrogianis tiefe Stimme hatte diesen melodiösen Singsang, dem Brunetti entnahm, daß der Maggiore aus dem Veneto stammte, wenn auch nicht aus Venedig.

»Italienischer Teil?« fragte Brunetti.

»Nun ja, soweit er sich von den Ermittlungen unterscheidet, die von den Amerikanern selbst durchgeführt werden.«

»Heißt das, es gibt Probleme wegen der Zuständigkeit?« wollte Brunetti wissen.

»Nein, das glaube ich nicht«, antwortete der Maggiore. »Ihr in Venedig, die Staatspolizei, habt die Ermittlungen dort in der Hand. Aber ihr braucht die Erlaubnis oder Hilfe der Amerikaner für alles, was ihr eventuell hier unternehmen wollt.«

»In Vicenza?«

Ambrogiani lachte. »Nein, diesen Eindruck wollte ich nicht erwecken. Nur hier, auf dem Stützpunkt. Solange Sie in Vicenza sind, in der Stadt, sind wir zuständig, die Carabinieri. Aber sobald Sie den Stützpunkt betreten, übernehmen die Amerikaner, und die helfen Ihnen dann auch.«

»Das klingt, als ob Sie da gewisse Zweifel hätten, Maggiore«, sagte Brunetti.

»Nein, keinerlei Zweifel. Nicht im mindesten.«

»Dann habe ich Ihren Ton fehlgedeutet.« Aber er glaubte nicht, daß er das hatte. Ganz und gar nicht. »Ich würde gern hinkommen und mit den Leuten reden, die den jungen Mann gekannt und mit ihm gearbeitet haben.«

»Das sind alles Amerikaner, oder die meisten«, sagte Ambrogiani und überließ es Brunetti, daraus mögliche Schwierigkeiten mit der Verständigung abzuleiten.

»Mein Englisch ist ganz gut.«

»Dann dürfte es kein Problem sein, sich mit ihnen zu unterhalten.«

»Wann könnte ich denn kommen?«

»Heute vormittag? Heute nachmittag? Wann Sie wollen, Commissario.«

Brunetti holte rasch aus der untersten Schublade seines Schreibtischs einen Fahrplan hervor und suchte die Strecke Venedig-Mailand heraus. Ein Zug fuhr in einer Stunde. »Ich kann den Zug um neun Uhr fünfundzwanzig nehmen.«

»Gut. Ich schicke Ihnen einen Wagen zum Bahnhof.«

»Vielen Dank, Maggiore.«

»Keine Ursache, Commissario. Keine Ursache. Ich freue mich darauf, Sie kennenzulernen.«

Nachdem Brunetti aufgelegt hatte, ging er als erstes durchs Zimmer zu dem Schrank an der gegenüberliegenden Wand. Er öffnete die Tür und begann in den Sachen herumzuwühlen, die sich im unteren Fach angesammelt hatten: ein Paar Stiefel, drei einzeln verpackte Glühbirnen, ein Verlängerungskabel, ein paar alte Zeitschriften und eine braunlederne Aktentasche. Er nahm die Aktentasche heraus und wischte mit der Hand den Staub ab. Dann trug er sie zu seinem Schreibtisch hinüber, steckte dort die Zeitungen hinein und fügte noch ein paar Akten hinzu, die er lesen mußte. Schließlich warf er aus der vorderen Schublade noch ein mit Eselsohren verziertes Bändchen Herodot mit hinein.

Die Bahnstrecke in Richtung Mailand war ihm vertraut, vorbei an dem Schachbrettmuster aus Maisfeldern, die unter der sommerlichen Dürre zu unschönem Dunkelbraun verbrannt waren. Er saß auf der rechten Seite des Zuges, um der tiefstehenden Sonne zu entgehen, die immer noch brannte, obwohl es September und die Sommerglut gewichen war. In Padua, dem zweiten Halt, drängten sich etliche Dutzend Studenten aus dem Zug, ihre neuen Bücher unter dem Arm, als wären es Talismane, die ihnen zu einer sicheren, besseren Zukunft verhelfen könnten. Er erinnerte sich an dieses Gefühl, diesen alljährlich erneuerten Optimismus, aus seiner eigenen Studienzeit, als trügen die jungfräulichen Hefte das Versprechen eines besseren Jahres, eines freundlicheren Schicksals in sich.

In Vicenza stieg er aus und sah sich auf dem Bahnsteig nach einem Uniformierten um. Als er keinen sah, ging er die Treppe hinunter und durch den Tunnel unter den Gleisen ins Bahnhofsgebäude. Davor stand, arrogant und unnötig diagonal geparkt, eine dunkelblaue Limousine mit der Aufschrift *Carabinieri.* Der Fahrer war gleichermaßen mit seiner Zigarette und den rosafarbenen Seiten des *Gazzettino dello Sport* beschäftigt.

Brunetti klopfte an die Heckscheibe. Der Fahrer wandte lustlos den Kopf, drückte seine Zigarette aus und griff hinter sich, um die Tür zu entriegeln. Als er die Wagentür öffnete, dachte Brunetti, wie anders doch hier im Norden alles war. In Süditalien hätte jeder Carabiniere, der ein unerwartetes Geräusch hinter sich hörte, sofort mit gezogener Waffe auf dem Boden des Autos oder daneben auf dem Asphalt gelegen, vielleicht sogar schon auf die Quelle des Geräuschs gefeuert. Aber hier, im verschlafenen Vicenza, griff er nur, ohne zu fragen, hinter sich und ließ den Fremden einsteigen.

»Ispettore Bonnini?« fragte der Fahrer.

»Commissario Brunetti.«

»Aus Venedig?«

»Ja.«

»Guten Morgen. Ich bringe Sie zum Stützpunkt.«

»Ist es weit?«

»Ein paar Minuten.« Damit legte der Fahrer die Zeitung neben sich, in der ein fußballbegeistertes Publikum alles über Schilaccis letzten Triumph lesen konnte, und startete den Motor. Ohne sich die Mühe zu machen, nach rechts oder links zu schauen, lenkte er den Wagen vom Parkplatz und fädelte sich in den fließenden Verkehr ein. Er umfuhr die Stadt in östlicher Richtung, aus der Brunetti gekommen war.

Brunetti war mindestens zehn Jahre nicht in Vicenza gewesen, hatte die Stadt aber als eine der reizvollsten Italiens in Erinnerung, mit schmalen, gewundenen Sträßchen im Zentrum, an denen sich Renaissance- und Barockbauten ohne Rücksicht auf Symmetrie, Chronologie oder Plan drängten. Statt dessen fuhren sie an einem riesigen Fußballstadion mit viel Beton vorbei, über eine hohe Eisenbahnbrücke und dann auf eine dieser Schnellstraßen, die überall auf dem italienischen Festland aus dem Boden gestampft worden waren; ein Zugeständnis an den endgültigen Triumph des Automobils.

Ohne zu blinken, bog der Fahrer plötzlich nach links in eine schmale Straße ein, die auf der rechten Seite von einer stacheldrahtbewehrten Mauer begrenzt wurde. Dahinter sah Brunetti eine riesige, schüsselförmige Fernmeldeantenne. Der Wagen glitt in einer weiten Kurve nach rechts, und vor ihnen lag ein offenes Tor, neben dem bewaffnete Wachen standen. Es waren zwei uniformierte Carabinieri mit lässig an der Seite hängenden Maschinenpistolen und ein amerikanischer Soldat im Kampfanzug. Der Fahrer nahm den Fuß vom Gas und winkte flüchtig in Richtung der Maschinenpistolen, deren Träger den Gruß erwiderten, indem sie die Mündungen senkten und dem Wagen dann mit den Läufen in den Stützpunkt folgten. Der Amerikaner folgte ihnen, wie Brunetti feststellte, nur mit Blicken, machte aber keine Anstalten, sie anzuhalten. Ein rascher Rechtsschwenk und noch einer, dann hielten sie vor einem niedrigen Betongebäude. »Hier ist unsere Station«, sagte der Fahrer. »Maggior Ambrogianis Büro ist das vierte rechts.«

Brunetti bedankte sich und ging hinein. Der Fußboden war offenbar aus Beton, und an den Wänden hingen Anschlagtafeln mit angehefteten Zetteln in englischer und italienischer Sprache. Links wies ein Zeichen zur ›M.P. Station‹. Ein Stück weiter entdeckte er neben einer Tür den Namen ›Ambrogiani‹ auf einer Karte. Kein Dienstgrad, nur der Name. Er klopfte, wartete auf das laute *»Avanti«* von drinnen und trat ein. Ein Schreibtisch, zwei Fenster, eine Topfpflanze, die dringend Wasser brauchte, ein Kalender und hinter dem Schreibtisch ein Bulle von einem Mann, dessen Hals sich offen gegen den engen Kragen seines Uniformhemdes auflehnte. Seine breiten Schultern drängten gegen den Stoff seiner Uniformjacke; sogar die Handgelenke schienen allzu eng in den Manschetten eingezwängt. Auf der Schulter erkannte Brunetti den gedrungenen Turm und den einzelnen Stern eines Maggiore. Er stand bei Brunettis Eintreten auf, warf einen Blick auf die Uhr, die sein Handgelenk umspannte, und sagte: »Commissario Brunetti?«

»Ja.«

Das Lächeln, das sich auf dem Gesicht des Carabiniere ausbreitete, glich in seiner schlichten Herzlichkeit fast dem eines Engels. Mein Gott, der Mann hat ja Grübchen, dachte Brunetti bei sich.

»Ich bin froh, daß Sie in dieser Sache extra aus Venedig kommen konnten.« Er kam mit erstaunlicher Anmut um den Schreibtisch herum und zog einen Stuhl heran. »Hier, nehmen Sie bitte Platz. Möchten Sie einen Kaffee? Legen Sie Ihre Tasche doch auf den Tisch.« Er wartete auf Brunettis Antwort.

»Ja, ein Kaffee täte gut.«

Der Maggiore ging zur Tür, öffnete sie und sagte zu jemandem im Flur: »Pino, bring uns zwei Tassen Kaffee und eine Flasche Mineralwasser.«

Er kam zurück und nahm seinen Platz hinter dem Schreibtisch wieder ein. »Tut mir leid, daß wir keinen Wagen direkt nach Venedig schicken konnten, aber es ist schwierig, heutzutage eine Genehmigung für Fahrten außerhalb der Provinzgrenzen zu bekommen. Ich hoffe, Sie hatten eine angenehme Fahrt.«

Wie Brunetti aus langer Erfahrung wußte, war es notwendig, solchen Dingen eine angemessene Zeit zu widmen und ein bißchen zu sondieren und herumzustochern, um sein Gegenüber richtig einschätzen zu können, und das ging nur über den Austausch freundlicher Nichtigkeiten und höflicher Fragen.

»Mit dem Zug gab's gar kein Problem. Ganz pünktlich. Padua voller Studenten.«

»Mein Sohn studiert dort«, erklärte Ambrogiani.

»Ach ja? Welche Fakultät?«

»Medizin«, antwortete Ambrogiani kopfschüttelnd.

»Ist die nicht gut?« fragte Brunetti ehrlich erstaunt. Er hatte sich immer sagen lassen, daß die Universität von Padua die beste medizinische Fakultät des ganzen Landes habe.

»Nein, das ist es nicht«, antwortete der Maggiore mit einem Lächeln. »Ich bin nicht sehr glücklich über seine Berufswahl als Mediziner.«

»Wie?« entfuhr es Brunetti. Das war doch der Traum jedes Italieners: ein Polizist, dessen Sohn Medizin studierte. »Warum nicht?«

»Ich wollte, daß er Maler wird.« Wieder schüttelte er traurig den Kopf. »Aber er will Arzt werden.«

»Maler?«

»Ja«, antwortete Ambrogiani, und mit einem erneuten Grübchenlächeln fügte er hinzu: »Aber kein Anstreicher.« Er deutete zu der Wand hinter sich, und Brunetti nahm die Gelegenheit wahr, sich die zahllosen kleinen Bilder näher anzusehen, die dort hingen. Viele waren Seestücke, einige zeigten Burgruinen, alle im zarten Stil der neapolitanischen Schule des achtzehnten Jahrhunderts.

»Hat Ihr Sohn die gemalt?«

»Nein«, sagte Ambrogiani, »das dort drüben.« Er deutete auf die Wand links neben der Tür, und Brunetti sah das Portrait einer alten Frau, die einen halbgeschälten Apfel zwischen den Händen hielt und den Betrachter frech anstarrte. Der Darstellung fehlte die Empfindsamkeit der anderen, obwohl sie auf eine hübsche, konventionelle Weise gut war.

Wären die anderen von dem Sohn gewesen, hätte Brunetti das Bedauern des Mannes verstanden, daß sein Filius Medizin studieren wollte. Aber so hatte der Junge eindeutig die richtige Wahl getroffen. »Sehr gut«, log er. »Und die anderen?«

»Ach, die habe ich gemalt. Aber das war vor Jahren, als Student.« Erst die Grübchen, und nun diese sanften, zarten Bilder. Vielleicht sollte dieser amerikanische Stützpunkt ein Ort der Überraschungen werden.

Es klopfte leise, und die Tür ging auf, noch bevor Ambrogiani antworten konnte. Ein Uniformierter kam mit einem Tablett herein, auf dem zwei Tassen Kaffee, Gläser und eine Flasche Mineralwasser standen. Er stellte das Tablett auf Ambrogianis Schreibtisch ab und ging wieder.

»Es ist immer noch sommerlich heiß«, sagte Ambrogiani. »Man soll viel Wasser trinken.«

Er beugte sich vor und reichte Brunetti eine Tasse, dann nahm er sich die andere. Als sie den Kaffee getrunken hatten und jeder mit einem Glas Wasser in der Hand dasaß, hielt Brunetti die Zeit für gekommen, mit dem eigentlichen Gespräch zu beginnen. »Ist irgend etwas bekannt über diesen Amerikaner, Sergeant Foster?«

Ambrogiani tippte mit dickem Finger auf einen dünnen Ordner, der am Rande seines Schreibtischs lag, offenbar die Akte über den toten Amerikaner. »Gar nichts. Jedenfalls nicht bei uns. Natürlich geben die Amerikaner uns nicht die Akten, die sie über ihn haben. Das heißt«, ergänzte er rasch, »wenn sie eine über ihn haben.«

»Warum nicht?«

»Das ist eine lange Geschichte«, sagte Ambrogiani und machte durch sein leichtes Zögern deutlich, daß er gebeten werden wollte.

Wie immer gewillt, dem nachzukommen, fragte Brunetti: »Warum?«

Ambrogiani rutschte auf seinem Stuhl herum, der eindeutig zu schmal für seinen großen Körper war. Er tippte auf den Ordner, trank einen Schluck Wasser, setzte sein Glas ab, tippte wieder auf den Ordner. »Wissen Sie, die Amerikaner sind seit Kriegsende hier. Sie haben diesen Stützpunkt, und er ist ständig gewachsen und wächst weiter. Zu Tausenden sind sie hier, mit ihren Familien.« Brunetti überlegte, worauf diese lange Einleitung wohl hinauslaufen würde. »Und weil sie schon so lange hier sind, vielleicht auch, weil sie so viele sind, neigen sie dazu – also, sie neigen dazu, diesen Stützpunkt als ihren Besitz anzusehen, auch wenn er laut Vertrag immer noch italienisches Territorium ist. Noch. Ein Teil Italiens.« Er rutschte wieder herum.

»Gibt es Schwierigkeiten?« wollte Brunetti wissen. »Mit ihnen?«

Nach einer langen Pause antwortete Ambrogiani: »Nein. Nicht direkt. Sie wissen ja, wie Amerikaner sind.«

Brunetti hatte das schon oft gehört, über Deutsche, Slawen, Briten. Jeder nahm an, daß andere immer irgendwie waren, obwohl nie jemand zu wissen schien, was dieses

»irgendwie« eigentlich war. Er hob fragend das Kinn, um den Maggiore zum Weiterreden anzuregen.

»Es ist keine Arroganz, nicht direkt. Ich glaube, für echte Arroganz haben sie nicht das nötige Selbstbewußtsein, wie beispielsweise die Deutschen. Es ist mehr so etwas wie Besitzdenken, als wäre das Ganze hier, ganz Italien ihr Eigentum. Als glaubten sie, indem sie es schützen, sei es ihres.«

»Schützen sie es wirklich?« fragte Brunetti.

Ambrogiani lachte. »Wahrscheinlich haben sie das getan, nach dem Krieg. Aber ich bin nicht sicher, ob es auf ein paar Tausend Fallschirmjäger in Norditalien noch ankommt, so wie die Welt sich entwickelt hat.«

»Sind diese Ansichten verbreitet?« fragte Brunetti. »Ich meine, beim Militär, bei den Carabinieri?«

»Ja. Ich glaube schon. Aber Sie müssen auch verstehen, wie die Amerikaner die Dinge sehen.«

Für Brunetti war es eine Offenbarung, den Mann so reden zu hören. In einem Land, in dem die meisten öffentlichen Institutionen keinen Respekt mehr verdienten, hatten nur die Carabinieri sich heraushalten können und galten noch immer als immun gegen Korruption. Sobald das feststand, hatte die öffentliche Meinung nichts Besseres zu tun, als es ins Lächerliche zu ziehen und ebendiese Carabinieri zum Volksgespött zu machen, die klassischen Hanswurste, die nie etwas verstanden und deren sprichwörtliche Dummheit die ganze Nation ergötzte. Und doch saß hier einer, der versuchte, die Sichtweise anderer Menschen zu erklären. Und der sie anscheinend verstand. Bemerkenswert.

»Was haben wir denn für ein Militär hier in Italien?« fragte Ambrogiani. Eine eindeutig rhetorische Frage. »Wir bei den Carabinieri sind alle Freiwillige. Aber bei der Armee – die sind alle eingezogen, bis auf die wenigen, die es als Beruf gewählt haben. Es sind Kinder, achtzehn-, neunzehnjährig, und sie wollen ebensowenig Soldaten sein wie...« Er hielt inne und suchte nach einem passenden Vergleich. »So wenig wie abwaschen und selbst ihre Betten machen, was sie beim Militär tun müssen, wahrscheinlich zum erstenmal in ihrem Leben. Das sind anderthalb verlorene, weggeworfene Jahre, in denen sie arbeiten oder studieren könnten. Sie durchlaufen eine brutale, stupide Ausbildung und verbringen ein brutales, stupides Jahr in schäbigen Uniformen, wobei sie nicht einmal genügend Geld bekommen, um ihre Zigaretten zu bezahlen.«

Brunetti wußte das alles. Er hatte seine achtzehn Monate abgeleistet.

Ambrogiani bemerkte rasch Brunettis erlahmendes Interesse. »Ich sage das, weil es eine Erklärung dafür ist, wie die Amerikaner uns sehen. Ihre jungen Männer – und Frauen wohl auch – melden sich wahrscheinlich alle freiwillig. Es ist für sie ein Beruf. Sie machen das gern. Sie bekommen Geld, genug Geld, um davon leben zu können. Und viele sind stolz auf ihren Beruf. Und was sehen sie dann hier? Junge Männer, die lieber Fußball spielen oder ins Kino gehen würden, aber statt dessen etwas machen müssen, was sie verachten und darum schlecht machen. Also denken sie, wir seien alle faul.«

»Und?« warf Brunetti rasch ein.

»Und deshalb verstehen sie uns nicht und denken schlecht von uns, aus Gründen, die wir nicht verstehen können.«

»Sie sollten sie verstehen. Sie gehören zum Militär«, sagte Brunetti.

Ambrogiani zuckte die Achseln, als wollte er sagen, daß er in allererster Linie Italiener sei.

»Ist es denn ungewöhnlich, daß man Sie die Akte nicht einsehen läßt, wenn es eine gibt?«

»Nein. In solchen Dingen sind sie uns normalerweise nicht so gern behilflich.«

»Ich weiß nicht recht, was Sie mit ›solchen Dingen‹ meinen, Maggiore.«

»Verbrechen, in die Amerikaner außerhalb des Stützpunkts verwickelt werden.«

Das konnte man von dem jungen Mann, der tot in Venedig lag, sicher sagen, aber Brunetti fand die Wortwahl merkwürdig. »Kommt das häufig vor?«

»Nein, eigentlich nicht. Vor ein paar Jahren waren mal ein paar Amerikaner in einen Mordfall verwickelt. Ein Afrikaner. Sie haben ihn mit Brettern zu Tode geprügelt. Sie waren betrunken. Der Afrikaner hatte mit einer weißen Frau getanzt.«

»Wollten sie ihre Frauen schützen?« fragte Brunetti, ohne seinen Sarkasmus zu verbergen.

»Nein«, sagte Ambrogiani. »Es waren Schwarze. Die Männer, die ihn erschlagen haben, waren Schwarze.«

»Was wurde aus ihnen?«

»Zwei haben zwölf Jahre bekommen. Einer wurde freigesprochen.«

»Wer hat sie vor Gericht gestellt? Die Amerikaner oder wir?« wollte Brunetti wissen.

»Wir, zu ihrem Glück.«

»Warüm zu ihrem Glück?«

»Weil sie von einem Zivilgericht verurteilt wurden. Da sind die Strafen viel niedriger. Und die Anklage lautete auf Totschlag. Er hatte sie provoziert, hat auf ihrem Auto herumgeschlagen und sie angeschrieen. Daraufhin haben die Richter entschieden, daß sie auf eine Bedrohung reagiert haben.«

»Wie viele waren es denn?«

»Drei Soldaten und ein Zivilist.«

»Schöne Bedrohung«, sagte Brunetti.

»Die Richter haben entschieden, daß es eine war. Und haben es berücksichtigt. Die Amerikaner hätten sie für zwanzig bis dreißig Jahre eingelocht. Militärgerichte lassen nicht mit sich spaßen. Außerdem waren sie schwarz.«

»Spielt das immer noch eine Rolle?«

Achselzucken. Eine hochgezogene Augenbraue. Wieder Achselzucken. »Die Amerikaner werden Ihnen sagen, nein.« Ambrogiani trank noch einen Schluck Wasser. »Wie lange bleiben Sie?«

»Heute. Morgen. Gibt es noch anderes in dieser Art?«

»Gelegentlich. Normalerweise werden Straftaten auf dem Stützpunkt abgehandelt. Sie machen das selbst, es sei denn, es wächst ihnen über den Kopf oder ein italienisches Gesetz wurde verletzt. Dann bekommen wir einen Teil davon.«

»Wie bei der Sache mit dem Schulleiter?« fragte Brunetti; er erinnerte sich an einen Fall, der vor einigen Jahren Schlagzeilen gemacht hatte, irgend etwas mit dem Direktor ihrer Grundschule, den man wegen Kindesmißbrauch angeklagt und verurteilt hatte, die Einzelheiten waren Brunetti nicht mehr gegenwärtig.

»Ja, wie bei dieser Sache damals. Aber normalerweise handeln sie die Dinge selbst ab.«

»Diesmal nicht«, meinte Brunetti trocken.

»Nein, diesmal nicht. Da er in Venedig umgebracht wurde, gehört er Ihnen, es ist Ihr Fall. Aber sie werden mitmischen wollen.«

»Warum?«

»Public Relations«, antwortete Ambrogiani mit dem englischen Begriff. »Und weil alles im Wandel ist. Wahrscheinlich vermuten sie, daß sie nicht mehr lange hierbleiben werden, hier nicht und nirgends in Europa, und da wollen sie nicht, daß etwas passiert, wodurch ihr Bleiben noch mehr abgekürzt werden könnte. Sie wollen keine negative Propaganda.«

»Es sieht nach Raub aus«, sagte Brunetti.

Ambrogiani sah Brunetti lange und fest an. »Wann ist denn in Venedig zuletzt jemand bei einem Raubüberfall umgebracht worden?«

Wenn Ambrogiani die Frage so stellen konnte, dann kannte er die Antwort.

»Ehrenhändel?« schlug Brunetti als Motiv vor.

Ambrogiani lächelte wieder. »Wenn man jemanden wegen eines Ehrenhandels umbringt, tut man es nicht hundert Kilometer von zu Hause entfernt. Man tut es im Schlafzimmer oder in der Bar, aber man fährt dazu nicht nach Venedig. Wenn es hier passiert wäre, hätte man als

Motiv Sex oder Geld annehmen können. Aber es ist nicht hier passiert, also muß der Grund ein anderer sein.«

»Ein deplazierter Mord?« fragte Brunetti.

»Ja, deplaziert«, wiederholte Ambrogiani, dem die Formulierung offensichtlich gefiel. »Und darum sehr interessant.«

7

Der Maggiore schob Brunetti mit der Spitze seines dicken Fingers die dünne Akte hin und goß sich noch ein Glas Mineralwasser ein. »Hier, das haben sie uns gegeben. Eine Übersetzung liegt bei, wenn Sie die brauchen.«

Brunetti schüttelte den Kopf und nahm sich die Akte vor. Auf dem Deckel stand in roten Buchstaben gedruckt: ›Foster, Michael, b. 09/28/62, SSN 651 34 1054.‹ Er schlug ihn auf, und sein Blick fiel als erstes auf die Fotokopie eines Paßbildes, die an die Innenseite des Deckels geheftet war. Der Tote war darauf nicht wiederzuerkennen. Diese scharfen Konturen in Schwarz-Weiß hatten nichts mit dem gelblichen Gesicht des Toten zu tun, das Brunetti gestern am Ufer des Kanals gesehen hatte. Es waren zwei getippte Seiten, aus denen hervorging, daß Sergeant Foster für das Office of Public Health gearbeitet hatte, daß er einmal einen Strafzettel bekommen hatte, als er innerhalb des Stützpunkts ein Stopschild überfuhr, daß er vor einem Jahr zum Sergeant befördert worden war und daß seine Familie in Biddeford Pool in Maine lebte.

Das zweite Blatt enthielt die Zusammenfassung eines Gesprächs mit einem italienischen Zivilisten, der im Büro des Gesundheitsdienstes beschäftigt war und angab, daß Foster gut mit seinen Kollegen auskam, viel arbeitete und höflich und freundlich mit den italienischen Zivilangestellten im Büro umging. »Nicht gerade viel, oder?« meinte Brunetti, während er die Akte zuklappte und dem

Maggiore über den Schreibtisch zurückschob. »Der vollkommene Soldat. Arbeitsam. Gehorsam. Freundlich.«

»Aber jemand hat ihm ein Messer zwischen die Rippen gestoßen.«

Brunetti dachte an Dr. Peters und fragte: »Keine Frauen?«

»Soweit wir wissen, nicht«, antwortete Ambrogiani. »Aber das heißt nicht, daß es keine gegeben hat. Er war jung und sprach ganz passabel italienisch. Es wäre also durchaus möglich.« Ambrogiani hielt einen Augenblick inne und fügte hinzu: »Es sei denn, er hat sich dessen bedient, was man vor dem Bahnhof für Geld haben kann.«

»Stehen sie da?«

Ambrogiani nickte. »Und in Venedig?«

Brunetti schüttelte den Kopf. »Seit die Puffs von der Regierung geschlossen wurden, ist es damit vorbei. Es gibt ein paar, aber die arbeiten in den Hotels und machen uns keinen Ärger.«

»Hier haben wir sie vor dem Bahnhof, aber ich glaube, die Zeiten sind schlecht geworden für einige von ihnen. Es gibt zu viele Frauen, die es umsonst machen«, meinte Ambrogiani und ergänzte: »aus Liebe.«

Brunettis Tochter war gerade dreizehn geworden, und er wollte nicht daran denken, was junge Frauen aus Liebe umsonst machten. »Kann ich mit den Amerikanern reden?« fragte er.

»Ja, ich denke schon«, antwortete Ambrogiani und griff nach dem Telefonhörer. »Wir sagen ihnen, daß Sie der Polizeichef von Venedig sind. Der Rang wird ihnen gefallen, und sie werden mit Ihnen reden.« Er wählte eine offensichtlich vertraute Nummer und zog sich, während er wartete, den Ordner heran. Penibel schob er die paar Blätter zurecht und legte das Ganze direkt vor sich.

Unvermittelt sprach er in korrektem Englisch, wenn auch mit starkem Akzent, in den Hörer. »*Good afternoon, Tiffany. This is major Ambrogiani. Is the major there? What? Yes, I'll wait.*« Er legte die Hand über die Sprechmuschel und hielt den Hörer von seinem Ohr weg. »Er ist in einer Konferenz. Amerikaner leben anscheinend in Konferenzen.«

»Könnte es sein, daß...« begann Brunetti und brach ab, als Ambrogiani die Hand wegnahm.

»Ja, danke. Guten Morgen, Major Butterworth.« Der Name hatte in den Unterlagen gestanden, aber aus Ambrogianis Mund klang er wie »Badderword.«

»Ja, Major. Ich habe den Chef der venezianischen Polizei hier bei mir. Ja, wir haben ihn mit dem Hubschrauber hergeholt.« Es folgte eine lange Pause. »Nein, er hat nur heute Zeit für uns.« Er sah auf seine Uhr. »In zwanzig Minuten? Nein, ich selbst kann leider nicht mitkommen, Major, ich muß zu einer Konferenz. Ja, vielen Dank.« Er legte auf, plazierte seinen Stift genau diagonal auf dem Ordner und sagte: »Er wird Sie in zwanzig Minuten empfangen.«

»Und Ihre Konferenz?« fragte Brunetti.

Ambrogiani machte eine wegwerfende Handbewegung. »Das wird die reine Zeitverschwendung. Wenn die etwas wissen, sagen sie es einem nicht, und wenn sie nichts wissen, können sie einem nichts sagen. Also, warum sollte ich meine Zeit damit verschwenden hinzugehen?« Er wechselte das Thema und fragte: »Wie steht's mit Ihrem Englisch?«

»In Ordnung.«

»Gut. Das macht es einfacher.«

»Wer ist dieser Major?«

Ambrogiani wiederholte den Namen, wobei er mit elegantem Schwung über alle harten Konsonanten hinwegglitt. »Er ist ihr Verbindungsoffizier. Er ›verbindungt‹ zwischen ihnen und uns.« Beide grinsten darüber, wie Ambrogiani sich über die amerikanische Art lustig machte, Substantive einfach in Verben zu verwandeln. Die italienische Sprache ließ so etwas nicht zu.

»Und worin besteht dieses ›verbindungen‹?«

»Wenn wir Probleme haben, kommt er zu uns, und wenn sie Probleme haben, zu ihnen.«

»Was für Probleme?«

»Zum Beispiel, wenn jemand versucht, ohne ordnungsgemäßen Ausweis durchs Tor zu kommen. Oder wenn wir gegen ihre Verkehrsregeln verstoßen. Oder wenn sie einen Carabiniere fragen, warum er zehn Kilo Rindfleisch in ihrem Supermarkt kauft.«

»Supermarkt?« fragte Brunetti, ehrlich überrascht.

»Ja, Supermarkt. Und Bowlingbahn und Kino und sogar ein Burger King.« Das letzte sagte er ohne eine Spur von Akzent.

Fasziniert wiederholte Brunetti die Worte »Burger King« im gleichen Ton, in dem ein Kind vielleicht »Pony« sagen würde, wenn es eines versprochen bekäme.

Ambrogiani lachte. »Bemerkenswert, nicht? Das ist eine ganz eigene kleine Welt hier, die nichts mit Italien zu tun hat.« Er wies mit der Hand aus dem Fenster. »Da draußen liegt Amerika, Commissario. Ich glaube, so werden wir alle irgendwann.« Nach einer kurzen Pause wiederholte er: »Amerika.«

Genau das erwartete Brunetti eine Viertelstunde später, als er die Türen zum Hauptquartier des NATO-Kommandos aufstieß und die drei Stufen in die Halle hinaufging. An der Wand hingen Poster von namenlosen Städten, die, nach der Höhe und Gleichförmigkeit ihrer Wolkenkratzer zu schließen, in Amerika liegen mußten. Ebenso eindeutig tat sich diese Nation in den vielen Schildern kund, die das Rauchen verboten, und in den vielen Notizen an den schwarzen Brettern entlang der Wände. Der Marmorboden war die einzige italienische Note. Wie angewiesen, stieg Brunetti die Treppe hinauf, wandte sich oben nach rechts und trat in das zweite Büro auf der linken Seite. Der Raum, den er vor sich hatte, war durch mannshohe Stellwände unterteilt, und überall hingen, wie einen Stock tiefer auch, Anschlagtafeln und Schilder. In einer Ecke standen zwei Sessel, dem Anschein nach mit dickem grauem Plastik bezogen. Gleich neben der Tür saß an einem Schreibtisch eine junge Frau, die nur Amerikanerin sein konnte. Ihr blondes, über den grünen Augen kurzgeschnittenes Haar reichte ihr den Rücken hinunter bis zur Taille. Quer über ihre Nase tanzten Sommersprossen, und ihre Zähne waren so ebenmäßig wie bei den meisten Amerikanern und nur den reichsten Italienern. Sie wandte sich ihm mit einem strahlenden Lächeln zu; ihr Mund bog sich in den Winkeln nach oben, aber ihre Augen blieben seltsam ausdruckslos.

»Guten Morgen«, sagte er, wobei er das Lächeln erwiderte. »Mein Name ist Brunetti. Ich glaube, Ihr Major erwartet mich.«

Sie kam hinter ihrem Schreibtisch hervor, wobei sich ihr Körper als ebenso perfekt erwies wie ihre Zähne, und ging durch eine Öffnung zwischen den Stellwänden, obwohl sie ebensogut hätte telefonieren oder hinüberrufen können. Von der anderen Seite hörte er, wie eine tiefere Stimme der ihren antwortete. Nach ein paar Sekunden erschien sie in der Öffnung und winkte Brunetti. »Hier herein bitte, Sir.«

Hinter dem Schreibtisch saß ein blonder junger Mann, der kaum über zwanzig zu sein schien. Brunetti sah ihn an und schaute ebenso schnell wieder weg, denn der Mann schien zu leuchten, zu strahlen. Als er dann wieder hinsah, merkte Brunetti, daß es keine Strahlung war, sondern nur Jugend, Gesundheit und gute Uniformpflege, die jemand anders ihm abnahm.

»Chief Brunetti?« sagte er und erhob sich. Er wirkte, als wäre er gerade der Dusche oder dem Bad entstiegen: seine Haut war straff und glänzte, als hätte er eben den Rasierapparat aus der Hand gelegt, um Brunetti zu begrüßen. Seine Augen waren von dem gleichen durchsichtigen Blau, das vor zwanzig Jahren die Lagune gehabt hatte.

»Ich freue mich, daß Sie von Venedig herkommen konnten, um mit uns zu reden, Chief Brunetti, oder Questore?«

»Vice-Questore«, sagte Brunetti, womit er sich selbst beförderte, weil er so leichter an Informationen zu kommen hoffte. Er sah, daß Major Butterworth auf seinem

Schreibtisch zwei Körbe für den Posteingang und -ausgang stehen hatte. Der Eingangskorb war leer, der Ausgangskorb voll.

»Nehmen Sie bitte Platz«, sagte Butterworth und wartete, bis Brunetti saß, bevor er selbst seinen Platz wieder einnahm. Der Amerikaner holte einen Ordner aus der obersten Schreibtischschublade, der nur wenig dicker war als der von Ambrogiani. »Sie sind wegen Sergeant Foster gekommen, nicht?«

»Ja.«

»Was möchten Sie wissen?«

»Ich möchte gern wissen, wer ihn umgebracht hat«, sagte Brunetti ausdruckslos.

Butterworth zögerte einen Moment, weil er nicht wußte, wie er die Bemerkung einordnen sollte, und beschloß dann, sie als Scherz aufzufassen. »Ja«, sagte er mit einem verhaltenen Lachen, das kaum über seine Lippen kam, »das wüßten wir alle gern. Aber ich bin nicht sicher, ob unsere Informationen ausreichen, um herauszubekommen, wer es war.«

»Was für Informationen haben Sie denn?«

Er schob Brunetti den Ordner hin. Obwohl er wußte, daß er dasselbe Material enthalten würde, das er eben schon gesehen hatte, klappte Brunetti den Ordner auf und las alles noch einmal. Die Unterlagen enthielten ein anderes Foto, und Brunetti bekam nach dem toten Gesicht und dem nackten Körper zum ersten Mal einen Eindruck, wie der junge Mann wirklich ausgesehen hatte. Auf diesem Foto sah Foster attraktiver aus und trug einen kurzen Schnurrbart.

»Wann ist das Bild aufgenommen worden?«

»Wahrscheinlich, als er zum Militär kam.«

»Wie lange ist das her?«

»Sieben Jahre.«

»Wie lange war er hier in Italien?«

»Vier Jahre. Genaugenommen hat er sich gerade für weitere drei Jahre verpflichtet, um hierbleiben zu können.«

»Und er wäre hiergeblieben?«

»Ja.«

Brunetti fiel eine Notiz in der Akte ein, und er fragte: »Wie hat er Italienisch gelernt?«

»Ich verstehe nicht ganz«, sagte Butterworth.

»Wenn er ganztags hier gearbeitet hat, blieb ihm ja kaum genügend Zeit, um auch noch eine neue Sprache zu erlernen«, erklärte Brunetti.

»*Tanti di noi parliamo Italiano*«, antwortete Butterworth.

»Ja, natürlich«, sagte Brunetti und lächelte, wie es angesichts der Sprachkenntnisse des Majors offenbar von ihm erwartet wurde. »Hat er hier gewohnt? Sie haben doch Truppenunterkünfte?«

»Ja sicher«, antwortete Butterworth. »Aber Sergeant Foster hatte seine eigene Wohnung in Vicenza.«

Brunetti war klar, daß man sie durchsucht hatte, deshalb fragte er gar nicht erst danach. »Haben Sie etwas gefunden?«

»Nein.«

»Könnte ich sie mir vielleicht einmal ansehen?«

»Ich weiß nicht, ob das nötig ist«, sagte Butterworth rasch.

»Ich weiß auch nicht, ob es nötig ist«, meinte Brunetti mit einem winzigen Lächeln, »aber ich würde gern sehen, wo er gewohnt hat.«

»Es entspricht nicht dem Dienstweg, daß Sie einfach hingehen und sich dort umsehen.«

»Mir war gar nicht klar, daß es in diesem Fall einen Dienstweg einzuhalten gibt«, erwiderte Brunetti. Er wußte, daß entweder die Carabinieri oder die Polizei von Vicenza leicht durchsetzen konnten, daß er sich die Wohnung ansah, aber er wollte sich, zumindest in diesem Stadium der Ermittlungen, mit allen beteiligten Behörden so gut wie möglich stellen.

»Ich denke, es könnte sich arrangieren lassen«, räumte Butterworth ein. »Wann möchten Sie hinfahren?«

»Es hat keine Eile. Heute nachmittag. Morgen.«

»Ich wußte nicht, daß Sie morgen noch einmal wiederkommen wollen, Vice-Questore.«

»Nur wenn ich heute nicht fertig werde, Major.«

»Was wollten Sie denn noch tun?«

»Ich würde gern mit einigen Leuten sprechen, die ihn gekannt haben, die mit ihm zusammen gearbeitet haben.« Brunetti hatte in den Unterlagen gesehen, daß der Tote auf dem Stützpunkt Universitätskurse belegt hatte. Diese neuen Weltreich-Gründer nahmen ihre Schulen überallhin mit, wie die Römer. »Vielleicht auch mit solchen, die mit ihm studiert haben.«

»Das läßt sich bestimmt machen, obwohl ich zugeben muß, daß ich den Grund dafür nicht sehe. Wir kümmern uns um diesen Teil der Ermittlungen.« Er hielt inne, als wartete er, daß Brunetti ihm widersprechen würde. Als dieser nichts sagte, fragte Butterworth: »Wann wollen Sie die Wohnung ansehen?«

Bevor er antwortete, sah Brunetti auf die Uhr. Es war fast Mittag. »Irgendwann heute nachmittag vielleicht. Wenn Sie mir die Adresse sagen, könnte mein Fahrer mich auf dem Rückweg zum Bahnhof hinbringen.«

»Möchten Sie, daß ich mitfahre, Vice-Questore?«

»Das ist sehr freundlich, Major, aber ich glaube nicht, daß es nötig ist. Wenn Sie mir nur die Adresse geben.«

Major Butterworth nahm einen Block und schrieb, ohne in den Unterlagen nachzusehen, eine Adresse darauf, die er Brunetti aushändigte. »Es ist nicht weit von hier. Ich bin sicher, Ihr Fahrer findet es ohne Schwierigkeiten.«

»Danke, Major«, sagte Brunetti und stand auf. »Haben Sie etwas dagegen, wenn ich mich noch ein wenig hier auf dem Stützpunkt aufhalte?«

»Posten«, korrigierte Butterworth sofort.

»Wie bitte?«

»Posten. Das hier ist ein Posten. Stützpunkte hat die Luftwaffe. Wir beim Heer haben Posten.«

»Ah, ich verstehe. Auf italienisch heißt beides Stützpunkt. Könnte ich noch ein Weilchen hierbleiben?«

Nach einem höchstens momentanen Zögern meinte Butterworth: »Ich wüßte nicht, was dagegen einzuwenden wäre.«

»Und die Wohnung, Major? Wie komme ich hinein?«

Major Butterworth stand auf und kam um seinen Schreibtisch herum. »Wir haben zwei Leute dort. Ich rufe an und sage ihnen, daß Sie kommen.«

»Vielen Dank, Major.« Brunetti streckte ihm die Hand hin.

»Keine Ursache. Es freut mich, daß ich Ihnen helfen konnte.« Butterworth hatte einen kräftigen Händedruck. Aber Brunetti stellte fest, daß der Amerikaner nicht gebeten hatte, informiert zu werden, falls er etwas über den Toten herausfinden sollte.

Die Blonde saß nicht mehr an ihrem Schreibtisch im Vorzimmer. Der Bildschirm ihres Computers glänzte so leer, wie ihr Gesichtsausdruck gewesen war.

»Wohin, Commissario?« fragte der Fahrer, als Brunetti einstieg.

Brunetti gab ihm den Zettel mit Fosters Anschrift. »Da würde ich gern heute nachmittag hinfahren«, sagte er. »Wissen Sie, wo das ist?«

»Borgo Casale? Ja, Commissario. Das ist direkt hinter dem Fußballstadion.«

»Sind wir da vorhin vorbeigefahren?«

»Ja. Wollen Sie gleich hin?«

»Nein. Ich möchte erst etwas essen.«

»Waren Sie noch nie hier, Commissario?«

»Nein. Sind Sie schon lange hier?«

»Seit sechs Jahren. Aber ich kann froh sein, daß ich hierher abkommandiert worden bin. Meine Familie stammt aus Schio«, erklärte er. Da hatte er wohl recht, denn die Stadt lag etwa eine halbe Stunde entfernt.

»Es ist schon eigenartig, nicht?« meinte Brunetti, indem er auf die Gebäude ringsum zeigte.

Der Fahrer nickte, ließ sich aber nichts weiter entlocken.

»Wie groß ist das hier?« fragte Brunetti.

»Das Ganze umfaßt etwa zwei Kilometer im Quadrat.«

»Was gibt es denn noch, außer den Büros? Maggior Ambrogiani sprach von einem Supermarkt.«

»Ein Kino und ein Schwimmbad, eine Bibliothek, Schulen. Es ist eine richtige Stadt. Sie haben sogar ihr eigenes Krankenhaus.«

»Wie viele Amerikaner sind denn hier?« wollte Brunetti wissen.

»Ich weiß es nicht genau. Fünftausend vielleicht, aber das ist dann mit Frauen und Kindern.«

»Kommen Sie gut mit ihnen aus?«

»Warum nicht? Sie sind freundlich.« Es klang nicht gerade nach überschwenglicher Begeisterung. Der Fahrer wechselte das Thema und fragte: »Was ist mit dem Essen? Würden Sie lieber hier essen oder außerhalb des Stützpunkts?«

»Ich weiß nicht recht. Was empfehlen Sie denn?«

»Am besten ist die italienische *Mensa*. Da bekommt man was zu essen.« Als er das hörte, fragte sich Brunetti, was die Amerikaner dann wohl in ihren Restaurants servierten. Schuhnägel? »Aber die ist heute geschlossen. Wegen Streik.« Na also, damit war bewiesen, daß sie wahrhaftig italienisch war, obwohl sie sich innerhalb einer amerikanischen Militäreinrichtung befand.

»Gibt es sonst noch was?«

Ohne zu antworten, ließ der Fahrer den Motor an und fuhr los. Unvermittelt wendete er den Wagen scharf und hielt auf die Hauptstraße zu, die den Stützpunkt teilte. Dann umfuhr er einige Gebäude und Autos, lauter

Manöver, die Brunetti ziemlich unsinnig erschienen, und hielt kurz darauf vor einem weiteren niedrigen Betonbau.

Brunetti blickte aus dem hinteren Fenster des Wagens und sah, daß sie schräg gegenüber einer von zwei Ladenfronten gebildeten Ecke standen. Über einer Glastür las er: FOOD MALL. *Mall*, war das nicht, was Löwen mit ihrer Beute machten? Auf dem anderen Schild stand BASKIN-ROBBINS. Nicht im mindesten optimistisch fragte Brunetti: »Kaffee?«

Der Fahrer deutete mit dem Kopf zu der zweiten Tür. Offenbar wollte er, daß Brunetti ausstieg. Als er das tat, lehnte der Fahrer sich über den Beifahrersitz und sagte: »Ich komme in zehn Minuten wieder«, worauf er die Tür zuzog, abrupt anfuhr und Brunetti, der sich seltsam verloren und fremd vorkam, am Randstein stehenließ. Rechts von der zweiten Tür sah er jetzt ein Schild: CAPUCHINO BAR. Der Schilderschreiber war eindeutig Amerikaner.

Drinnen bestellte er bei der Frau hinter dem Tresen einen Kaffee, und weil er wußte, daß er sein Mittagessen abschreiben konnte, gleich noch eine Brioche. Was er bekam, sah aus wie Gebäck, fühlte sich an wie Gebäck, schmeckte aber wie Pappe. Er legte drei Tausendlirescheine auf den Tresen. Die Frau sah die Scheine an, sah ihn an, nahm das Geld und legte dann die gleichen Münzen auf den Tresen, die er in der Tasche des toten jungen Mannes gefunden hatte. Einen Moment überlegte Brunetti, ob sie ihm womöglich ein heimliches Zeichen geben wollte, aber ein genauerer Blick in ihr Gesicht sagte ihm, daß sie ihm lediglich das richtige Wechselgeld herausgab.

Er ging nach draußen und begnügte sich damit, die Atmosphäre dieses Ortes auf sich wirken zu lassen, während er auf die Rückkehr seines Fahrers wartete. Er setzte sich auf eine Bank vor den Geschäften und beobachtete die Vorbeigehenden. Einige sahen kurz zu dem Mann hin, der dort in Anzug und Krawatte saß und so eindeutig nicht zu ihnen gehörte. Viele waren in Uniform, ob Männer oder Frauen. Die meisten anderen trugen Shorts und Tennisschuhe, und viele Frauen, allzuoft solche, die es nicht hätten tun sollen, rückenfreie Oberteile. Sie schienen entweder für den Krieg oder für den Strand ausstaffiert. Die meisten Männer wirkten fit und kräftig, viele der Frauen waren unglaublich, ja erschreckend fett.

Autos fuhren langsam vorbei, deren Fahrer nach Parkplätzen Ausschau hielten: große Wagen, japanische Wagen, Wagen mit dem AFI-Nummernschild. Die meisten hatten die Fenster geschlossen, und aus dem klimatisierten Inneren dröhnte Rock-Musik in unterschiedlicher Lautstärke.

Sie schlenderten vorbei, begrüßten sich gegenseitig und tauschten Nettigkeiten aus, so recht zu Hause in ihrer kleinen amerikanischen Stadt hier in Italien.

Zehn Minuten später kam sein Fahrer und hielt neben ihm. Brunetti stieg auf den Rücksitz. »Wollen Sie jetzt zu dieser Adresse fahren, Commissario?« fragte der Fahrer.

»Ja«, sagte Brunetti, etwas amerikamüde.

Schneller als die anderen Wagen auf dem Stützpunkt fuhren sie aufs Tor zu und nach draußen. Dann bogen sie rechts ab in Richtung Stadt, wieder über die Eisenbahnbrücke. An deren Ende ging es nach links, dann wieder nach rechts, bis der Wagen vor einem mehrgeschossigen

Gebäude hielt, das etwas von der Straße zurückversetzt war. Gegenüber dem Eingang stand ein dunkelgrüner Jeep, auf dessen Vordersitz zwei Soldaten in amerikanischer Uniform saßen. Brunetti ging zu ihnen hin. Einer der beiden stieg aus. »Ich bin Commissario Brunetti aus Venedig«, stellte er sich vor, diesmal wieder mit seinem richtigen Dienstgrad. »Major Butterworth schickt mich, Fosters Wohnung anzusehen.« Vielleicht nicht ganz die Wahrheit, aber im weiteren Sinne schon.

Der Soldat deutete so etwas wie einen Salut an, griff in die Tasche und gab Brunetti ein Schlüsselbund. »Der rote ist für die Eingangstür, Sir«, sagte er. »Apartment 3B im dritten Stock. Der Fahrstuhl ist rechts, wenn Sie reinkommen.«

Drinnen nahm Brunetti den Fahrstuhl, in dessen Enge er sich eingeschlossen und unbehaglich fühlte. Die Tür zu 3B lag direkt gegenüber dem Fahrstuhl und ließ sich mit dem Schlüssel leicht öffnen.

Er ging hinein und bemerkte als erstes den üblichen Marmorfußboden. Von einem Flur gingen Türen ab, die letzte stand halb offen. Rechts war das Bad, links eine kleine Küche, beide Räume waren sauber und aufgeräumt. In der Küche fiel ihm ein überdimensionaler Kühlschrank und ein Herd mit vier Platten auf, neben dem eine ebenso riesige Waschmaschine stand. Beide Elektrogeräte waren an einen Transformator angeschlossen, der die in Italien üblichen 220 Volt auf die amerikanischen 110 brachte. Schafften sie diese Geräte den ganzen Weg von Amerika herüber? Es blieb gerade noch Platz für einen kleinen, quadratischen Tisch und zwei Stühle. An der Wand war ein Gasboiler angebracht, der die Wohnung offenbar mit heißem Wasser und Wärme zugleich versorgte.

Die nächsten Türen führten in zwei Schlafzimmer. In einem stand ein Doppelbett und ein großer Schrank. Das andere war als Arbeitszimmer eingerichtet, mit einem Schreibtisch, auf dem eine Computertastatur nebst Bildschirm an einen Drucker angeschlossen war. In Regalen standen Bücher und eine Stereoanlage, darunter eine ordentliche Reihe CDs. Er sah sich die Bücher an: die meisten offenbar Lehrbücher, der Rest Literatur über Reisen und – tatsächlich – Religion. Er nahm ein paar davon aus dem Regal und betrachtete sie etwas näher. *Christliches Leben im Zeitalter des Zweifels*, *Spirituelle Transzendenz* und *Jesus: Das ideale Leben*. Autor des letzten war Rev. Michael Foster. Sein Vater?

Die Musik war vermutlich Rock. Einige Namen kannte er, weil Raffaele und Chiara sie schon erwähnt hatten; er bezweifelte, ob er die Musik erkennen würde.

Er schaltete den CD-Player ein und drückte auf die »Open«-Taste. Wie ein Patient, der dem Arzt seine Zunge zeigt, glitt die Disc-Lade heraus. Leer. Er drückte die »Close«-Taste und schaltete den Apparat aus. Dann probierte er es mit dem Verstärker und dem Kassettenrecorder. Die Armaturenbeleuchtung ging an, ein Zeichen, daß beides funktionierte. Schließlich schaltete er den Computer ein, wartete, bis Zeichen auf dem Bildschirm erschienen, und schaltete ihn wieder aus.

Die Kleidungsstücke im Schrank boten nicht viel mehr. Er fand drei komplette Uniformen, die Jacken noch in den Plastiküberzügen von der Reinigung, alles sorgsam neben einer grünen Hose aufgehängt. Es waren auch einige Jeans dabei, ordentlich gefaltet und auf Bügeln, drei oder vier Hemden und ein dunkelblauer Anzug aus irgendeinem Synthetikstoff. Automatisch griff Brunetti in die Taschen aller Jacken und Hosen, aber er fand nichts; kein Kleingeld, keine Papiere, keinen Kamm. Entweder war Sergeant Foster ein sehr ordentlicher junger Mann, oder die Amerikaner waren vor ihm hiergewesen.

Er ging ins Bad, hob den Deckel vom Wasserbehälter der Toilette und schaute in den leeren Tank. Er legte den Deckel zurück, öffnete die Spiegeltür des Medizinschränkchens und schraubte ein oder zwei Fläschchen auf.

In der Küche sah er ins Tiefkühlfach des übergroßen Kühlschranks. Eis. Sonst nichts. Weiter unten ein paar Äpfel, eine geöffnete Flasche Wein und ein älteres Stück Käse im Plastikbeutel. Im Backofen standen nur drei saubere Töpfe; die Waschmaschine war leer. Er lehnte sich mit dem Rücken an die Arbeitsplatte und ließ den Blick langsam umherschweifen. Schließlich nahm er aus der obersten Schublade des Schrankes ein Messer, zog sich einen der Holzstühle vom Tisch heran und stellte ihn unter den Durchlauferhitzer. Er stieg auf den Stuhl und lockerte mit dem Messer die Schrauben am Vorderteil des Geräts. Als er sie gelöst hatte, ließ er sie in seine Tasche gleiten. Nachdem er die letzte herausgeschraubt hatte, steckte er das Messer ebenfalls in die Tasche und schob den Deckel vorsichtig hin und her, bis er sich löste. Er nahm ihn ab und lehnte ihn auf dem Stuhl gegen sein Bein.

An die Innenwand des Boilers waren zwei Plastikbeutel geklebt. Sie enthielten ein feines, weißes Pulver, seiner

Schätzung nach etwa ein Kilo. Er zog sein Taschentuch heraus, wickelte es sich um die Hand und löste erst den einen Beutel, dann den anderen. Nur um sich zu vergewissern, öffnete er den Reißverschluß des einen, befeuchtete seinen Zeigefinger mit Spucke und stippte ihn in das Pulver. Als er daran leckte, schmeckte er den leicht metallischen, unverkennbaren Geschmack von Kokain.

Er bückte sich und stellte die beiden Beutel auf die Arbeitsplatte. Dann hob er den Boilerdeckel wieder an seinen Platz, wobei er darauf achtete, daß die Löcher genau über ihre Pendants im Gerät an der Wand kamen. Vorsichtig setzte er die vier Schrauben ein und drehte sie fest. Sorgsam brachte er die Schlitze bei den oberen Schrauben genau in die Horizontale, die unteren ebenso genau in die Vertikale.

Dann sah er auf die Uhr. Er war jetzt eine Viertelstunde in der Wohnung. Die Amerikaner hatten einen Tag zur Verfügung gehabt, um alles zu durchsuchen; die italienische Polizei ebenso lange. Und doch hatte Brunetti die beiden Päckchen innerhalb einer knappen Viertelstunde gefunden.

Er machte die Tür eines Hängeschrankes auf und sah nur drei oder vier Teller. Er schaute unter die Spüle und fand, was er suchte, zwei Plastiktüten. Die Hand noch immer mit seinem Taschentuch umwickelt, steckte er in jede der großen Plastiktüten einen Beutel Kokain und verstaute sie in den Innentaschen seines Jacketts. Er wischte das Messer an seinem Jackenärmel ab und legte es wieder in die Schublade, dann wischte er mit dem Taschentuch alle Fingerabdrücke von der Oberfläche des Boilers.

Er verließ die Wohnung und schloß die Tür hinter sich ab.

Draußen ging er zu den amerikanischen Soldaten in ihrem Jeep und lächelte ihnen freundlich zu. »Vielen Dank.« Damit gab er dem einen die Schlüssel zurück.

»Na?« fragte der Soldat.

»Nichts. Ich wollte nur sehen, wie er gewohnt hat.«

Wenn Brunettis Antwort den Soldaten überraschte, so ließ er es sich jedenfalls nicht anmerken.

Brunetti ging zu seinem Wagen zurück, stieg ein und bat den Fahrer, ihn zum Bahnhof zu bringen. Er erreichte um Viertel nach drei den Intercity aus Mailand und wollte die Rückfahrt eigentlich ebenso verbringen wie die Hinfahrt, nämlich dasitzen und aus dem Fenster schauen und darüber nachdenken, warum ein junger amerikanischer Soldat umgebracht worden war. Aber jetzt mußte er sich zusätzlich mit einem neuen Gedanken befassen: Warum hatte man nach seinem Tod Rauschgift in seiner Wohnung deponiert? Und wer hatte das getan?

8

Als sie den Bahnhof von Vicenza verließen, ging Brunetti durch den Zug nach vorn, auf der Suche nach einem leeren Abteil der ersten Klasse. Die beiden Plastiktüten wogen schwer in seinen Taschen, und er ging etwas vorgebeugt, um die Ausbeulungen zu kaschieren. Schließlich fand er im ersten Wagen ein leeres Abteil und ließ sich am Fenster nieder, dann stand er wieder auf und schob die Tür zu. Er stellte seine Aktenmappe neben sich und überlegte hin und her, ob er die Tüten hineinpacken sollte oder nicht. Während er noch damit beschäftigt war, wurde die Tür zu seinem Abteil abrupt aufgerissen, und ein Mann in Uniform stand vor ihm. Einen wahnwitzigen Augenblick lang sah Brunetti seine Karriere in Trümmern und sich selbst im Gefängnis, doch dann fragte der Mann nach seiner Fahrkarte, und Brunetti war gerettet.

Als der Schaffner gegangen war, verwandte Brunetti seine ganze Konzentration darauf, nicht in seine Jacke zu fassen oder mit den Ellbogen zu prüfen, ob die beiden Päckchen noch da waren. Er hatte bei seiner Arbeit selten mit Drogen zu tun, aber er wußte genug, um sich darüber im klaren zu sein, daß er ein paar hundert Millionen Lire in jeder Tasche trug: eine neue Wohnung in der einen und vorzeitigen Ruhestand in der anderen. Der Gedanke reizte ihn wenig. Er hätte liebend gern beide Päckchen dafür gegeben zu erfahren, wer sie dahin praktiziert hatte, wo er sie gefunden hatte. Wenn er auch nicht wußte, wer, so war das Warum doch ziemlich klar: Welch besseres Motiv gab es für einen Mord als Drogen und Drogenhandel und welch besseren Beweis für Drogenhandel als ein Kilo Kokain, versteckt in der Wohnung eines Mannes? Und wer war besser als Finder geeignet als der Polizist aus Venedig, der, wenn auch nur aus geographischen Gründen, mit dem Verbrechen oder dem Toten nichts zu tun haben konnte? Und in was für eine Sache war dieser junge Soldat wohl verwickelt gewesen, daß man ein Kilo Kokain opferte, um die Aufmerksamkeit davon abzulenken? Brunetti machte seine Aktentasche auf und holte das Buch heraus, aber selbst sein Lieblingshistoriker konnte ihn nicht von diesen Fragen ablenken.

In Padua kam eine ältere Frau in sein Abteil und blieb, in eine Zeitschrift vertieft, bis Mestre sitzen, wo sie ausstieg, ohne Brunetti auch nur angesehen oder ein Wort mit ihm gewechselt zu haben. Als der Zug in Venedig einfuhr, packte er sein Buch weg und stieg aus, wobei er sich vergewisserte, daß von den Leuten, die in Vicenza mit ihm eingestiegen waren, keiner hier mit ausstieg. Vor dem Bahnhof wandte er sich nach rechts zum Anlegesteg der Nummer Eins, blieb kurz davor stehen, drehte sich um und sah zur Uhr am Bahnhof hinüber. Dann änderte er unvermittelt die Richtung und ging zum Anlegesteg der Nummer Zwei auf der anderen Seite des Bahnhofsvorplatzes. Niemand folgte ihm.

Ein paar Minuten später kam das Boot, und er stieg als einziger zu. Um halb fünf war es nur schwach besetzt. Er ging die Treppe hinunter und durch die Kabine aufs Achterdeck, wo er allein war. Das Boot legte ab, fuhr unter der

Scalzibrücke hindurch und den Canal Grande hinauf Richtung Rialto.

Durch die Glastüren sah Brunetti, daß die vier Leute in der Kabine alle Zeitung lasen. Er stellte seine Aktentasche auf den Stuhl neben sich und öffnete sie, dann fuhr er mit der Hand in seine innere Jackentasche und zog den einen Beutel heraus. Vorsichtig faßte er ihn an den Ecken und nestelte ihn auf. Zur Seite gewandt, um die Fassade des Museo di Storia Naturale besser sehen zu können, schob er seine Hand unter der Reling durch und schüttete das weiße Pulver ins Wasser des Kanals. Den leeren Beutel ließ er in seiner Aktentasche verschwinden und machte mit dem zweiten dieselbe Prozedur. Im goldenen Zeitalter der Serenissima hatte der Doge alljährlich eine umständliche Zeremonie veranstaltet. Er warf einen goldenen Ring ins Wasser des Canal Grande, um die Vermählung der Stadt mit dem Wasser zu vollziehen, das ihr Leben, Reichtum und Macht gab. Doch nie war dem Wasser bewußt so ein großer Reichtum dargeboten worden, dachte Brunetti.

Von der Anlegestelle Rialto ging er zur Questura und dort direkt ins Labor. Bocchese war da und schliff eine Schere an einer der Maschinen, die offenbar nur er bedienen konnte. Er stellte sie ab, als er Brunetti sah, und legte die Schere vor sich auf den Tisch.

Brunetti stellte seine Aktentasche daneben, öffnete sie und zog, sorgsam darauf bedacht, sie nur an den Ecken zu berühren, die beiden Plastikbeutel heraus, die er ebenfalls neben die Schere legte. »Könnten Sie feststellen, ob Fingerabdrücke des Amerikaners darauf sind?« fragte er. Bocchese nickte. »Ich komme nachher runter, und Sie sagen es mir dann, ja?«

Der Laborleiter nickte wieder. »So etwas also?«

»Ja.«

»Soll ich die Beutel verlieren, wenn ich die Fingerabdrücke habe?« fragte Bocchese.

»Welche Beutel?«

Bocchese griff nach der Schere. »Sobald ich die hier fertig habe«, meinte er und drückte auf den Schalter, worauf die Maschine wieder zu rotieren begann. Brunettis gemurmelter Dank ging in dem schrillen Geräusch von Metall auf Metall unter, als Bocchese sich wieder dem Schleifen der Schere zuwandte.

Brunetti überlegte, daß es besser wäre, von sich aus zu Patta zu gehen und mit ihm zu reden, nahm die Haupttreppe und blieb vor der Tür seines Vorgesetzten stehen. Er klopfte, hörte etwas und trat ein, wobei er verspätet feststellen mußte, daß der Laut, den er vernommen hatte, keine Aufforderung zum Eintreten gewesen war.

Das Bild war die klassische Witzblattszene und der Alptraum jedes Bürokraten: Vor dem Fenster stand, die obersten Knöpfe ihrer Bluse offen, Anita aus dem Ufficio Stranieri; einen Schritt vor ihr und gerade auf dem Rückzug ein rotgesichtiger Vice-Questore Patta. Brunetti erfaßte die Situation mit einem Blick und ließ seine Aktenmappe fallen, um Anita Zeit zu geben, den beiden Männern den Rücken zu kehren und ihre Bluse zu schließen. Während sie das tat, bückte Brunetti sich, um die herausgefallenen Papiere aufzuheben, und Patta setzte sich hinter seinen Schreibtisch. Anita brauchte genau so lange, um ihre Bluse in Ordnung zu bringen, wie Brunetti brauchte, um die Papiere wieder in die Mappe zurückzustecken.

Als alles wieder da war, wo es hingehörte, sagte Patta förmlich: »Danke, Signorina. Ich lasse Ihnen die Papiere nach unten bringen, sobald ich sie unterschrieben habe.«

Sie nickte und ging zur Tür. Im Vorbeigehen blinzelte sie Brunetti zu und bedachte ihn mit einem strahlenden Lächeln. Er ignorierte beides.

Als sie draußen war, trat Brunetti an Pattas Schreibtisch. »Ich komme gerade aus Vicenza. Vom amerikanischen Stützpunkt.«

»Ja? Und was haben Sie erfahren?« fragte Patta, dessen Gesicht immer noch ein bißchen rot war, was Brunetti nur mit Mühe ignorieren konnte.

»Nicht viel. Ich habe mir seine Wohnung angesehen.«

»Haben Sie etwas gefunden?«

»Nein. Nichts. Aber ich würde morgen gern noch einmal hinfahren.«

»Warum?«

»Um mit einigen Leuten zu reden, die ihn kannten.«

»Was versprechen Sie sich davon? Es war doch eindeutig ein Raubüberfall, der zu weit gegangen ist. Wen interessiert es denn, wer ihn gekannt hat oder was diese Leute über ihn zu sagen haben?«

Brunetti erkannte die Anzeichen von Pattas aufkommender Ungehaltenheit. Wenn sie kein Ventil fand, würde sein Vorgesetzter sich so hineinsteigern, daß er ihm untersagte, die Ermittlungen in Vicenza fortzusetzen. Da ein schlichter Raubüberfall die passendste Erklärung war, würde Patta seine Hoffnungen darauf richten und auch die Ermittlungen entsprechend steuern wollen.

»Sie haben völlig recht. Aber ich dachte, bis wir den Täter gefunden haben, könnte es nicht schaden, wenn wir den Eindruck erwecken, daß die Quelle für das Verbrechen außerhalb der Stadt liegt. Sie wissen ja, wie Touristen sind. Schon die geringste Kleinigkeit erschreckt sie, und dann bleiben sie weg.«

Schwand daraufhin merklich die Röte in Pattas Gesicht, oder bildete Brunetti es sich nur ein? »Ich bin froh, daß wir da einer Meinung sind, Commissario.« Und nach einer Pause, die man nur als bedeutungsvoll bezeichnen konnte, fügte Patta hinzu: »Ausnahmsweise.« Er streckte eine wohlmanikürte Hand aus und strich damit über den Ordner, der vor ihm lag. »Glauben Sie, es gibt eine Verbindung mit Vicenza?«

Brunetti nahm sich Zeit für seine Antwort, hocherfreut darüber, wie leicht Patta ihm die Verantwortung dieser Entscheidung überließ. »Ich weiß es nicht, Vice-Questore. Aber ich finde, es könnte uns hier nicht schaden, wenn wir den Eindruck erwecken, daß dem so ist.«

Die Pause, mit der sein Vorgesetzter dies begrüßte, war gekonnt, als er seine Bedenken gegen jedes irreguläre Vorgehen sorgsam abwog gegen seinen Wunsch, bei der Suche nach der Wahrheit keine Möglichkeit außer acht zu lassen. Er zog sein Montblanc-Meisterstück aus der Brusttasche, klappte die Mappe auf und unterschrieb drei Schriftstücke, wobei es ihm gelang, seinen Namenszug jedesmal bedachtsamer und zugleich entschlossener zu

Papier zu bringen. »Also gut, Brunetti, wenn Sie der Meinung sind, daß wir die Sache am besten so handhaben sollten, fahren Sie noch einmal nach Vicenza. Wir können nicht zulassen, daß die Leute sich fürchten, nach Venedig zu kommen, nicht wahr?«

»Nein, Vice-Questore«, antwortete Brunetti mit musterhaftem Ernst in der Stimme, »das können wir wahrhaftig nicht.« Und im selben Ton fragte er: »Wäre das dann alles?«

»Ja, das ist alles, Brunetti. Und Sie erstatten mir dann ausführlich Bericht, ja?«

»Natürlich«, sagte Brunetti, schon auf dem Weg zur Tür und sehr gespannt, welchen Gemeinplatz ihm Patta diesmal hinterherschleudern würde.

»Wir werden den Mann vor Gericht bringen«, sagte Patta.

»Bestimmt, Vice-Questore«, antwortete Brunetti, erfreut, daß sein Vorgesetzter im Plural sprach, und nur allzu bereit, ihn darin zu bestärken.

Er ging in sein eigenes Büro und blätterte die Papiere durch, die er in seiner Aktenmappe gehabt hatte, um Bocchese noch eine halbe Stunde Zeit für die Fingerabdrücke zu geben. Als die halbe Stunde um war, ging er wieder ins Labor hinunter, wo er Bocchese diesmal mit einem Brotmesser an der rotierenden Scheibe der Maschine fand. Als Bocchese ihn kommen sah, stellte er die Maschine ab, behielt das Brotmesser aber in der Hand und fuhr prüfend mit dem Daumen über die Schneide.

»Haben Sie eine Nebentätigkeit angenommen?« fragte Brunetti.

»Nein. Meine Frau bittet mich alle paar Monate, ihre Messer zu schleifen, und so geht es am besten. Wenn Ihre Frau irgend etwas zu schleifen hat, mache ich das gern für sie.«

Brunetti nickte. »Danke. Haben Sie etwas gefunden?«

»Ja. Auf dem einen Beutel ist ein guter Satz Abdrücke.«

»Seine?«

»Ja.«

»Noch andere?«

»Ein oder zwei andere, wahrscheinlich von einer Frau.«

»Und der zweite?«

»Sauber, entweder abgewischt oder nur mit Handschuhen angefaßt.« Bocchese nahm ein Stück Papier und rasierte mit dem Brotmesser ein Stückchen davon ab. Zufrieden legte er es auf den Tisch und drehte sich zu Brunetti um. »Ich glaube, der erste Beutel ist vorher für etwas anderes benutzt worden, bevor das...« Bocchese unterbrach sich, unsicher, was er sagen sollte. »...bevor die andere Substanz hineingefüllt wurde.«

»Und wofür wurde er ursprünglich benutzt?«

»Ganz genau kann ich das nicht sagen, aber es könnte Käse gewesen sein. An der Innenseite war eine Spur von irgendeiner öligen Substanz. Und dieser Beutel ist eindeutig öfter angefaßt worden als der andere, er hatte mehr Falten, so daß ich sagen würde, es war etwas anderes darin, bevor das – äh – Pulver eingefüllt wurde.«

Als Brunetti darauf nichts sagte, fragte Bocchese: »Sind Sie nicht überrascht?«

»Nein, bin ich nicht.«

Bocchese zog aus einer Papiertüte links neben der Maschine ein Steakmesser mit Holzgriff und prüfte die Klinge mit dem Daumen. »Also, wenn ich sonst noch etwas tun kann, lassen Sie es mich wissen. Und sagen Sie Ihrer Frau das mit den Messern.«

»Ja, danke, Bocchese«, sagte Brunetti. »Was haben Sie mit den Beuteln gemacht?«

Bocchese schaltete seine Maschine ein, hob das Messer und sah zu Brunetti auf. »Welche Beutel?«

9

Er sah keinen Anlaß, noch in der Questura zu bleiben, da wenig Aussicht auf irgendwelche neuen Informationen bestand, bevor er wieder nach Vicenza fuhr. So stellte er die Aktentasche in den Schrank zurück und verließ sein Büro. Vor der Eingangstür blickte er rasch nach beiden Seiten, ob ihm jemand Verdächtiges auffiel. Dann wandte er sich nach links in Richtung Santa Maria Formosa und weiter zur Rialtobrücke, wobei er schmale Seitengäßchen benutzte, die es ihm nicht nur erlaubten, einem möglichen Verfolger aus dem Weg zu gehen, sondern auch den Bataillonen wildgewordener Touristen, die ihre Attacken ausnahmslos auf die Gegend um San Marco konzentrierten. Jedes Jahr wurde es schwieriger, Geduld mit ihnen zu üben, ihr Stop-and-Go und die Hartnäckigkeit zu ertragen, mit der sie selbst in der engsten Calle darauf bestanden, zu dritt nebeneinander zu gehen. Manchmal hätte er sie am liebsten angebrüllt oder sogar beiseite geschubst, aber er begnügte sich damit, seine Aggressionen dadurch abzureagieren, daß er sich weigerte, anzuhalten oder seinen Kurs zu ändern, damit sie fotografieren konnten. Darum war er sicher, daß sein Rücken, sein Gesicht, sein Ellbogen auf Hunderten von Fotos und Videos zu sehen waren; manchmal stellte er sich die enttäuschten Deutschen vor, wie sie während eines tobenden Nordseesturms ihre Sommervideos anschauten, auf denen dann eine italienische Gestalt im dunklen Anzug zielbewußt vor Tante

Gerda oder Onkel Fritz einherschritt und zwischendurch den Blick auf lederbehoste, stramme Oberschenkel verdeckte, die auf der Rialto-Brücke, vor dem Portal von San Marco oder neben einer besonders charmanten Katze posierten. Er wohnte hier, zum Donner, und sie konnten mit ihren dämlichen Fotos warten, bis er vorbei war, oder sie sollten das Bild eines echten Venezianers mit nach Hause nehmen; wahrscheinlich war das sowieso der engste Kontakt, den sie je zu der Stadt haben würden. Ach ja, welch einen gutgelaunten Menschen brachte er jetzt heim zu Paola! Und das, nachdem gerade ihr Semester wieder angefangen hatte.

Um das zu vermeiden, machte er einen Abstecher zu Do Mori, seiner Lieblingsbar, nur ein paar Schritte von der Rialtobrücke entfernt, um Roberto, dem grauhaarigen Besitzer, guten Tag zu sagen. Sie wechselten ein paar Worte, und Brunetti bestellte ein Glas Cabernet, das einzige, was er im Augenblick trinken mochte. Dazu aß er ein paar von den am Tresen stets vorrätigen gerösteten Shrimps, wonach er beschloß, sich ein dick mit Schinken und Artischocken belegtes *tramezzino* zu gönnen. Danach trank er noch ein Glas Wein und fühlte sich zum erstenmal an diesem Tag wieder wie ein Mensch. Paola warf ihm immer vor, er werde unleidlich, wenn er zu lange nichts gegessen habe, und allmählich glaubte er, daß sie recht hatte. Er zahlte, ging hinaus und setzte seinen Heimweg fort.

Bei Biancat blieb er stehen, um die Blumen im Schaufenster zu betrachten. Signor Biancat erkannte ihn durch die riesige Glasscheibe, lächelte und nickte, woraufhin

Brunetti hineinging und zehn blaue Iris verlangte. Während Biancat sie einwickelte, erzählte er von Thailand, wo er gerade eine Woche zu einer Konferenz von Orchideenzüchtern gewesen war. Merkwürdig, mit so etwas eine Woche zuzubringen, fand Brunetti, aber dann überlegte er, daß er schon in Dallas und Los Angeles gewesen war, um an Polizeiseminaren teilzunehmen. Wie konnte er darüber urteilen, ob es merkwürdiger war, eine Woche über Orchideen zu reden als über die Häufigkeit von Sodomie bei Serienmördern oder die verschiedenen Gegenstände, die bei Vergewaltigungen benutzt wurden?

Nun, Wein und Essen hatten offenbar einiges dazu beigetragen, seine Stimmung zu heben.

Die Treppen zu seiner Wohnung waren gewöhnlich ein genauer Gradmesser für seinen Seelenzustand. Wenn er sich gut fühlte, schienen sie kaum vorhanden; wenn er müde war, zählten seine Beine jede einzelne der vierundneunzig Stufen. Heute abend hatte offenbar jemand welche dazugemogelt.

Er schloß die Tür auf und freute sich schon auf die heimeligen Gerüche, nach Essen oder den vielen verschiedenen Düften, die er im Lauf der Zeit mit dieser Wohnung zu verbinden gelernt hatte. Statt dessen roch es nur nach frischem Kaffee, wohl kaum die Sehnsucht eines Mannes, der den ganzen Tag beruflich in – ja – in Amerika gewesen war.

»Paola?« rief er und blickte suchend durch den Flur zur Küche. Ihre Stimme antwortete ihm aus der anderen Richtung, aus dem Bad, und gleichzeitig stieg ihm der süße Duft von Badesalz in die Nase, der ihm mit einem

Schwall feuchtwarmer Luft entgegenschlug. Kurz vor acht Uhr abends, und sie nahm ein Bad?

Er ging den Flur entlang und blieb vor der halboffenen Badezimmertür stehen. »Bist du da drin?« fragte er und merkte dann, wie dumm die Frage war, so dumm, daß Paola nicht einmal darauf antwortete. Statt dessen fragte sie zurück: »Ziehst du deinen grauen Anzug an?«

»Grauen Anzug?« wiederholte er, wobei er in das dampferfüllte Bad trat. Er sah ihren mit einem Handtuch umwickelten Kopf körperlos auf einer Wolke aus Seifenschaum schweben, als wäre er von dem, der sie enthauptet hatte, sorgsam darauf plaziert worden. »Grauen Anzug?« fragte er noch einmal und dachte dabei, welch seltsames Paar sie abgeben würden, er im grauen Anzug, sie in ihrem Schaumkleid.

Sie öffnete die Augen, drehte den Kopf zu ihm und bedachte ihn mit *dem Blick*, diesem ganz bestimmten, bei dem er sich immer fragte, ob sie durch ihn hindurch zum Speicher sah, wo sein Koffer lag, und dabei überlegte, wie lange sie wohl brauchen würde, diesen für ihn zu packen. *Der Blick* jedenfalls genügte, um ihn daran zu erinnern, daß heute der Abend war, an dem sie ins Casinò mußten, zusammen mit ihren Eltern, eingeladen von einem alten Freund der Familie. Das bedeutete ein spätes Abendessen, sündhaft teuer, was dadurch noch schlimmer – oder besser? Da konnte er sich nie so recht entscheiden – wurde, daß dieser Freund der Familie mit seiner goldenen Kreditkarte bezahlte, oder war sie aus Platin? Danach wurde dann immer noch ein Stündchen gespielt oder, schlimmer noch, anderen beim Spiel zugeschaut.

Seit er in den beiden Fällen, in denen Angestellte des Casinò bei diversen Betrügereien erwischt worden waren, nicht nur ermittelt, sondern auch beide Male die Festnahme durchgeführt hatte, verabscheute Brunetti die salbungsvolle Höflichkeit, mit der Direktor und Angestellte ihn behandelten. Wenn er spielte und gewann, fragte er sich jedesmal, ob das Spiel zu seinen Gunsten manipuliert worden war; verlor er, mußte er mit der Möglichkeit rechnen, daß Rache geübt worden war. So oder so machte Brunetti sich nicht die Mühe, über die Natur des Glücks zu spekulieren.

»Ich hatte an den dunkelblauen gedacht«, sagte er, indem er ihr die Blumen hinstreckte und sich über die Badewanne beugte. »Die habe ich dir mitgebracht.«

Der Blick verwandelte sich in *das Lächeln*, das ihm auch nach zwanzig Jahren des Zusammenlebens noch gelegentlich die Knie weich werden ließ. Eine Hand tauchte aus dem Wasser auf, dann ein Arm. Sie berührte seinen Handrücken, ließ ihn feucht und warm zurück und zog den Arm wieder unter die Schaumdecke. »Ich bin in fünf Minuten fertig.« Ihr Blick begegnete seinem und hielt ihn fest. »Wenn du früher gekommen wärest, hättest du auch ein Bad nehmen können.«

Er lachte, und das machte die Stimmung zunichte. »Aber dann wären wir zu spät zum Essen gekommen.« Sehr wahr. Sehr wahr. Doch er verfluchte die Zeit, die er vertan hatte, indem er bei Do Mori eingekehrt war. Er verließ das Bad, ging den langen Flur entlang in die Küche und legte die Blumen in den Ausguß, stöpselte ihn zu und ließ Wasser einlaufen, bis die Stiele bedeckt waren.

Im Schlafzimmer sah er, daß sie ein langes rotes Kleid auf dem Bett ausgebreitet hatte. Er erinnerte sich nicht, es schon einmal gesehen zu haben, aber das tat er selten und hielt es für das beste, es nicht zu erwähnen. Wenn sich herausstellte, daß es neu war, und er eine Bemerkung darüber machte, klang es womöglich so, als fände er, daß sie zu viele Kleider kaufte, und wenn sie es schon einmal getragen hatte, würde es so klingen, als beachtete er sie zuwenig. Er seufzte über die ewige Ungerechtigkeit des Ehelebens, machte den Schrank auf und fand, daß der graue Anzug doch passender war. Er zog Hose und Jackett aus, band die Krawatte ab, betrachtete im Spiegel sein Hemd und überlegte, ob er es anbehalten sollte. Er entschied sich dagegen, zog es aus und warf es über die Lehne eines Stuhls. Dann holte er sich ein frisches heraus, obwohl er es irgendwie lästig fand, aber er war viel zu sehr Italiener, um etwas anderes überhaupt in Erwägung zu ziehen.

Kurz darauf kam Paola ins Schlafzimmer, das goldblonde Haar offen, ihr Handtuch jetzt um den Körper geschlungen, und ging zur Kommode, in der sie ihre Unterwäsche und Pullover aufbewahrte. Lässig, sorglos warf sie das Handtuch aufs Bett und bückte sich, um eine Schublade aufzuziehen. Während er eine neue Krawatte unter seinen Kragen schob, sah er zu, wie sie einen schwarzen Slip anzog und dann einen BH umlegte und zuhakte. Um sich abzulenken, dachte er an Physik, eines seiner Studienfächer an der Universität. Er bezweifelte, ob er je Dynamik und Zugkräfte der weiblichen Unterwäsche verstehen würde; so vieles war da zu halten, zu unterstützen und einzudämmen. Er knotete die Krawatte fertig und nahm sein Jackett aus dem Schrank. Als er es anhatte, zog sie den Reißverschluß an ihrem Kleid zu und stieg in ein Paar schwarze Pumps. Seine Freunde klagten oft, sie müßten Ewigkeiten warten, während ihre Frauen sich anzogen oder ihr Make-up auflegten; Paola war immer einen Schritt vor ihm an der Tür.

Sie griff in ihren Teil des Schrankes und zog einen bodenlangen Mantel heraus, der aussah, als wäre er aus Fischschuppen gemacht. Er erwischte sie dabei, wie sie einen Augenblick ihren Nerzmantel musterte, der am Ende der Kleiderstange hing, aber sie ließ ihn hängen und machte die Schranktür zu. Ihr Vater hatte ihr den Nerz vor einigen Jahren zu Weihnachten geschenkt, aber sie hatte ihn die letzten zwei Jahre nicht getragen. Brunetti wußte nicht, ob es mit der Mode zusammenhing – er nahm an, auch Pelze kamen aus der Mode; jedenfalls war das bei allen anderen Kleidungsstücken so, die seine Frau oder seine Tochter trugen – oder mit der wachsenden Ablehnung von Pelzen, die sich in der Presse wie auch an seinem häuslichen Eßtisch bemerkbar machte.

Vor zwei Monaten war eine friedliche Familienmahlzeit in eine hitzige Debatte ausgeartet, bei der seine Kinder darauf beharrten, daß es nicht richtig sei, Pelze zu tragen, daß Tiere dieselben Rechte hätten wie Menschen, und ihnen diese zu verweigern sei »Gattungsegoismus«, ein Wort, das sie sich Brunettis Meinung nach nur ausgedacht hatten, um es ihm an den Kopf zu werfen. Er hörte zehn Minuten zu, während der Streit zwischen den beiden und Paola hin und her ging, Chiara und Raffi für alle Arten auf der Erde gleiche Rechte forderten und Paola versuchte, zwischen vernunftbegabten Tieren und anderen zu unterscheiden. Schließlich war seine Geduld mit Paola, die es in einem ihm idiotisch erscheinenden Streit mit Vernunft versuchte, am Ende gewesen, und er hatte mit der Gabel quer über den Tisch auf die Hühnerknochen am Tellerrand seiner Tochter gezeigt. »Anziehen dürfen wir sie nicht, aber essen schon, ja?« Damit war er aufgestanden und ins Wohnzimmer gegangen, um die Zeitung zu lesen und einen Grappa zu trinken.

Auf jeden Fall blieb der Nerz im Schrank, und sie machten sich auf den Weg zum Casinò.

An der Anlegestelle San Marcuola stiegen sie aus dem Vaporetto und gingen durch die engen Straßen und über die geschwungene Brücke auf die Eisentore des Casinò zu, die jetzt alle mit offenen Armen empfingen, die hineinwollten. Auf der äußeren, dem Canal Grande zugewandten Mauer standen noch die Worte NON NOBIS, nicht für uns, die das Casinò zu Zeiten der Republik für Venezianer zum verbotenen Territorium erklärt hatten. Nur Ausländer sollten geschröpft werden; Venezianer sollten ihr Geld klug anlegen und es nicht beim Würfeln und anderen Spielen verplempern. Wie wünschte er doch angesichts dieses endlosen Abends, der sich wie ein gähnender Schlund vor ihm auftat, daß die Regeln jener Republik noch gelten und ihm die nächsten Stunden ersparen würden.

Sie betraten die marmorgeflieste Halle, und sofort eilte von der Rezeption ein Geschäftsführer im Smoking herbei und begrüßte ihn mit Namen: »Dottor Brunetti, Signora«, und das mit einer Verbeugung, die eine akkurate, horizontale Falte in seinen roten Kummerbund machte. »Es ist uns eine Ehre, Sie bei uns begrüßen zu dürfen. Sie werden im Restaurant erwartet.« Mit einer Handbewegung, die ebenso anmutig war wie seine Verbeugung, deutete er nach rechts zum Fahrstuhl, der offen auf sie wartete. »Wenn Sie bitte mitkommen wollen, ich bringe Sie hin.«

Paolas Hand griff nach der seinen und verhinderte mit festem Druck seine Antwort, er kenne den Weg. Statt dessen quetschten sie sich alle drei in die winzige Kabine des Fahrstuhls und lächelten einander höflich zu, während sie langsam ins oberste Stockwerk fuhren.

Der Fahrstuhl hielt knirschend an, und der Geschäftsführer öffnete die Doppeltüren und hielt sie fest, während Brunetti und Paola ausstiegen, dann führte er sie in das hell erleuchtete Restaurant. Brunetti sah sich automatisch nach dem nächsten Ausgang sowie nach potentiellen Gewalttätern um, eine Inspektion, die er ohne nachzudenken jedem öffentlichen Raum zuteil werden ließ, den er betrat. In einer Ecke am Fenster, mit Blick auf den Canal Grande, saßen seine Schwiegereltern und ihre Freunde, die Pastores, ein älteres Ehepaar aus Mailand. Sie waren Paolas Paten und die ältesten Freunde ihrer Eltern und darum von jeder Kritik und jedem Tadel strikt ausgenommen.

Als er und Paola sich dem runden Tisch näherten, erhoben sich die beiden älteren Männer in ihren dunklen Anzügen, die von gleicher Qualität, wenn auch von verschiedener Farbe waren. Paolas Vater küßte sie auf die

Wange und schüttelte dann Brunettis Hand, während Dr. Pastore Paolas Hand küßte und anschließend Brunetti umarmte und auf beide Wangen küßte. Weil er dem Mann nie ganz entspannt gegenübertreten konnte, fühlte Brunetti sich bei dieser Demonstration von Vertrautheit immer etwas unwohl.

Was ihm dieses Essen vermieste, dieses alljährliche Ritual, das Paola mit in die Ehe gebracht hatte, war unter anderem, daß Dr. Pastore jedesmal schon das Menü bestellt hatte, wenn Brunetti ankam. Natürlich war der Dottore höchst fürsorglich und betonte immer wieder, daß doch hoffentlich niemand etwas dagegen habe, wenn er sich die Freiheit nehme, schon einmal zu bestellen; es sei gerade die Saison für dieses oder jenes, Trüffeln seien jetzt am besten, die ersten Wiesenchampignons kämen gerade auf den Markt. Und er hatte immer recht, das Mahl war immer köstlich, aber Brunetti konnte es nicht leiden, wenn er nicht bestellen durfte, worauf er Appetit hatte, selbst wenn das sich dann als weniger köstlich herausstellte als das, was man ihm vorsetzte. Und jedes Jahr schimpfte er sich selbst dumm und eigensinnig und konnte doch kaum den Anflug von Ärger überwinden, den er empfand, wenn er jedes Jahr aufs neue feststellen mußte, daß schon alles geplant und bestellt war, ohne daß man ihn gefragt und mit einbezogen hatte. Männliches Ego gegen männliches Ego? Sicher war es nicht mehr als das. Fragen des Gaumens und der Küche hatten nicht das geringste damit zu tun.

Die üblichen Komplimente wurden ausgetauscht, dann kam die Platzverteilung. Brunetti saß schließlich mit dem

Rücken zum Fenster, zu seiner Rechten Dr. Pastore, und Paolas Vater ihm gegenüber.

»Wie schön, Sie wiederzusehen, Guido«, sagte Dr. Pastore. »Orazio und ich sprachen gerade von Ihnen.«

»Hoffentlich nur schlecht«, warf Paola lachend ein, aber dann widmete sie ihre Aufmerksamkeit ihrer Mutter, die den Stoff ihres Kleides befingerte, ein Zeichen, daß es doch neu war, und Signora Pastore, die noch immer Paolas Hand festhielt.

Der Dottore sah Brunetti höflich fragend an. »Wir sprachen von diesem Amerikaner. Sie leiten doch die Ermittlungen, nicht wahr?«

»Ja, Dottore, so ist es.«

»Warum sollte jemand einen Amerikaner umbringen wollen? Er war Soldat, nicht? Raub? Rache? Eifersucht?« Weil der Dottore Italiener war, fielen ihm keine anderen Motive ein.

»Wer weiß«, sagte Brunetti, womit er alle fünf Fragen gleichzeitig beantwortete. Er hielt inne, als zwei Ober große Vorspeisenplatten mit Meeresfrüchten an den Tisch brachten und allen nacheinander davon vorlegten. Der Dottore wartete, momentan mehr an dem Mord interessiert als an dem Essen, bis alle bedient und die angemessenen Komplimente über die Wahl ausgesprochen waren, und nahm dann das ursprüngliche Thema wieder auf.

»Haben Sie irgendwelche Vorstellungen?«

»Nichts Bestimmtes«, antwortete Brunetti und aß eine Garnele.

»Drogen?« fragte Paolas Vater, womit er eine größere Weltläufigkeit an den Tag legte als sein Freund.

Brunetti wiederholte sein »wer weiß« und aß noch ein paar Garnelen, die zu seinem Entzücken frisch und köstlich waren.

Bei dem Wort »Drogen« mischte sich Paolas Mutter ein und wollte wissen, worüber sie redeten.

»Über Guidos neuesten Mord«, sagte ihr Mann, was so klang, als hätte Brunetti ihn begangen, statt ihn aufklären zu sollen. »Er wird sich bestimmt als Raubüberfall herausstellen. Wie nennt man das in Amerika? Mugging?« Erstaunlich, wie sich das nach Patta anhörte.

Da Signora Pastore noch nichts von dem Mord gehört hatte, mußte ihr Mann die ganze Geschichte noch einmal erzählen, wobei er sich hin und wieder an Brunetti wandte, um nach Einzelheiten zu fragen oder sich Tatsachen bestätigen zu lassen. Brunetti störte das ganz und gar nicht, denn dadurch ging das Essen schneller vorbei als sonst. Und so aßen sie sich beim Gespräch über Mord und Totschlag durch Risotto, gegrillten Fisch, vier Gemüsesorten, Salat und Tiramisù bis zum Kaffee.

Während die Männer an ihrem Grappa nippten, fragte Dr. Pastore die Damen wie jedes Jahr, ob sie Lust auf ein Spielchen unten im Casinò hätten. Als sie ja sagten, reagierte er mit alljährlich neu aufgelegtem Entzücken und zog drei kleine Lederbeutel aus seiner Jackentasche, die er vor sie hinstellte.

Und wie jedes Jahr protestierte Paola: »Oh, *Zio Ernesto*, das sollst du doch nicht«, während sie eifrig den Beutel aufnestelte, in dem die alljährlichen Chips fürs Casinò waren. Brunetti stellte fest, daß es die gleiche Stückelung war wie jedes Jahr, insgesamt zweihunderttausend Lire für jede der Damen, genug, um sie zu beschäftigen, während Dr. Pastore ein oder zwei Stunden beim Blackjack verbrachte und gewöhnlich weit mehr gewann, als er fürs Amüsement der Damen zur Verfügung gestellt hatte.

Die drei Männer standen auf, hielten den Damen die Stühle, und alle sechs machten sich auf den Weg nach unten in die Spielsäle des Casinò.

Da sie nicht alle in den Fahrstuhl paßten, wurden die Frauen hineinkomplimentiert, und die Männer beschlossen, über die Treppe nach unten in den großen Spielsaal zu gehen. Brunetti hatte Conte Orazio zu seiner Rechten und überlegte, was er zu seinem Schwiegervater sagen könnte.

»Wußtest du, daß Wagner hier gestorben ist?« fragte er und überlegte im selben Moment, wie er darauf kam, da Wagner nicht gerade ein Komponist war, den er besonders schätzte.

»Ja«, antwortete der Conte. »Nicht zu früh.«

Dann waren sie zum Glück unten; Conte Orazio gesellte sich zu seiner Frau, um ihr beim Roulette zuzusehen, und trennte sich mit einem freundlichen Lächeln und einer angedeuteten Verbeugung von Brunetti.

Brunettis erster Besuch in einem Spielkasino hatte nicht in seiner Geburtsstadt Venedig stattgefunden, wo außer besessenen oder professionellen Spielern niemand den Tischen große Aufmerksamkeit schenkte, sondern in Las Vegas, wo er vor Jahren auf einer Fahrt durch Amerika Halt gemacht hatte. Und weil er seine erste Erfahrung mit dem Spiel dort gemacht hatte, verband er es mit heller Beleuchtung, lauter Musik und dem schrillen Gekreisch derer, die gewonnen oder verloren hatten. Er erinnerte sich an eine Bühnenshow, heliumgefüllte Ballons, die zur Decke flogen, Menschen in T-Shirts, Jeans und Shorts. Darum war er, obwohl er jedes Jahr hierherkam, immer wieder überrascht, daß hier eine Atmosphäre zwischen Museum und, schlimmer noch, Kirche herrschte. Nur wenige Leute lächelten, es wurde höchstens geflüstert, und niemand schien sich zu amüsieren. Inmitten dieser ganzen Feierlichkeit fehlten ihm die ehrlichen Ausbrüche der Freude oder Enttäuschung, die wilden Gefühlsäußerungen, die das wechselnde Glück begleiteten.

Nichts von alledem hier. Männer und Frauen, alle gut angezogen, umringten in ehrfuchtsvollem Schweigen den Roulette-Tisch und plazierten ihre Chips auf der Filzbespannung. Schweigen, Pause, dann gab der Croupier dem Rad einen kräftigen Schwung, warf die Kugel, und alle Blicke hefteten sich auf das schwirrende Gemisch aus Farben und Metall, blieben daran hängen, wenn es langsamer und noch langsamer wurde und zum Stehen kam. Schlangengleich glitt der Rechen des Croupiers auf dem Tisch hin und her, sammelte die Chips der Verlierer ein und schob den Gewinnern einige wenige zu. Und dann dieselben Bewegungen, die Unruhe, das Rotieren, die starren Augen, wie festgenagelt auf dem sich drehenden Rad. Warum trugen wohl so viele dieser Männer einen Ring am kleinen Finger?

Er ließ sich in den nächsten Raum treiben, sich vage bewußt, daß er die anderen verloren hatte, neugierig auf weitere Beobachtungen. In einem Nebenzimmer kam er zu den Blackjacktischen und sah, daß Dr. Pastore schon dort saß, vor sich einen mit chirurgischer Präzision aufgestapelten, mittelhohen Turm aus Chips. Während Brunetti zusah, verlangte er eine Karte, zog eine sechs, wartete, bis die anderen Spieler gezogen hatten, um dann seine Karten umzudrehen und zu der sechs eine sieben und eine acht aufzudecken. Sein Turm aus Chips wuchs und Brunetti wandte sich ab.

Anscheinend rauchten hier alle. Beim Baccarat hatte ein Spieler zwei brennende Zigaretten vor sich auf einem Aschenbecher liegen, eine dritte hing von seiner Unterlippe. Der Rauch war überall, in Brunettis Augen, Haaren, Kleidern; er bildete eine Wolke, die man hätte zerschneiden oder mit der Hand wegdrücken können. Brunetti ging weiter zur Bar und bestellte sich, obwohl er eigentlich gar keinen Appetit darauf hatte, einen Grappa, nur weil es ihn langweilte, dem Spiel zuzusehen.

Er setzte sich auf ein plüschiges Samtsofa, beobachtete die Spieler und nippte gelegentlich an seinem Glas. Schließlich machte er die Augen zu und ließ sich ein paar Minuten davontreiben. Da fühlte er, wie sich das Polster neben ihm bewegte, und ohne die Augen zu öffnen oder den Kopf von der Rückenlehne zu heben, wußte er, daß es Paola war. Sie nahm ihm das Glas aus der Hand, trank ein Schlückchen und gab es ihm wieder. »Müde?« fragte sie.

Er nickte. Plötzlich war er zu müde, um zu sprechen.

»Also gut. Komm mit, wir spielen noch eine Runde Roulette, dann können wir nach Hause gehen.«

Er drehte den Kopf zu ihr, öffnete die Augen und lächelte sie an. »Ich liebe dich, Paola«, sagte er, dann senkte er den Kopf und nippte an seinem Grappa. Fast schüchtern blickte er zu ihr auf. Sie grinste, beugte sich herüber und küßte ihn auf den Mund. »Na komm«, sagte sie, indem sie aufstand und ihm die Hand reichte, um ihn hochzuziehen. »Laß uns noch dieses Geld verspielen, dann können wir heimgehen.« Sie hielt fünf Chips zu je fünfzigtausend Lire in der Hand, hatte also gewonnen. Sie gab ihm zwei und behielt die anderen für sich.

Als sie in den Hauptsaal zurückkamen, mußten sie ein paar Minuten warten, bevor sie sich zum Roulette durchdrängen konnten, und als sie einen Platz hatten, wartete er aus irgendeinem Grund zwei Spiele ab, bis ihm der richtige Zeitpunkt zum Einsatz gekommen schien. Er legte die beiden Chips in seiner Hand übereinander und plazierte sie blind auf irgendeine Zahl. Als er hinsah, war es die Achtundzwanzig, eine Zahl, die absolut keine Bedeutung für ihn hatte. Paola legte ihre Chips auf Rot.

Drehung, zusehen, warten, und wie er gewußt hatte, fiel die Kugel an ihren rechtmäßigen Platz auf der Achtundzwanzig, und er gewann über drei Millionen Lire. Fast ein Monatsgehalt, eine Urlaubsreise, ein Computer für Chiara. Er beobachtete, wie der Rechen des Croupiers auf ihn zuglitt und dabei die Chips über die Filzdecke schob, bis sie vor ihm lagen. Er sammelte sie ein, lächelte Paola zu und rief so laut, wie man im Casinò seit Jahren niemanden hatte rufen hören, auf englisch: »*Hot damn*!«

10

Er hielt es für unsinnig, am nächsten Morgen erst noch in die Questura zu gehen, und blieb zu Hause, bis es Zeit für den Zug nach Vicenza war. Allerdings rief er noch Maggior Ambrogiani an und bat ihn, den Fahrer zum Bahnhof zu schicken.

Als der Zug den Damm überquerte und die Stadt hinter sich ließ, konnte Brunetti in der Ferne die Berge erkennen, die man heutzutage nur selten sah; noch nicht schneebedeckt, aber er hoffte, sie würden es sehr bald sein. Dies war nun schon das dritte Jahr mit wenig Regen im Frühjahr, gar keinem im Sommer und einer schlechten Ernte im Herbst. Die Bauern hatten ihre Hoffnungen nun auf Schneefälle im Winter gesetzt, und ihm fiel ein Sprichwort der Landbevölkerung des Friaul ein, eines zähen, arbeitsamen Völkchens: »*Sotto la neve, pane; sotto la pioggia, fame*«. Ja, Schnee im Winter würde für Brot sorgen, wenn er sein eingefrorenes Wasser in der Wachstumsperiode langsam freigab, während Regen, der rasch wegfloß, nur Hunger brachte.

Er hatte seine Aktentasche heute nicht mitgenommen, denn es war unwahrscheinlich, daß er an zwei Tagen hintereinander Beutel mit Kokain finden würde, aber er hatte auf dem Bahnhof eine Zeitung gekauft und schlug sie auf, während der Zug ihn durch die Ebene in Richtung Vicenza trug. Der tote Amerikaner wurde heute nicht erwähnt; seinen Platz hatte ein Mord aus Leidenschaft in

Modena eingenommen: Ein Zahnarzt hatte eine Frau, die ihn nicht heiraten wollte, erdrosselt und sich anschließend erschossen. Die restliche Fahrt verbrachte er damit, die politischen Nachrichten zu lesen, und als er in Vicenza ankam, wußte er genausoviel wie bei seiner Abfahrt in Venedig.

Derselbe Fahrer wartete vor dem Bahnhof auf ihn, aber diesmal stieg er aus, um Brunetti die Wagentür zu öffnen. Am Tor zum Stützpunkt hielt er ohne Befehl und wartete, während der Carabiniere einen Passierschein für Brunetti ausstellte. »Wohin soll ich Sie bringen, Commissario?«

»Wo ist der Gesundheitsdienst?«

»Im Krankenhaus.«

»Dann fahren wir dahin.«

Sie fuhren die lange Hauptstraße des Stützpunkts entlang, und wieder fühlte sich Brunetti in ein fremdes Land versetzt. Pinien säumten zu beiden Seiten die Straße. Der Wagen fuhr an Männern und Frauen in Shorts vorbei, die auf Fahrrädern unterwegs waren oder Kinderwagen schoben. Jogger kamen mit federnden Schritten gelaufen, und sie sahen sogar ein noch mit Wasser gefülltes Schwimmbecken, aber keine Schwimmer darin.

Der Fahrer hielt vor einem weiteren nichtssagenden Betonbau. VICENZA FIELD HOSPITAL las Brunetti. »Da drin, Commissario«, sagte der Fahrer, während er sich auf einen Behindertenparkplatz stellte und den Motor ausschaltete.

Drinnen sah Brunetti sich vor einem niedrigen, geschwungenen Empfangstresen. Eine junge Frau blickte auf, lächelte und fragte: »Ja, Sir, kann ich Ihnen helfen?«

»Ich suche den Gesundheitsdienst.«

»Den Gang hinter mir entlang, dann rechts und die dritte Tür links«, sagte sie und wandte sich dann einer jungen Schwangeren in Uniform zu, die nach ihm hereingekommen war. Brunetti schlug die angegebene Richtung ein, ohne sich, was er sich hoch anrechnete, noch einmal nach der Schwangeren in Uniform umzusehen.

Vor der dritten Tür mit der deutlichen Aufschrift ›Public Health‹ blieb er stehen und klopfte. Keine Antwort, also klopfte er noch einmal. Da immer noch keine Antwort kam, versuchte er es mit dem Türgriff, registrierte, daß es keine Klinke, sondern ein Knauf war, öffnete die Tür und trat ein. In dem kleinen Zimmer standen drei Schreibtische aus Metall, ein Stuhl vor jedem, und zwei Aktenschränke, von denen ein paar Topfpflanzen, die dringend gegossen und abgestaubt werden mußten, müde die langen Blätter herunterhängen ließen. An der Wand hing das nun schon sattsam bekannte schwarze Brett, das hier gespickt war mit Notizzetteln und Dienstplänen. Zwei der Schreibtische waren mit dem normalen Wust der Büroarbeit bedeckt: Papiere, Formulare, Ordner, Kugelschreiber, Bleistifte. Auf dem dritten standen ein Computerterminal und eine Tastatur, aber sonst war er verdächtig leer. Brunetti setzte sich auf den Stuhl, der offenkundig für Besucher gedacht war. Ein Telefon – auf jedem Schreibtisch stand eines – klingelte, siebenmal zählte Brunetti, dann verstummte es. Er wartete noch ein paar Minuten, stand auf und trat auf den Flur hinaus. Eine Schwester kam vorbei, und Brunetti fragte sie, ob sie wisse, wo die Leute aus dem Büro seien.

»Müßten eigentlich jeden Moment zurück sein«, antwortete sie mit der international anerkannten Formel, mit der Kollegen einander gegenüber Fremden decken, die jemand geschickt haben könnte, um zu sehen, wer bei der Arbeit war und wer nicht. Er ging zurück ins Zimmer und machte die Tür hinter sich zu.

Wie in jedem Büro waren zwischen Aktennotizen auch hier die üblichen Karikaturen, Urlaubspostkarten und handgeschriebenen Notizzettel aufgehängt. Die Karikaturen hatten alle entweder Soldaten oder Ärzte zum Gegenstand, viele der Postkarten entweder Minarette oder archäologische Ausgrabungsstätten. Er löste die erste vom Brett und las Bobs Grüße von der Blauen Moschee. Die zweite Karte informierte ihn, daß Bob das Kolosseum toll fand. Aber die dritte, auf der ein Kamel vor den Pyramiden zu sehen war, enthüllte viel Interessantes, nämlich daß M und T die Inspektion der Küchen beendet hatten und am Dienstag zurückkommen würden. Er steckte sie wieder an ihren Platz und trat von dem Anschlagbrett zurück.

»Kann ich Ihnen helfen?« fragte eine Stimme hinter ihm.

Er erkannte die Stimme, drehte sich um, und sie erkannte ihn. »Mr. Brunetti, was machen Sie denn hier?« Ihre Überraschung war echt und groß.

»Guten Morgen, Doctor Peters. Ich habe Ihnen doch gesagt, daß ich kommen würde, um mehr über Sergeant Foster zu erfahren. Man hat mir gesagt, hier habe der Gesundheitsdienst sein Büro, und ich hatte eigentlich gehofft, jemanden anzutreffen, der mit Foster gearbeitet hat. Aber wie Sie sehen«, er machte eine ausholende Bewegung und gleichzeitig zwei Schritte von dem schwarzen Brett weg, »ist keiner da.«

»Die sind alle in einer Besprechung«, erklärte sie. »Sie wollen die Arbeit neu aufteilen, bis Ersatz kommt.«

»Und Sie sind nicht in dieser Besprechung?« fragte er.

Zur Antwort zog sie ein Stethoskop aus der Brusttasche ihres weißen Kittels und meinte dann: »Wissen Sie nicht mehr? Ich habe Ihnen doch erzählt, daß ich Kinderärztin bin.«

»Ach so.«

»Sie müßten aber bald zurück sein«, erklärte sie. »Mit wem wollten Sie denn sprechen?«

»Ich weiß nicht. Mit dem, der am engsten mit ihm zusammengearbeitet hat.«

»Wie ich Ihnen schon sagte, hat er das Büro hier ziemlich selbständig geführt.«

»Es würde mir also nicht weiterhelfen, wenn ich mit den anderen rede?«

»Das kann ich nicht für Sie entscheiden, Mr. Brunetti, da ich nicht weiß, was Sie in Erfahrung bringen wollen.«

Brunetti nahm an, daß ihre Kratzbürstigkeit eine Folge ihrer Nervosität war, darum ließ er das Thema fallen und fragte statt dessen: »Wissen Sie vielleicht, ob Sergeant Foster getrunken hat?«

»Getrunken?«

»Alkohol.«

»Sehr wenig.«

»Und wie steht's mit Drogen?«

»Was für Drogen?«

»Illegale.«

»Nein.« Ihre Stimme war fest und entschieden.

»Das klingt, als wären Sie sich da sehr sicher.«

»Ich bin sicher, weil ich ihn kannte, und auch sicher, weil ich seine Vorgesetzte war, außerdem kenne ich seine medizinischen Daten.«

»Würde so etwas normalerweise darin erwähnt werden?« wollte Brunetti wissen.

Sie nickte. »Wir können in der Army alle jederzeit auf Drogen untersucht werden. Die meisten müssen einmal im Jahr einen Urintest machen.«

»Sogar Offiziere?«

»Sogar Offiziere.«

»Sogar Ärzte?«

»Sogar Ärzte.«

»Und Sie haben seine Befunde gesehen?«

»Ja.«

»Wann war der letzte Test?«

»Ich weiß es nicht mehr genau. Irgendwann in diesem Sommer, glaube ich.« Sie nahm ein paar Mappen von einer Hand in die andere. »Ich weiß gar nicht, warum Sie das wissen wollen. Er hat nie Drogen genommen. Im Gegenteil. Er war absolut dagegen. Wir haben oft darüber gestritten.«

»Wie? Warum?«

»Ich sehe da kein Problem. Ich selbst bin nicht scharf darauf, aber wenn jemand Drogen nehmen will, sollte er das dürfen.« Als Brunetti nichts sagte, fuhr sie fort: »Sehen Sie, ich soll mich hier eigentlich um die Kinder kümmern, aber wir sind unterbesetzt, und darum kommen auch viele Mütter zu mir und bitten mich, ihre Rezepte für Valium oder Librium zu erneuern. Wenn ich das ablehne, weil ich finde, daß sie zuviel davon nehmen, warten sie einfach ein oder zwei Tage und vereinbaren dann einen Termin mit einem anderen Arzt, und früher oder später gibt einer ihnen, was sie haben wollen. Vielen ginge es besser, wenn sie einfach dann und wann einen Joint rauchen könnten.«

Brunetti fragte sich, wie diese Meinung wohl bei den medizinischen und militärischen Vorgesetzten ankam, aber er fand es besser, seine Überlegung für sich zu behalten. Schließlich interessierte ihn nicht Dr. Peters' Meinung zum Drogengebrauch, sondern ob Sergeant Foster welche genommen hatte oder nicht. Außerdem – und gar nicht nebenbei – warum sie ihn angelogen und behauptet hatte, sie habe Foster nie auf einer seiner Reisen begleitet.

Hinter ihr ging die Tür auf, und ein vierschrötiger Mann mittleren Alters in grüner Uniform kam herein. Er schien überrascht, Brunetti zu sehen, aber Dr. Peters kannte er offensichtlich.

»Ist die Besprechung vorbei, Ron?« fragte sie.

»Ja«, sagte er, stockte, sah Brunetti an, und da er nicht recht wußte, wer das war, fügte er hinzu: »Ma'am.«

Dr. Peters wandte sich Brunetti zu. »Das ist First Sergeant Wolf«, sagte sie. »Sergeant, das ist Commissario Brunetti von der venezianischen Polizei. Er ist gekommen, um einige Fragen nach Sergeant Foster zu stellen.«

Nachdem die beiden Männer sich die Hand gegeben und Höflichkeitsfloskeln ausgetauscht hatten, sagte Dr. Peters: »Vielleicht kann Sergeant Wolf Ihnen einen besseren Eindruck von Sergeant Fosters Aufgaben vermitteln, Mr. Brunetti. Er ist zuständig für alle unsere Kontakte außerhalb des Stützpunkts.« Sie drehte sich zur Tür um. »Ich lasse Sie jetzt allein und gehe wieder zu meinen Patienten.« Brunetti nickte ihr zu, aber sie hatte sich schon abgewandt und verließ rasch das Büro.

»Was wollten Sie denn wissen, Commissario?« fragte Sergeant Wolf und setzte dann etwas weniger förmlich hinzu: »Wollen wir in mein Büro gehen?«

»Arbeiten Sie nicht hier?«

»Nein. Ich gehöre zur Krankenhausverwaltung. Unsere Büros liegen in einem anderen Teil des Gebäudes.«

»Wer arbeitet dann noch hier?« wollte Brunetti wissen, indem er auf die drei Schreibtische wies.

»Das hier ist Mikes Schreibtisch. Ich meine, es war Mikes«, berichtigte er sich. »Der andere gehört Sergeant Dostie, aber der ist gerade in Warschau.« Er zeigte zu dem Computer auf dem dritten Schreibtisch. »Den da haben sie sich geteilt.«

Wie weit dieser amerikanische Adler doch seine Flügel ausbreitete. »Wann kommt er zurück?« fragte Brunetti.

»Irgendwann nächste Woche«, antwortete Wolf.

»Und wie lange ist er schon weg?« Brunetti fand seine Frage in dieser Form weniger direkt, als wenn er gefragt hätte, wann Dostie abgefahren war.

»Schon länger, noch bevor das passiert ist«, beantwortete Wolf erschöpfend Brunettis Frage und schloß Dostie damit als Verdächtigen aus.

»Möchten Sie mit in mein Büro kommen?«

Brunetti folgte ihm durch die Gänge des Krankenhauses und versuchte sich dabei den Weg zu merken. Sie gingen durch doppelte Schwingtüren, makellos saubere Korridore und weitere Türen, bis Wolf schließlich vor einer offenen Zimmertür stehenblieb.

»Nichts Großartiges, aber mein Zuhause«, sagte er mit überraschender Herzlichkeit. Er trat beiseite, um Brunetti den Vortritt zu lassen, kam dann nach und machte die Tür hinter ihnen zu. »Wir wollen ja nicht gestört werden«, bemerkte er dazu und lächelte. Dann ging er zum Schreibtisch und setzte sich in den mit Lederimitat bezogenen Drehsessel. Ein riesiger Terminplaner nahm den größten Teil der Schreibtischplatte ein, darauf verteilt Ablagemappen, ein Eingangs- und ein Ausgangskorb und ein Telefon. Rechts stand in einem Messingrahmen das Bild einer orientalischen Frau mit drei kleinen Kindern, offensichtlich die Sprößlinge aus dieser Mischehe.

»Ihre Frau?« fragte Brunetti, als er vor dem Schreibtisch Platz nahm.

»Ja, ist sie nicht schön?«

»Sehr«, bestätigte Brunetti.

»Und das sind unsere drei Kinder. Joshua ist zehn, Melissa sechs und Aurora erst ein Jahr alt.«

»Eine sehr ansehnliche Familie«, meinte Brunetti.

»Ja, das finde ich auch. Ich wüßte nicht, was ich ohne sie täte. Ich habe oft zu Mike gesagt, das sei es, was er brauche, eine Frau und ein Heim.«

»Brauchte er denn ein Heim?« fragte Brunetti, der es interessant fand, daß es immer verheiratete Männer mit mehreren Kindern waren, die alleinstehenden Männern solches wünschten.

»Tja, ich weiß es nicht.« Wolf beugte sich vor und stützte die Ellbogen auf seinen Schreibtisch. »Er war immerhin schon über Dreißig. Da wird es Zeit, eine Familie zu gründen.«

»Hatte er denn eine Freundin, mit der er eine hätte gründen können?« fragte Brunetti freundlich.

Wolf sah ihn an, dann blickte er auf seinen Schreibtisch. »Nicht daß ich wüßte.«

»Mochte er Frauen?« Wenn Wolf klar war, daß damit gefragt werden sollte, ob Foster vielleicht Männer mochte, so ließ er es sich jedenfalls nicht anmerken.

»Ich glaube schon. Aber so gut habe ich ihn dann auch wieder nicht gekannt. Nur hier bei der Arbeit.«

»Gibt es hier jemanden, mit dem er besonders befreundet war?« Als Wolf den Kopf schüttelte, setzte Brunetti hinzu: »Dr. Peters war ziemlich außer Fassung, als sie die Leiche sah.«

»Na ja, sie haben ein Jahr lang zusammen gearbeitet. Meinen Sie nicht, daß es da nur normal ist, wenn sie beim Anblick seiner Leiche außer Fassung gerät?«

»Doch, wahrscheinlich«, antwortete Brunetti, ohne weiter darauf einzugehen. »Sonst jemand?«

»Nein, mir fällt niemand ein.«

»Vielleicht könnte ich Mr. Dostie fragen, wenn er zurückkommt.«

»Sergeant Dostie«, korrigierte Wolf automatisch.

»Kannte er Sergeant Foster gut?«

»Das weiß ich wirklich nicht, Commissario.« Brunetti hatte den Eindruck, daß dieser Mann überhaupt nicht viel wußte, jedenfalls nicht über jemanden, der schon seit…

»Wie lange hat Sergeant Foster für Sie gearbeitet?« fragte er.

Wolf ließ sich in seinen Sessel zurücksinken, sah das Foto vor sich an, als könnte seine Frau es ihm sagen, und antwortete dann: »Vier Jahre. Seit er hier ist.«

»Aha. Und wie lange ist Sergeant Dostie hier?«

»Etwa vier Jahre.«

»Was war Sergeant Foster für ein Mensch, Sergeant Wolf?« fragte Brunetti, um das Gespräch wieder auf den Toten zu bringen.

Diesmal sah Wolf erst seine Kinder an, bevor er antwortete. »Er war ein hervorragender Soldat. Das können Sie seiner Akte entnehmen. Er neigte dazu, sich abzuschotten, aber das mag daran gelegen haben, daß er noch studierte, und das nahm er sehr ernst.« Wolf hielt inne, als überlegte er, was er noch Wesentlicheres sagen könnte. »Er war ein sehr besorgter Mensch.«

»Wie?« fragte Brunetti, den diese Äußerung ein wenig überrumpelte. Besorgt? Worum sollte Foster sich gesorgt haben? Was meinte der Mann damit? »Ich fürchte, das verstehe ich nicht ganz.«

Wolf beeilte sich, es ihm zu erklären. »Was ihr Italiener als ›*simpatico*‹ bezeichnet, wissen Sie?«

»Oh«, murmelte Brunetti. Foster war also ein *mitfühlender* Mensch. Was für eine merkwürdige Sprache diese Leute doch hatten. Er fragte etwas direkter: »Mochten Sie ihn?«

Die Frage überraschte Wolf offensichtlich. »Also, ja sicher, ich glaube schon. Allerdings waren wir nicht befreundet oder so etwas, aber er war ein netter Kerl.«

»Was hatte er denn genau zu tun?« fragte Brunetti, indem er sein Notizbuch zückte.

»Tja.« Sergeant Wolf verschränkte die Hände hinter dem Kopf und machte es sich auf seinem Stuhl etwas bequemer. »Er hatte sich um die Wohnungen zu kümmern, daß die Vermieter einen gewissen Standard einhielten. Genug heißes Wasser, ausreichende Heizung im Winter. Und dann mußte er darauf achten, daß wir als Mieter keine Schäden in den Häusern oder Wohnungen anrichten. Wenn uns ein Vermieter anruft und sagt, daß seine Mieter eine Gefahr für die Gesundheit sind, gehen wir das nachprüfen.«

»Was für Gesundheitsgefahren?« wollte Brunetti wissen.

»Ach, mancherlei. Es gibt beispielsweise Leute, die ihren Müll nicht wegbringen oder ihn zu nah am Haus deponieren, oder die Hinterlassenschaften ihrer Haustiere nicht beseitigen. So etwas haben wir oft.«

»Und was tun Sie dann?«

»Wir haben die Erlaubnis, nein, das Recht, ihre Wohnungen zu betreten.«

»Auch, wenn sie nicht einverstanden sind?«

»Gerade dann«, meinte Wolf mit einem Lachen. »Meist ist das ein sicheres Zeichen dafür, daß es bei ihnen schlimm aussieht.«

»Und was unternehmen Sie dann?«

»Wir inspizieren die Wohnung, um zu sehen, ob dort Gefahr für die Gesundheit besteht.«

»Kommt das oft vor?«

Wolf wollte antworten, hielt sich aber dann zurück, und

Brunetti merkte, daß er überlegte, wieviel von solchen Dingen er wohl einem Italiener erzählen durfte und wie dieser auf solche Geschichten über Amerikaner reagieren mochte. »Gelegentlich«, antwortete er neutral.

»Und dann?«

»Wir weisen die Leute an, den Unrat zu beseitigen, melden es dem jeweiligen Commander und setzen ihnen eine Frist, um die Sache zu erledigen.«

»Und wenn sie das nicht tun?«

»Dann kommt Artikel fünfzehn zur Anwendung.«

Brunetti lächelte wieder ratlos. »Artikel fünfzehn?«

»Das ist eine Art offizielle Rüge. Es wird in ihrer Akte vermerkt und kann viel Ärger machen.«

»Wie zum Beispiel?«

»Es kann zu Geldstrafen oder zur Degradierung führen, manchmal sogar bis zur Entlassung aus der Armee.«

»Wegen einer schmutzigen Wohnung?« fragte Brunetti, der seine Verwunderung nicht verbergen konnte.

»Mr. Brunetti, wenn Sie einige dieser Wohnungen gesehen hätten, würden Sie die Leute am liebsten des Landes verweisen.« Er hielt kurz inne, dann knüpfte er wieder ans Thema an: »Außerdem mußte er die Küchen in unseren Botschaften überprüfen, besonders wenn dort jemand erkrankte, oder noch schlimmer, wenn viele krank wurden. Letztes Jahr hatten wir die Hepatitis in Belgrad, und er mußte hinfahren und die Sache untersuchen.«

»Noch etwas?« erkundigte sich Brunetti.

»Nein, nichts von Bedeutung.«

Brunetti lächelte. »Ich bin mir im Augenblick noch

nicht sicher, was von Bedeutung ist und was nicht, Sergeant Wolf, aber ich möchte mir ein klares Bild über seine Aufgaben machen.«

Sergeant Wolf erwiderte das Lächeln. »Natürlich. Das verstehe ich. Er hatte auch darauf zu achten, daß die Schulkinder alle nötigen Impfungen bekommen. Zum Beispiel gegen Masern und Windpocken und dergleichen. Außerdem war er dafür zuständig, daß die Strahlung ordnungsgemäß entsorgt wurde sowie anderes Zeug, das wir nicht auf normalem Weg beseitigen können. Und es gab bestimmte Gesundheitsinformationen, für die er zuständig war.« Er sah auf. »Das ist, glaube ich, so ungefähr alles«, meinte er abschließend.

»Strahlung?« fragte Brunetti.

»Ja, Röntgenstrahlung aus der Zahnklinik und auch hier aus dem Krankenhaus. So was muß gesondert entsorgt werden. Wir können es nicht einfach zum normalen Abfall tun.«

»Und wie wird das gehandhabt?«

»Wir haben einen Vertrag mit einem italienischen Transportunternehmer, der das Zeug einmal im Monat abholt. Das mußte Mike überwachen, dafür sorgen, daß die Container abgeholt wurden.« Wolf lächelte. »Das wär's dann wohl.«

Brunetti lächelte ebenfalls und stand auf. »Vielen Dank, Sergeant Wolf. Sie haben mir sehr geholfen.«

»Na, ich hoffe, es nützt Ihnen etwas. Wir alle hier hatten Mike sehr gern und würden es begrüßen, wenn Sie den kriegten, der das getan hat.«

»Ja, natürlich«, sagte Brunetti und streckte die Hand

aus. »Ich möchte Sie nicht länger von Ihrer Arbeit abhalten, Sergeant.«

Der Amerikaner stand auf, um Brunetti die Hand zu schütteln. Sein Händedruck war fest und selbstbewußt. »Ich freue mich, daß ich Ihnen behilflich sein konnte, Sir. Sollten Sie noch mehr Fragen haben, dürfen Sie gern wiederkommen.«

»Vielen Dank, Sergeant. Es könnte durchaus sein.«

Auf dem Korridor draußen suchte Brunetti sich seinen Weg zurück zum Gesundheitsdienst und klopfte an die Tür. Er wartete ein paar Sekunden, und als er nichts hörte, ging er hinein. Wie er erwartet hatte, waren Blaue Moschee und Kolosseum noch da. Die Pyramiden waren verschwunden.

11

Draußen auf dem Flur fragte er eine dunkelhäutige junge Frau in Schwesterntracht, die gerade vorbeiging, wo er Dr. Peters finden könne. Sie meinte, sie sei gerade auf dem Weg zu Station B, wo Dr. Peters arbeite, und würde ihn hinbringen. Diesmal gingen sie in die entgegengesetzte Richtung, durch andere Doppeltüren, aber hier waren die Leute, die ihnen entgegenkamen, weiß gekleidet, oder sie trugen hellgrüne OP-Anzüge, nicht das dunklere Grün der Militäruniformen. Sie kamen an einem Raum mit dem Schild ›Aufwachzimmer‹ vorbei, dann hörte er von rechts Babygeschrei. Er warf der Schwester neben sich einen Blick zu, sie lächelte und nickte. »Drei, alle diese Woche geboren.«

Brunetti konnte sich des Eindrucks nicht erwehren, daß Babies hier nicht geboren werden sollten, in einer militärischen Einrichtung, umgeben von Waffen, Uniformen und dem Geschäft des Tötens. Dann fiel ihm ein, daß er bis jetzt in dieser militärischen Einrichtung schon eine Bibliothek, eine Kapelle, ein Schwimmbad und eine Baskin-Robbins-Eisdiele gesehen hatte, also ergab es vielleicht doch einen Sinn, daß auch Babies hier geboren wurden. Im Grunde genommen hatte wenig von dem, was er gesehen hatte, irgend etwas mit dem Geschäft des Krieges oder des Tötens oder der Streitkräfte zu tun. Er fragte sich, ob den Amerikanern klar war, wohin ihr Geld floß. Erkannten sie die Verschwendungssucht, mit der es ausgegeben wurde? Weil er Italiener war, ging er davon aus, daß seine Regierung sich wirklich ernsthaft nur damit beschäftigte, Geld hinauszuwerfen, gewöhnlich in Richtung ihrer Freunde, aber es war ihm nie in den Sinn gekommen, daß die amerikanische Regierung denselben Ehrgeiz haben könnte.

»Hier ist Dr. Peters' Sprechzimmer, Sir. Ich glaube, sie ist gerade bei einem Patienten, aber sie müßte bald zurück sein.« Sie lächelte und ließ ihn stehen, ohne auch nur einmal gefragt zu haben, wer er war oder was er wollte.

Drinnen sah es aus wie in jedem Arztzimmer, in dem Brunetti bisher gewesen war. Eine Wand wurde von dicken Büchern mit hochtrabenden Titeln eingenommen, und in einer Ecke stand eine Waage mit integriertem Längenmaß. Er trat auf die Waage und bewegte das Gewicht auf der horizontalen Skala hin und her, bis es bei 193 einrastete. Dann teilte er im Kopf durch 2,2 und seufzte beim Ergebnis. Knapp 88 Kilo. Danach maß er seine Größe, 5 Fuß, 10 Zoll, aber diese Umrechnung hatte er ohne Papier und Beistift nie geschafft. Allerdings ging er davon aus, daß seine Einsachtundsiebzig ihm wohl kaum so leicht einen Streich spielen würden wie sein Gewicht.

An der Wand hingen Poster: eines davon mit Fulvio Roiters üblichen Karnevalsfotos, eines mit den Mosaiken von San Vitale in Ravenna und ein vergrößertes Foto mit Bergen, die aussahen wie die zackigen Zahnreihen der Dolomiten. Die Wand rechts davon war, wie Brunetti es schon in vielen Arztpraxen gesehen hatte, mit gerahmten Diplomen bestückt, als ob Ärzte fürchteten, man vertraue ihnen nicht, wenn die Wände nicht mit greifbaren Beweisen ihrer Ausbildung tapeziert waren. *Emory University*. Das sagte ihm nichts. *Phi Beta Kappa*. Dies ebensowenig. *Summa Cum Laude*. Das schon eher.

Auf dem Tisch lag eine Zeitschrift. *Family Practice Journal*. Er nahm sie, setzte sich und blätterte darin herum, bis er zu einem Artikel kam, der mit Farbfotos illustriert war, die er für menschliche Füße hielt, aber es waren derart verstümmelte Füße, daß man sie kaum als solche erkennen konnte, Füße, bei denen die Zehen sich nach oben zum Spann hin bogen oder nach unten zu den Fußsohlen hin. Er betrachtete die Fotos ein Weilchen, und als er gerade anfangen wollte, den Artikel zu lesen, spürte er neben sich eine Bewegung und sah auf. Dr. Peters stand in der Tür. Wortlos nahm sie ihm die Zeitschrift aus der Hand, klappte sie zu und legte sie auf die entfernte Seite ihres Schreibtischs.

»Was machen Sie denn hier?« fragte sie, weder ihre Überraschung noch ihren Ärger verbergend.

Er stand auf. »Entschuldigen Sie bitte, wenn ich Ihre Sachen durcheinandergebracht habe, Doctor. Ich wollte eigentlich mit Ihnen sprechen, wenn Sie Zeit haben. Beim Warten sah ich die Zeitschrift da liegen und habe darin herumgeblättert. Es stört Sie hoffentlich nicht.«

Offenbar merkte sie, daß ihre Reaktion unangemessen gewesen war. Er beobachtete sie, wie sie versuchte, sich zu fangen. Schließlich setzte sie sich auf ihren Schreibtischstuhl und meinte mit einem angedeuteten Lächeln: »Besser das als meine Post.« Danach wirkte ihr Lächeln wieder aufrichtig. Sie deutete auf die nun zugeschlagene Zeitschrift. »Das passiert bei alten Leuten. Sie werden zu steif, um sich noch bücken und ihre Nägel schneiden zu können, aber die Nägel wachsen weiter, und schließlich sind die Füße, wie Sie gesehen haben, schrecklich entstellt.«

»Dann lieber Kinderärztin«, sagte er.

Sie lächelte wieder. »Ja, viel lieber. Ich finde es besser, seine Zeit in Kinder zu investieren.« Sie legte ihr Stethoskop auf die Zeitschrift und sagte: »Aber wahrscheinlich sind Sie nicht gekommen, um mit mir über meine Berufswahl zu sprechen, Commissario. Was möchten Sie gern wissen?«

»Ich möchte wissen, warum Sie mir Ihre Reise mit Sergeant Foster nach Kairo verheimlicht haben.«

Er sah ihr an, daß sie nicht überrascht war, vielleicht sogar damit gerechnet hatte. Sie schlug die Beine übereinander, so daß der Uniformrock, den sie unter ihrem weißen Kittel trug, ihre Knie entblößte. »Sie haben also doch meine Post gelesen?« fragte sie. Und als er nicht antwortete, fuhr sie fort: »Es sollte keiner hier erfahren, was los ist.«

»Aber, Doctor Peters, Sie haben eine Postkarte hierher geschickt, mit Ihrer beider Namen, das heißt, den Initialen. Es kann also für die Leute hier kaum ein Geheimnis gewesen sein, daß Sie zusammen in Kairo waren.«

»Bitte«, sagte sie müde, »Sie wissen doch, was ich meine. Ich möchte nicht, daß hier jemand erfährt, was los ist. Sie waren doch dabei, als ich seine Leiche gesehen habe. Sie wissen es also.«

»Warum möchten Sie das nicht? Sind Sie mit einem anderen verheiratet?«

»Nein«, antwortete sie und schüttelte entnervt den Kopf, weil er sie nicht verstand. »Es wäre nicht so schlimm, wenn es nur das wäre. Aber ich bin Offizier, und Mike war nur Unteroffizier.« Sie sah seine Verwirrung. »Das ist Fraternisierung und gehört zu den Dingen, die uns verboten sind.« Sie schwieg lange. »Zu den vielen Dingen.«

»Was würde denn passieren, wenn die es herausbekämen?« fragte er, wobei er es nicht für nötig hielt, näher zu definieren, wer »die« waren.

Sie zuckte die Achseln. »Keine Ahnung. Einer von uns wäre vielleicht zum Rapport bestellt, womöglich bestraft worden. Vielleicht sogar versetzt. Aber das ist ja wohl kaum noch von Belang, oder?« meinte sie und sah ihm direkt ins Gesicht.

»Nein, leider nicht. Könnte es trotzdem Ihrer Karriere schaden?«

»In sechs Monaten scheide ich aus der Army aus, Mr. Brunetti. Sie würden sich jetzt nicht mehr dafür interessieren, und wenn doch, glaube ich nicht, daß es mir viel anhaben könnte. Ich will nicht Karriere machen, jedenfalls nicht in der Armee, aber sie sollen es trotzdem nicht erfahren. Ich will einfach raus und zurück zu meinem Leben.« Sie hielt kurz inne, blickte ihn prüfend an und fuhr dann fort: »Die Armee hat mich Medizin studieren lassen. Das hätte ich selbst nicht finanzieren können, und meine Familie auch nicht. Sie haben mir also vier Jahre Ausbildung bezahlt, und jetzt habe ich es ihnen mit vier Jahren Arbeit zurückbezahlt. Das sind acht Jahre, Mr. Brunetti, acht Jahre. Wahrscheinlich sollte ich nicht sagen, daß ich zu meinem Leben zurückwill. Ich will erst mal eines anfangen.«

»Was wollen Sie tun? Mit diesem Leben, meine ich.«

Sie schürzte die Lippen und zog die Augenbrauen hoch. »Ich weiß es noch nicht. Ich habe mich bei einigen Krankenhäusern beworben. Und es gibt immer noch die Möglichkeit, eine eigene Praxis aufzumachen. Oder ich könnte weiterstudieren. Ich denke nicht weiter darüber nach.«

»Hängt das mit Sergeant Fosters Tod zusammen?«

Sie schob mit dem Finger ihr Stethoskop hin und her, sah ihn an, dann wieder auf ihre Hand.

»Doctor Peters«, begann er, nicht sicher, wie sich eine solche Rede auf englisch anhören würde. »Ich weiß nicht genau, was hier eigentlich vorgeht, aber ich weiß, daß Sergeant Foster nicht von einem Straßenräuber mehr oder weniger versehentlich umgebracht wurde. Er wurde ermordet, und wer immer der Täter ist, er hat etwas mit dem amerikanischen Militär zu tun oder mit der italienischen Polizei. Und ich glaube, Sie wissen etwas über die Hintergründe, die zu seinem Tod geführt haben. Ich möchte gern, daß Sie mir sagen, was Sie wissen oder vermuten. Oder wovor Sie Angst haben.« Die Worte klangen in seinen eigenen Ohren bleischwer und gekünstelt.

Sie blickte zu ihm herüber, während er sprach, und in ihren Augen sah er einen Schatten dessen, was er an dem Abend auf San Michele gesehen hatte. Sie wollte etwas sagen, hielt inne und blickte wieder auf ihr Stethoskop. Nach einer langen Pause schüttelte sie den Kopf und meinte: »Ich glaube, Sie messen meiner Reaktion zuviel Gewicht bei, Mr. Brunetti. Ich weiß nicht, wovon Sie sprechen, wenn Sie meinen, ich hätte vor irgend etwas Angst.« Und dann, wie um sie beide zu überzeugen: »Ich habe keine Ahnung, warum Mike umgebracht wurde oder wer ihn hätte umbringen wollen.«

Er blickte auf ihre Hand und sah, daß sie den schwarzen Gummischlauch, der zu der flachen Scheibe am Ende des Instruments führte, so fest umgebogen hatte, daß er ganz grau aussah. Sie merkte, wo er hinsah, und folgte seinem Blick bis zu ihrer Hand, deren Griff sie daraufhin langsam lockerte, bis der Schlauch wieder gerade und das Gummi schwarz war. »Und jetzt müssen Sie mich bitte entschuldigen. Ich habe noch einen Patienten.«

»Aber sicher, Doctor«, sagte er und mußte einsehen, daß er verloren hatte. »Wenn Ihnen noch etwas einfällt, was Sie mir sagen wollen, oder Sie mich sonst sprechen wollen, können Sie mich in der Questura in Venedig erreichen.«

»Danke«, sagte sie, stand auf und ging zur Tür. »Wollen Sie den Artikel fertig lesen?«

»Nein.« Er erhob sich und ging ebenfalls zur Tür, wo er ihr die Hand hinstreckte. »Wie gesagt, wenn Ihnen noch irgend etwas einfällt.«

Sie nahm seine Hand, lächelte und sagte nichts. Er sah ihr nach, als sie nach links den Flur hinunterging und im angrenzenden Zimmer verschwand, aus dem die Stimme einer Frau zu hören war, die leise und beruhigend auf jemanden einredete, wahrscheinlich auf ein krankes Kind.

Draußen wartete der Fahrer, in eine Zeitschrift vertieft. Er sah auf, als Brunetti die hintere Wagentür öffnete. »Wohin jetzt, Commissario?«

»Hat diese *Mensa* heute geöffnet?« Er hatte ziemlichen Hunger und stellte erst jetzt fest, daß es schon nach eins war.

»Ja, Commissario. Der Streik ist beendet.«

»Wer hatte denn da gestreikt?«

»Die CGL«, erklärte der Fahrer, also die größte kommunistische Gewerkschaft.

»Die CGL?« wiederholte Brunetti erstaunt. »Auf einem amerikanischen Stützpunkt?«

»Ja«, sagte der Fahrer und lachte. »Nach dem Krieg haben sie erst mal Leute eingestellt, die etwas Englisch konnten, und die Gewerkschaften zugelassen, ohne sich groß darum zu kümmern. Als ihnen dann aufging, daß die CGL kommunistisch war, haben sie keine Leute mehr eingestellt, die darin Mitglied waren. Aber die es immer noch sind, können sie nicht so leicht loswerden. Viele arbeiten in der *Mensa*. Das Essen ist tadellos.«

»Also gut, bringen Sie mich hin. Es ist doch nicht weit?«

»Etwa zwei Minuten«, antwortete der Fahrer und fuhr schon los, indem er den Wagen erneut scharf wendete und zurück auf eine Straße lenkte, die Brunettis Meinung nach eine Einbahnstraße war.

Linkerhand kamen sie an zwei überlebensgroßen Statuen vorbei, die er vorher nicht bemerkt hatte. »Wer sind die beiden?« wollte er wissen.

»Wer der Engel mit dem Schwert ist, weiß ich nicht, aber das andere ist die heilige Barbara.«

»Die heilige Barbara? Was macht die denn hier?«

»Das ist doch die Schutzpatronin der Artilleristen. Ihr

Vater wurde vom Blitz getroffen, als er sie enthaupten wollte, wissen Sie nicht mehr?«

Obwohl er katholisch erzogen worden war, hatte Brunetti sich nie sehr für Religion interessiert und konnte die verschiedenen Heiligen nur mit Mühe auseinanderhalten, etwa so, wie es den Heiden seiner Ansicht nach schwergefallen sein mußte, immer zu wissen, welche Gottheit wofür zuständig war. Außerdem hatte er stets den Eindruck gehabt, daß die Heiligen einfach zu viel Zeit damit vertaten, die verschiedensten Körperteile zu verlieren: Augen, Brüste, Arme, und jetzt bei der heiligen Barbara den Kopf. »Nein, ich kenne die Legende nicht. Was war denn mit ihr?«

Der Fahrer überfuhr ein Stoppschild und schwenkte um eine Kurve, sah Brunetti über die Schulter an und erklärte: »Ihr Vater war Heide und sie Christin. Er wollte, daß sie einen Heiden heiratete, aber sie wollte Jungfrau bleiben.« Leise fügte er hinzu: »Dämliches Frauenzimmer.« Dann heftete er den Blick wieder auf die Straße, gerade rechtzeitig, um durch scharfes Bremsen einen Zusammenstoß mit einem Laster zu vermeiden. »Da beschloß der Vater, sie zu bestrafen, indem er sie enthauptete. Er hob das Schwert, gab ihr eine letzte Möglichkeit, ihm doch noch zu gehorchen, und Zack! schlug ein Blitz in sein Schwert ein und tötete ihn.«

»Was wurde aus ihr?«

»Ach, das sagen sie einem in diesen Geschichten doch nie. Jedenfalls ist sie seitdem die Schutzpatronin der Artilleristen, wegen Blitz und Donner.« Er fuhr an ein weiteres niedriges Gebäude heran. »Hier wären wir,

Commissario.« Dann meinte er noch etwas erstaunt: »Komisch, daß Sie die Geschichte nicht kannten. Ich meine, die mit der heiligen Barbara.«

»Ich war nicht mit dem Fall betraut«, sagte Brunetti.

Nach dem Essen ließ er sich noch einmal zu Fosters Wohnung fahren. Dieselben beiden Soldaten saßen vor dem Haus in ihrem Jeep. Sie stiegen beide aus, als Brunetti zu ihnen kam, und warteten.

»Guten Tag«, sagte er mit freundlichem Lächeln. »Ich möchte mich gern noch einmal in der Wohnung umsehen, wenn es geht.«

»Haben Sie darüber mit Major Butterworth gesprochen, Sir?«

»Nein, heute nicht. Aber er hat mir die Erlaubnis gestern gegeben.«

»Könnten Sie mir sagen, warum Sie noch einmal in die Wohnung wollen, Sir?«

»Mein Notizbuch. Ich habe mir gestern die Titel einiger seiner Bücher notiert und muß es dabei wohl auf dem Bücherregal liegengelassen haben. Ich habe es erst vermißt, als ich im Zug saß, und davor war ich zuletzt hier.« Er sah, daß der Soldat gleich nein sagen würde, und fügte hinzu: »Sie können gern mit hineingehen, wenn Sie möchten. Ich will wirklich nur mein Notizbuch holen, falls es da ist. Ich glaube nicht, daß die Wohnung selbst mir sehr weiterhilft, aber in meinem Notizbuch habe ich Aufzeichnungen zu anderen Dingen, die für mich wichtig sind.« Er merkte, daß er zuviel redete.

Die beiden Soldaten wechselten Blicke, und offenbar

entschied der eine, daß es in Ordnung wäre. Der, den Brunetti angesprochen hatte, übergab dem anderen sein Gewehr und sagte: »Wenn Sie mitkommen, Sir. Ich lasse Sie in die Wohnung.«

Mit dankbarem Lächeln folgte Brunetti ihm zum Eingang und in den Fahrstuhl. Sie schwiegen beide auf der kurzen Fahrt in den dritten Stock. Der Soldat schloß die Tür auf, trat zurück, um Brunetti an sich vorbei in die Wohnung zu lassen, und machte die Tür dann hinter ihnen zu.

Brunetti ging ins Wohnzimmer und dort zum Bücherregal. Er suchte demonstrativ nach dem Notizbuch, das in seiner Jackentasche steckte, und bückte sich sogar, um unter einem Sessel neben dem Regal nachzusehen. »Komisch. Ich bin ganz sicher, daß ich es hier noch hatte.« Er zog ein paar Bücher heraus und schaute dahinter. Nichts. Er blieb stehen, um zu überlegen, wo er es sonst noch hingelegt haben könnte. »Ich habe in der Küche einen Schluck Wasser getrunken«, sagte er dann zu dem Soldaten. »Vielleicht habe ich es da irgendwo hingelegt.« Und dann, als sei ihm das gerade erst eingefallen: »Könnte es sein, daß jemand hier war und es gefunden hat?«

»Nein, Sir. Seit Sie weggegangen sind, ist niemand hier drin gewesen.«

»Gut«, meinte Brunetti mit seinem freundlichsten Lächeln. »Dann muß es hier sein.« Er ging vor dem Soldaten her in die Küche und zu der Arbeitsplatte neben der Spüle. Er sah sich überall um, bückte sich unter den Küchentisch und blieb dann stehen. Dabei baute er sich direkt vor dem Boiler auf. Die Schraubenschlitze, die er gestern so sorgfältig horizontal und vertikal ausgerichtet hatte, waren alle leicht aus dem Lot. Es hatte also jemand nachgesehen und festgestellt, daß die Beutel verschwunden waren.

»Scheint nicht hier zu sein, Sir.«

»Nein, allerdings nicht«, pflichtete Brunetti ihm mit echter Bestürzung in der Stimme bei. »Sehr merkwürdig. Ich bin ganz sicher, daß ich es noch hatte, als ich hier war.«

»Sie könnten es in Ihrem Auto verloren haben«, meinte der Soldat.

»Das hätte der Fahrer mir sicher gesagt«, entgegnete Brunetti, und dann, als wäre ihm der Gedanke eben erst gekommen: »Falls er es gefunden hat.«

»Sie sollten lieber mal nachsehen, Sir.«

Gemeinsam verließen sie die Wohnung, die der Soldat sorgfältig abschloß. Im Fahrstuhl nach unten entschied Brunetti, daß es viel zu sehr nach Zufall aussehen würde, wenn er das Notizbuch hinter dem Rücksitz des Autos fände. Also bedankte er sich bei dem Soldaten, als sie aus dem Gebäude traten, und ging zu seinem Wagen zurück.

Da er nicht sicher war, ob der Amerikaner noch in Hörweite war und Italienisch verstand, spielte er das Spiel weiter und fragte seinen Fahrer, ob er ein Notizbuch im Auto gefunden hätte. Natürlich hatte er nicht. Brunetti öffnete die hintere Tür, fuhr mit der Hand hinter den Rücksitz und tastete in der Leere herum. Er fand nichts, was ihn ja auch nicht weiter verwunderte. Also richtete er sich auf, drehte sich zu dem Jeep um und hielt mit vielsagender Geste seine leeren Hände hoch. Nachdem er so signalisiert hatte, daß seine Suche ergebnislos verlaufen war, stieg er ein und bat den Fahrer, ihn zum Bahnhof zu bringen.

12

Der einzige Zug, der um diese Zeit von Vicenza nach Venedig fuhr, war ein Bummelzug, der an jedem Bahnhof hielt. Da der Intercity aus Mailand aber erst in vierzig Minuten kam, entschied Brunetti sich für den Regionalzug, auch wenn er dieses ständige Anhalten und wieder Anfahren verabscheute, mit den häufig wechselnden Fahrgästen und der Menge von Studenten, die in Padua immer ein- und ausstiegen.

Beim Mittagessen hatte er eine englischsprachige Zeitung mitgenommen, die jemand auf seinem Tisch hatte liegenlassen. Jetzt zog er sie aus der Brusttasche und begann zu lesen. *The Stars and Stripes* nannte sich das Blatt in roten Buchstaben, offensichtlich vom amerikanischen Militär in Europa herausgegeben. Auf der Titelseite stand ein Artikel über einen Hurrikan, der eine Stadt namens Biloxi heimgesucht hatte, die er in Bangladesch gesucht hätte. Nein, sie lag doch in Amerika, aber wie erklärte sich dann der Name? Ein großes Foto zeigte verwüstete Häuser, umgestürzte Autos und entwurzelte, wild sich türmende Bäume. Er blätterte um und las, daß in Detroit ein Pitbull einem schlafenden Kind die Hand abgebissen hatte. Bei Detroit war er ganz sicher, daß die Stadt in Amerika lag. Zu dieser Meldung gab es kein Foto. Der Verteidigungsminister hatte dem Kongreß versichert, daß alle Unternehmer, die den Staat betrogen hatten, unnachsichtig vom Gesetz verfolgt würden. Bemerkenswert, diese Ähnlichkeit in der Rhetorik amerikanischer und italienischer Politiker. Er zweifelte nicht daran, daß diese Versicherung in beiden Ländern auch gleichermaßen illusorisch war.

Drei Seiten waren mit Cartoons gefüllt, von denen er keinen einzigen verstand, und sechs Seiten mit Sport, wovon er noch weniger verstand. In einem der Cartoons schwang ein Höhlenmensch eine Keule, und auf einer der Sportseiten tat ein Mann in gestreiftem Trikot dasselbe. Darüber hinaus verstand Brunetti nur Bahnhof. Auf der letzten Seite wurde der Bericht über den Hurrikan fortgesetzt, aber da fuhr der Zug schon in Venedig ein, und er ließ die Sturmschäden Sturmschäden sein. Die Zeitung legte er auf den Nebensitz, vielleicht konnte jemand anderes mehr damit anfangen als er.

Es war schon nach sieben, aber der Himmel noch hell. Das würde an diesem Wochenende vorbei sein, dachte er, wenn die Uhren eine Stunde zurückgestellt wurden und es früher dunkelte. Oder war es andersherum, und es blieb länger hell? Er hoffte, die meisten Leute brauchten jedes Jahr genau so lange wie er, um das herauszufinden. Er überquerte die Scalzibrücke und betrat das Gassengewirr, das zu seiner Wohnung führte. Selbst um diese Zeit begegneten ihm nur wenige Menschen, da die meisten mit dem Boot zum Bahnhof oder Busbahnhof am Piazzale Roma fuhren. Beim Gehen betrachtete er aufmerksam die Häuserfronten mit ihren Fenstern und sah sich die engen Gäßchen an, ob ihm irgend etwas auffiel, was ihm bis dahin entgangen war. Wie vielen anderen Venezianern machte es Brunetti immer wieder Spaß, etwas zu entdecken, was er noch nie gesehen hatte. Im Lauf der Jahre hatte er ein System ausgearbeitet, das ihm für jede Neuentdeckung eine Belohnung versprach: Ein Fenster brachte ihm einen Kaffee ein; die Statue eines Heiligen, mochte sie auch noch so unscheinbar sein, ein Glas Wein; und einmal, vor Jahren, hatte er an einer Mauer, an der er seit seiner Kindheit mindestens fünfmal die Woche vorbeiging, eine Steintafel entdeckt, die an den Sitz des Verlages Aldine erinnerte, des ältesten italienischen Verlagshauses, gegründet im vierzehnten Jahrhundert. Damals war er schnurstracks in eine Bar am Campo San Luca gegangen und hatte sich einen Brandy Alexander bestellt, obwohl es erst zehn Uhr morgens war und der Barmann ihn sehr merkwürdig angesehen hatte, als er ihm das Glas hinstellte.

Heute abend war er jedoch in Gedanken immmer noch in Vicenza und sah die Schlitze der Schrauben an dem Boiler in Fosters Wohnung vor sich, die alle leicht von der sorgsamen Geraden abwichen, in der Brunetti sie tags zuvor hinterlassen hatte; eine jede strafte die Behauptung des Soldaten, daß nach Brunetti niemand die Wohnung betreten habe, Lügen. Jetzt wußten sie – wer immer »sie« waren –, daß Brunetti das Kokain aus der Wohnung mitgenommen und kein Wort darüber verloren hatte.

Er schloß die Haustür auf und hatte schon den Briefkasten aufgemacht, bevor ihm einfiel, daß Paola seit Stunden zu Hause war und sicher schon nach der Post gesehen hatte. Er begann den Aufstieg zu seinem Heim, dankbar für den ersten Treppenabschnitt mit den flachen, sanften Stufen, einem Überbleibsel des ursprünglichen Palazzo aus dem fünfzehnten Jahrhundert. Danach machte das Treppenhaus eine Wendung nach links, und zwei steile Treppenteile führten zum nächsten Stockwerk. Dort erwartete ihn eine Tür, die er auf- und hinter sich wieder zuschloß. Dann eine weitere Treppe, diese steil und gefährlich. Fast wie eine Wendeltreppe schraubten diese letzten fünfundzwanzig Stufen sich zu seiner Wohnungstür hinauf. Er schloß auf und trat ein, endlich zu Hause.

Essensdüfte begrüßten ihn, mehrere durcheinander. Heute erkannte er den feinen Geruch nach Kürbis, das bedeutete, daß Paola *risotto con zucca* machte, erhältlich nur um diese Jahreszeit, wenn aus Chioggia die dunkelgrünen, gedrungenen *barucche* über die Lagune kamen. Und danach? Kalbshaxe? Geschmort mit Oliven und Weißwein?

Er hängte sein Jackett in den Schrank und ging durch den Flur zur Küche. Dort war es heißer als sonst, das hieß, die Bratröhre war an. Die große Pfanne auf dem Herd enthüllte ihm, als er den Deckel hob, dunkelorangefarbene Zuccastücke, die zusammen mit kleingeschnittenen Zwiebeln vor sich hin brutzelten. Er holte sich ein Glas aus dem Regal und nahm eine Flasche Ribolla aus dem Kühlschrank. Er goß sich etwas mehr als einen Schluck ein, probierte, trank aus und füllte das Glas, bevor er die Flasche zurückstellte. Die Wärme der Küche beengte ihn. Er lockerte seine Krawatte und trat wieder in den Flur. »Paola?«

»Ich bin hier hinten«, hörte er sie rufen.

Er antwortete nicht, sondern ging in das langgestreckte Wohnzimmer und von dort auf die Dachterrasse hinaus.

Brunetti liebte sie zu dieser Tageszeit besonders, weil man den Sonnenuntergang beobachten konnte. An sehr klaren Tagen sah man vom kleinen Fenster in der Küche aus die Dolomiten, aber jetzt war es dafür zu spät, um diese Stunde lagen sie schon im Dunst verborgen. Er blieb, wo er war, die Unterarme aufs Geländer gestützt, und blickte über die Dächer und Türme, die ihn immer wieder entzückten. Er hörte Paola durch den Flur in die Küche zurückgehen, hörte das dumpfe Geräusch von hin- und hergeschobenen Töpfen, aber er blieb stehen, lauschte dem Acht-Uhr-Läuten von San Polo, dann der Antwort von San Marco, die wie immer ein paar Sekunden zu spät über die Stadt dröhnte. Als alle Glocken wieder schwiegen, ging er zurück in die Wohnung und schloß die Tür gegen die abendliche Kühle.

In der Küche stand Paola am Herd und rührte im Reis, wobei sie hin und wieder innehielt, um kochende Brühe nachzugießen. »Ein Glas Wein?« fragte er. Sie schüttelte den Kopf und rührte weiter. Er ging hinter ihr vorbei, küßte sie dabei auf den Nacken und goß sich ein weiteres Glas Wein ein.

»Wie war's in Vicenza?« fragte sie.

»Du solltest lieber fragen, wie war's in Amerika.«

»Ja, ich weiß«, sagte sie. »Es ist unglaublich, nicht?«

»Bist du schon mal dort gewesen?«

»Vor Jahren. Mit den Alvises.« Sie bemerkte seinen fragenden Blick und erklärte: »Der Colonnello, als er in Padua stationiert war. Es war irgendeine Party im Offiziersclub, für italienische und amerikanische Offiziere. Vor etwa zehn Jahren.«

»Daran erinnere ich mich gar nicht.«

»Kannst du auch nicht, du warst nicht dabei. Das war, als du in Neapel warst, glaube ich. Ist es immer noch genauso?«

»Kommt drauf an, wie es damals war«, sagte er lächelnd.

»Ach, hör auf, Guido. Wie war es?«

»Es war sehr sauber, und alle haben viel gelächelt.«

»Gut«, meinte sie und rührte weiter. »Dann hat sich nichts verändert.«

»Ich frage mich, warum sie immer soviel lächeln.« Das war ihm auch bei seinen USA-Besuchen aufgefallen.

Sie drehte ihrem Risotto den Rücken zu und sah ihn an. »Warum sollten sie nicht lächeln, Guido? Denk doch mal nach. Sie sind das reichste Volk der Erde. In der Politik müssen alle anderen sich ihnen unterordnen, und irgendwie haben sie sich eingeredet, daß alles, was sie in ihrer ziemlich kurzen Geschichte je getan haben, keinem anderen Zweck diente als dem allgemeinen Wohl der Menschheit. Warum sollten sie also nicht lächeln?« Sie wandte sich wieder dem Herd zu und knurrte ärgerlich, als sie merkte, daß der Reis anbackte. Sie goß etwas Brühe dazu und rührte einige Sekunden kräftig.

»Sind wir hier auf einer Versammlung der roten Zellen?« fragte er höflich. Obwohl sie politisch im allgemeinen einer Meinung waren, wählte Brunetti immer die Sozialisten, während Paola eisern die Kommunisten wählte. Aber seit dem Ableben des Systems und dem Tod der Partei hatte er angefangen, sie ein bißchen auf die Hörner zu nehmen.

Sie würdigte ihn keiner Antwort.

Er holte Teller aus dem Regal, um den Tisch zu decken. »Wo sind die Kinder?«

»Beide bei Freunden.« Und bevor er noch fragen konnte, erklärte sie: »Ja, beide haben angerufen und um Erlaubnis gefragt.« Sie stellte das Gas unter dem Reis ab, fügte ein ordentliches Stück Butter hinzu und schüttete ein Tellerchen fein geriebenen Parmigiano Reggiano hinein. Dann rührte sie, bis beides sich im Reis aufgelöst hatte und tat ihn in eine Schüssel, die sie auf den Tisch stellte. Schließlich zog sie ihren Stuhl hervor, setzte sich und drehte den Vorlegelöffel zu ihm. »*Mangia, ti fa bene*«, sagte sie, eine Aufforderung, die Brunetti schon immer mit Freude erfüllt hatte.

Er nahm sich reichlich. Er hatte viel gearbeitet und den ganzen Tag in einem fremden Land verbracht, warum sollte er sich also den Risotto nicht schmecken lassen? Von der Tellermitte aus bearbeitete er den Reis in konzentrischen Kreisen mit seiner Gabel und schob ihn zum schnelleren Abkühlen an den Tellerrand. Er führte die Gabel zweimal zum Mund, seufzte anerkennend und aß weiter.

Als Paola sah, daß er nicht mehr aus Hunger, sondern nur noch zum Genuß aß, sagte sie: »Du hast mir noch gar nicht erzählt, wie dein Ausflug nach Amerika war.«

Den Mund voll Reis, antwortete er: »Verwirrend. Die Amerikaner sind sehr höflich und behaupten, mir helfen zu wollen, aber niemand scheint etwas zu wissen, was mir weiterhelfen könnte.«

»Und die Ärztin?«

»Die hübsche?« fragte er grinsend.

»Ja, Guido, die hübsche.«

Als er merkte, daß er damit nicht mehr ankam, meinte er nur: »Ich glaube immer noch, daß sie diejenige ist, die mir sagen kann, was ich wissen will. Aber sie will nicht reden. Ihre Militärzeit ist in sechs Monaten vorbei, dann ist sie wieder in Amerika, und alles liegt hinter ihr.«

»Und er war ihr Geliebter?« fragte Paola mit einem Schnauben, das demonstrieren sollte, für wie unwahrscheinlich sie es hielt, daß die Ärztin nicht helfen würde, wenn sie könnte.

»Scheint so.«

»Dann bin ich nicht so sicher, daß sie einfach ihre Sachen packen und ihn vergessen wird.«

»Vielleicht ist es ja etwas, was sie nicht wissen will.«

»Was zum Beispiel?«

»Nichts. Oder sagen wir, nichts, was ich erklären könnte.« Er hatte beschlossen, ihr nichts von den beiden Plastikbeuteln zu erzählen, die er in Fosters Wohnung gefunden hatte; das war etwas, was niemand wissen sollte. Außer demjenigen, der den Boiler aufgeschraubt, das Verschwinden der Tüten festgestellt und dann die Schrauben wieder eingesetzt hatte. Er zog die Reisschüssel zu sich heran. »Soll ich das aufessen?« fragte er, obwohl er kein Detektiv sein mußte, um die Antwort zu kennen.

»Nur zu. Mir ist es ganz lieb, wenn nichts übrigbleibt, und dir doch auch.«

Während er den Risotto aufaß, nahm sie die Schüssel vom Tisch und stellte sie in den Ausguß. Er schob zwei

Bastmatten auf dem Tisch zurecht, damit Paola den Bratentopf aus dem Herd nehmen und daraufstellen konnte.

»Was hast du jetzt vor?«

»Ich weiß es noch nicht. Abwarten, was Patta macht«, sagte er, während er ein Stück Kalbshaxe abschnitt und auf ihren Teller legte. Mit einer Handbewegung bedeutete sie ihm, daß es genug für sie sei. Er schnitt zwei große Stücke für sich ab, griff nach dem Brot und begann zu essen.

»Was hat denn Pattas Reaktion damit zu tun?« fragte sie.

»Ach, du süße Unschuld du«, scherzte er. »Wenn Patta mich von diesem Fall abzubringen versucht, kann ich sicher sein, daß jemand die Sache vertuscht haben möchte. Und da unser Vice-Questore nur auf Stimmen von ganz oben hört – je weiter oben, desto schneller seine Reaktion –, weiß ich dann auch, daß derjenige, der die Akte geschlossen haben möchte, über eine gewisse Macht verfügt.«

»Wer zum Beispiel?«

Er nahm sich noch ein Stück Brot und stippte damit den Bratensaft von seinem Teller. »Da weiß ich nicht mehr als du, aber mir wird ganz unbehaglich bei dem Gedanken, wer es sein könnte.«

»Wer denn?«

»Ich weiß es nicht, nicht genau. Aber wenn das amerikanische Militär beteiligt ist, kannst du sicher sein, daß es einen politischen Hintergrund hat, und das heißt, die Regierung. Deren Regierung. Was wiederum bedeutet, die unsere auch.«

»Und darum ein Anruf bei Patta?«

»Ja.«

»Und folglich Ärger?«

Es war nicht Brunettis Sache, auf etwas zu antworten, was sich von selbst verstand.

»Und wenn Patta nicht versucht, dich abzuhalten?«

Brunetti zuckte die Achseln. Dann würde er abwarten.

Paola räumte die Teller ab. »Nachtisch?«

Er schüttelte den Kopf. »Wann kommen die Kinder?«

»Chiara kommt um neun«, sagte Paola, während sie in der Küche hantierte. »Raffaele habe ich gesagt, er soll um zehn hier sein.« Die unterschiedlichen Formulierungen, die sie gebrauchte, sprachen Bände.

»Hast du mit seinen Lehrern gesprochen?« fragte Brunetti.

»Nein. Es ist noch zu früh im Schuljahr.«

»Wann ist der erste Elternabend?«

»Ich weiß es nicht. Der Schrieb von der Schule muß hier irgendwo herumliegen. Ich glaube, im Oktober.«

»Was macht er denn so?« Noch während er das fragte, hoffte er, sie würde die Frage einfach beantworten und nicht zurückfragen, wie er das meinte, denn das wußte er selbst nicht.

»Keine Ahnung, Guido. Er redet nie mit mir, nicht über die Schule, nicht über seine Freunde, nicht über das, was er macht. Warst du in seinem Alter auch so?«

Er überlegte, wie es gewesen war mit Siebzehn. »Ich weiß nicht, wahrscheinlich war ich auch so. Aber dann habe ich die Mädchen entdeckt und alles vergessen, was mit Wut und Unverstandensein zu tun hatte, oder was es gerade war. Sie sollten mich nur mögen. Das war das einzig Wichtige für mich.«

»Waren es viele?« wollte sie wissen.

Er hob die Schultern.

»Und haben sie dich gemocht?«

Er grinste.

»Ach, hör auf, Guido, beschäftige dich mit irgendwas. Geh fernsehen.«

»Ich hasse Fernsehen.«

»Dann hilf mir beim Abwasch.«

»Ich liebe Fernsehen.«

»Guido«, wiederholte sie, noch nicht ärgerlich, aber kurz davor, »steh jetzt auf und geh mir aus dem Weg.«

Beide hörten einen Schlüssel im Schloß. Es war Chiara, die geräuschvoll die Tür aufstieß und beim Hereinkommen ein Schulbuch fallen ließ. Sie kam durch den Flur in die Küche, küßte ihre Eltern und stellte sich dann neben Brunetti, den Arm auf seine Schulter gelegt. »Gibt's hier irgendwas zu essen, *mamma*?« wollte sie wissen.

»Hat Luisas Mutter euch nichts gegeben?«

»Doch, aber das ist Stunden her. Ich bin halb verhungert.«

Brunetti legte den Arm um sie und zog sie auf seinen Schoß. Dann knurrte er mit heiserer Böse-Bullen-Stimme: »So, jetzt hab ich dich. Gestehe. Wohin läßt du's verschwinden?«

»Oh, *papà*, hör auf«, quietschte sie vergnügt. »Ich esse es nur. Aber dann kriege ich wieder Hunger. Du nicht?«

»Dein Vater wartet damit normalerweise mindestens

eine Stunde, Chiara«, warf Paola ein, und etwas freundlicher fragte sie: »Obst? Ein Sandwich?«

»Beides«, bat Chiara.

Bis ihre Tochter ein Sandwich – ein dickes Ding, gefüllt mit Schinken, Tomate und Mayonnaise – gegessen und noch zwei Äpfel verdrückt hatte, war es Zeit, ins Bett zu gehen. Raffaele war um halb zwölf noch nicht da, aber als Brunetti nachts einmal aufwachte, hörte er die Wohnungstür auf- und wieder zugehen und seinen Sohn durch den Flur schleichen. Danach schlief er tief und fest.

13

Normalerweise ging Brunetti samstags nicht in die Questura, aber an diesem Morgen tat er es, und das eigentlich auch nur, um zu sehen, wer sonst noch da war. Er bemühte sich nicht, pünktlich zu sein, trödelte über den Campo San Luca und trank bei Rosa Salva, wo es nach Paolas Ansicht den besten Kaffee in der Stadt gab, einen Cappuccino.

Dann setzte er seinen Weg zur Questura fort, wobei er die Piazza San Marco auf einem Schleichweg umging. Dort angekommen, begab er sich in den zweiten Stock hinauf, wo Rossi sich gerade mit Riverre unterhielt, einem Kollegen, der seiner Erinnerung nach krank gemeldet war. Als Brunetti hereinkam, winkte Rossi ihn an seinen Schreibtisch.

»Gut, daß Sie kommen, Commissario. Wir haben etwas Neues.«

»Was denn?«

»Einen Einbruch. Am Canal Grande. In dem großen Palazzo, der gerade renoviert worden ist, bei San Stae.«

»Der diesem Mailänder gehört?«

»Ja, Commissario. Als er gestern abend nach Hause kam, hat er zwei Männer überrascht, vielleicht waren es auch drei, das konnte er nicht so genau sagen.«

»Und was ist passiert?«

»Vianello ist im Krankenhaus und spricht gerade mit ihm. Was ich weiß, das habe ich von unseren Leuten, die nach dem Anruf hingefahren sind und ihn dann ins Krankenhaus gebracht haben.«

»Und, was sagen sie?«

»Er hat noch hinauszukommen versucht, aber sie haben ihn sich gegriffen und ihm eine Abreibung verpaßt. Er mußte ins Krankenhaus, aber es ist wohl nicht weiter schlimm. Platz- und Schürfwunden.«

»Und die drei Männer? Oder zwei?«

»Keine Spur von ihnen. Die Kollegen sind noch mal hingefahren, nachdem sie ihn im Krankenhaus abgeliefert hatten. Wie es aussieht, haben die Einbrecher ein paar Bilder und Schmuck von der Ehefrau mitgehen lassen.«

»Haben wir eine Beschreibung der Täter?«

»Er hat sie nicht richtig gesehen und konnte keine näheren Angaben machen, nur daß der eine sehr groß war und einer anscheinend einen Bart hatte. Aber«, fügte Rossi hinzu, wobei er aufsah und grinste, »vor dem Palazzo am Kanal saß ein belgisches Touristenpärchen, und die beiden haben drei Männer herauskommen sehen. Einen mit einem Koffer. Sie saßen noch da, als unsere Leute ankamen, und konnten eine Beschreibung geben.« Er hielt inne und lächelte, als ob er sicher wäre, daß Brunetti sich über das Kommende amüsieren würde. »Einer könnte Ruffolo sein.«

Brunettis Antwort kam wie aus der Pistole geschossen. »Ich denke, der sitzt im Gefängnis.«

»Da war er auch, bis vor zwei Wochen.«

»Haben Sie den Leuten Fotos gezeigt?«

»Ja, Commissario. Und sie glauben, daß er es war. Die großen Ohren sind ihnen aufgefallen.«

»Und der Besitzer? Haben Sie ihm das Foto auch gezeigt?«

»Noch nicht. Ich bin eben erst von meiner Unterhaltung mit diesem belgischen Pärchen zurück. Für mich hört sich alles nach Ruffolo an.«

»Und die anderen beiden Männer? Stimmen die Beschreibungen, die Ihnen die Belgier gegeben haben, mit denen von ihm überein?«

»Nun, es war dunkel, Commissario. Und sie haben ja nicht weiter darauf geachtet.«

»Aber?«

»Aber sie sind ziemlich sicher, daß keiner einen Bart hatte.«

Brunetti überlegte einen Moment, dann sagte er zu Rossi: »Nehmen Sie das Foto mit ins Krankenhaus, und sehen Sie mal, ob er ihn erkennt. Ist der Mailänder vernehmungsfähig?«

»O ja, Commissario. Ihm ist nichts weiter passiert. Ein paar Beulen, ein blaues Auge, aber sonst geht's ihm gut. Sein Besitz ist rundherum versichert.«

Wie kam es eigentlich, daß ein Verbrechen nie ganz so schlimm zu sein schien, wenn der Besitz versichert war?

»Wenn er Ruffolo eindeutig identifizieren kann, lassen Sie's mich wissen. Dann gehe ich mal bei seiner Mutter vorbei und versuche herauszubekommen, ob sie weiß, wo er ist.«

Rossi schnaubte verächtlich.

»Ich weiß, ich weiß. Sie würde sogar den Papst anlügen, um ihren kleinen Peppino zu retten. Aber wer kann es ihr verdenken? Er ist nun mal ihr einziger Sohn. Außerdem würde ich den alten Drachen gern mal wiedersehen; ich glaube, ich habe sie höchstens zweimal gesehen, seit ich ihn zuletzt verhaftet habe.«

»Damals ist sie doch mit einer Schere auf Sie losgegangen, nicht?« meinte Rossi.

»Na ja, aber richtig ernst war ihr das nicht, und außerdem war Peppino ja da, um sie abzuhalten.« Er mußte richtig grinsen bei dieser Erinnerung, die sicher zu den absurdesten in seiner ganzen Laufbahn gehörte. »Außerdem war es nur eine Zickzackschere.«

»Sie ist schon eine Marke, diese Signora Concetta.«

»Das kann mal wohl sagen«, pflichtete Brunetti ihm bei. »Und sorgen Sie dafür, daß jemand ein Auge auf seine Freundin hat, wie heißt sie noch?«

»Ivana Soundso.«

»Ja, auf die.«

»Sollen wir mit ihr reden, Commissario?«

»Nein, sie würde nur sagen, daß sie ihn nicht gesehen hat. Reden Sie lieber mit den Leuten, die unter ihr wohnen. Sie haben Ruffolo letztes Mal angezeigt. Vielleicht erlauben sie uns, jemanden in ihrer Wohnung zu postieren, bis er auftaucht. Fragen Sie mal.«

»Ja, Commissario.«

»Noch etwas?«

»Nein, nichts.«

»Ich bin jetzt etwa eine Stunde hier. Lassen Sie mich wissen, was sich im Krankenhaus tut, ob es Ruffolo ist.« Er wollte schon gehen, aber Rossi hielt ihn zurück.

»Noch eins, Commissario. Gestern abend hat jemand für Sie angerufen.«

»Wer?«

»Ich weiß es nicht. Der Kollege in der Vermittlung sagt, das Gespräch sei so gegen elf gekommen. Eine Frau. Sie hat namentlich nach Ihnen gefragt, aber sie sprach kein Italienisch, oder nur sehr wenig. Er hat noch etwas gesagt, aber das habe ich vergessen.«

»Ich rede auf dem Weg nach oben mit ihm«, sagte Brunetti und ging. Statt die Treppe zu nehmen, trat er am Ende des Korridors in den kleinen Verschlag, in dem die Telefonvermittlung saß. Es war ein junger Rekrut mit frischem Gesicht, wahrscheinlich gerade achtzehn. Brunetti fiel sein Name nicht ein.

Als der Junge Brunetti sah, sprang er auf und zog dabei das Kabel mit, das seine Kopfhörer mit der Schalttafel verband. »Guten Morgen, Commissario.«

»Guten Morgen. Setzen Sie sich doch.«

Der junge Mann leistete der Aufforderung Folge, saß aber sichtlich nervös auf der Stuhlkante.

»Rossi sagt, daß gestern abend jemand für mich angerufen hat?«

»Jawohl, Commissario«, sagte der Rekrut, der offensichtlich Mühe hatte, nicht aufzuspringen, wenn er mit einem Vorgesetzten sprach.

»Haben Sie das Gespräch entgegengenommen?«

»Ja, Commissario.« Und um Brunettis Frage zuvorzukommen, warum er dann zwölf Stunden später immer noch Dienst tat, erklärte er rasch: »Ich habe Monicos Schicht übernommen, Commissario. Er ist krank.«

Brunetti interessierte dieses Detail nicht. »Was hat sie gesagt?« wollte er wissen.

»Sie hat nach Ihnen gefragt, Commissario. Namentlich. Aber sie sprach nur sehr wenig Italienisch.«

»Wissen Sie noch genau, was sie gesagt hat?«

»Ja.« Er wühlte in den Papieren auf seinem Tisch vor dem Schaltbrett. »Hier habe ich es notiert.« Er zog ein Blatt unter den anderen hervor und las: »Sie fragte nach Ihnen, gab aber ihren Namen nicht an. Ich fragte nach ihrem Namen, aber sie antwortete nicht, oder sie verstand mich nicht. Ich sagte ihr, daß Sie nicht da sind, aber sie wiederholte, daß sie mit Ihnen sprechen wolle.«

»Hat sie englisch gesprochen?«

»Ich glaube ja, aber sie hat nur ganz wenig gesagt, und ich konnte sie nicht verstehen. Ich habe ihr gesagt, sie soll italienisch reden.«

»Was hat sie noch gesagt?«

»Irgend etwas, das klang wie ›*basta*‹ oder ›*pasta*‹«, vielleicht auch ›*posta*‹.«

»Noch etwas?«

»Nein, Commissario. Nur das. ›*Basta*‹ oder ›*pasta*‹. Dann hat sie aufgelegt.«

»Wie hat es sich angehört?«

»Angehört?«

»Ja, fröhlich oder traurig oder nervös?«

Der junge Mann dachte ein Weilchen nach und antwortete schließlich: »Es hat sich weder so noch so angehört, Commissario. Höchstens enttäuscht, daß Sie nicht da waren, würde ich sagen.«

»Na gut. Wenn sie wieder anruft, stellen Sie das Gespräch zu mir durch, oder zu Rossi. Er spricht Englisch.«

»Ja, Commissario«, sagte der Junge. Als Brunetti sich

umdrehte, um hinauszugehen, wurde die Versuchung übermächtig, und der Rekrut sprang auf und salutierte Brunettis Rücken.

Eine Frau, die sehr wenig Italienisch sprach. »*Molto poco*«, hatte Doctor Peters gesagt. Ihm fiel etwas ein, was sein Vater einmal übers Angeln gesagt hatte, als man in der Lagune noch fischen konnte. Es sei schlecht, den Köder zu hastig zu werfen, weil es die Fische verschrecke. Er würde also warten. Sie war ja noch sechs Monate da, und er hatte auch nichts weiter vor. Wenn sie sich nicht wieder meldete, würde er sie am Montag in ihrem Krankenhaus anrufen.

Und Ruffolo war also draußen und wieder im Geschäft. Als Gelegenheitsdieb und Einbrecher hatte er in den letzten zehn Jahren immer wieder im Gefängnis gesessen, zweimal mit Brunettis Zutun. Seine Eltern waren vor Jahren aus Neapel hergezogen und hatten dieses Früchtchen mitgebracht. Sein Vater hatte sich zu Tode gesoffen, nicht ohne seinem einzigen Sohn vorher eingetrichtert zu haben, daß etwas so Gewöhnliches wie Arbeiten oder Handel treiben nicht Sache der Ruffolos war, nicht einmal Studieren. Und als echter Apfel vom väterlichen Stamm hatte Giuseppe nie gearbeitet, gehandelt höchstens mit Diebesgut und nur studiert, wie man Schlösser knackte und in anderer Leute Häuser kam. Wenn er so kurz nach seiner Entlassung schon wieder bei der Arbeit war, konnten seine zwei Jahre Gefängnis keine vergeudete Zeit gewesen sein.

Aber ob Brunetti wollte oder nicht, er mochte die beiden, Mutter und Sohn. Peppino schien es ihm nicht persönlich übelzunehmen, daß er ihn festgenommen hatte, und Signora Concetta war, nachdem der Zwischenfall mit der Zickzackschere einmal vergessen war, Brunetti dankbar für seine Aussage im Prozeß gegen ihren Sohn, daß Ruffolo bei seinen Taten nämlich stets auf Gewalt oder die Androhung von Gewalt verzichtet habe. Seine Verurteilung wegen Einbruchs hatte wahrscheinlich darum nur auf zwei Jahre gelautet.

Brunetti brauchte sich Ruffolos Akte nicht aus dem Archiv kommen zu lassen. Er würde früher oder später bei seiner Mutter auftauchen, oder bei Ivana, und bald würde Giuseppe wieder im Knast sitzen, um dort ein noch versierterer Verbrecher zu werden, noch sicherer auf der schiefen Bahn zu bleiben.

Sowie Brunetti in seinem Büro war, suchte er Rizzardis Autopsiebericht über den jungen Amerikaner. Bei ihrem Gespräch hatte der Pathologe nichts über Spuren von Drogen im Blut gesagt, und Brunetti hatte zu dem Zeitpunkt nicht direkt danach gefragt. Er fand den Bericht, öffnete den Umschlag und blätterte ihn durch. Wie Rizzardi angedroht hatte, war die Sprache nahezu unentwirrbar. Auf der zweiten Seite fand er, was seiner Ansicht nach die Antwort sein konnte, obwohl es schwer zu sagen war bei all den langen lateinischen Fachbegriffen und dem vergewaltigten Satzbau. Er las es dreimal durch, und am Ende glaubte er einigermaßen sicher daraus entnommen zu haben, daß im Blut des Toten keinerlei Spuren von Drogen gefunden worden waren. Er wäre auch überrascht gewesen, wenn die Autopsie etwas anderes ergeben hätte.

Seine Gegensprechanlage summte. Er antwortete prompt mit: »Ja, Vice-Questore?«

Patta machte sich nicht die Mühe nachzufragen, woher er wußte, wer am Apparat war – ein sicheres Zeichen dafür, daß er in einer wichtigen Angelegenheit anrief. »Ich möchte mit Ihnen sprechen, Commissario.« Auch die Anrede mit seinem Dienstgrad unter Weglassung des Namens unterstrich die Wichtigkeit.

Brunetti widerstand der Versuchung, Patta darauf hinzuweisen, daß er bereits mit ihm sprach, und sagte statt dessen, er werde sofort ins Büro des Vice-Questore herunterkommen. Patta war ein Mann, der nur eine begrenzte Auswahl an Stimmungen zur Verfügung hatte, die man ihm vom Gesicht ablesen konnte, und hier mußte Brunetti sehr genau lesen.

Als er in Pattas Büro trat, fand Brunetti seinen Vorgesetzten mit vor sich gefalteten Händen hinter einem leeren Schreibtisch sitzen. Gewöhnlich gab Patta sich gern geschäftig, und wenn er nur einen leeren Ordner vor sich liegen hatte. Heute nichts von alledem, nur ein ernstes, ja sogar feierliches Gesicht und die gefalteten Hände. Dazu entströmte ihm der herbe Duft eines Eau de Cologne, das sich keinem Geschlecht zuordnen ließ, und sein Gesicht wirkte an diesem Morgen eher eingeölt als rasiert. Brunetti ging zum Schreibtisch und blieb davor stehen, wobei er überlegte, wie lange Patta wohl sein Schweigen ausdehnen würde, eine Technik, die er oft anwandte, wenn er die Wichtigkeit dessen, was er zu sagen hatte, besonders betonen wollte.

Endlich sagte Patta: »Setzen Sie sich, Commissario.«

Die erneute Anrede mit seinem Dienstgrad sagte Brunetti, daß er etwas in irgendeiner Weise Unangenehmes zu hören bekommen würde und daß Patta dies auch wußte.

»Ich möchte über diesen Raubüberfall mit Ihnen sprechen«, begann Patta ohne weitere Vorrede, sowie Brunetti saß.

Brunetti hatte den Verdacht, daß er nicht den jüngsten Einbruch am Canal Grande meinte, auch wenn das Opfer ein Industrieller aus Mailand war. Normalerweise würde der Angriff auf eine so bedeutende Persönlichkeit Patta zu wahren Orgien scheinbarer Geschäftigkeit treiben.

»Ja, Vice-Questore«, sagte Brunetti.

»Wie ich heute gehört habe, waren Sie ein weiteres Mal in Vicenza.«

»So ist es.«

»Warum war das nötig? Haben Sie hier in Venedig nicht genug zu tun?«

»Ich wollte mit ein paar Leuten sprechen, die ihn gekannt haben.«

»Haben Sie das bei Ihrem ersten Besuch nicht schon getan?«

»Nein, dazu war keine Zeit.«

»Davon haben Sie mir nichts gesagt, als Sie nachmittags zurückkamen.« Als Brunetti nicht antwortete, fragte Patta wieder: »Warum haben Sie das nicht am ersten Tag getan?«

»Es blieb keine Zeit, Vice-Questore.«

»Sie waren um sechs Uhr wieder hier. Es wäre genug Zeit gewesen, noch so lange in Vicenza zu bleiben, um alles abzuschließen.«

Nur mit Mühe konnte Brunetti sein Erstaunen darüber unterdrücken, daß Patta sich solcher Details, nämlich wann Brunetti aus Vicenza zurückgekehrt war, überhaupt noch erinnerte. Schließlich kannte dieser Mann höchstens zwei oder drei seiner uniformierten Polizisten mit Namen.

»Ich bin nicht dazu gekommen.«

»Und was war, als Sie dann noch einmal hingefahren sind?«

»Ich habe mit seinem Vorgesetzten gesprochen, und mit einem der Männer, die mit ihm zusammengearbeitet haben.«

»Und was haben Sie erfahren?«

»Nichts Wesentliches, Vice-Questore.«

Patta funkelte ihn über den Schreibtisch hinweg an. »Was soll das heißen?«

»Ich habe nichts darüber erfahren, warum ihn jemand hätte umbringen sollen.«

Patta hob die Hände und stieß einen aufgebrachten Seufzer aus. »Das ist genau der Punkt, Brunetti. Es *gibt* keinen Grund, warum ihn jemand hätte umbringen sollen, darum haben Sie auch keinen gefunden. Und darum werden Sie, wenn ich mir die Bemerkung erlauben darf, auch keinen finden. Weil es keinen gibt. Er wurde seines Geldes wegen umgebracht, und der Beweis dafür ist, daß seine Brieftasche nicht bei ihm gefunden wurde.« Er hatte, als man ihn fand, auch nur einen Schuh angehabt, dachte Brunetti. War damit bewiesen, daß er wegen eines Reebok Größe 44 umgebracht worden war?

Patta zog die oberste Schublade seines Schreibtischs auf

und nahm einige Bogen Papier heraus. »Ich glaube, Sie haben mehr als genug Zeit damit verschwendet, in Vicenza herumzujagen, Brunetti. Es gefällt mir nicht, daß Sie die Amerikaner damit behelligen. Das Verbrechen ist hier passiert, und der Mörder wird hier gefunden werden.« Der letzte Satz klang entschieden und endgültig. Patta nahm einen der Bogen und warf einen Blick darauf. »Ich möchte gern, daß Sie Ihre Zeit von jetzt an besser nutzen.«

»Und wie könnte ich das tun, Vice-Questore?«

Patta linste zu ihm herüber, als suchte er etwas an dem Ton zu entdecken, den Brunetti eben angeschlagen hatte, dann blickte er wieder aufs Papier. »Ich übertrage Ihnen die Untersuchung des Einbruchs am Canal Grande.« Brunetti war sicher, daß der Ort des Verbrechens und der finanzielle Hintergrund des Opfers die Sache in Pattas Augen viel wichtiger erscheinen ließen als ein bloßer Mord, bei dem das Opfer nicht einmal Offizier war.

»Und was ist mit dem Amerikaner?«

»Da gehen wir wie üblich vor. Wir warten, ob einer von unseren alten Bekannten etwas verlauten läßt oder plötzlich mehr Geld hat, als er haben dürfte.«

»Und wenn nicht?«

»Die Amerikaner kümmern sich ja auch darum«, sagte Patta, als ob das der Sache ein Ende machte.

»Ich verstehe nicht ganz. Wie können die Amerikaner sich um etwas kümmern, was hier in Venedig passiert ist?«

Patta kniff die Augen zusammen und bemühte sich, allwissend auszusehen, wirkte dabei aber bestenfalls kurzsichtig. »Die haben ihre Methoden, Brunetti. Die haben ihre Methoden.«

Daran zweifelte Brunetti nicht, allerdings hegte er durchaus Zweifel, ob diese Methoden unbedingt darauf gerichtet waren, den Mörder zu finden. »Ich würde die Sache lieber selbst weiterverfolgen, Vice-Questore. Ich glaube nicht an einen Raubüberfall.«

»Ich bin zu dem Schluß gekommen, daß es einer war, Commissario, und wir werden den Fall auch so behandeln.«

»Was heißt das, bitte?«

Patta versuchte es mit Erstaunen. »Das heißt, Commissario – und ich möchte Sie bitten, genau zuzuhören – es heißt genau das, was ich gesagt habe, nämlich daß wir es als einen Mord behandeln, der bei einem versuchten Raubüberfall passiert ist.«

»Offiziell?«

»Offiziell«, wiederholte Patta und fügte mit übertriebener Betonung hinzu: »Und inoffiziell.«

Brunetti brauchte nicht nachzufragen, was das bedeutete.

Großmütig im Sieg sagte Patta: »Natürlich wissen die Amerikaner Ihr Interesse und Ihren Eifer zu schätzen.«

Brunetti dachte, es wäre sinnvoller, wenn sie Erfolg zu schätzen wüßten, aber diese Ansicht konnte er jetzt nicht zum besten geben, nicht zu diesem Zeitpunkt, da Patta sich gerade am lächerlichsten aufführte und mit größter Vorsicht behandelt werden mußte.

»Ich bin trotz allem noch nicht ganz überzeugt«, begann Brunetti, der Zweifel und Resignation heftig und hörbar miteinander kämpfen ließ. »Aber möglich wäre es. Ich habe jedenfalls nichts gefunden, was auf etwas anderes hindeuten würde.« Das hieß, wenn er die paar hundert Millionen in Kokain nicht mitrechnete.

Patta hatte den Anstand, nicht offen zu triumphieren, konnte sich aber nicht enthalten, den Gönnerhaften zu spielen. »Ich bin froh, daß Sie es so sehen, Brunetti. Ich glaube, das ist ein Zeichen dafür, daß Sie die Polizeiarbeit langsam etwas realistischer betrachten.« Er sah wieder auf seine Papiere. »Sie hatten einen Guardi.«

Brunetti, der den überraschenden Sprüngen seines Vorgesetzten von einem Thema zum anderen nicht zu folgen vermochte, konnte nur fragen: »Einen was?«

Patta schürzte doch sogar die Lippen bei diesem neuerlichen Beweis für das angeborene Banausentum der unteren Ränge.

»Einen Guardi, Commissario. Francesco Guardi. Ich dachte, Sie würden wenigstens den Namen kennen: Er ist einer unserer berühmtesten venezianischen Maler.«

»Ach, tut mir leid. Ich dachte, das wäre ein neuer Quizmaster im Fernsehen.«

Patta antwortete mit einem energischen, mißbilligenden »Nein«, bevor er sich fing, hüstelte und auf die Papiere vor sich auf dem Schreibtisch blickte. »Ich habe lediglich eine Liste von Signor Viscardi. Ein Guardi, ein Monet und ein Gauguin.« Man sah ihm an, wie schwer es ihm fiel, nicht zu erklären, daß die anderen beiden ebenfalls Maler waren, wenn auch keine venezianischen.

»Ist er noch im Krankenhaus, dieser Signor Viscardi?« erkundigte sich Brunetti.

»Ja, ich glaube schon. Warum?«

»Er scheint ja genau zu wissen, welche Bilder gestohlen wurden, auch wenn er die Männer, die sie gestohlen haben, nicht gesehen hat.«

»Was wollen Sie damit sagen?«

»Ich will gar nichts sagen, Vice-Questore«, antwortete Brunetti. »Vielleicht hatte er nur drei Bilder.« In diesem Fall würde er sich wohl erinnern, welche es waren. Aber wenn er nur drei Bilder besaß, hätte dieser Fall nicht so rasch die Spitze auf Pattas Liste erklommen. »Was tut Signor Viscardi in Mailand, wenn ich fragen darf?«

»Er ist Direktor einer Reihe von Fabriken.«

»Direktor, oder Besitzer und Direktor?«

Patta versuchte nicht, seine Verärgerung zu verbergen. »Ich weiß nicht, was das damit zu tun hat, Brunetti. Er ist ein bedeutender Bürger unserer Stadt, und er hat sehr viel Geld in die Restauration dieses Palazzo gesteckt. Er ist ein Gewinn für diese Stadt, und ich finde, wir sollten dafür sorgen, daß der Mann wenigstens sicher ist, solange er sich hier aufhält.«

»Er und sein Besitz«, ergänzte Brunetti trocken.

»Ja, er und sein Besitz.« Patta wiederholte die Worte, aber nicht im selben Ton. »Sorgen Sie bitte dafür, Commissario. Und ich erwarte, daß Signor Viscardi während dieser Untersuchung mit allem gebührenden Respekt behandelt wird.«

»Natürlich.« Brunetti stand auf, um zu gehen. »Wissen Sie, was das für Fabriken sind, die er hat?«

»Ich glaube, sie stellen Rüstungsgüter her.«

»Danke.«

»Und ich möchte nicht, daß Sie die Amerikaner noch weiter belästigen, Brunetti. Ist das klar?«

»Ja, Vice-Questore.« Das war ganz eindeutig klar, nicht aber der wahre Grund.

»Gut. Dann nehmen Sie sich dieser Einbruchsgeschichte an. Ich möchte sie so bald als möglich aufgeklärt wissen.«

Brunetti lächelte und überlegte im Gehen, was da wohl für Fäden gezogen worden sein mochten und von wem. Bei Viscardi war das leicht zu durchschauen: Rüstungsindustrie, genug Geld, um einen Palazzo am Canal Grande zu kaufen und zu restaurieren – die vermischten Düfte von Geld und Macht hatten ihn aus jedem Satz angeweht, den Patta geäußert hatte. Bei dem Amerikaner waren die Düfte weniger leicht zu ihrer Quelle zurückzuverfolgen, aber das machte sie nicht weniger real als die anderen. Es war klar, daß Patta eine Anweisung bekommen hatte: der Tod des Amerikaners sollte als ein tödlich verlaufener Raubversuch behandelt werden, nichts weiter. Aber von wem war diese Anweisung gekommen? Von wem?

Statt in sein Büro, ging Brunetti die Treppe hinunter ins Hauptbüro. Vianello war aus dem Krankenhaus zurück und saß an seinem Schreibtisch, wo er in seinen Stuhl zurückgelehnt telefonierte. Als er Brunetti hereinkommen sah, brach er das Gespräch ab und legte auf.

»Ja, Commissario?« sagte er.

Brunetti lehnte sich an den Schreibtisch. »Dieser Viscardi, was hat er für einen Eindruck gemacht, als Sie mit ihm gesprochen haben?«

»Aufgebracht. Er war die ganze Nacht in einem Mehrbettzimmer und hatte sich gerade erst ein Einzelzimmer besorgen können.«

Brunetti unterbrach ihn. »Wie hat er denn das geschafft?«

Vianello zuckte die Achseln. Das Casinò war nicht die einzige öffentliche Einrichtung in der Stadt, auf der stand: NON NOBIS. Im Krankenhaus galt dieser Hinweis nicht weniger, wenn er auch nur für die Reichen sichtbar war. »Ich nehme an, er kennt jemanden dort, der jemanden kennt, den man anrufen kann. Leute wie er kennen immer jemanden.« Vianellos Ton klang nicht so, als hätte Viscardi sich bei ihm beliebt gemacht.

»Wie ist er denn?« wollte Brunetti wissen.

Vianello lächelte, dann verzog er das Gesicht. »Sie wissen schon. Typischer Mailänder. Wollte kein R sprechen, und wenn sein Mund randvoll damit gewesen wäre«, sagte er, wobei er alle R in seinem Satz ausließ und perfekt den etwas affektierten mailändischen Tonfall imitierte, der so beliebt war bei arrivierten Politikern sowie bei den Komikern, die sich mit Wonne über sie lustig machten. »Als erstes hat er mir gesagt, wie wichtig diese Bilder sind, was wahrscheinlich heißen sollte, wie wichtig er ist. Dann hat er sich darüber beschwert, daß er die Nacht in einem Mehrbettzimmer verbringen mußte. Das sollte wohl heißen, daß er Angst hatte, sich mit irgendeiner Krankheit der niederen Kasten anzustecken.«

»Hat er die Männer beschreiben können?«

»Er sagte, einer sei sehr groß gewesen, größer als ich.« Vianello war einer der größten Männer bei der Polizei. »Und der andere habe einen Bart gehabt.«

»Wie viele waren es denn? Zwei oder drei?«

»Er war sich nicht sicher. Sie haben ihn gepackt, als er hineinging, und er war so überrascht, daß er nichts gesehen hat, oder er erinnert sich nicht.«

»Wie schwer sind seine Verletzungen?«

»Nicht schwer genug für ein Einzelzimmer«, antwortete Vianello, der gar nicht erst versuchte, sein Mißfallen zu verbergen.

»Könnten Sie das etwas genauer beschreiben?« fragte Brunetti mit einem Lächeln.

»Er hat ein schönes Veilchen. Das wird im Laufe des Tages schlimmer. Da hat jemand wirklich gut getroffen. Und die Lippe ist aufgeplatzt, dann noch blaue Flecken an den Armen.«

»Ist das alles?«

»Ja, Commissario.«

»Da bin ich Ihrer Meinung; kaum genug für ein Einzelzimmer. Oder überhaupt fürs Krankenhaus.«

Vianello ging sofort auf Brunettis Ton ein. »Denken Sie jetzt, was ich glaube, daß Sie denken, Commissario?«

»Vice-Questore Patta kennt die drei fehlenden Bilder.«

Vianello schob den Ärmel seiner Uniformjacke hoch und sah auf die Uhr, schüttelte das Handgelenk, um die Zeit besser erkennen zu können, und sah wieder darauf. »Fast Mittag. Bald Zeit zum Essen.«

»Wann ist der Notruf gekommen?«

»Kurz nach Mitternacht, Commissario.«

Brunetti sah seinerseits auf die Uhr. »Zwölf Stunden. Und wir haben schon einen Bericht, daß es Bilder von Guardi, Monet und Gauguin sind.«

»Tut mir leid, aber davon verstehe ich nichts. Bedeuten die Namen Geld?«

Brunetti nickte nachdrücklich. »Rossi sagte mir, das Anwesen sei versichert. Woher weiß er das?«

»Der Vertreter hat gegen zehn hier angerufen und gefragt, ob er sich den Palazzo ansehen könnte.« Und das alles in weniger als zwölf Stunden. Interessant.

Vianello nahm ein Päckchen Zigaretten von seinem Schreibtisch und zündete sich eine an. »Rossi sagt, diese belgischen Jugendlichen glauben, Ruffolo erkannt zu haben.« Brunetti nickte. »Ruffolo ist doch nur ein kleiner Hüpfer, oder? Gar nicht besonders groß.« Er blies eine dünne Rauchfahne aus und wedelte sie dann fort.

»Und ganz sicher hat er sich keinen Bart stehen lassen, während er im Gefängnis war, nicht wenn seine Mutter ihn besucht hat«, bemerkte Brunetti.

»Das heißt also, keiner der Männer, die Viscardi gesehen haben will, kann Ruffolo gewesen sein, oder?«

»Hat ganz den Anschein«, sagte Brunetti. »Ich habe Rossi gebeten, ins Krankenhaus zu gehen und Viscardi zu fragen, ob er Ruffolo auf einem Foto wiedererkennt.«

»Wird er wahrscheinlich nicht«, bemerkte Vianello lakonisch.

Brunetti stieß sich vom Schreibtisch ab. »Ich glaube, ich muß ein paar Telefongespräche führen. Entschuldigen Sie mich, Sergente.«

»Natürlich, Commissario«, sagte Vianello und fügte hinzu: »Null Zwo.« Das war die Vorwahl für Mailand.

14

In seinem Büro holte Brunetti ein spiralgebundenes Notizbuch aus dem Schreibtisch und begann darin herumzublättern. Seit Jahren nahm er sich immer wieder fest vor, die Namen und Telefonnummern in diesem Büchlein irgendwie zu ordnen. Und jedesmal, wenn er auf der Jagd nach einer Nummer, die er seit Monaten oder Jahren nicht angerufen hatte, wieder einmal darin blätterte, erneuerte er seinen Vorsatz. In gewisser Weise ähnelte dieses Blättern dem Schlendern durch ein Museum, in dem er viele vertraute Bilder sah und jedem Gelegenheit gab, eine Erinnerung zu wecken, bevor er seine Suche nach dem fortsetzte, was er eigentlich sehen wollte. Schließlich fand er, was er suchte, die Privatnummer von Riccardo Fosco, dem Wirtschaftsredakteur einer der wichtigsten Wochenzeitschriften des Landes.

Bis vor wenigen Jahren war Fosco der Star der Nachrichtenmedien gewesen und hatte Finanzskandale an den unwahrscheinlichsten Stellen aufgedeckt. Als einer der ersten hatte er Fragen zur Banco Ambrosiano gestellt. Sein Büro war zum Zentrum eines Informationsnetzes über die wahre Natur des italienischen Geschäftslebens geworden, und in seinen Kolumnen erwartete man die ersten Hinweise darauf, daß bei einer Firma, einem Aufkauf oder einer Übernahme etwas faul war. Als er vor zwei Jahren gegen fünf Uhr nachmittags sein Büro verließ, um sich mit Freunden auf einen Drink zu treffen, hatte aus einem geparkten Wagen jemand mit einer Maschinenpistole das Feuer auf ihn eröffnet, dabei sorgfältig auf die Knie gezielt und beide zertrümmert; nun war Foscos Wohnung sein Büro, und gehen konnte er nur mit Hilfe zweier Krücken, weil ein Knie völlig steif war und das andere nur noch eine Bewegungsfreiheit von dreißig Grad hatte. Eine Festnahme hatte es nach diesem Anschlag nicht gegeben.

»Fosco«, meldete er sich, wie immer.

»*Ciao*, Riccardo. Hier ist Guido Brunetti.«

»*Ciao*, Guido. Lange nichts von dir gehört. Versuchst du immer noch die Sache mit dem Geld zu klären, das Venedig retten sollte?«

Es war ein alter Witz zwischen ihnen, diese Leichtigkeit, mit der Millionen Dollar – niemand hatte je erfahren, wie viele es wirklich waren –, aufgebracht von der UNESCO zur »Rettung« Venedigs, sich in den Ämtern und den tiefen Taschen jener »Planer« verkrümelt hatten, die nach der verheerenden Flut von 1966 mit ihren Plänen und Programmen vorgeprescht waren. Es gab eine Stiftung mit vollzeitbeschäftigten Angestellten, ein Archiv voller Blaupausen, sogar Wohltätigkeitsgalas und Bälle, aber kein Geld mehr, und die Fluten konnten ungehindert mit der Stadt machen, was sie wollten. Diese Geschichte, deren Fäden bis zur UN, dem Gemeinsamen Markt und verschiedenen Regierungen und Geldinstituten reichten, hatte sich sogar für Fosco als zu verwickelt erwiesen. Er hatte nie darüber geschrieben, weil er fürchten mußte, daß seine Leser ihm vorwerfen würden, er habe sich aufs Romaneschreiben verlegt. Brunetti für seinen Teil war immer davon ausgegangen, daß – da die meisten der an den

Projekten Beteiligten Venezianer waren – das Geld tatsächlich zur Rettung der Stadt benutzt worden war, wenn vielleicht auch nicht so, wie ursprünglich gedacht.

»Nein, Riccardo, es geht um einen der Euren, einen Mailänder. Viscardi. Ich weiß nicht einmal seinen Vornamen, aber er ist im Rüstungsgeschäft und hat gerade ein Vermögen für die Restaurierung eines Palazzo hier ausgegeben.«

»Augusto«, antwortete Fosco sofort, dann wiederholte er den Namen allein um seiner Schönheit willen: »Augusto Viscardi.«

»Das kam ja unheimlich schnell«, meinte Brunetti.

»O ja. Signor Viscardis Namen höre ich oft.«

»Und was hörst du da so?«

»Seine Munitionsfabriken sind in Monza. Es sind vier. Angeblich hatte er umfangreiche Verträge mit dem Irak, genaugenommen mit einer ganzen Reihe von Ländern im Nahen Osten. Irgendwie ist es ihm gelungen, sogar noch während des Krieges zu liefern, ich glaube, über den Jemen.« Fosco hielt kurz inne und fuhr dann fort: »Aber ich habe auch gehört, daß er im Krieg Schwierigkeiten hatte.«

»Was für Schwierigkeiten?« fragte Brunetti.

»Na ja, keine, die ihm ernsthaft weh getan hätten, jedenfalls nach meinen Informationen nicht. Keine dieser Fabriken hat während des Krieges zugemacht, und ich meine nicht nur seine. Wie ich gehört habe, lief die Produktion in dem ganzen Bereich auf vollen Touren weiter. Es gibt immer Käufer für das, was die herstellen.«

»Aber was für Schwierigkeiten hatte er?«

»Ich bin nicht sicher. Da muß ich erst ein paar Telefonate führen. Aber den Gerüchten zufolge muß es ihn ziemlich hart getroffen haben. Die meisten sorgen vor der Lieferung dafür, daß die Zahlungen über sichere Länder wie Panama oder Liechtenstein erfolgen, aber Viscardis Geschäftsbeziehungen waren schon so alt – ich glaube, er ist sogar ein paarmal dort gewesen, um Gespräche mit dem Oberboß zu führen –, daß er diese Sicherheitsmaßnahme unterlassen hat, in der Gewißheit, als guter alter Geschäftspartner behandelt zu werden.«

»Und das ist dann nicht geschehen?«

»Nein, das ist nicht geschehen. Ein Großteil von dem Zeug ist hochgegangen, bevor es geliefert werden konnte. Ich glaube, eine ganze Schiffsladung wurde im Golf gekapert. Laß mich mal rumtelefonieren, Guido. Ich rufe bald zurück, in der nächsten Stunde.«

»Und in seinem Privatleben, gibt es da irgend etwas?«

»Nicht daß ich wüßte, aber ich erkundige mich.«

»Danke, Riccardo.«

»Kannst du mir sagen, worum es geht?«

Brunetti sah keinen Grund, warum nicht. »Letzte Nacht wurde in seinem Haus eingebrochen, und er überraschte die Täter. Er konnte die drei Männer nicht beschreiben, aber er wußte, welche drei Bilder sie mitgenommen haben.«

»Klingt ganz nach Viscardi«, sagte Fosco.

»Ist er so dumm?«

»Nein, dumm ist er nicht. Ganz und gar nicht. Aber er ist arrogant, und er ist risikobereit. Diese beiden Eigenschaften haben ihm zu seinem Vermögen verholfen.« Foscos Stimme veränderte sich. »Tut mir leid, Guido, ich bekomme gerade einen Anruf auf der anderen Leitung. Ich rufe dich nachher wieder an, ja?«

»Danke, Riccardo«, sagte Brunetti, und bevor er noch hinzufügen konnte: »Das ist sehr nett von dir«, war die Leitung tot.

Das Geheimnis polizeilicher Erfolge gründete sich, wie Brunetti wußte, nicht auf brillantes Kombinieren oder die psychologische Manipulation von Verdächtigen, sondern auf die schlichte Tatsache, daß Menschen dazu neigten, ihren eigenen Intelligenzgrad für die Norm zu halten. Darum wurden die Dummen immer schnell gefaßt, denn ihre Vorstellung von Schlauheit war so jämmerlich verkümmert, daß sie die geborene Beute für die Greifer waren. Dummerweise machte dieselbe Regel seine Arbeit nur noch schwerer, wenn er es mit Kriminellen zu tun hatte, die Intelligenz oder Mut besaßen.

In der folgenden Stunde rief Brunetti unten bei Rossi an und ließ sich den Namen des Versicherungsvertreters geben, der gebeten hatte, den Schauplatz des Einbruchs besichtigen zu dürfen. Als er den Mann schließlich in seinem Büro erreichte, bestätigte er Brunetti, daß die Bilder alle echt und alle bei dem Einbruch verschwunden seien. Kopien der Echtheitszertifikate lägen in diesem Augenblick auf seinem Tisch. Der Marktwert der drei Bilder? Also, sie seien für drei Milliarden Lire versichert, aber der reale Marktwert habe sich innerhalb des letzten Jahres womöglich noch erhöht, beim derzeitigen Preisanstieg für Impressionisten. Nein, es sei vorher noch nie dort eingebrochen worden. Ja, Schmuck sei ebenfalls gestohlen worden, aber verglichen mit den Bildern sei das unerheblich, ein paar hundert Millionen Lire. Aha, dachte Brunetti, was für eine reizende Welt, in der ein paar hundert Millionen Lire als unerheblich galten.

Als Brunetti sein Gespräch mit dem Versicherungsvertreter beendet hatte, kam gerade Rossi aus dem Krankenhaus zurück und erzählte ihm, Signor Viscardi sei höchst überrascht gewesen, als er das Foto von Ruffolo sah. Er habe sich allerdings schnell wieder gefaßt und erklärt, der Mann auf dem Bild habe keine Ähnlichkeit mit einem der beiden Männer, die er gesehen habe, wobei er inzwischen darauf beharrte, es seien nach reiflicher Überlegung doch nur zwei gewesen.

»Was halten Sie davon?« fragte Brunetti.

»Er lügt. Ich weiß nicht, was er sich sonst noch alles zusammenlügt, aber wenn er behauptet, Ruffolo nicht zu kennen, dann lügt er. Er hätte nicht verblüffter sein können, wenn ich ihm ein Foto seiner eigenen Mutter unter die Nase gehalten hätte.«

»Das heißt dann wohl, daß ich mich mal mit Ruffolos Mutter unterhalten muß«, sagte Brunetti.

»Soll ich Ihnen eine kugelsichere Weste aus der Kleiderkammer holen?« fragte Rossi grinsend.

»Nein, Rossi, die Witwe Ruffolo und ich, wir kommen jetzt bestens miteinander aus. Nachdem ich beim Prozeß ein gutes Wort für ihren Sohn eingelegt habe, hat sie sich entschlossen, zu vergeben und zu vergessen. Sie lächelt sogar, wenn sie mich auf der Straße sieht.« Er verschwieg, daß er sie in den letzten beiden Jahren ein paarmal besucht hatte, offenbar als einziger Mensch in der ganzen Stadt.

»Sie Glücklicher. Spricht sie auch mit Ihnen?«

»Ja.«

»*Siciliano*?«

»Ich glaube, sie kann gar nichts anderes.«

»Wieviel davon verstehen Sie denn?«

»Etwa die Hälfte«, antwortete Brunetti, und um der Wahrheit willen fügte er hinzu: »Aber nur, wenn sie ganz langsam spricht.« Obwohl man nicht sagen konnte, daß Signora Ruffolo sich an das Leben in Venedig angepaßt hatte, auf ihre Weise hatte sie doch zur Polizeigeschichte der Stadt beigetragen, eine Frau, die einen Commissario angegriffen hatte, um ihren Sohn zu schützen.

Kurz nachdem Rossi gegangen war, rief Fosco zurück.

»Guido, ich habe mit ein paar Leuten hier gesprochen. Es heißt, er habe bei seinen Golfgeschäften ein Vermögen verloren. Ein vollbeladenes Schiff, dessen Ladung niemand kannte, ist verschwunden, wahrscheinlich von Piraten gekapert. Und wegen des Embargos hatte er es nicht versichern können.«

»Er hat also alles verloren?«

»Ja.«

»Hast du eine Ahnung, um welche Summen es geht?«

»Da ist niemand sicher. Ich habe Schätzungen zwischen fünf und fünfzehn Milliarden gehört, aber keiner konnte mir eine genaue Summe nennen. Jedenfalls heißt es, daß er eine Zeitlang alles noch zusammenhalten konnte, jetzt aber offenbar ernsthafte Liquiditätsprobleme hat. Ein Freund von mir, der beim *Corriere* arbeitet, sagt, Viscardi habe eigentlich nichts zu befürchten, weil er seine Finger in irgendeinem Regierungsvertrag mit drin hat. Und er hat Beteiligungen in anderen Ländern. Mein Kontaktmann war sich nicht ganz sicher, in welchen. Soll ich versuchen, mehr herauszufinden?«

Brunetti hatte allmählich den Eindruck, daß dieser Signor Viscardi einer aus jener aufkommenden Generation von Geschäftsleuten war, die harte Arbeit durch Frechheit ersetzten und Ehrlichkeit durch Beziehungen. »Nein, ich glaube nicht, Riccardo. Ich wollte mir nur einen Eindruck verschaffen, ob er so etwas probieren würde.«

»Und?«

»Tja, es sieht so aus, als wäre er durchaus dazu fähig.«

Obwohl Brunetti nicht danach gefragt hatte, wartete Fosco mit einer weiteren Information auf. »Er soll sehr gute Beziehungen haben, aber Genaueres wußte mein Informant nicht. Soll ich noch ein bißchen herumfragen?«

»Klang es nach Mafia?« wollte Brunetti wissen.

»Könnte man sagen.« Foscos Lachen hatte einen resignierten Unterton. »Aber wann klingt es nicht danach? Es scheint allerdings, als hätte er auch einen Draht zu Regierungsmitgliedern.«

Brunetti widerstand seinerseits der Versuchung, zu fragen, wann es danach nicht klang, statt dessen fragte er: »Und sein Privatleben?«

»Er hat eine Frau und Kinder hier in Mailand. Sie ist so eine Art Patenfee für die Malteser – Wohltätigkeitsbälle und Besuche in Krankenhäusern, weißt du. Außerdem hat er eine Geliebte in Verona; ich glaube, es war Verona. Irgendwo bei dir in der Gegend.«

»Du hast gesagt, er sei arrogant?«

»Ja. Einige Leute, mit denen ich gesprochen habe, meinen sogar, noch mehr als das.«

»Was heißt das?« erkundigte Brunetti sich.

»Zwei sagen, er könnte gefährlich sein.«

»Er persönlich?«

»Du meinst, ob er ein Messer ziehen würde?« fragte Fosco lachend.

»So etwas in der Richtung.«

»Nein, ich hatte nicht den Eindruck, daß sie das meinten. Jedenfalls würde er es wohl nicht persönlich tun. Aber er geht gern Risiken ein; zumindest steht er hier in diesem Ruf. Und wie ich schon sagte, er ist gut geschützt und zögert nicht, seine einflußreichen Freunde um Hilfe zu bitten.« Fosco hielt einen Moment inne, dann sagte er: »Einer meiner Gesprächspartner ging sogar noch weiter, wollte mir aber nichts Genaueres sagen. Er meinte nur, wer mit Viscardi zu tun habe, solle sehr vorsichtig sein.«

Brunetti beschloß, den letzten Satz auf die leichte Schulter zu nehmen, und erklärte: »Ich habe keine Angst vor Messern.«

Foscos Antwort kam wie aus der Pistole geschossen. »Ich hatte auch nie Angst vor Maschinenpistolen, Guido.« Dann war ihm seine Bemerkung offenbar peinlich, denn er fügte hinzu: »Ich meine es ernst, Guido, nimm dich vor ihm in acht.«

»Schon gut, ich werde daran denken. Und vielen Dank, Riccardo.« Dann sagte er noch: »Ich habe immer noch nichts in Erfahrung bringen können, aber wenn ich etwas höre, lasse ich es dich wissen.« Viele Polizisten, die Fosco kannten, hatten verbreitet, daß sie an Hinweisen darauf interessiert seien, wer damals geschossen hatte und wer die Drahtzieher waren, aber wer es auch gewesen sein mochte, war sehr vorsichtig zu Werke gegangen, denn Foscos Beliebtheit bei der Polizei war allgemein bekannt, und das Schweigen dauerte nun schon Jahre. Brunetti hielt die Sache für aussichtslos, trotzdem fragte er gelegentlich nach, ließ hier und dort einen Hinweis fallen und sprach mit Verdächtigen in ganz allgemeiner Form über die Möglichkeit eines Kuhhandels im Tausch gegen die Information, die er haben wollte. Doch in all den Jahren war er der Lösung nicht näher gekommen.

»Ich weiß es zu schätzen, Guido. Aber ich bin mir nicht sicher, ob es noch so wichtig ist.« War das Weisheit oder Resignation, was man da heraushörte?

»Warum?«

»Ich heirate.« Liebe also, besser als beides.

»Herzlichen Glückwunsch, Riccardo. Wer ist es denn?«

»Ich glaube nicht, daß du sie kennst, Guido. Sie arbeitet für die Zeitschrift, aber sie ist erst ein gutes Jahr dabei.«

»Wann?«

»Im nächsten Monat.«

Brunetti machte gar nicht erst falsche Versprechungen, daß er versuchen würde, dabeizusein, aber es kam von Herzen, als er sagte: »Ich hoffe, ihr werdet beide glücklich, Riccardo.«

»Danke, Guido. Und wenn ich noch irgend etwas über diesen Kerl höre, rufe ich dich an, ja?«

»Danke. Das wäre nett.«

Mit weiteren guten Wünschen verabschiedete sich Brunetti und legte auf. Konnte es so einfach sein? Konnten geschäftliche Verluste Viscardi dazu getrieben haben, etwas so Überstürztes wie einen bestellten Einbruch zu organisieren? Nur jemand, der fremd in Venedig war, konnte auf Ruffolo verfallen, einen jungen Mann, der sich ungleich besser aufs Geschnapptwerden verstand als auf sein kriminelles Handwerk. Aber vielleicht hatte die Tatsache, daß er erst kürzlich aus dem Gefängnis entlassen worden war, als Empfehlung genügt.

Er konnte heute nichts weiter hier tun, und Patta war garantiert der erste, der von polizeilicher Brutalität reden würde, wenn ein Millionär am selben Tag von drei verschiedenen Polizisten vernommen wurde, vor allem während der Mann auch noch im Krankenhaus war. Es hatte ebenfalls keinen Sinn, an einem Tag nach Vicenza zu fahren, an dem die Büros der Amerikaner geschlossen waren, obwohl es vielleicht einfacher war, sich über Pattas Befehl hinwegzusetzen, wenn er es in seiner Freizeit tat. Aber nein, Doctor Peters sollte ruhig bis zur nächsten Woche um den Köder herumschwimmen, dann konnte er immer noch einmal sanft an der Schnur rucken. Heute würde er seine Angel in venezianischen Gewässern auswerfen und sich eine andere Beute vornehmen.

Während der kurzen Perioden, in denen er nicht im Gefängnis saß, wohnte Giuseppe Ruffolo bei seiner Mutter in einer Zweizimmerwohnung beim Campo San Boldo, einer Gegend, die von der Nähe zu dem Turmstumpf dieser Kirche geprägt war, wo es keine bequem erreichbare Vaporettoanlegestelle gab, und, wenn man die »Nähe« auf die Kirche San Simeone Piccolo ausdehnen wollte, auch durch diese, wo die sonntägliche Messe noch in Latein gehalten wurde, in offener Verhöhnung aller Vorstellungen von Modernität oder Zweckdienlichkeit. Die Witwe

Ruffolo hatte die Wohnung von einer öffentlichen Stiftung, die ihre diversen Unterkünfte an Leute vermietete, die als ausreichend bedürftig eingestuft waren, zugeteilt bekommen. Normalerweise waren das Venezianer; wie Signora Ruffolo daran gekommen war, blieb ein Geheimnis, obwohl ihre eindeutige Bedürftigkeit von keinerlei Geheimnis umgeben war.

Brunetti überquerte die Rialto-Brücke und ging an San Cassiano vorbei, dann links, bis er zu seiner Rechten den gedrungenen Turm von San Boldo sah. Er bog in eine enge Calle ein und blieb vor einem niedrigen Haus stehen. Der Name »Ruffolo« war in zierlicher Schrift rechts von der Klingel auf einem metallenen Schild eingraviert; Roststreifen verfärbten unter beiden den Verputz, der schon von der Hauswand blätterte. Er klingelte, wartete einen Augenblick, klingelte wieder, wartete und klingelte ein drittes Mal.

Ganze zwei Minuten nach seinem letzten Klingeln hörte er eine Stimme von drinnen fragen: »*Si, chi è?*«

»Ich bin's, Signora Concetta, Brunetti.«

Als sie die Tür aufmachte, hatte er wie jedesmal den Eindruck, statt einer Frau ein Faß vor sich zu sehen. Signora Concetta war vor vierzig Jahren einmal die herausragende Schönheit von Caltanisetta gewesen. Der Überlieferung nach waren junge Männer stundenlang in der Nähe ihres Hauses herumspaziert, nur um vielleicht einen Blick auf die schöne Concetta zu erhaschen. Sie hätte jeden haben können, vom Sohn des Bürgermeisters bis zum jüngeren Bruder des Arztes, sie aber wählte den dritten Sohn der Familie, die einst die ganze Provinz mit eiserner

Faust regiert hatte. Sie war eine angeheiratete Ruffolo, und als Annunziatos Schulden sie aus Sizilien vertrieben, war sie zu einer Fremden in dieser kalten und ungastlichen Stadt geworden. Bald darauf war sie verwitwet und lebte nun von einer Rente, die aus dem Staatssäckel und der Mildtätigkeit der Familie ihres Mannes stammte, und noch bevor Giuseppe die Schule beenden konnte, war sie zur Mutter eines Kriminellen geworden.

Seit dem Tag, an dem ihr Mann gestorben war, ging sie ganz in Schwarz: Kleid, Schuhe, Strümpfe, sogar das Tuch, das sie trug, sowie sie das Haus verließ. Auch wenn sie mit den Jahren immer runder wurde und ihr Gesicht vor Kummer über den Lebenswandel ihres Sohnes immer faltiger, das Schwarz blieb, und sie würde es bis ins Grab tragen, vielleicht noch darüber hinaus.

»*Buon giorno*, Signora Concetta«, begrüßte Brunetti sie lächelnd und reichte ihr die Hand.

Er beobachtete ihr Gesicht und las dessen Ausdruck wie einen Comic mit schnell wechselnden Bildern. Zuerst kam das Erkennen und der instinktive Abscheu vor dem, was er repräsentierte, dann die Erinnerung daran, wie gut er zu ihrem Sohn gewesen war, ihrem Stern, ihrer Sonne, und dann sah er, wie sich ihre Züge glätteten und ihr Mund sich zu einem Lächeln aufrichtiger Freude verzog. »Ah, *Dottore*, Sie kommen mich mal wieder besuchen. Wie nett. Aber Sie hätten anrufen sollen, dann hätte ich gründlich saubergemacht und Ihnen etwas Leckeres gebacken.« Er hatte »anrufen«, »saubergemacht« und »gebacken« verstanden und sich das Übrige daraus zusammengereimt.

»Signora, eine Tasse von Ihrem hervorragenden Kaffee wäre schon mehr, als ich zu hoffen wagte.«

»Kommen Sie, kommen Sie herein«, sagte sie, schob ihre Hand unter seinen Arm und zog ihn mit. Dann trat sie rückwärts durch die offene Tür ihrer Wohnung, wobei sie seinen Arm festhielt, als hätte sie Angst, daß er ihr weglaufen könnte.

Als sie drinnen standen, drückte sie mit der einen Hand die Tür zu und zog ihn mit der anderen weiter. Die Wohnung war so klein, daß wahrhaftig niemand darin verlorengehen konnte, und doch behielt sie die Hand an seinem Arm und geleitete ihn so in das kleine Wohnzimmer. »Nehmen Sie diesen Sessel hier, *Dottore*«, sagte sie und führte ihn zu einem prallen Sessel, der mit glänzendem, orangefarbenem Stoff bezogen war. Jetzt ließ sie ihn endlich los. Als er zögerte, drängte sie: »Setzen Sie sich. Ich mache uns einen Kaffee.«

Er tat wie ihm befohlen und versank in dem Sessel, bis seine Knie auf gleicher Höhe mit seinem Kinn waren. Sie knipste die Lampe neben dem Sessel an; die Ruffolos lebten in dem ewigen Zwielicht derer, die zu ebener Erde wohnen, aber selbst eine Lampe um die Mittagszeit konnte nichts gegen die Muffigkeit ausrichten.

»Bleiben Sie schön sitzen«, kommandierte sie und ging zur anderen Seite des Zimmers, wo sie einen geblümten Vorhang beiseite schob, hinter dem sich eine Spüle und ein Herd verbargen. Von seinem Platz aus sah Brunetti, daß die Wasserhähne glänzten und der Herd in seinem Weiß fast strahlte. Sie öffnete ein Schränkchen und holte das zylindrische Espressokännchen heraus, das er immer mit dem Süden in Verbindung brachte, ohne zu wissen warum. Sie schraubte es auseinander, spülte es sorgfältig aus, spülte nach, und füllte es mit Wasser. Dann löffelte sie mit geübten, rhythmischen Bewegungen Kaffeemehl aus einem Vorratsglas hinein, entzündete das Gas und stellte die Kanne auf die Flamme.

In dem Zimmer hatte sich seit seinem letzten Besuch nichts verändert. Vor der Gipsstatue der Madonna standen gelbe Plastikblumen; Spitzendeckchen in ovaler, rechteckiger und runder Form lagen auf jeder Fläche; darauf standen reihenweise Familienfotos, und auf allen war Peppino zu sehen: Peppino als kleiner Seemann, Peppino im strahlenden Weiß seiner ersten Kommunion, Peppino auf dem Rücken eines Esels, grinsend trotz seiner Angst. Auf allen Bildern waren die übergroßen Ohren des Kindes sichtbar, mit denen er fast wie eine Karikatur wirkte. In einer Ecke befand sich so etwas Ähnliches wie ein Altar für ihren verstorbenen Mann: ihr Hochzeitsbild, auf dem Brunetti ihre längst verblaßte Schönheit sah; in die Ecke gelehnt der Spazierstock ihres Mannes, dessen elfenbeinerner Knauf selbst in diesem trüben Licht glänzte; seine *lupara*, die tödlichen kurzen Läufe mehr als zehn Jahre nach seinem Tod noch poliert und geölt, als hätte selbst der Tod ihn nicht von der Notwendigkeit befreit, dem sizilianischen Männerklischee nachzukommen, das ihm gebot, jedem Angriff auf seine Ehre oder seine Familie mit dem Gewehr entgegenzutreten.

Brunetti sah weiter zu, wie sie, scheinbar ohne ihn zu beachten, zuerst ein Tablett und Teller herunterholte, dann aus einem anderen Schränkchen eine Blechdose, deren Deckel sie mit einem Messer abhob. Daraus schichtete sie Massen von Gebäck auf den einen Teller. Aus einer weiteren Dose lud sie bunt umwickelte Pralinen auf einen anderen Teller. Der Kaffee kochte auf, und sie griff rasch zu und drehte das Kännchen mit einer flinken Bewegung um, trug dann das Tablett zu dem großen Tisch, der fast eine ganze Seite des Zimmers einnahm. Wie ein Kartenspieler verteilte sie Teller und Unterteller, Löffel und Tassen, die sie vorsichtig auf die Tischdecke aus Plastik setzte. Dann holte sie den Kaffee. Als alles fertig war, wandte sie sich ihm zu und winkte ihn zu Tisch.

Brunetti mußte sich aus dem tiefen Sessel hochstemmen. Als er an den Tisch kam, zog sie einen Stuhl für ihn darunter hervor, und als er Platz genommen hatte, setzte sie sich ihm gegenüber. Die Capodimonte-Untertassen hatten beide feine Risse, die vom Rand nach innen verliefen wie die Runzeln auf den papierenen Wangen seiner Großmutter, die ihm noch gut in Erinnerung waren. Die Löffel glänzten, und neben seinem Teller lag eine Leinenserviette, gebügelt und zu einem akkuraten Rechteck gefaltet.

Signora Ruffolo goß zwei Tassen Kaffee ein, stellte die eine vor Brunetti hin und reichte ihm dann die silberne Zuckerdose. Mit einer silbernen Gebäckzange legte sie ihm sechs Stücke Gebäck, jedes so groß wie eine Aprikose, auf den Teller, anschließend mit demselben Werkzeug vier der folienverpackten Pralinen.

Er süßte seinen Kaffee und nippte daran. »Das ist der beste Kaffee in ganz Venedig, Signora. Wollen Sie mir das Geheimnis immer noch nicht verraten?«

Sie lächelte, und Brunetti sah, daß sie schon wieder einen Zahn verloren hatte, diesmal den rechten oberen Vorderzahn. Er biß in ein Gebäckstück und fühlte, wie der Zucker in seinen Mund geschwemmt wurde. Gemahlene Mandeln, Zucker, feinste Teigmasse und noch mehr Zucker. Im nächsten Stück waren gemahlene Pistazien. Im dritten Schokolade, und das vierte war mit Creme gefüllt. Er biß in das fünfte und legte den Rest wieder auf seinen Teller.

»Essen Sie, *Dottore*. Sie sind zu dünn. Essen Sie. Zucker gibt Energie. Und er ist gut fürs Blut.« Die Substantive übermittelten ihm die Botschaft.

»Das ist köstlich, Signora Concetta. Aber ich habe gerade zu Mittag gegessen, und wenn ich zuviel davon esse, schaffe ich mein Abendessen nicht, und meine Frau wird böse.«

Sie nickte. Sie hatte Verständnis dafür, wenn Ehefrauen böse wurden.

Er trank seinen Kaffee aus und stellte die Tasse hin. Keine drei Sekunden später stand sie auf, ging durchs Zimmer und kam mit einer geschliffenen Karaffe und zwei Gläsern, nicht größer als Oliven, zurück. »Marsala. Aus meiner Heimat«, sagte sie und goß ihm einen Fingerhutvoll ein. Er nahm ihr das Glas ab, wartete, während sie ein paar Tropfen in ihr eigenes goß, stieß mit ihr an und nippte. Es schmeckte nach Sonne und Meer, und nach Liedern von Liebe und Tod.

Er setzte sein Glas ab, sah sie über den Tisch hinweg an und sagte: »Signora Concetta, ich glaube, Sie wissen, warum ich hier bin.«

Sie nickte. »Peppino?«

»Ja, Signora.«

Sie hielt die Hand hoch, die Innenfläche ihm zugekehrt, als wollte sie seine Worte abwehren oder sich vor dem *malocchio* schützen.

»Signora, ich glaube, Peppino ist in etwas ziemlich Schlimmes verwickelt.«

»Aber dieses Mal...« fing sie an, bevor ihr einfiel, wer Brunetti war und sie nur noch sagte: »Er ist kein schlechter Junge.«

Brunetti wartete, bis er sicher war, daß sie nichts weiter sagen wollte, dann fuhr er fort: »Signora, ich habe heute mit einem Freund gesprochen. Er sagt, daß ein Mann, mit dem sich Peppino womöglich eingelassen hat, ein sehr schlechter Mensch ist. Wissen Sie etwas darüber? Ich meine, was Peppino macht und über die Leute, mit denen er zusammen ist, seit...« Er wußte nicht recht, wie er es formulieren sollte. »Seit er wieder zu Hause ist?«

Sie überlegte lange, bevor sie antwortete. »Peppino war mit ganz schlechten Leuten zusammen dort.« Selbst nach all den Jahren konnte sie sich nicht überwinden, den Ort zu nennen. »Er hat von diesen Leuten gesprochen.«

»Was hat er über sie gesagt, Signora?«

»Er hat gesagt, daß es bedeutende Leute sind und daß sich sein Glück jetzt wendet.« Ja, das wußte Brunetti von Peppino schon: Immer wollte sein Glück sich gerade wenden.

»Hat er Ihnen noch etwas gesagt, Signora?«

Sie schüttelte den Kopf. Es war eine Verneinung, aber er war sich nicht sicher, was sie verneinte. Brunetti war auch in der Vergangenheit nie sicher gewesen, wieviel Signora Concetta von dem wußte, was ihr Sohn trieb. Er konnte sich vorstellen, daß sie viel mehr wußte, als sie zu erkennen gab, aber er fürchtete, daß sie dieses Wissen wahrscheinlich sogar vor sich selbst geheimhielt.

»Haben Sie welche davon kennengelernt, Signora?«

Sie schüttelte entschieden den Kopf. »Er darf sie nicht mit hierherbringen, nicht in meine Wohnung.« Das war zweifellos die Wahrheit.

»Signora, wir suchen Peppino.«

Sie schloß die Augen und senkte den Kopf. Er war erst zwei Wochen von dort weg, und schon suchte die Polizei ihn.

»Was hat er getan, *Dottore*?«

»Wir wissen es nicht genau, Signora. Wir wollen mit ihm reden. Ein paar Leute sagen, daß sie ihn an einem Ort gesehen haben, wo ein Verbrechen passiert ist. Aber sie haben nur ein Foto von Peppino gesehen.«

»Dann war es vielleicht gar nicht mein Sohn?«

»Das ist noch unklar, Signora. Deshalb wollen wir ihn sprechen. Wissen Sie, wo er ist?«

Sie schüttelte den Kopf, aber auch jetzt wußte Brunetti nicht genau, ob das hieß, daß sie es nicht wußte oder daß sie es nicht sagen wollte.

»Signora, wenn Sie mit Peppino sprechen, würden Sie ihm zwei Dinge von mir ausrichten?«

»Ja, *Dottore*.«

»Sagen Sie ihm bitte, daß wir unbedingt mit ihm sprechen müssen. Und sagen Sie ihm, daß diese Leute schlechte Menschen sind, sie könnten gefährlich sein.«

»*Dottore*, Sie sind Gast in meinem Haus, darum sollte ich das nicht fragen.«

»Was, Signora?«

»Ist das die Wahrheit, oder ist es ein Trick?«

»Signora, sagen Sie mir, worauf ich schwören soll, und ich schwöre Ihnen, daß es die Wahrheit ist.«

Ohne zu zögern sagte sie: »Schwören Sie beim Herzen Ihrer Mutter?«

»Signora, ich schwöre beim Herzen meiner Mutter, daß dies die Wahrheit ist. Peppino soll zu uns kommen und mit uns reden. Und er sollte sich sehr vor diesen Leuten in acht nehmen.«

Sie stellte ihr Glas ab, ohne getrunken zu haben. »Ich will versuchen, mit ihm zu reden, *Dottore*. Aber vielleicht ist es diesmal doch anders?« Sie konnte die Hoffnung nicht aus ihrer Stimme bannen. Brunetti merkte, daß Peppino seiner Mutter ziemlich viel von seinen bedeutenden Freunden erzählt haben mußte, von seiner neuen Chance, wodurch sich alles ändern würde und wodurch sie endlich reich würden.

»Es tut mir leid, Signora«, sagte er aufrichtig. Er erhob sich. »Vielen Dank für den Kaffee und die süßen Köstlichkeiten. In ganz Venedig kann das niemand so wie Sie.«

Sie wuchtete sich hoch, nahm eine Handvoll Pralinen vom Teller und steckte sie ihm in die Jackentasche. »Für Ihre Kinder. Sie wachsen noch. Zucker ist gut für sie.«

»Sie sind sehr freundlich, Signora«, sagte er, wobei ihm schmerzlich klar war, wie sehr das stimmte.

Sie ging mit ihm zur Tür und führte ihn dabei wieder am Arm, als ob er blind wäre oder sich verlaufen könnte.

An der Haustür verabschiedeten sie sich mit förmlichem Handschlag, und sie blieb noch stehen und sah ihm nach, wie er davonging.

15

Der nächste Morgen, ein Sonntag, war der Tag in der Woche, den Paola fürchtete, denn es war der Tag, an dem sie neben einem Fremden aufwachte. In den Jahren ihrer Ehe hatte sie sich daran gewöhnt, neben einem grimmigen, schlechtgelaunten Kerl aufzuwachen, der mindestens noch eine Stunde unfähig zu jeglicher Höflichkeit war, einer säuerlichen Kreatur, von der sie Grunzer und düstere Blicke erwartete. Vielleicht nicht gerade der fröhlichste Partner, aber immerhin beachtete er sie nicht und ließ sie schlafen. Doch am Sonntag wurde sein Platz von einem Menschen eingenommen, der – schon das Wort weckte ihren Abscheu – quietschvergnügt war. Befreit von Arbeit oder Verantwortung, kam ein ganz anderer Mann zum Vorschein: freundlich, verspielt, oft auch liebebedürftig. Sie konnte ihn nicht ausstehen.

An diesem Sonntag war er um sieben Uhr wach und überlegte, was er mit dem Geld anfangen könnte, das er im Casinò gewonnen hatte. Er konnte seinem Schwiegervater zuvorkommen und Chiara einen Computer kaufen. Er konnte sich selbst einen neuen Wintermantel kaufen. Sie konnten alle gemeinsam im Januar eine Woche in die Berge fahren. Eine halbe Stunde blieb er noch liegen und gab das Geld immer wieder aus, bis ihn schließlich Kaffeedurst aus dem Bett trieb.

Summend ging er in die Küche, nahm den größten Topf vom Bord, füllte ihn mit Wasser und setzte ihn auf den

Herd, daneben einen mit Milch. Dann stapfte er ins Bad. Als er wieder herauskam, die Zähne geputzt, das Gesicht vom kalten Wasser gerötet, blubberte der Kaffee gerade auf und erfüllte die Wohnung mit seinem Duft. Er goß ihn in zwei große Tassen, tat Milch und Zucker dazu und trug sie ins Schlafzimmer. Dort stellte er sie auf das Tischchen neben ihrem Bett und kroch wieder unter die Decke, wo er mit den Kissen kämpfte, bis er sie so zurechtgeklopft hatte, daß er halbsitzend seinen Kaffee trinken konnte. Er schlürfte hörbar, rückte sich in eine bequemere Lage und flötete sanft: »Paola.«

Aus dem länglichen Paket neben ihm kam kein Laut.

»Paola«, wiederholte er etwas lauter.

Schweigen.

»Hmmmm, so guter Kaffee. Ich muß noch einen Schluck davon trinken.« Und das tat er dann auch ziemlich laut. Ein Geräusch drang aus dem Paket, ein recht bedrohliches. Er beachtete es nicht und nippte an seinem Kaffee. Dann stellte er die Tasse vorsichtig ab, damit er nichts verschüttete bei dem, was jetzt garantiert kommen würde. »Hmm«, machte er noch, bevor das Paket explodierte und Paola sich wie ein großer Fisch auf den Rücken warf, wobei sie den linken Arm quer über seine Brust streckte. Er drehte sich um, nahm die zweite Tasse vom Tischchen und gab sie ihr in die Hand, um sie ihr gleich wieder abzunehmen und festzuhalten, während seine Angetraute sich aufsetzte.

Diese Szene hatte zum erstenmal am zweiten Sonntag nach ihrer Heirat stattgefunden, als sie noch in den Flitterwochen waren und er sich über seine schlafende Eheliebste gebeugt hatte, um an ihrem Ohrläppchen zu knabbern. Da hatte ihn die stahlharte Stimme, mit der sie gesagt hatte: »Wenn du nicht sofort aufhörst, reiße ich dir die Leber raus und esse sie«, darüber aufgeklärt, daß ihre Flitterwochen vorbei waren.

Wie sehr er sich auch bemühte, was er allerdings nicht sehr ernsthaft tat, verstand er doch nie, weshalb sie so wenig Sympathie für das aufbrachte, was er gern als sein wahres Ich ansah. Sonntag war der einzige Tag, an dem er sich nicht unmittelbar mit Tod und Unglück abgeben mußte, weshalb er daran festhielt, daß der Mann, der da aufwachte, der echte war, der wahre Brunetti, und er darum den anderen, diesen Mr. Hyde, als nicht im mindesten typisch für sein inneres Ich abtun konnte. Paola wollte davon nichts wissen.

Während sie ihren Kaffee schlürfte und versuchte, die Augen aufzubekommen, stellte er das Radio an und hörte die Morgennachrichten, obwohl er wußte, daß sie ihm wahrscheinlich die Laune verderben würden, bis sie der ihren glich. Wieder drei Morde in Kalabrien, alles Mafiosi, davon einer ein gesuchter Killer (ein Punkt für uns, dachte er); Gerüchte über den bevorstehenden Zusammenbruch der Regierung (wann stand der nicht bevor?); eine Schiffsladung Giftmüll im Hafen von Genua, zurückgeschickt aus Afrika (warum auch nicht?); und ein in seinem Garten ermordeter Priester, achtmal in den Kopf geschossen (hatte er bei der Beichte eine allzu strenge Buße verhängt?). Er schaltete aus, solange noch Zeit war, seinen Tag zu retten, und wandte sich Paola zu. »Bist du wach?«

Sie nickte, sprechen konnte sie noch nicht.

»Was machen wir mit dem Geld?«

Sie schüttelte den Kopf, die Nase im Kaffeedunst.

»Möchtest du irgendwas haben?«

Sie trank ihren Kaffee aus, reichte ihm kommentarlos die Tasse und ließ sich in die Kissen zurückfallen. Wenn er sie so ansah, wußte er nicht, ob er mehr Kaffee holen oder sie künstlich beatmen sollte. »Brauchen die Kinder irgendwas?«

Sie schüttelte mit geschlossenen Augen den Kopf.

»Gibt es wirklich nichts, was du gern hättest?«

Es kostete sie übermenschliche Anstrengung, aber sie brachte die Worte heraus. »Verzieh dich für eine Stunde, dann bring mir eine Brioche und mehr Kaffee.« Damit warf sie sich auf den Bauch und war wieder eingeschlafen, bevor er noch das Zimmer verlassen hatte.

Er duschte lange und rasierte sich unter Strömen heißen Wassers, froh, daß er einmal nicht die Kommentare der anderen Haushaltsmitglieder fürchten mußte, die mit ihren diversen ökologischen Empfindlichkeiten stets bereit waren, alles anzuprangern, was sie als Vergeudung oder Umweltsünde betrachteten. Brunetti hatte den Verdacht, daß seine Familie sich immer gerade für solche Sachen begeisterte, die ihm unmittelbar das Leben unbequemer machten. Andere Männer brachten es ganz bestimmt fertig, Kinder zu haben, die sich um weit entfernte Dinge sorgten – den Regenwald, Atomtests, die Notlage der Kurden. Und ihm, einem städtischen Beamten, einem Mann, den die Presse sogar einmal gelobt hatte, verboten die eigenen Familienmitglieder, Mineralwasser in Plastikflaschen zu kaufen. Statt dessen mußte er Wasser in

Glasflaschen kaufen und diese Flaschen dann vierundneunzig Stufen hinauf- und wieder hinunterschleppen. Und wenn er länger unter der Dusche blieb, als ein Durchschnittsmensch brauchte, um sich die Hände zu waschen, mußte er sich endlose Kritik über die Gedankenlosigkeit des Westens und seinen verschwenderischen Umgang mit den globalen Ressourcen anhören. In seiner Kindheit war Verschwendung verpönt gewesen, weil sie arm waren; heute war sie verpönt, weil sie reich waren. An diesem Punkt klappte er den Katalog seiner Kümmernisse zu und beendete seine Duschorgie.

Als er zwanzig Minuten später das Haus verließ, durchflutete ihn ein grenzenloses Wohlgefühl. Obwohl der Morgen kühl war, würde es ein warmer Tag werden, einer dieser herrlichen Sonnentage, mit denen die Stadt im Herbst gesegnet war. Die Luft war so trocken, daß man fast nicht glauben konnte, daß die Stadt auf Wasser gebaut war, obwohl ein Blick nach rechts, während er an verschiedenen Seitengassen vorbei Richtung Rialto ging, dies ausreichend belegte.

An der nächsten Kreuzung wandte er sich nach links zum Fischmarkt, der heute, am Sonntag, geschlossen war, aber dennoch den leichten Geruch nach dem Fisch verbreitete, der dort seit Jahrhunderten verkauft wurde. Er ging über eine Brücke, wandte sich nach links und trat in eine *Pasticceria*. Dort kaufte er ein Dutzend Gebäckstücke. Auch wenn sie die zum Frühstück nicht alle aufaßen, würde Chiara sie im Lauf des Tages bestimmt wegputzen. Wahrscheinlich schon vormittags. Das rechteckige Paket auf der Hand balancierend, ging er wieder

Richtung Rialto und dann nach rechts auf San Polo zu. Am Campo San Aponal hielt er beim Zeitungskiosk an und kaufte zwei Zeitungen, den *Corriere* und *Il Manifesto*, von denen er annahm, daß Paola sie heute lesen wollte. Als er zu Hause ankam, schienen die Treppenstufen zu seiner Wohnung fast nicht dazusein.

Er fand Paola in der Küche, wo der Kaffee gerade fertig war. Vom Ende des Flurs hörte er Raffaele durch die Badezimmertür seiner Schwester zurufen: »Komm schon, beeil dich. Du bist schon den ganzen Morgen da drin.« Aha, die Wasserschutzpolizei war wieder in Aktion.

Er stellte sein Paket auf den Tisch und schlug das weiße Papier zurück. Der Berg von Gebäckstücken glänzte von geschmolzenem Zucker, und etwas Puderzucker rieselte auf das dunkle Holz des Tisches. Er nahm sich ein Stück Apfelstrudel und biß hinein.

»Wo hast du das her?« fragte Paola, während sie Kaffee eingoß.

»Aus der *Pasticceria* bei Carampane.«

»So weit bist du gelaufen?«

»Es ist ein herrlicher Tag, Paola. Laß uns nach dem Frühstück einen Spaziergang machen. Wir könnten zum Mittagessen nach Burano fahren. Ach ja, machen wir das. Der Tag ist wie geschaffen für einen Ausflug.« Er dachte an die lange Bootsfahrt zur Insel hinaus und wie die Sonne das Flickenmuster der knallbunten Häuser beleuchten würde, auf die sie zufuhren, und seine Stimmung hob sich noch mehr.

»Gute Idee«, stimmte sie zu. »Und die Kinder?«

»Frag sie. Chiara will bestimmt mit.«

»Gut. Raffaele vielleicht auch.«

Vielleicht.

Paola schob ihm *Il Manifesto* zu und nahm sich den *Corriere*. Nichts würde geschehen, keine Anstalten zur Würdigung dieses herrlichen Tages getroffen werden, bevor sie mindestens zwei weitere Tassen Kaffee getrunken und die Zeitungen gelesen hatte. Er nahm seine Zeitung in die eine, seine Kaffeetasse in die andere Hand und ging durchs Wohnzimmer auf die Dachterrasse. Er ließ alles draußen und ging ins Wohnzimmer zurück, um sich einen Stuhl zu holen, den er genau in der richtigen Entfernung vom Geländer aufstellte. Er setzte sich, kippte mit dem Stuhl leicht nach hinten und legte die Füße aufs Geländer. Dann griff er sich die Zeitung und begann zu lesen.

Kirchenglocken läuteten, die Sonne schien warm auf sein Gesicht, und Brunetti erlebte einen Augenblick absoluten Friedens.

Paola sprach ihn von der Terrassentür aus an: »Guido, wie hieß diese Ärztin noch?«

»Die hübsche?« fragte er, ohne aufzusehen und ohne recht auf ihren Ton zu achten.

»Guido, wie hieß sie?«

Er ließ seine Zeitung sinken und drehte sich zu ihr um. Als er ihr Gesicht sah, kippte er den Stuhl nach vorn und nahm die Füße vom Geländer. »Peters.« Sie schloß einen Moment die Augen, bevor sie ihm den *Corriere* reichte, der in der Mitte aufgeschlagen war.

AMERIKANISCHE ÄRZTIN STIRBT AN ÜBERDOSIS, las er. Der Artikel war kurz und rasch überflogen. Die Leiche von Captain Terry Peters, Kinderärztin bei der US-

Army, war am späten Samstagnachmittag in ihrer Wohnung in Due Ville in der Provinz Vicenza aufgefunden worden. Dr. Peters, die im Armeekrankenhaus in Caserme Ederle arbeitete, war von einem Freund gefunden worden, der herausfinden wollte, warum sie am Morgen nicht zur Arbeit erschienen war. Eine benutzte Spritze hatte neben der Leiche gelegen, und in der Wohnung fanden sich weitere Anzeichen von Drogengebrauch sowie Hinweise, daß die Ärztin getrunken hatte. Die Carabinieri und die amerikanische Militärpolizei führten die Untersuchung.

Er las den Artikel noch einmal, dann noch einmal. Er blätterte seine eigene Zeitung durch, aber *Il Manifesto* erwähnte den Vorfall nicht.

»Ist das möglich, Guido?«

Er schüttelte den Kopf. Nein, eine Überdosis war unmöglich, aber sie war tot; das bewies der Artikel.

»Was willst du unternehmen?«

Er sah hinüber zum Glockenturm von San Polo, der nächstliegenden Kirche. Er hatte keine Ahnung. Patta würde keinen Zusammenhang zwischen den Fällen sehen, oder falls ein solcher bestand, dann höchstens als Unfall, im schlimmsten Fall als Selbstmord. Da nur Brunetti wußte, daß sie die Postkarte aus Kairo hatte verschwinden lassen, und nur er ihre Reaktion auf die Leiche ihres Geliebten gesehen hatte, gab es zwischen den beiden keine Verbindung, außer daß sie Kollegen gewesen waren, und das war sicher kein Grund für einen Selbstmord. Drogen und Alkohol und eine alleinstehende Frau; das reichte aus, um die Reaktion der Presse vorhersagen zu können – es sei denn – es sei denn, ein ähnlicher Anruf, wie ihn Patta bekommen haben mußte, ging bei den Zeitungsredaktionen ein. In diesem Fall wäre es mit der Geschichte schnell aus und vorbei, wie mit so vielen Geschichten. Wie mit Dr. Peters.

»Ich weiß es nicht«, beantwortete er schließlich Paolas Frage. »Patta hat mir verboten, noch einmal nach Vicenza zu fahren.«

»Aber dadurch ändert sich doch sicher alles.«

»Nicht für Patta. Es war eine Überdosis. Die Polizei in Vicenza wird sich damit befassen. Sie werden eine Autopsie veranlassen, und dann schicken sie die Leiche nach Amerika zurück.«

»Genau wie den anderen«, sagte Paola, die damit aussprach, was er dachte. »Warum beide umbringen?«

Brunetti schüttelte den Kopf. »Ich habe keine Ahnung.« Aber er hatte eine. Sie war zum Schweigen gebracht worden. Ihre Bemerkung, daß sie nicht scharf auf Drogen sei, war keine Lüge gewesen: der Gedanke an eine Überdosis war absurd. Sie war umgebracht worden, weil sie irgend etwas über Foster wußte, etwas, das sie vor der Leiche ihres Liebhabers hatte erschrecken und quer durchs Zimmer torkeln lassen. Drogentod. Er überlegte, ob ihm damit eine Botschaft übermittelt werden sollte, verwarf den Gedanken aber als Größenwahn. Ihr Mörder hatte nicht die Zeit gehabt, einen Unfall zu arrangieren, und ein zweiter Mord wäre allzu auffällig gewesen, ein Selbstmord unerklärbar und daher verdächtig. Eine Überdosis war also die perfekte Lösung: Sie hatte es sich selbst angetan, man mußte nirgends anknüpfen; wieder eine

Sackgasse. Und Brunetti wußte nicht einmal, ob sie es gewesen war, die »*basta*« gesagt hatte.

Paola kam zu ihm und legte ihm die Hand auf die Schulter. »Es tut mir leid, Guido. Leid für sie.«

»Sie kann noch keine Dreißig gewesen sein«, sagte er. »All die Jahre Studium, und all die Arbeit.« Es schien ihm, als wäre ihr Tod weniger unfair gewesen, wenn sie mehr Zeit gehabt hätte, ihr Leben zu genießen. »Ich hoffe, ihre Familie glaubt es nicht.«

Paola sprach seine Gedanken aus. »Wenn die Polizei und die Armee einem etwas sagt, glaubt man es wahrscheinlich. Und ich bin sicher, es hat sehr realistisch ausgesehen, sehr überzeugend.«

»Die armen Leute«, meinte er.

»Könntest du...« Sie unterbrach sich, denn ihr fiel ein, daß Patta ihn angewiesen hatte, sich herauszuhalten.

»Wenn ich kann. Es ist schlimm genug, daß sie tot ist. Sie müssen nicht auch das noch glauben.«

»Daß sie ermordet wurde, ist auch nicht viel besser«, sagte Paola.

»Wenigstens hat sie es nicht selbst getan.«

Beide blieben in der herbstlichen Sonne stehen und dachten über Eltern und das Elternsein nach, und was Eltern über ihre Kinder wissen wollen und wissen müssen. Er hatte keine Ahnung, was hier besser oder schlechter war. Wenn einer wußte, daß sein Kind ermordet worden war, bestand für ihn immer noch die düstere Hoffnung, eines Tages den Menschen umbringen zu können, der es getan hatte, aber das schien kaum ein angemessener Trost.

»Ich hätte sie anrufen sollen.«

»Guido«, sagte sie energisch, »fang nicht so an. Das heißt doch, du hättest Gedankenleser sein müssen. Und das bist du nicht. Fang also gar nicht erst an, so etwas zu denken.« Der aufrichtige Zorn in ihrer Stimme überraschte ihn.

Er legte den Arm um ihre Taille und zog sie an sich. So verharrten sie, bis die Glocken von San Marco zehn schlugen.

»Was willst du machen? Nach Vicenza fahren?«

»Nein, noch nicht. Ich warte, bis jemand zu mir kommt.«

»Wie meinst du das?«

»Was immer die beiden wußten, das wußten sie durch ihre Arbeit. Die ist das Verbindungsglied. Es muß andere geben, die etwas wissen oder vermuten oder Zugang zu dem haben, was die beiden wußten. Ich werde also warten.«

»Guido, jetzt verlangst du von anderen, daß sie Gedanken lesen können. Woher wissen sie, daß sie zu dir kommen sollen?«

»Ich fahre ja hin, aber erst in einer Woche, und dann sorge ich dafür, daß ich auffalle. Ich rede mit dem Major, dem Sergeant, der mit ihnen gearbeitet hat, den anderen Ärzten. Es ist eine kleine Welt da draußen. Die Leute werden untereinander reden; sie werden irgend etwas wissen.« Und zum Teufel mit Patta.

»Vergessen wir Burano, Guido, ja?«

Er nickte und stand auf. »Ich glaube, ich gehe ein Stück spazieren. Zum Essen bin ich zurück.« Er drückte ihren Arm. »Ich muß nur ein Stückchen laufen.« Er warf einen

Blick über die Dächer der Stadt. Wie seltsam; die Schönheit des Tages war ungetrübt. Vor ihm flogen hell zwitschernd vor Freude am Fliegen die Spatzen und spielten Haschmich. Und etwas weiter entfernt blitzte das Gold an den Flügeln des Engels auf dem Glockenturm von San Marco in der Sonne, und sein glitzernder Segen ergoß sich über die ganze Stadt.

16

Am Montag ging er morgens zur normalen Zeit in sein Büro und blieb über eine Stunde am Fenster stehen, um sich die Fassade von San Lorenzo anzusehen. Die ganze Zeit über war nicht das geringste Anzeichen einer Bewegung oder irgendeiner Aktivität zu erkennen, weder auf dem Gerüst noch auf dem Dach, das vollgepackt war mit Reihen neuer Terrakottaziegel. Zweimal hörte er Leute in sein Büro kommen, aber da sie keine Anstalten machten, ihn anzusprechen, drehte er sich nicht einmal um, und sie gingen wieder, wahrscheinlich nachdem sie ihm irgend etwas auf den Schreibtisch gelegt hatten.

Um halb elf klingelte das Telefon, und er wandte sich vom Fenster ab, um das Gespräch entgegenzunehmen.

»Guten Morgen, Commissario. Hier ist Maggior Ambrogiani.«

»Guten Morgen, Maggiore. Ich bin froh, daß Sie anrufen. Eigentlich wollte ich heute nachmittag bei Ihnen anrufen.«

»Sie wurde heute vormittag gemacht«, sagte Ambrogiani ohne Einleitung.

»Und?« fragte Brunetti, der wußte, was gemeint war.

»Eine Überdosis Heroin, ausreichend für jemanden, der doppelt so groß war wie sie.«

»Wer hat die Autopsie gemacht?«

»Dottor Francesco Urbani. Einer von uns.«

»Wo?«

»Hier im Krankenhaus Vicenza.«

»War jemand von den Amerikanern dabei?«

»Sie haben einen von ihren Ärzten geschickt. Extra aus Deutschland geholt. Ein Colonel, dieser Doktor.«

»Hat er assistiert oder nur zugeschaut?«

»Er hat bei der Autopsie nur zugesehen.«

»Wer ist Urbani?«

»Unser Pathologe.«

»Zuverlässig?«

»Sehr.«

Da die letzte Frage doppeldeutig sein konnte, formulierte Brunetti sie neu. »Glaubwürdig?«

»Ja.«

»Das heißt, es war tatsächlich eine Überdosis.«

»Ich fürchte, ja.«

»Was hat er noch gefunden?«

»Urbani?«

»Ja.«

»In der Wohnung gab es keine Spuren von Gewalt. Es wurden auch keine Anzeichen für einen früheren Drogengebrauch gefunden, aber sie hatte einen Bluterguß am rechten Oberarm und einen am linken Handgelenk. Dottor Urbani wurde darauf hingewiesen, daß diese Blutergüsse von einem Sturz herrühren könnten.«

»Wer hat ihn darauf hingewiesen?«

Die lange Pause, die Ambrogiani vor seiner Antwort machte, sollte offenbar ein Tadel dafür sein, daß Brunetti überhaupt gefragt hatte. »Der amerikanische Arzt. Der Colonel.«

»Und Dottor Urbanis Meinung?«

»Daß die Blutergüsse mit einem Sturz nicht unvereinbar sind.«

»Sonstige Einstichstellen?«

»Keine.«

»Sie hat sich also gleich beim ersten Mal eine Überdosis verpaßt?«

»Komischer Zufall, nicht?« meinte Ambrogiani.

»Kannten Sie Doctor Peters?«

»Nein. Aber einer meiner Leute arbeitet mit einem amerikanischen Polizisten zusammen, dessen Sohn ihr Patient war. Er sagt, sie sei sehr gut mit dem Jungen umgegangen. Er hatte sich letztes Jahr den Arm gebrochen und wurde danach ziemlich ungeschickt behandelt. Ärzte und Schwestern hatten es zu eilig, waren viel zu beschäftigt, um ihm zu erklären, was sie mit ihm machten; Sie kennen solche Geschichten wahrscheinlich; er hatte daraufhin Angst vor Ärzten und fürchtete immer, sie würden ihm wieder weh tun. Sie muß sehr lieb zu ihm gewesen sein und sich viel Zeit genommen haben. Offenbar hat sie extra immer einen Doppeltermin für den Jungen reserviert, um ihn nicht so schnell abfertigen zu müssen.«

»Das heißt noch nicht, daß sie keine Drogen genommen hat, Maggiore«, sagte Brunetti in einem Ton, als glaubte er es.

»Nein, das heißt es nicht«, stimmte Ambrogiani zu.

»Was stand noch in dem Bericht?«

»Ich weiß es nicht. Ich habe noch keine Kopie davon.«

»Woher wissen Sie dann, was Sie mir eben erzählt haben?«

»Ich habe Urbani angerufen.«

»Warum?«

»Dottor Brunetti. Ein amerikanischer Soldat wird in Venedig ermordet. Knapp eine Woche später stirbt seine Vorgesetzte unter mysteriösen Umständen. Ich müßte ja ein Idiot sein, wenn ich keine Verbindung zwischen den beiden Vorfällen vermuten würde.«

»Wann bekommen Sie den Autopsiebericht?«

»Wahrscheinlich heute nachmittag. Soll ich Sie dann noch einmal anrufen?«

»Ja, das wäre sehr nett, Maggiore.«

»Gibt es noch irgend etwas, was ich wissen sollte?« fragte Ambrogiani.

Ambrogiani war vor Ort und hatte täglich Kontakt mit den Amerikanern. Alles, was Brunetti ihm sagte, war sicher gut angelegt. »Die beiden waren ein Liebespaar, und sie hat einen bösen Schrecken bekommen, als sie seine Leiche sah.«

»Sie hat seine Leiche gesehen?«

»Ja. Sie wurde zur Identifizierung geschickt.«

Ambrogianis Schweigen ließ darauf schließen, daß auch er diese Wahl als einen ganz besonderen Zufall ansah. »Haben Sie danach mit ihr gesprochen?« fragte er endlich.

»Ja und nein. Ich bin im Boot mit ihr zurück in die Stadt gefahren, aber sie wollte nicht darüber reden. Zu dem Zeitpunkt hatte ich den Eindruck, daß sie Angst hatte. Genauso hat sie dann wieder reagiert, als ich in Vicenza mit ihr sprach.«

»War das, als Sie neulich hier waren?« wollte Ambrogiani wissen.

»Ja. Am Freitag.«

»Können Sie sich vorstellen, wovor sie Angst hatte?«

»Nein. Es könnte sein, daß sie versucht hat, mich am Freitagabend hier zu erreichen. Es war eine telefonische Nachricht für mich da, von einer Frau, die kein Italienisch sprach. Der Mann in der Vermittlung spricht kein Englisch und hat nur so etwas wie *basta* verstanden.«

»Meinen Sie, daß sie es war?«

»Könnte sein. Ich weiß es nicht. Aber die Nachricht ergibt keinen Sinn.« Brunetti dachte an Pattas Anweisung und fragte: »Was passiert jetzt bei Ihnen?«

»Die amerikanische Militärpolizei versucht herauszufinden, woher sie das Heroin hatte. Es wurden auch noch andere Hinweise auf Drogen bei ihr gefunden: die Enden von Marihuanazigaretten und etwas Hasch. Außerdem hatte sie der Autopsie zufolge Alkohol getrunken.«

»Die haben wirklich jeden Zweifel ausgeräumt, wie?« fragte Brunetti.

»Es gibt keine Anzeichen dafür, daß sie zu der Injektion gezwungen wurde.«

»Und diese Blutergüsse?«

»Sie ist gestürzt«, antwortete Ambrogiani.

»Wie es aussieht, hat sie es also selbst getan?«

»Ja.« Sie schwiegen beide ein Weilchen, dann fragte Ambrogiani: »Kommen Sie hierher?«

»Ich bin angewiesen worden, die Amerikaner nicht weiter zu belästigen.«

»Von wem?«

»Von unserem Vice-Questore hier in Venedig.«

»Und was werden Sie tun?«

»Ich warte erst einmal ein paar Tage, eine Woche vielleicht, dann würde ich gern kommen und mit Ihnen reden. Haben Ihre Leute Kontakt zu den Amerikanern?«

»Nicht viel. Wir bleiben unter uns. Aber ich will sehen, was ich über die Dottoressa herausfinden kann.«

»Haben Italiener mit ihnen zusammengearbeitet?«

»Das glaube ich nicht. Warum?«

»Ich bin mir nicht sicher. Aber beide, besonders Foster, mußten beruflich viel herumreisen, zum Beispiel nach Ägypten.«

»Drogen?« fragte Ambrogiani.

»Könnte sein. Oder auch etwas anderes.«

»Was?«

»Ich weiß es nicht. Irgendwie sieht mir das nicht nach Drogen aus.«

»Und wonach *sieht* es für Sie aus?«

»Das kann ich nicht sagen.« Er blickte auf und sah Vianello an der Tür stehen. »Hören Sie, Maggiore, ich habe jetzt jemanden hier. Ich rufe Sie in ein paar Tagen wieder an. Dann können wir überlegen, wann ich zu Ihnen komme.«

»Gut. Ich sehe inzwischen, was ich hier herausbekommen kann.«

Brunetti legte auf und winkte Vianello zu sich ins Büro. »Neues von Ruffolo?« fragte er.

»Ja, Commissario. Die Leute in der Wohnung unter seiner Freundin sagen, er war letzte Woche da. Sie haben ihn ein paarmal auf der Treppe gesehen, aber seit drei oder vier Tagen nicht mehr. Soll ich mal mit Ivana reden?«

»Ja, vielleicht sollten Sie das lieber doch tun. Sagen Sie

ihr, daß es diesmal anders ist als sonst. Viscardi wurde tätlich angegriffen, das ändert die Lage, besonders wenn sie ihn versteckt hält oder weiß, wo er ist.«

»Meinen Sie, das hilft etwas?«

»Bei Ivana?« fragte Brunetti spöttisch.

»Na ja, wahrscheinlich nicht«, stimmte Vianello zu. »Aber ich versuche es trotzdem. Ich rede lieber mit ihr als mit seiner Mutter. Wenigstens verstehe ich, was sie sagt, auch wenn jedes Wort eine Lüge ist.«

Nachdem Vianello gegangen war, um mit Ivana zu sprechen, ging Brunetti wieder ans Fenster, doch nach einigen Minuten fand er das unbefriedigend und setzte sich an seinen Schreibtisch. Ohne die Akten anzusehen, die man ihm im Laufe des Morgens dort hingelegt hatte, grübelte er über die verschiedenen Möglichkeiten nach. Die erste, daß es tatsächlich eine Überdosis gewesen war, verwarf er unbesehen. Auch Selbstmord war unmöglich. Er hatte schon verzweifelte Liebende gesehen, die ohne den anderen keine Zukunft mehr sahen, aber zu denen gehörte sie nicht. Und wenn man diese beiden Möglichkeiten ausschloß, blieb nur die eine, daß es Mord war.

Dafür hätte es allerdings der Planung bedurft, denn Zufall schloß er in solchen Dingen aus. Da waren diese Blutergüsse – keine Sekunde glaubte er an einen Sturz –, jemand konnte sie festgehalten haben, während ihr die Spritze verpaßt wurde. Die Autopsie hatte ergeben, daß sie getrunken hatte; wieviel mußte jemand trinken, um so fest einzuschlafen, daß er einen Nadelstich nicht fühlte, oder um so beduselt zu sein, daß er sich nicht dagegen wehren konnte? Und noch wichtiger: Mit wem hatte sie getrunken, bei wem hätte sie sich so entspannt gefühlt? Kein Liebhaber, denn der ihre war gerade erst umgebracht worden. Ein Freund. Und wer waren die Freunde von Amerikanern im Ausland? Wem vertrauten sie, wenn nicht anderen Amerikanern? All das deutete auf den Stützpunkt und ihre Arbeit hin. Die Antwort, wie immer sie ausfallen mochte, lag dort.

17

Es vergingen drei Tage, an denen Brunetti so gut wie nichts tat. In der Questura unterzog er sich der Alltagsroutine seines Berufs: las Berichte, unterschrieb sie, stellte einen Personalplan fürs kommende Jahr auf, ohne auch nur einmal daran zu denken, daß dies eigentlich Pattas Aufgabe war. Zu Hause sprach er mit Paola und den Kindern, die alle viel zu sehr mit dem Beginn des neuen Schuljahrs beschäftigt waren, um zu merken, wie geistesabwesend er war. Selbst die Suche nach Ruffolo interessierte ihn nicht sonderlich, denn er war sicher, daß ein so leichtgläubiger und unbesonnener Kerl bald einen Fehler begehen und der Polizei wieder in die Hände fallen würde.

Er rief Ambrogiani nicht an, und bei seinen Besprechungen mit Patta erwähnte er die Morde nicht, weder den einen, der so rasch von der Presse vergessen, noch den anderen, der niemals Mord genannt worden war; auch den Stützpunkt in Vicenza nicht. Mit einer Regelmäßigkeit, die man schon fast Besessenheit nennen konnte, spielte er seine Begegnungen mit der jungen Ärztin durch und rief sich Einzelheiten ins Gedächtnis: Wie sie aus dem Boot sprang und ihm dabei die Hand reichte; wie sie sich im Leichenschauhaus aufs Waschbecken stützte und der Schock ihren Körper schüttelte; wie sie lächelte, als sie ihm erzählte, in sechs Monaten würde sie ihr Leben beginnen.

Es lag in der Natur der Polizeiarbeit, daß er nie die Opfer kannte, deren Tod er zu untersuchen hatte. Wenn er auch noch so genau über sie Bescheid wußte, ihre Arbeit, ihre Bettgeschichten und ihren Tod, hatte er doch keines von ihnen in diesem Leben gekannt, darum empfand er eine besondere Verbindung zu Dr. Peters und wegen dieser Verbindung auch eine besondere Verantwortung, ihren Mörder zu finden.

Als er am Donnerstagmorgen in die Questura kam, erkundigte er sich bei Vianello und Rossi, aber es gab immer noch keine Spur von Ruffolo. Viscardi war nach Mailand zurückgefahren, nachdem er eine schriftliche Beschreibung der beiden Männer, einer sehr groß und einer mit Bart, sowohl der Versicherung als auch der Polizei gegeben hatte. Anscheinend waren sie gewaltsam in den Palazzo eingedrungen, denn die Schlösser an der Seitentür waren geknackt und das Vorhängeschloß an einem Metallgitter durchgefeilt. Obwohl Brunetti nicht selbst mit Viscardi gesprochen hatte, war er nach seiner Unterhaltung mit Vianello und dem Telefonat mit Fosco überzeugt, daß da kein Diebstahl stattgefunden hatte oder, besser gesagt, höchstens am Geld der Versicherungsgesellschaft.

Kurz nach zehn verteilte eine Sekretärin die Post in den einzelnen Büros und legte Brunetti einige Briefe und einen großen Umschlag auf den Schreibtisch.

Die Briefe waren das übliche: Einladungen zu Konferenzen, Versuche, ihm spezielle Lebensversicherungen zu verkaufen, Antworten auf seine Anfragen bei verschiedenen Polizeirevieren in anderen Landesteilen. Nachdem er alles gelesen hatte, nahm er den großen Umschlag in Augenschein. Über die obere Hälfte lief ein schmales Band von Briefmarken, mindestens zwanzig. Sie sahen alle gleich aus, mit einer kleinen amerikanischen Flagge und der Wertbezeichnung neunundzwanzig Cents darauf. Der Umschlag war namentlich an ihn adressiert, aber darunter stand nur: »Questura, Venice, Italy«. Ihm fiel niemand in Amerika ein, der ihm schreiben würde. Ein Absender stand nicht darauf.

Er schlitzte den Umschlag auf, griff hinein und zog eine Zeitschrift heraus. Beim Blick auf den Titel erkannte er die medizinische Zeitschrift, die Dr. Peters ihm aus der Hand gerissen hatte, als sie ihn in ihrem Sprechzimmer überraschte. Er blätterte darin herum, hielt bei den grotesken Fotos inne und blätterte weiter. Ganz hinten fand er drei Blatt Papier, offensichtlich Fotokopien, zwischen den Seiten. Er nahm sie heraus und legte sie vor sich auf den Schreibtisch.

Oben las er: *Medical Report*, darunter waren Spalten für Namen, Alter und Rang des Patienten. Hier stand der Name Daniel Kayman, dessen Geburtsjahr mit 1984 angegeben war. Danach seine medizinische Vorgeschichte, die mit Masern 1989 begann, es folgten etliche blutige Nasen im Winter 1990, ein gebrochener Finger 1991, und auf den letzten beiden Seiten eine Reihe von Konsultationen wegen eines Hautausschlags am linken Arm, der zwei Monate zuvor begonnen hatte. Während Brunetti las, breitete dieser Ausschlag sich immer weiter aus und stürzte die drei behandelnden Ärzte in immer tiefere Verwirrung.

Am achten Juli war der Junge zum ersten Mal von Dr. Peters begutachtet worden. Ihre ordentliche, schräge

Handschrift sagte, daß der Hautausschlag »unbekannter Herkunft« war, sich aber gezeigt hatte, nachdem der Junge von einem Picknick mit seinen Eltern zurückkam. Er bedeckte die Innenseite seines Arms vom Handgelenk bis zum Ellbogen, war dunkel purpurfarben, juckte aber nicht. Die verordnete Therapie war eine medizinische Hautcreme.

Drei Tage später war der Junge wieder da, der Ausschlag schlimmer. Er sonderte jetzt eine gelbe Flüssigkeit ab und tat weh, zudem hatte der Junge hohes Fieber. Dr. Peters riet, einen Dermatologen im örtlichen Krankenhaus in Vicenza zu konsultieren, aber die Eltern weigerten sich, das Kind einem italienischen Arzt vorzustellen. Sie verschrieb eine neue Creme, diesmal mit Kortison, und ein Antibiotikum zur Fiebersenkung.

Nach nur zwei Tagen wurde der Junge wieder ins Krankenhaus gebracht und von einem anderen Arzt namens Girrard behandelt, der im Bericht vermerkte, daß der Junge große Schmerzen habe. Der Ausschlag sah jetzt aus wie eine Verbrennung und hatte sich über den ganzen Arm bis zur Schulter ausgedehnt. Die Hand war geschwollen und tat weh. Das Fieber war nicht zurückgegangen.

Ein Dr. Grancheck, offenbar Dermatologe, hatte sich das Kind angesehen und empfohlen, es sofort ins Armeekrankenhaus Landstuhl in Deutschland zu überweisen.

Am Tag danach wurde der Junge mit einer Sondermaschine nach Deutschland gebracht. Weiter stand nichts in dem Bericht, aber Dr. Peters hatte neben die Bemerkung, daß der Ausschlag jetzt aussah wie eine Brandwunde, in ihrer ordentlichen Handschrift eine Notiz an den Rand geschrieben. »PCB« stand da, und dahinter: »FPJ, March«.

Er prüfte das Datum, aber er wußte es schon, bevor er es sah. *Family Practice Journal*, die Märzausgabe. Er schlug die Zeitschrift auf und fing an zu lesen. Ihm fiel auf, daß im Impressum fast nur Männernamen standen, daß Männer die meisten Artikel verfaßt hatten, und daß im Inhaltsverzeichnis Beiträge über alles mögliche aufgeführt waren, von jenem über die Füße, der ihn so abgestoßen hatte, bis zu einem über die Zunahme von Tuberkulose als Folge von Aids. Sogar etwas über die Übertragung von Parasiten durch Haustiere auf Kinder war dabei.

Da ihm das Inhaltsverzeichnis nicht weiterhalf, begann er auf der ersten Seite, einschließlich aller Anzeigen und Leserbriefe. Auf Seite 62 fand er dann eine kurze Notiz über einen Fall, der aus Newark in New Jersey gemeldet worden war. Ein sechsjähriges Mädchen hatte auf einem leeren Grundstück gespielt und war dabei in eine Pfütze getreten, die sie für Öl aus einem abgestellten Auto hielt. Die Flüssigkeit war ihr über den Schuh gelaufen und hatte ihr Söckchen durchtränkt. Am nächsten Tag hatte sie einen Ausschlag am Fuß bekommen, der sich bald zu so etwas wie einer Brandwunde entwickelte und sich langsam übers Bein bis zum Knie ausbreitete. Das Kind hatte hohes Fieber bekommen. Alle Therapien versagten, bis ein Mitarbeiter des Gesundheitsdienstes zu dem Platz ging und eine Probe von der Flüssigkeit nahm. Wie sich herausstellte, war sie stark mit PCB verseucht, die aus dort abgelagerten Fässern voller Giftmüll ausgelaufen waren.

Obwohl der Ausschlag schließlich abheilte, sorgten die Ärzte sich wegen der neurologischen und genetischen Schäden, die im Tierexperiment bei Substanzen mit PCB oft beobachtet worden waren, um die Zukunft des Kindes.

Brunetti legte die Zeitschrift beiseite und las den medizinischen Bericht ein zweites Mal durch. Die Symptome waren dieselben, obwohl nicht erwähnt wurde, wie das Kind in Kontakt mit der Substanz gekommen war, die den Ausschlag verursacht hatte. »Nach einem Picknick mit seinen Eltern« war der einzige Hinweis. Außerdem wurde nichts über die Behandlung gesagt, der man das Kind in Deutschland unterzogen hatte.

Er nahm den Umschlag zur Hand und sah ihn sich genauer an. Die Briefmarken waren durch einen runden Stempel entwertet worden, in dem *»Army Postal System«* und das Datum vom Freitag stand. Also hatte sie dies irgendwann in der vergangenen Woche an ihn abgeschickt und dann versucht, ihn telefonisch zu erreichen. Nicht *»basta«* oder *»pasta«* hatte sie gesagt, sondern *»posta«*, um ihm die Sendung anzukündigen. Wodurch war sie gewarnt worden? Was war geschehen, daß sie ihm diese Unterlagen geschickt hatte?

Er erinnerte sich an etwas, was Wolf über Fosters Arbeit gesagt hatte: daß es zu seinen Aufgaben gehört habe, darauf zu achten, daß verbrauchtes Röntgenmaterial aus dem Krankenhaus weggeschafft wurde. Er hatte auch noch andere Gegenstände und Substanzen erwähnt, aber nicht gesagt, was es war oder wohin sie gebracht wurden. Bestimmt würden die Amerikaner das wissen.

Das mußte das Verbindungsglied zwischen den beiden Todesfällen sein, sonst hätte sie ihm nicht den Umschlag geschickt und ihn dann anzurufen versucht. Das Kind war ihr Patient gewesen, doch dann war es weggebracht und nach Deutschland geschickt worden, und da endete der medizinische Bericht. Er hatte den Familiennamen des Jungen, und Ambrogiani hatte sicher Zugang zu einer Liste aller Amerikaner, die auf dem Stützpunkt stationiert waren, es war also relativ einfach, in Erfahrung zu bringen, ob die Familie des Jungen noch da war. Und wenn nicht?

Er nahm den Telefonhörer ab und bat die Vermittlung, ihn mit Maggiore Ambrogiani auf dem amerikanischen Stützpunkt in Vicenza zu verbinden. Während er wartete, überlegte er, wie sich all das in einen Zusammenhang bringen ließ, und hoffte, daß es ihn schließlich zu dem führen würde, der Doctor Peters die Nadel in den Arm gestochen hatte.

Ambrogiani meldete sich. Er war nicht überrascht, als Brunetti seinen Namen nannte, er blieb nur dran und ließ die Stille andauern.

»Gibt es irgendwelche Fortschritte bei Ihnen?« fragte Brunetti schließlich.

»Anscheinend hat man hier eine neue Drogentestreihe angeordnet. Jeder muß sich ihr unterziehen, sogar der Kommandeur des Krankenhauses. Es geht das Gerücht, daß er zur Toilette gehen mußte, um eine Urinprobe abzugeben, während einer der Ärzte vor der Tür wartete. Angeblich haben sie diese Woche schon über hundert getestet.«

»Mit welchem Ergebnis?«

»Es liegen noch keine vor. Alle Proben müssen nach Deutschland geschickt werden, in die dortigen Labors. Die Ergebnisse kommen dann vielleicht in einem Monat.«

»Und sind sie verläßlich?« fragte Brunetti, der sich nicht vorstellen konnte, daß irgendeine Organisation sich auf Proben verließ, die durch so viele Hände gegangen waren, und das über einen so langen Zeitraum.

»Die scheinen das zu glauben. Wenn ein Test positiv ist, werfen sie die Betreffenden einfach raus.«

»Wer wird getestet?«

»Es gibt kein Schema. Die einzigen, die sie in Ruhe lassen, sind die Rückkehrer aus Nahost.«

»Weil sie Helden sind?« fragte Brunetti.

»Nein, weil man fürchtet, es könnten zu viele Tests positiv ausfallen. In diesem Teil der Welt ist so leicht an Drogen zu kommen wie in Vietnam, und offensichtlich haben sie Angst, daß ihr Bild in der Öffentlichkeit leidet, wenn alle ihre Helden mit solchen Souvenirs im Blut zurückkommen.«

»Wird immer noch verbreitet, daß es eine Überdosis war?«

»Allerdings. Einer meiner Leute hat mir erzählt, daß ihre Familie nicht einmal kommen wollte, um die Leiche nach Amerika zurückzubegleiten.«

»Und was haben sie daraufhin gemacht?«

»Sie haben sie zurückgeschickt. Aber allein.«

Brunetti sagte sich, daß dies nicht weiter schlimm war. Die Toten kümmerte so etwas nicht; es war ihnen egal, wie sie behandelt wurden oder was die Lebenden von ihnen dachten. Aber er glaubte nicht daran.

»Können Sie versuchen, ein paar Informationen für mich zu bekommen, Maggiore?«

»Gern, wenn ich kann.«

»Ich möchte wissen, ob bei Ihnen ein Soldat namens Kayman stationiert ist.« Er buchstabierte den Namen für Ambrogiani. »Er hat einen kleinen Sohn, der Patient von Dr. Peters war. Der Junge wurde in ein Krankenhaus in Deutschland geschickt, nach Landstuhl. Ich wüßte gern, ob die Eltern noch da sind, und wenn ja, hätte ich gern Gelegenheit, mit ihnen zu sprechen.«

»Inoffiziell, das Ganze?«

»Sehr.«

»Können Sie mir sagen, worum es geht?«

»Ich weiß es noch nicht genau. Sie hat mir eine Kopie vom Patientenblatt des Jungen geschickt, dazu einen Artikel über PCB.«

»Worüber?«

»Giftige Chemikalien. Ich weiß auch nicht, woraus sie bestehen oder was sie bewirken können, aber ich weiß, daß es schwierig ist, sie zu entsorgen. Und sie zerfressen die Haut. Das Kind hatte einen Ausschlag am Arm, wahrscheinlich ist er irgendwie damit in Berührung gekommen.«

»Was hat das mit den Amerikanern zu tun?«

»Das weiß ich noch nicht. Darum möchte ich mit den Eltern des Jungen reden.«

»Also gut. Ich kümmere mich gleich darum und rufe Sie heute nachmittag wieder an.«

»Können Sie das herausbekommen, ohne daß die Amerikaner es merken?«

»Ich denke ja«, antwortete Ambrogiani. »Wir haben Kopien von den Verzeichnissen ihrer Autonummern, und da fast alle ein Auto haben, kann ich sehen, ob er noch hier ist, ohne irgendwelche Fragen stellen zu müssen.«

»Gut«, sagte Brunetti. »Ich glaube, es ist besser, wenn das unter uns bleibt.«

»Sie meinen, unter Ausschluß der Amerikaner?«

»Vorerst ja.«

»In Ordnung. Ich rufe Sie an, sobald ich mir die Listen angesehen habe.«

»Danke, Maggiore.«

»Giancarlo«, sagte der Carabiniere. »Ich glaube, wenn wir so etwas zusammen machen, können wir uns auch duzen.«

»Einverstanden«, sagte Brunetti, froh, einen Verbündeten gefunden zu haben. »Guido.«

Als er auflegte, wünschte Brunetti sich plötzlich, in Amerika zu sein. Eine der großen Entdeckungen bei seinem Aufenthalt dort war das System der öffentlichen Bibliotheken gewesen; da konnte man einfach hingehen und Fragen stellen, jedes Buch lesen, das man wollte, und problemlos ein Zeitschriftenverzeichnis einsehen. Hier in Italien mußte man das Buch entweder kaufen, oder man konnte es in einer Universitätsbibliothek ausleihen, aber selbst da war schwer heranzukommen ohne die richtigen Karten, Genehmigungen oder Ausweise. Wie sollte er also etwas über PCB in Erfahrung bringen? Was sie waren und was sie dem menschlichen Körper antun konnten?

Er sah auf seine Uhr. Wenn er sich beeilte, schaffte er es noch rechtzeitig in die Buchhandlung beim Campo San Luca; dort würde er wahrscheinlich die Bücher finden, die er brauchte.

Er kam eine Viertelstunde vor Ladenschluß an und erklärte dem Verkäufer, was er suchte. Er erfuhr, daß es zwei grundlegende Werke über toxische Substanzen und Umweltverschmutzung gab, wobei das eine mehr mit Emissionen zu tun hatte, die direkt in die Atmosphäre gingen. Dann gab es noch ein drittes, eine Art allgemeine Einführung in die Chemie für Laien. Nachdem er in allen herumgeblättert hatte, kaufte Brunetti das erste und das dritte und nahm noch ein schrill aufgemachtes Bändchen dazu, das von der Partei der Grünen herausgegeben worden war und den Titel »Globaler Selbstmord« trug. Er hoffte, das Thema würde etwas seriöser behandelt, als Titel und Umschlag versprachen.

Danach kehrte er in einem Restaurant ein und aß richtig zu Mittag, ging ins Büro zurück und schlug das erste Buch auf. Drei Stunden später erkannte er mit wachsendem Entsetzen das Ausmaß der Probleme, die der Mensch des Industriezeitalters für sich und, schlimmer noch, für die geschaffen hatte, die ihm auf diesem Planeten nachfolgen sollten.

Diese Chemikalien waren offenbar bei vielen Prozessen wichtig, von denen der moderne Mensch abhing, unter anderem als Kühlmittel für Gefrierschränke und Klimaanlagen. Sie wurden auch dem Öl für Transformatoren zugesetzt, aber die PCBs waren nur eine Blume in dem tödlichen Strauß, den die Industrie der Menschheit gebunden hatte. Er las die Namen der Chemikalien mit Mühe, die Formeln mit Unverständnis. Was blieb, waren die Zahlen für die Halbwertzeiten dieser Substanzen, die Zeit offenbar, die eine Substanz brauchte, um noch halb so tödlich zu sein wie zum Zeitpunkt der Messung. In einigen Fällen waren das Hunderte von Jahren, in anderen Tausende. Und diese Substanzen wurden von den Industrienationen in riesigen Mengen produziert, während die Erde in die Zukunft raste.

Jahrzehntelang hatte die Dritte Welt als Müllkippe der Industrieländer gedient und ihnen ganze Schiffsladungen von Giftmüll abgenommen, die im Austausch gegen momentanen Wohlstand über ihre Pampas, Savannen und Plateaus verteilt wurden, ohne einen Gedanken an den Preis zu verschwenden, den künftige Generationen zu zahlen hätten. Und nun, da einige Länder der Dritten Welt sich nicht mehr als Müllhalden für die Erste zur Verfügung stellen wollten, waren die Industrienationen gezwungen, Entsorgungssysteme zu entwickeln, viele davon ruinös teuer. Als Folge davon fuhren ganze Karawanen von Geisterlastzügen mit gefälschten Papieren auf der italienischen Halbinsel auf und ab und suchten und fanden Plätze, wo sie ihre tödlichen Ladungen loswerden konnten. Oder Schiffe liefen von Genua oder Tarent aus, die Laderäume voller Fässer mit Lösungsmitteln und anderen Chemikalien und weiß der Himmel was sonst noch, und wenn sie in ihrem Bestimmungshafen ankamen, waren die Fässer nicht mehr an Bord, als ob der Gott, der ihren Inhalt kannte, sich entschlossen hätte, sie zu sich zu nehmen. Gelegentlich wurden sie in Nordafrika oder Kalabrien an Land gespült, aber natürlich hatte niemand eine Ahnung, woher sie kamen, noch merkte jemand, wenn sie wieder den Wellen anvertraut wurden, die sie an die Strände gespült hatten.

Der Ton des Grünen-Buches verdroß Brunetti; die Tatsachen erschreckten ihn. Sie nannten die Transporteure und die Firmen, die sie bezahlten, mit Namen, und schlimmer noch, sie zeigten Fotos von den illegalen Müllkippen. Der Ton war anklagend, und schuld hatte nach Ansicht der Autoren die gesamte italienische Regierung, Hand in Hand mit den Firmen, die diese Produkte herstellten und nicht von Gesetzes wegen für die Entsorgung verantwortlich gemacht wurden. Das letzte Kapitel befaßte sich mit Vietnam und den inzwischen sichtbar werdenden genetischen Folgen all der Tonnen von Dioxin, die während des Krieges mit den Vereinigten Staaten über dem Land abgeworfen worden waren. Die Beschreibungen von Mißbildungen bei Neugeborenen, der zunehmenden Fehlgeburten und der Verseuchung von Fischen, Wasser und Boden waren klar und selbst dann noch erschütternd, wenn man die unvermeidlichen Übertreibungen der Autoren berücksichtigte. Und dieselben Chemikalien, so behaupteten die Autoren, wurden überall in Italien abgeladen, als wäre es das Normalste von der Welt.

Als Brunetti zu Ende gelesen hatte, merkte er, daß er sich hatte manipulieren lassen, daß die Argumentation in allen diesen Büchern schwere Mängel aufwies, daß sie Verbindungen unterstellten, wo keine aufgezeigt werden konnten, und Schuld zuwiesen, wo die Tatsachen dafür nicht ausreichten. Er sah aber auch, daß eine Grundannahme in allen Büchern wahrscheinlich stimmte: daß derart weitverbreitete und unbestrafte Gesetzesverstöße – und die Weigerung der Regierung, schärfere Gesetze zu formulieren – auf eine enge Beziehung zwischen den Tätern und der Regierung hinwiesen, deren Aufgabe es gewesen wäre, sie zu verhindern und zu bestrafen. Waren die beiden vom Stützpunkt in ihrer Naivität in diesen Strudel geraten, hatte ein Kind mit einem Ausschlag am Arm sie da hineingezogen?

18

Ambrogiani rief Brunetti gegen fünf zurück, um ihm zu sagen, daß der Vater des Jungen, ein Sergeant, der in der Beschaffungsstelle arbeitete, offenbar noch in Vicenza sei; zumindest war sein Auto noch da, dessen Zulassung erst vor zwei Wochen erneuert worden war. Und da diese Prozedur eine Unterschrift des Besitzers verlangte, konnte man daraus schließen, daß er tatsächlich noch in Vicenza war.

»Wo wohnt er?«

»Das weiß ich nicht«, antwortete Ambrogiani. »Im Verzeichnis steht nur seine Postanschrift, ein Postfach hier auf dem Stützpunkt, keine Wohnadresse.«

»Kannst du die in Erfahrung bringen?«

»Nicht ohne daß mein Interesse an ihm bekannt wird.«

»Nein, das möchte ich nicht«, sagte Brunetti. »Aber ich würde gern außerhalb des Stützpunkts mit ihm reden.«

»Gib mir einen Tag Zeit. Ich schicke einen meiner Leute in sein Büro, um festzustellen, wie er aussieht. Glücklicherweise tragen sie ja alle diese Namensschilder an ihren Uniformen. Dann sorge ich dafür, daß ihm jemand folgt. Das dürfte nicht allzu schwierig sein. Ich rufe dich morgen an, dann kannst du überlegen, wie man ein Treffen arrangieren könnte. Die meisten wohnen außerhalb des Stützpunkts. Wenn er Kinder hat, dann sowieso. Ich rufe dich morgen wieder an und lasse dich wissen, was ich erreicht habe, ja?«

Brunetti sah keinen besseren Weg. Er merkte, daß er am liebsten sofort in einen Zug nach Vicenza steigen und mit dem Vater des Jungen sprechen würde, um das Puzzle zusammensetzen zu können, wie das Picknick und der Hautausschlag und die Notiz am Rand eines Krankenblattes zum Mord an diesen beiden jungen Leuten geführt hatten. Einige der Puzzleteile hatte er schon, der Vater des Jungen mußte ein weiteres haben; früher oder später würde er dann, indem er die einzelnen Teile zusammenfügte, sie betrachtete und auf neue Plätze legte, das Muster erkennen, das ihm jetzt noch verborgen war.

Da er keine andere Lösung sah, mußte er wohl oder übel warten, bis Ambrogiani ihn am nächsten Tag anrief. Er schlug das Buch der Grünen wieder auf, nahm ein Blatt Papier aus seinem Schreibtisch und notierte sich alle Firmen, die im Verdacht standen, illegal Giftmüll zu transportieren, ebenso diejenigen, gegen die schon Anzeigen wegen illegalen Mülltransports liefen. Die meisten hatten ihren Standort im Norden, vorwiegend in der Lombardei, dem industriellen Herzen des Landes.

Er sah im Impressum nach und stellte fest, daß die Publikation erst ein Jahr alt war, die Liste also auf dem neuesten Stand. Er drehte das Buch um und fand auf der Rückseite eine nach Provinzen geordnete Karte mit allen Stellen, wo illegale Müllkippen gefunden worden waren. Die Provinzen Vicenza und Verona waren mit vielen Punkten versehen, besonders nördlich dieser beiden Städte, bis hin zu den Ausläufern der Alpen.

Er klappte das Buch zu und legte seine zusammengefaltete Liste hinein. Er konnte nichts weiter tun, bis er mit dem Vater des Jungen gesprochen hatte, aber er brannte immer noch darauf, gleich hinzufahren, auch wenn er wußte, daß der Ausflug aussichtslos wäre.

Seine Gegensprechanlage summte. »Brunetti«, meldete er sich, nachdem er den Hörer abgenommen hatte.

»Commissario«, sagte Pattas Stimme, »kommen Sie bitte unverzüglich zu mir herunter.«

Er ging sofort nach unten, klopfte und wurde hereingerufen. Patta saß an seinem Schreibtisch und sah aus, als käme er gerade von Probeaufnahmen zu einem Film – die er erfolgreich bestanden hatte. Bei Brunettis Eintreten war er damit beschäftigt, eine seiner russischen Zigaretten in seine Zigarettenspitze aus Onyx zu stecken, wobei er beide gewissenhaft von seinem Schreibtisch weghielt, damit auch nicht das kleinste Krümelchen Tabak herunterfallen und die glänzende Vollkommenheit des Renaissancetisches trüben konnte, hinter dem er saß. Da die Zigarette sich als widerspenstig erwies, ließ er Brunetti warten, bis es ihm gelungen war, sie in dem goldgefaßten Rund des Halters zu befestigen. »Brunetti«, sagte er dann, während er sich die Zigarette anzündete und ein paarmal probeweise daran zog, vielleicht auf der Suche nach dem geschmacklichen Effekt des Goldes, »ich habe einen sehr unerfreulichen Anruf bekommen.«

»Hoffentlich nicht von Ihrer Frau«, sagte Brunetti in einem Ton, der untertänig klingen sollte.

Patta legte die Zigarette auf den Rand seines Malachitaschenbechers und griff hastig danach, als die schwere Spitze sie auf die Schreibtischplatte kippen ließ. Er legte sie zurück, diesmal das brennende Ende und das Mundstück der Spitze auf die gegenüberliegenden Seiten des runden Aschenbechers. Als er die Hand wegnahm, drückte das Gewicht der Spitze nach unten, und das Ende der Zigarette rutschte heraus, so daß sie zusammen mit der Spitze, letztere mit einem dumpfen Klappern, in den Aschenbecher fiel.

Brunetti verschränkte die Hände auf dem Rücken, blickte aus dem Fenster und wippte ein paarmal auf den Fußballen. Als er wieder hinsah, war die Zigarette ausgedrückt, die Spitze verschwunden.

»Setzen Sie sich, Brunetti.«

»Danke«, sagte er, höflich wie immer, und nahm seinen üblichen Platz auf dem Stuhl vor dem Schreibtisch ein.

»Ich habe einen Anruf bekommen.« Er hielt gerade lange genug inne, um Brunetti herauszufordern, seine Vermutung von vorhin zu wiederholen, dann fuhr er fort: »Von Signor Viscardi, aus Mailand.« Als Brunetti schwieg, fügte er hinzu: »Er sagte mir, daß Sie seinen Leumund in Zweifel ziehen.« Brunetti beeilte sich nicht, etwas zu seiner Verteidigung vorzubringen, so daß Patta erklärend fortfahren mußte: »Er sagt, sein Versicherungsagent sei angerufen worden, von Ihnen, wohlgemerkt, und Sie hätten gefragt, woher er so schnell gewußt habe, daß bestimmte Dinge aus dem Palazzo entwendet wurden.« Wäre Patta in die begehrenswerteste Frau der Welt verliebt gewesen, er hätte ihren Namen nicht ehrerbietiger flüstern können als das Wort »Palazzo«. »Außerdem hat Signor Viscardi erfahren, daß Riccardo Fosco, ein bekannter Linker« – was sollte das wohl heißen, fragte sich Brunetti, in einem Land, in dem der Präsident der Abgeordnetenkammer seit Jahren Kommunist war? – »vieldeutige Fragen nach Signor Viscardis Finanzlage gestellt hat.«

Hier legte Patta eine Pause ein, um Brunetti Gelegenheit zur Rechtfertigung zu geben, aber der schwieg weiter. »Signor Viscardi«, nahm Patta den Faden wieder auf, »hat mir diese Informationen nicht von sich aus gegeben, ich mußte ihn erst eingehend danach befragen, wie man hier mit ihm umgegangen ist. Aber er sagte, daß der Polizist, der zweite, wobei ich keine Veranlassung sehe, warum zwei hingeschickt werden mußten, daß dieser Polizist einige seiner Antworten nicht zu glauben schien. Natürlich fand Signor Viscardi, ein geachteter Geschäftsmann und Mit-Rotarier,« – überflüssig zu erklären, wessen Mit-Rotarier er war – »diese Behandlung unwürdig, insbesondere so kurz nach seiner brutalen Mißhandlung durch die Männer, die in seinen Palazzo eingebrochen waren und Gemälde und kostbaren Schmuck hatten mitgehen lassen. Hören Sie überhaupt zu, Brunetti?« fragte Patta unvermittelt.

»O ja, Vice-Questore.«

»Warum sagen Sie dann nichts?«

»Ich warte, was es mit dem unerfreulichen Anruf auf sich hat.«

»Verdammt noch mal«, schrie Patta und schlug mit beiden Händen auf den Tisch. »Das war der unerfreuliche Anruf. Signor Viscardi ist ein bedeutender Mann, hier wie in Mailand. Er hat beträchtlichen politischen Einfluß, und ich möchte nicht, daß er denkt – und weitererzählt –, er sei von der Polizei dieser Stadt schlecht behandelt worden.«

»Ich verstehe nicht, inwiefern er schlecht behandelt worden sein soll, Vice-Questore.«

»Sie verstehen gar nichts, Brunetti«, stieß Patta wütend hervor. »Sie rufen am selben Tag, an dem der Diebstahl gemeldet wird, den Versicherungsagenten des Mannes an, als ob Sie den Verdacht hätten, es sei etwas damit nicht in Ordnung. Und dann gehen nacheinander zwei Polizisten ins Krankenhaus, um den Mann zu vernehmen und ihm Fotos von Leuten zu zeigen, die gar nichts mit dem Verbrechen zu tun hatten.«

»Hat er Ihnen das gesagt?«

»Ja, nachdem wir uns eine Weile unterhalten hatten und ich ihm versichert hatte, daß ich volles Vertrauen zu ihm habe.«

»Was hat er genau gesagt, über das Foto, meine ich?«

»Daß der zweite Polizist ihm das Foto eines jungen Kriminellen gezeigt und ihm offenbar nicht geglaubt hat, als er sagte, er kenne ihn nicht.«

»Woher wußte er, daß der Mann auf dem Foto ein Krimineller war?«

»Wie bitte?«

Brunetti wiederholte: »Woher wußte er, daß dieses Foto, das ihm gezeigt wurde, das Foto eines Kriminellen war? Es hätte das Bild eines beliebigen Menschen sein können, vom Sohn des Polizisten beispielsweise.«

»Commissario, was für ein Bild hätte man ihm denn zeigen sollen, wenn nicht das eines Kriminellen?«

Als Brunetti nicht antwortete, seufzte Patta aufgebracht. »Sie machen sich lächerlich, Brunetti.«

Und als Brunetti etwas sagen wollte, schnitt Patta ihm

das Wort ab. »Und versuchen Sie nicht, sich hinter Ihre Leute zu stellen, wenn Sie genau wissen, daß sie im Unrecht sind.« Da Patta so sehr darauf bestand, daß die unbotmäßigen Polizisten »seine Leute« seien, stellte Brunetti sich vor, wie es wohl zwischen Patta und seiner Frau zuging, wenn sie die Erfolge und Mißerfolge ihrer beiden Söhne untereinander aufteilten. »Mein« Sohn würde dann in der Schule Preise gewinnen, während »deiner« sich mit Lehrern anlegte oder durch Prüfungen rasselte.

»Haben Sie dazu etwas zu sagen?« fragte Patta schließlich.

»Die Männer, die ihn überfallen haben, konnte er nicht beschreiben, aber er wußte genau, welche Bilder sie mitgenommen hatten.«

Wieder einmal erkannte Patta an Brunettis Argumentation nur die Dürftigkeit von dessen Herkunft. »Offensichtlich sind Sie es nicht gewöhnt, mit kostbaren Dingen zu leben, Brunetti. Wenn ein Mensch jahrelang mit wertvollen Dingen lebt, und damit meine ich ästhetische Werte, nicht nur materielle« – sein Ton nötigte Brunetti, alle Phantasie aufzubieten, um sich da hineinzudenken – »dann erkennt er sie wie seine Angehörigen. So würde Signor Viscardi diese Bilder selbst in einem kurzen Augenblick und unter Streß erkennen, wie er seine Frau erkennen würde.« Nach allem, was Brunetti von Fosco erfahren hatte, würde Viscardi wohl eher die Bilder erkennen.

Patta beugte sich väterlich vor und fragte: »Verstehen Sie das?«

»Ich werde viel mehr verstehen, wenn wir uns mit Ruffolo unterhalten haben.«

»Ruffolo? Wer ist das?«

»Der junge Kriminelle auf dem Foto.«

Patta sagte nichts weiter als Brunettis Namen, diesen aber so leise, daß eine Erklärung fällig war.

»Zwei Touristen haben auf einer Brücke gesessen und drei Männer mit einem Koffer aus dem Haus kommen sehen. Beide haben Ruffolo nach dem Foto erkannt.«

Da Patta sich nicht die Mühe gemacht hatte, den Bericht über den Fall zu lesen, hatte er gewisse Hemmungen, zu fragen, warum diese Information nicht darin stand. »Er hätte sich draußen versteckt haben können«, meinte er.

»Das ist durchaus möglich«, stimmte Brunetti zu, obwohl es ihm viel wahrscheinlicher erschien, daß Ruffolo drinnen gewesen war und sich nicht versteckt hatte.

»Und was ist mit diesem Fosco und seinen Telefonaten?«

»Ich weiß über Fosco nur, daß er Wirtschaftsredakteur einer der bedeutendsten Zeitschriften des Landes ist. Ich habe ihn angerufen, um mir ein Bild machen zu können, wie wichtig Signor Viscardi ist. Damit wir wissen, wie wir mit ihm umgehen sollen.« Das spiegelte so genau Pattas Denkweise wider, daß er unmöglich Brunettis Aufrichtigkeit anzweifeln konnte. Brunetti hielt es kaum für nötig, für die Nachdrücklichkeit, die seine Leute bei Viscardis Vernehmung für richtig gehalten hatten, eine Entschuldigung vorzubringen. Statt dessen sagte er: »Wir müssen nur Ruffolo in die Finger kriegen, dann erledigt sich alles von selbst. Signor Viscardi wird seine Bilder zurückbekommen, die Versicherungsgesellschaft wird sich bei uns bedanken, und ich kann mir vorstellen, daß der *Gazzet-*

tino auf der Titelseite des Lokalteils darüber berichten wird. Schließlich ist Signor Viscardi ein bedeutender Mann, und je schneller diese Sache erledigt ist, desto besser für uns alle.« Plötzlich widerte es Brunetti regelrecht an, daß er jedesmal, wenn er mit Patta sprach, so eine alberne Scharade aufführen mußte. Er blickte zur Seite, dann wieder auf seinen Vorgesetzten.

Pattas Lächeln war breit und aufrichtig. Konnte es sein, daß Brunetti endlich zur Vernunft kam? Daß er politische Realitäten allmählich zur Kenntnis nahm? Wenn ja, dann war das Verdienst dafür nicht ganz zu Unrecht ihm anzurechnen, fand Patta. Sie waren eigensinnig, diese Veneziamer, klammerten sich an ihre Denkweise, eine überholte Denkweise. Ein Glück, daß sie durch seine Berufung zum Vice-Questore mit der großen, moderneren Welt konfrontiert wurden, der Welt von morgen. Brunetti hatte recht. Sie mußten nur diesen Ruffolo finden und die Bilder zurückbekommen, dann würde Viscardi in seiner Schuld stehen.

»Also gut«, sagte er energisch, wie Polizisten in amerikanischen Filmen es immer taten, »verständigen Sie mich, sobald Sie diesen Ruffolo festgesetzt haben. Brauchen Sie noch mehr Leute für den Fall?«

»Nein, Vice-Questore«, sagte Brunetti nach kurzem Überlegen. »Ich glaube, wir haben genug im Moment. Es ist nur eine Frage des Abwartens, bis er einen falschen Schritt tut. Und das kann nicht mehr lange dauern.«

Patta interessierte sich nicht im geringsten dafür,was es für eine Frage war. Er wollte eine Festnahme, die Rückgabe der Gemälde und Viscardis Unterstützung für den

Fall, daß er sich entschloß, für den Stadtrat zu kandidieren. »Bestens, geben Sie mir Bescheid, wenn Sie Näheres wissen«, sagte er und entließ Brunetti, wenn nicht durch seine Worte, dann durch seinen Ton. Er griff nach einer neuen Zigarette, und Brunetti, der keine Lust hatte, dieser Zeremonie noch einmal zuzusehen, entschuldigte sich und ging nach unten, um mit Vianello zu reden.

»Haben Sie etwas Neues über Ruffolo?« fragte Brunetti, als er in das Büro trat.

»Ja und nein«, antwortete Vianello, indem er sich vor seinem Vorgesetzten achtungsvoll ein paar Millimeter vom Stuhl erhob und sich wieder hinsetzte.

»Und das heißt?«

»Das heißt, er hat signalisiert, daß er reden will.«

»Woher haben Sie das?«

»Von jemandem, der einen kennt, der ihn kennt.«

»Und wer hat mit diesem Jemand gesprochen?«

»Ich selbst. Es ist einer von den Jungen draußen auf Burano. Sie wissen schon, die Jugendlichen, die letztes Jahr das Fischerboot gestohlen haben. Seit wir sie damals haben laufenlassen, dachte ich immer, daß er mir noch einen Gefallen schuldig ist, da bin ich gestern mal hingefahren und habe mit ihm gesprochen. Mir war nämlich eingefallen, daß er mit Ruffolo zusammen zur Schule gegangen ist. Und vor einer Stunde hat er mich angerufen. Keine großen Fragen. Nur, daß dieser andere mit einem gesprochen hat, der Ruffolo getroffen hat, und daß er mit uns reden will.«

»Mit einer bestimmten Person?«

»Nicht mit Ihnen, Commissario, könnte ich mir vorstellen. Sie haben ihn immerhin zweimal hinter Gitter gebracht.«

»Wollen Sie es machen, Vianello?«

Der Ältere zuckte die Achseln. »Warum nicht? Ich möchte es nur nicht gern zu umständlich haben. Er hatte die letzten beiden Jahre nichts anderes zu tun, als im Gefängnis herumzusitzen und sich amerikanische Krimis anzusehen, da wird er wahrscheinlich vorschlagen, daß wir uns um Mitternacht in einem Boot auf der Lagune treffen.«

»Oder bei Morgengrauen auf dem Friedhof, wenn die Vampire wieder in ihre Nester fliegen.«

»Warum kann er sich nicht einfach eine Bar aussuchen, dann können wir gemütlich ein Glas Wein trinken.«

»Also, egal wo, Sie gehen hin und treffen sich mit ihm.«

»Soll ich ihn festnehmen, wenn er kommt?«

»Nein, versuchen Sie das nicht. Fragen Sie ihn nur, was er uns sagen will, und finden Sie heraus, was für einen Handel er mit uns vorhat.«

»Soll ich jemanden mitnehmen, der ihn dann beschattet?«

»Nein. Damit rechnet er wahrscheinlich. Und wenn er das Gefühl hat, verfolgt zu werden, dreht er womöglich durch. Hören Sie nur, was er will. Und wenn er nicht zuviel verlangt, machen Sie das Geschäft mit ihm.«

»Glauben Sie, daß er uns etwas über die Sache Viscardi erzählen wird?«

»Es gibt keinen anderen Grund, warum er sonst mit uns würde reden wollen, oder?«

»Nein, ich wüßte nicht.«

Als Brunetti schon gehen wollte, fragte Vianello: »Und der Handel, den ich mit ihm abschließen soll? Halten wir unseren Teil ein?«

Bei diesen Worten drehte Brunetti sich um und sah Vianello durchdringend an. »Natürlich. Wenn Kriminelle nicht mehr an einen illegalen Handel mit der Polizei glauben können, woran denn dann?«

19

Am nächsten Tag hörte Brunetti nichts von Ambrogiani, und Vianello hatte kein Glück bei seinem Versuch, Kontakt mit dem Jungen auf Burano aufzunehmen. Am darauffolgenden Morgen war immer noch kein Anruf gekommen, und als er vom Mittagessen zurückkam, auch nicht. Gegen fünf Uhr kam Vianello zu ihm und sagte, daß der Junge angerufen habe und sie ein Treffen für Samstagnachmittag auf dem Piazzale Roma verabredet hätten. Ein Auto werde kommen, um Vianello, der keine Uniform tragen solle, abzuholen und an den Ort zu bringen, wo Ruffolo mit ihm reden wolle. Als Vianello soweit erzählt hatte, grinste er und fügte hinzu: »Hollywood.«

»Das heißt wahrscheinlich, daß sie auch noch ein Auto stehlen müssen«, meinte Brunetti.

»Und wohl auch, daß es nicht die geringste Aussicht auf einen Drink gibt«, sagte Vianello resigniert.

»Schade, daß sie die Pullman Bar abgerissen haben, dann hätten Sie sich wenigstens vorher noch einen genehmigen können.«

»Mein Pech. Ich soll an der Haltestelle des Fünferbusses stehen. Sie kommen, halten an, und ich soll einsteigen.«

»Und woran wollen die Sie erkennen?«

Wurde Vianello etwa rot? »Ich soll einen Strauß roter Nelken bei mir haben.«

Jetzt konnte Brunetti sich nicht mehr zurückhalten und

brach in schallendes Gelächter aus. »Rote Nelken? Sie? Mein Gott, ich hoffe nur, es sieht Sie niemand an der Bushaltestelle stehen, auf dem Weg aus der Stadt, mit einem Strauß roter Nelken.«

»Ich habe es meiner Frau schon gesagt. Es gefällt ihr gar nicht, ganz und gar nicht, und am wenigsten gefällt ihr, daß ich meinen Samstagnachmittag dafür opfern muß. Wir wollten zum Abendessen ausgehen, und ich werde in den nächsten Monaten nichts anderes zu hören kriegen.«

»Vianello, ich mache Ihnen ein Angebot. Tun Sie es – wir bezahlen sogar die Nelken, aber lassen Sie sich eine Quittung geben –, tun Sie es, und ich frisiere den Dienstplan, so daß Sie nächsten Freitag und Samstag frei haben, ja?« Es schien das mindeste, was er für den Mann tun konnte, der sich freiwillig in die Hände von bekannten Kriminellen begab und, noch mutiger, freiwillig bereit war, Ärger mit seiner Frau zu riskieren.

»Ist schon in Ordnung, Commissario, aber gefallen tut es mir nicht.«

»Hören Sie, Sie müssen es nicht machen, Vianello. Früher oder später fällt er uns auch so in die Hände.«

»Ist schon gut. Er war nie so dumm, einen von uns tätlich anzugreifen. Und ich kenne ihn vom letzten Mal.«

Brunetti fiel ein, daß Vianello zwei Kinder hatte und ein drittes unterwegs war. »Wenn die Sache klappt, ist es allein Ihr Verdienst. Das hilft bei der Beförderung.«

»Na wunderbar, und was sagt er dazu?« Vianello richtete den Blick auf die Decke und damit auf Pattas Büro über ihnen. »Was wird er dazu sagen, wenn wir seinen

Freund verhaften, Seine Politische Wichtigkeit Signor Viscardi?«

»Ach, kommen Sie, Vianello, Sie wissen, was er tun wird. Wenn Viscardi erst hinter Gittern sitzt und der Fall sich zusehends klärt, wird Patta sagen, daß er schon von Anfang an einen Verdacht gehabt, aber gegenüber Viscardi freundlich getan hat, um ihn leichter in die von ihm selbst ersonnene Falle locken zu können.« Beide wußten aus langer Erfahrung, daß dies stimmte.

Weiteren Überlegungen zum Verhalten ihres gemeinsamen Vorgesetzten kam Vianellos Telefon zuvor. Er meldete sich, hörte einen Augenblick zu und gab den Hörer dann an Brunetti weiter. »Für Sie, Commissario.«

»Ja?« sagte der, und eine große Erregung packte ihn, als er Ambrogianis Stimme erkannte.

»Er ist noch hier. Einer meiner Leute ist ihm bis zu seinem Haus nachgefahren. Er wohnt in Grisignano, etwa zwanzig Minuten vom Stützpunkt.«

»Der Zug hält dort, wenn ich mich recht erinnere«, sagte Brunetti, der bereits plante.

»Nur der Bummelzug. Wann willst du mit ihm sprechen?«

»Morgen früh.«

»Moment mal, ich habe den Fahrplan hier.« Während Brunetti wartete, wurde am anderen Ende der Hörer beiseite gelegt, dann hörte er erneut Ambrogianis Stimme. »Einer fährt in Venedig um acht Uhr ab; acht Uhr dreiundvierzig ist er in Grisignano.«

»Und früher?«

»Sechs Uhr vierundzwanzig.«

»Kann mich da jemand abholen?«

»Guido, das wäre um halb acht!« flehte Ambrogiani fast.

»Ich möchte bei ihm zu Hause mit ihm reden, und ich will nicht, daß er weggeht, bevor ich dazu Gelegenheit hatte.«

»Guido, du kannst doch nicht morgens vor acht bei den Leuten hereinplatzen, nicht einmal bei Amerikanern.«

»Wenn du mir die Adresse gibst, kann ich vielleicht hier einen Wagen bekommen.« Aber schon während er es aussprach, wußte er, daß es unmöglich war; die Anforderung eines Dienstwagens würde garantiert Patta zu Ohren kommen, und das würde nichts als Ärger einbringen.

»Ein ganz schöner Dickschädel, was?« meinte Ambrogiani, aber es klang eher respektvoll als ärgerlich. »Also gut, ich komme selbst an den Zug. Ich nehme meinen eigenen Wagen, damit können wir in der Nähe des Hauses parken, ohne daß die gesamte Nachbarschaft zu spekulieren anfängt, was wir wohl da machen.« Brunetti, für den Autos fremdartige Dinger waren, hatte gar nicht weiter darüber nachgedacht, wieviel Aufsehen ein Auto, das eindeutig den Carabinieri oder der Polizei gehörte, in jeder Wohngegend erregen mußte.

»Danke, Giancarlo. Das finde ich wirklich nett.«

»Das will ich auch hoffen. Samstag morgen, um halb acht!« sagte Ambrogiani ungläubig, dann legte er auf, bevor Brunetti noch etwas erwidern konnte. Na, wenigstens mußte er kein Dutzend rote Nelken dabeihaben.

Am nächsten Morgen schaffte Brunetti es, so rechtzeitig am Bahnhof zu sein, daß er noch einen Kaffee trinken konnte, bevor der Zug abfuhr, und so war er in einigermaßen annehmbarer Verfassung, als Ambrogiani ihn an der kleinen Bahnstation von Grisignano abholte. Der Maggiore, der graue Cordhosen und einen dicken Pullover anhatte, wirkte erstaunlich frisch und munter, als ob er schon seit Stunden auf wäre, ein Umstand, den Brunetti in seinem derzeitigen Zustand etwas befremdlich fand. Gegenüber dem Bahnhof gingen sie in eine Kaffeebar und bestellten sich jeder einen Kaffee und eine Brioche. Ambrogiani bedeutete dem Barmann mit einer Kinnbewegung, daß er einen Schuß Grappa in seinen Kaffee wollte. »Es ist nicht weit von hier«, sagte er zu Brunetti. »Nur ein paar Kilometer. Sie wohnen in einer Doppelhaushälfte. In der anderen Hälfte wohnt der Besitzer mit seiner Familie.« Auf Brunettis fragenden Blick hin erklärte er: »Ich habe einen meiner Leute hingeschickt, um ein bißchen herumzufragen. Viel gibt es nicht zu berichten. Er hat drei Kinder. Sie wohnen seit über drei Jahren hier, haben immer pünktlich die Miete bezahlt und kommen gut mit dem Vermieter aus. Seine Frau ist Italienerin, das fördert das Verhältnis zu den Nachbarn.«

»Und der Junge?«

»Ist wieder hier. Zurück aus dem Krankenhaus in Deutschland.«

»Und wie geht es ihm?«

»Seit diesem Monat geht er wieder zur Schule. Es ist offenbar alles in Ordnung, aber eine Nachbarin sagt, daß er eine schlimme Narbe am Arm hat. Wie von einer Brandwunde.«

Brunetti trank seinen Kaffee aus, stellte die Tasse auf den Tresen und sagte: »Fahren wir also hin, und unterwegs erzähle ich dir, was ich weiß.«

Während Ambrogiani sie durch verschlafene Gassen und Alleen fuhr, berichtete Brunetti, was er aus den Büchern erfahren hatte, und erzählte von dem fotokopierten Krankenblatt von Kaymans Sohn und dem Artikel in der medizinischen Zeitschrift.

»Das klingt, als hätte die Dottoressa oder Foster zwei und zwei zusammengezählt. Aber es erklärt noch nicht, warum beide ermordet wurden.«

»Du glaubst das also auch?« fragte Brunetti.

Ambrogiani wandte den Blick von der Straße und sah Brunetti an. »Ich habe keine Sekunde geglaubt, daß Foster bei einem Raubüberfall umgebracht wurde, und an eine Überdosis glaube ich auch nicht. Egal wie gut sie beides hingedreht haben.«

Ambrogiani bog in eine noch kleinere Straße ein und hielt hundert Meter von einem weiß getünchten Haus, das etwas von der Straße zurückversetzt und von einem Drahtzaun umgeben war. Die Eingangstüren zu dem Doppelhaus befanden sich über den Toren einer Zweiergarage. In der Einfahrt lagen nebeneinander zwei Fahrräder, so ungezwungen, wie nur Fahrräder daliegen können.

»Erzähl mir mehr über diese Chemikalien«, sagte Ambrogiani, als er den Motor abstellte. »Ich habe gestern abend noch versucht, etwas darüber in Erfahrung zu bringen, aber niemand, den ich gefragt habe, schien Genaueres zu wissen, außer daß sie gefährlich sind.«

»Viel mehr habe ich bei meiner ganzen Lektüre auch

nicht gelernt«, räumte Brunetti ein. »Es gibt da ein ganzes Spektrum, ein echter Todescocktail. Sie sind leicht herzustellen, und die meisten Fabriken brauchen offenbar einige davon, oder sie fallen bei dem, was sie herstellen, als Nebenprodukte ab. Die Probleme beginnen, wenn man sie loswerden will. Früher konnte man sie fast überall deponieren, aber das ist jetzt nicht mehr so einfach. Zu viele Leute haben sich beschwert, daß sie so etwas nicht vor ihrer Haustür haben wollen.«

»Stand nicht mal etwas in den Zeitungen über einen Frachter, ›Karen B‹ oder so ähnlich, der bis Afrika kam, dann umkehren mußte und schließlich in Genua landete?«

Als Ambrogiani es erwähnte, erinnerte auch Brunetti sich an die Schlagzeilen über den »Giftfrachter«, der versucht hatte, seine Ladung in einem afrikanischen Hafen zu löschen und keine Erlaubnis zum Anlegen erhalten hatte. So hatte das Schiff offenbar wochenlang auf dem Mittelmeer gekreuzt, und die Presse hatte sich der Sache ebenso begeistert angenommen wie jener verrückten Delphine, die alle paar Jahre versuchten, den Tiber hinaufzuschwimmen. Schließlich hatte die ›Karen B‹ Genua angelaufen, und das war das Ende der Geschichte gewesen. Als wäre sie in den Wellen des Mittelmeers versunken, war die ›Karen B‹ von den Seiten der Zeitungen und den Bildschirmen des italienischen Fernsehens verschwunden. Und die giftige Ladung, eine ganze Schiffsladung, war ebenso vollständig verschwunden, und niemand wußte oder fragte, wie. Oder wohin.

»Ja, aber ich weiß nicht mehr, was sie geladen hatte«, sagte Brunetti.

»Wir hatten hier noch nie einen solchen Fall«, sagte Ambrogiani, der es nicht für nötig hielt, zu erklären, daß er mit »wir« die Carabinieri und mit dem »Fall« eine illegale Müllkippe meinte. »Ich weiß nicht einmal, ob es unsere Aufgabe ist, danach zu suchen oder jemanden dafür zu verhaften.«

Keiner von beiden mochte das Schweigen brechen, das der Gedanke nach sich zog. Schließlich sagte Brunetti: »Interessant, nicht?«

»Daß offenbar niemand dafür verantwortlich ist, den Gesetzen Geltung zu verschaffen? Falls es Gesetze gibt.«

»Ja.«

Bevor sie dem noch weiter nachgehen konnten, öffnete sich die linke Eingangstür des Hauses, das sie beobachteten, und ein Mann trat heraus. Er kam die Treppe herunter, machte das Garagentor auf und bückte sich, um die beiden Fahrräder auf den Rasen neben der Auffahrt zu legen. Als er in der Garage verschwand, stiegen Brunetti und Ambrogiani zugleich aus dem Auto und gingen auf das Haus zu.

In dem Moment, als sie das Tor im Zaun erreicht hatten, kam langsam ein Auto aus der Garage. Es fuhr rückwärts auf das Tor zu, der Mann stieg bei laufendem Motor aus und wollte das Tor aufmachen. Entweder sah er die beiden Männer nicht, oder er hatte beschlossen, sie nicht zu beachten. Er entriegelte das Tor, schob es auf und ging auf die offene Tür seines Wagens zu.

»Sergeant Kayman?« rief Brunetti in den Motorenlärm.

Beim Klang seines Namens drehte der Mann sich um und sah zu ihnen herüber. Beide Polizisten traten vor, blieben aber am Tor stehen, um nur ja nicht unaufgefordert das Anwesen des Mannes zu betreten. Daraufhin winkte der Mann sie herein und griff in seinen Wagen, um den Motor abzustellen.

Er war groß und blond und ging leicht vornübergebeugt, eine Haltung, die vielleicht früher einmal seine Größe kaschieren sollte, inzwischen aber zur Gewohnheit geworden war. Er bewegte sich mit jener lässigen Leichtigkeit, die bei Amerikanern so häufig zu beobachten ist und die sie so gut in Freizeitkleidung aussehen läßt und so linkisch im offiziellen Anzug. Er kam mit offenem, fragendem Gesicht auf sie zu, ohne zu lächeln, aber auch keineswegs mißtrauisch.

»Ja?« fragte er auf englisch. »Suchen Sie mich?«

»Sergeant Edward Kayman?« fragte Ambrogiani.

»Ja. Was kann ich für Sie tun? Bißchen früh, nicht?«

Brunetti trat vor und streckte die Hand aus. »Guten Morgen, Sergeant. Ich bin Guido Brunetti von der Polizei in Venedig.«

Der Amerikaner begrüßte Brunetti mit kräftigem Händedruck. »Da sind Sie aber ein ganzes Ende weg von zu Hause, Mr. Brunetti, oder?« fragte er, wobei er aus den beiden T zwei D machte.

Es war freundlich gemeint, und Brunetti lächelte ihn an. »Das kann man sagen. Aber ich wollte Ihnen ein paar Fragen stellen, Sergeant.«

Ambrogiani lächelte nur und nickte, machte aber keine Anstalten, sich vorzustellen. Er überließ Brunetti die Unterhaltung.

»Na, dann fragen Sie mal«, sagte der Amerikaner und

meinte dann: »Tut mir leid, daß ich Sie nicht auf einen Kaffee ins Haus bitten kann, aber meine Frau schläft noch, und sie bringt mich glatt um, wenn ich die Kinder wecke. Samstag ist der einzige Tag, an dem sie ausschlafen kann.«

»Das verstehe ich«, sagte Brunetti. »Bei mir zu Hause ist das ganz genauso. Ich mußte mich heute morgen wie ein Einbrecher aus der Wohnung schleichen.« Sie grinsten sich verständnisinnig an ob der unglaublichen Tyrannei schlafender Ehefrauen, und Brunetti begann: »Es geht um Ihren Sohn.«

»Daniel?« fragte der Amerikaner.

»Ja.«

»Das dachte ich mir.«

»Es scheint Sie nicht zu überraschen«, bemerkte Brunetti.

Der Sergeant stellte sich neben seinen Wagen und lehnte sich dagegen, bevor er antwortete. Brunetti nahm die Gelegenheit wahr, sich zu Ambrogiani umzudrehen und ihn auf italienisch zu fragen: »Kannst du folgen?«

Der Carabiniere nickte.

Der Amerikaner stellte die Beine überkreuz und zog eine Schachtel Zigaretten aus der Hemdtasche. Er hielt sie den Italienern hin, aber beide schüttelten den Kopf. Er zündete sich eine an, wobei er die Flamme des Feuerzeugs mit den Händen sorgsam vor nichtvorhandenem Wind schützte, dann verstaute er Zigarettenschachtel und Feuerzeug wieder in der Hemdtasche.

»Die Sache mit der Ärztin, ja?« fragte er, wobei er den Kopf in den Nacken legte und eine Rauchfahne in die Luft blies.

»Wie kommen Sie darauf, Sergeant?«

»Dazu muß man wohl kein Hellseher sein, oder? Sie war Dannys Ärztin, und sie war verdammt nochmal ganz schön von der Rolle, als sein Arm so schlimm wurde. Immer wieder hat sie ihn gefragt, was passiert ist, und dann kam dieser Freund von ihr, den es in Venedig erwischt hat, und hat mich geradezu bombardiert mit Fragen.«

»Sie wußten, daß die beiden befreundet waren?« Brunetti war ehrlich überrascht.

»Na ja, geredet haben die Leute darüber erst, als er tot war, aber ich nehme an, daß doch einige es vorher gewußt haben. Ich gehörte nicht dazu, aber ich habe ja auch nicht mit ihnen gearbeitet. Schließlich sind wir nur ein paar Tausend Leute hier, und wir leben und arbeiten praktisch auf Tuchfühlung. Da kann man nichts geheimhalten, jedenfalls nicht sehr lange.«

»Was für Fragen hat er Ihnen denn gestellt?«

»Vor allem wollte er die genaue Stelle wissen, wo Danny an dem Tag herumgelaufen ist. Und was wir da noch gesehen haben. So was alles.«

»Und was haben Sie ihm gesagt?«

»Ich habe ihm gesagt, daß ich es nicht mehr weiß.«

»Sie wußten es nicht mehr?«

»Jedenfalls nicht genau. Wir waren an dem Tag irgendwo über Aviano, in der Nähe vom Lago di Barcis. Aber auf dem Rückweg aus den Bergen haben wir noch woanders angehalten; da hatten wir unser Picknick. Und Danny ist ein Weilchen allein im Wald herumgestreift, aber er konnte sich nicht mehr erinnern, wo er hingefallen ist, ich meine an welcher Stelle. Das habe ich Foster gesagt und versucht, ihm zu beschreiben, wo das war, aber ich wußte nicht mehr genau, wo wir den Wagen geparkt hatten. Wenn man drei Kinder und einen Hund im Auge behalten muß, achtet man auf so etwas nicht weiter.«

»Wie hat er reagiert, als Sie sagten, daß Sie sich nicht genau erinnern können?«

»Himmel, er wollte, daß ich mit ihm hinfahre. Ich sollte an einem Samstag den ganzen Weg da mit ihm rauffahren und die Stelle suchen und sehen, ob ich den Parkplatz wiederfinde.«

»Und, haben Sie das getan?«

»Um Himmels willen, nein, nicht mal für Geld und gute Worte. Ich habe drei Kinder und eine Frau und, wenn ich Glück habe, einen freien Tag die Woche. Den werde ich doch nicht damit verbringen, in den Bergen herumzurennen und nach der Stelle zu suchen, wo ich mal irgendwann gepicknickt habe. Außerdem war das gerade in der Zeit, als Danny im Krankenhaus war, und da wollte ich meine Frau nicht unbedingt einen ganzen Tag allein lassen, nur um Gemseneier zu suchen.«

»Was hat er gemacht, als Sie ihm das sagten?«

»Also, man sah ihm an, daß er ziemlich wütend war, aber ich habe eben gesagt, daß ich nicht kann, und daraufhin hat er sich wohl beruhigt. Er hat dann nicht mehr gefragt, ob ich mitgehe, aber ich glaube, er ist allein hingefahren, vielleicht auch mit Dr. Peters.«

»Wie kommen Sie darauf?«

»Na ja, er ist zu einem Freund von mir gegangen, der in der Zahnklinik arbeitet. Der ist Röntgentechniker und hat mir erzählt, Foster sei an einem Freitagnachmittag zu ihm ins Labor gekommen und habe ihn gefragt, ob er ihm übers Wochenende seine Marke leiht.«

»Seine Marke?«

»Den Dosimeter. Die nennen das Ding ›Marke‹. Es ist so ein kleiner Anhänger, den alle tragen müssen, die mit Röntgenstrahlen zu tun haben. Wenn man zuviel Strahlung abkriegt, verfärbt er sich.« Brunetti nickte, er wußte Bescheid. »Also, jedenfalls hat mein Bekannter ihm das Ding übers Wochenende geliehen und am Montagmorgen zurückbekommen. Wie versprochen.«

»Und der Sensor?«

»Hatte sich nicht verändert. Das Ding hatte immer noch dieselbe Farbe wie vorher.«

»Warum glauben Sie, daß er es sich aus diesem Grund geliehen hatte?«

»Sie kannten ihn nicht, oder?« fragte er Brunetti, der den Kopf schüttelte. »Er war ein komischer Kauz. Richtig ernst. Ich meine, er hat seine Arbeit wirklich ernst genommen, oder eigentlich alles. Ich glaube, er war auch religiös, aber nicht so wie diese verrückten Wiedergeborenen. Wenn er einmal etwas als richtig erkannt hatte, konnte man ihn nicht davon abbringen, es auch zu tun. Und er hatte es sich in den Kopf gesetzt, daß...« Hier hielt er inne. »Ich weiß nicht genau, was er sich in den Kopf gesetzt hatte, aber er wollte herausfinden, wo Danny mit diesem Zeug in Berührung gekommen war, auf das er allergisch reagierte.«

»War es das? Eine Allergie?«

»Das haben sie uns gesagt, als er aus Deutschland zurückkam. Sein Arm sieht schrecklich aus, aber die

Ärzte da oben meinen, daß es ziemlich gut verheilt. Könnte vielleicht ein Jahr dauern, aber die Narbe verschwindet, oder wenigstens verblaßt sie.«

Ambrogiani sprach zum erstenmal. »Hat man Ihnen gesagt, wogegen er allergisch ist?«

»Nein, das konnten sie nicht feststellen. Sie meinten, daß es wahrscheinlich der Saft von irgendeinem Baum war, der in den Bergen dort wächst. Alle möglichen Tests haben sie mit dem Jungen gemacht.« Sein Gesicht bekam einen weichen Ausdruck, und seine Augen leuchteten vor Stolz. »Hat nie geklagt, der Junge. Hat das Zeug zum richtigen Mann. Bin ganz schön stolz auf ihn.«

»Aber wogegen er allergisch ist, hat man Ihnen nicht gesagt?« wiederholte der Carabiniere.

»Nee. Und dann haben diese Knallköpfe auch noch Dannys Krankenblatt verschlampt, jedenfalls die Unterlagen aus Deutschland.«

Bei diesen Worten tauschten Brunetti und Ambrogiani einen Blick, und Brunetti fragte: »Wissen Sie, ob Foster die Stelle gefunden hat?«

»Nein. Er ist ja zwei Wochen nachdem er sich dieses Dosimeter-Dings ausgeliehen hatte, umgebracht worden, und ich hatte keine Gelegenheit mehr, noch mal mit ihm zu reden. Ich weiß es also nicht. Es tut mir leid, daß ihm das passiert ist. Er war ganz in Ordnung, und daß seine Freundin sich das alles so zu Herzen genommen hat, tut mir auch leid. Ich wußte ja nicht, daß die beiden so…« Ihm fehlte das richtige Wort, und er brach ab.

»Glauben die Leute hier, daß Dr. Peters sich wegen Foster eine Überdosis gespritzt hat?«

Diesmal war es der Sergeant, der überrascht war. »Sonst würde die ganze Geschichte ja keinen Sinn ergeben, oder? Sie war doch Ärztin. Wenn jemand wußte, wieviel von dem Zeug man sich spritzen muß, dann doch wohl sie.«

»Ich nehme es an«, sagte Brunetti, dem seine Worte wie Verrat vorkamen.

»Aber eine komische Sache ist es doch«, meinte der Amerikaner. »Wenn ich nicht so mit meinen Sorgen um Danny beschäftigt gewesen wäre, hätte ich Foster vielleicht doch noch etwas sagen können, was ihm geholfen hätte, die Stelle zu finden, die er suchte.«

»Und was ist das?« fragte Brunetti, bemüht, seine Frage ganz beiläufig klingen zu lassen.

»An dem Tag da oben in den Bergen habe ich zwei von den Lastwagen gesehen, die auch hierher kommen. Sie sind in eine Schotterstraße eingebogen, die ein Stück weiter unten von der Straße wegführte. Als Foster mich fragte, habe ich einfach nicht daran gedacht. Ich wünschte, es wäre mir eingefallen. Damit hätte ich ihm womöglich viel Mühe ersparen können. Er hätte nur Mr. Gamberetto fragen müssen, wo seine Laster an dem Tag waren, und er hätte die Stelle gefunden.«

»Mr. Gamberetto?« erkundigte Brunetti sich höflich.

»Ja, das ist unser Vertragsspediteur. Seine Lastwagen kommen zweimal die Woche, um Problemmüll abzuholen. Medizinabfälle aus dem Krankenhaus, wissen Sie, und aus der Zahnklinik. Ich glaube, er nimmt auch das Zeug aus unserem Fuhrpark mit. Öl aus den Transformatoren und vom Ölwechsel. Auf den Lastwagen steht nicht sein Name oder so etwas, aber sie haben einen roten Streifen an der Seite, und genau solche habe ich an dem Tag beim Lago di Barcis gesehen.« Er hielt inne und wurde nachdenklich. »Ich weiß nicht, warum mir das nicht eingefallen ist, als Foster mich gefragt hat. Aber an dem Tag hatten sie Danny gerade nach Deutschland gebracht, und ich konnte wohl nicht richtig klar denken.«

»Sie arbeiten in der Beschaffungsstelle, Sergeant, nicht wahr?« fragte Ambrogiani.

Falls es dem Amerikaner seltsam vorkam, daß Ambrogiani dies wußte, ließ er es sich nicht anmerken. »Ja, stimmt.«

»Haben Sie je mit diesem Mr. Gamberetto gesprochen?«

»Nee. Hab ihn nie gesehen. Ich kenne nur seinen Namen aus dem Vertrag.«

»Kommt er nicht, um die Verträge zu unterschreiben?« wollte Ambrogiani wissen.

»Nein, einer unserer Offiziere fährt zu ihm. Wahrscheinlich springt dabei eine Essenseinladung für ihn heraus. Anschließend kommt er mit dem unterschriebenen Vertrag zurück, und wir bearbeiten ihn dann weiter.« Brunetti mußte Ambrogiani nicht ansehen, um zu wissen, daß auch ihm der Gedanke durch den Kopf ging, es springe wahrscheinlich für irgend jemanden eine ganze Menge mehr heraus als nur ein Essen.

»Ist das der einzige Vertrag, den Sie mit Mr. Gamberetto haben?«

»Nein, Sir. Er soll auch unser neues Krankenhaus bauen. Das sollte eigentlich schon angefangen sein, aber dann kam der Golfkrieg, und alle Bauprojekte wurden zurückgestellt. Jetzt sieht es aus, als würde sich langsam wieder etwas tun, und ich nehme an, der Baubeginn ist im Frühjahr, sobald der Boden bearbeitet werden kann.«

»Ist es ein großer Vertrag?« fragte Brunetti. »Es hört sich jedenfalls so an, ein Krankenhaus.«

»Ich weiß die genaue Summe nicht, weil es schon so lange her ist, daß ich den Vertrag in der Hand hatte, aber sie wird wohl so um die zehn Millionen Dollar liegen. Allerdings wurde der Vertrag vor drei Jahren abgeschlossen, und in der Zwischenzeit sind die Preise ja gestiegen.«

»Da dürften Sie recht haben«, meinte Brunetti, und bevor einer von ihnen noch etwas sagen konnte, ertönte vom Haus her wildes Bellen. Als die drei Männer sich umdrehten, wurde die Eingangstür ein Stück aufgestoßen, und ein großer schwarzer Hund kam heraus und die Treppe heruntergestürmt. Mit irrem Gebell raste das Tier direkt auf Kayman zu, sprang an ihm hoch und leckte nach seinem Gesicht. Dann beschnüffelte es die beiden Italiener und rannte ein paar Meter weiter auf den Rasen, um Wasser zu lassen und gleich wieder an Kayman hochzuspringen, so daß es mit der Nase fast an seine stieß.

»Runter mit dir, Kitty Kat«, befahl er ohne jede Strenge im Ton. Die Hündin schnellte wieder hoch und stubste ihn an. »Laß das, dummes Mädchen, ab!« Der Erfolg war gleich Null, das Tier rannte nur davon, um Anlauf für den nächsten stürmischen Sprung zu nehmen, und kam erneut auf ihn zugerannt. »Böser Hund«, sagte Kaymann in einem Ton, der das Gegenteil ausdrückte. Er wehrte die Hündin mit beiden Händen ab und begann liebevoll ihr Nackenfell zu zausen. »Entschuldigen Sie. Ich wollte eigentlich ohne sie wegfahren. Wenn sie mich ins Auto steigen sieht, dreht sie durch, wenn ich sie nicht mitnehme. Sie fährt begeistert Auto.«

»Ich will Sie nicht länger aufhalten, Sergeant. Sie haben mir sehr geholfen«, sagte Brunetti und streckte die Hand aus. Die Hündin verfolgte mit heraushängender Zunge diese Bewegung. Kaymann machte eine Hand frei, um sie Brunetti zu geben, aber etwas linkisch, weil er immer noch über den Hund gebeugt stand. Dann gab er auch Ambrogiani die Hand, und als sie kehrtmachten und zum Tor zurückgingen, öffnete er die Autotür und ließ den Hund in den Wagen springen, bevor er selbst einstieg.

Als der Wagen rückwärts auf sie zukam, stand Brunetti am Tor. Er winkte Sergeant Kayman zu und bedeutete ihm, er werde das Tor zumachen, was er dann auch tat. Der Amerikaner wartete nur noch, bis er sah, daß es richtig zu war, und fuhr dann langsam davon. Zuletzt sahen sie noch, wie die Hündin den Kopf aus dem hinteren Fenster steckte und die Nase in den Wind hielt.

20

Während der Hundekopf die schmale Straße hinauf verschwand, drehte Ambrogiani sich zu Brunetti um und fragte: »Na?«

Brunetti ging langsam auf den geparkten Wagen zu. Als sie beide eingestiegen und die Türen zu waren, blieb Ambrogiani hinter dem Steuer sitzen, ohne den Motor anzulassen. »Großer Auftrag, so ein Krankenhausbau«, meinte Brunetti schließlich. »Großer Auftrag für Signor Gamberetto.«

»Kann man wohl sagen«, stimmte der andere zu.

»Sagt dir der Name etwas?« fragte Brunetti.

»O ja«, antwortete Ambrogiani, und dann: »Er ist einer, von dem wir die Finger lassen sollen.«

Als Brunetti ihn fragend ansah, erklärte Ambrogiani: »Keine direkte Anweisung – so werden diese Sachen nie gehandhabt –, aber es ist von oben durchgesickert, daß Signor Gamberetto und seine Geschäfte nicht allzu genau unter die Lupe zu nehmen sind.«

»Sonst passiert was?« erkundigte sich Brunetti.

»Ach.« Ambrogiani lachte verbittert auf. »So direkt wird das nie gesagt. Es wird nur angedeutet, und wer auch nur ein Fünkchen Verstand hat, weiß Bescheid.«

»Und läßt Signor Gamberetto in Ruhe?«

»Genau.«

»Interessant«, war Brunettis Kommentar.

»Sehr.«

»Ihr behandelt ihn also wie einen ganz normalen Geschäftsmann, der in dieser Gegend seinem Gewerbe nachgeht?«

Ambrogiani nickte.

»Und am Lago di Barcis, wie es aussieht.«

»Ja, so sieht es aus.«

»Ob du etwas mehr über ihn herausfinden kannst?«

»Ich könnte es versuchen.«

»Und was heißt das?«

»Das heißt, wenn er ein mittelgroßer Fisch ist, kann ich etwas über ihn in Erfahrung bringen. Aber wenn er ein großer Fisch ist, wird's nicht viel zu erfahren geben. Oder sagen wir so: Ich werde feststellen, daß er nichts weiter als ein achtbarer Geschäftsmann aus der Gegend ist, der gute Kontakte zur Politik hat. Und das wird uns nur bestätigen, was wir ohnehin schon wissen, nämlich daß er ein Mann mit einflußreichen Freunden ist.«

»Mafia?«

Ambrogiani zog als Antwort eine Schulter hoch.

»Sogar hier oben im Norden?«

»Warum nicht? Irgendwo müssen sie doch hin. Im Süden unten bringen sie sich ja nur noch gegenseitig um. Wie viele Morde hat es denn dieses Jahr schon gegeben? Zweihundert? Zweihundertfünfzig? Also kommen sie hierher.«

»Regierung?«

Ambrogiani gab jenes ganz bestimmte abfällige Schnauben von sich, das Italiener speziell für ihre Regierung reserviert haben. »Wer kann das schon noch auseinanderhalten, Mafia und Regierung?«

Diese Ansicht ging weiter als Brunettis eigene, aber vielleicht hatte das landesweite Netzwerk der Carabinieri Zugang zu mehr Informationen als er.

»Und was kannst du tun?« fragte Ambrogiani.

»Ich kann ein paar Telefonate führen, wenn ich nach Hause komme. Die eine oder andere Gefälligkeit in Anspruch nehmen.« Er sagte Ambrogiani nicht, daß der eine Anruf, der seiner Ansicht nach am meisten Erfolg versprach, nichts mit der Beanspruchung eines Gefallens zu tun hatte; eher das Gegenteil.

Schweigend blieben sie eine Weile sitzen. Endlich beugte Ambrogiani sich vor, öffnete das Handschuhfach und fing an, in dem Stapel Landkarten zu wühlen, der darin lag, bis er schließlich eine davon herauszog. »Hast du Zeit?« fragte er.

»Ja. Wie lange dauert die Fahrt dorthin?«

Statt einer Antwort faltete Ambrogiani die Karte auseinander, wobei er einen Teil aufs Lenkrad legte und mit seinem dicken Finger darauf herumfuhr, bis er gefunden hatte, was er suchte. »Hier ist es. Lago di Barcis.« Sein Finger rutschte etwas nach rechts und dann in einer geraden Linie südlich bis Pordenone. »Anderthalb Stunden. Vielleicht zwei. Der größte Teil Autobahn. Was meinst du?«

Zur Antwort griff Brunetti schräg nach hinten, zog sich den Sicherheitsgurt über die Brust und ließ den Verschluß zwischen ihren beiden Sitzen einrasten.

Zwei Stunden später waren sie auf der kurvigen Straße, die sich zum Lago di Barcis hinaufwand, gefangen in einer Schlange von mindestens zwanzig Wagen hinter einem riesigen schotterbeladenen Laster, der sich mit etwa zehn Kilometern pro Stunde aufwärts quälte und Ambrogiani zwang, ständig zwischen dem ersten und zweiten Gang hin- und herzuschalten, während sie vor den Kurven anhielten, damit der Laster Zeit hatte, sich hindurchzumanövrieren. Immer wieder wurden sie links von Autos überholt, die sich anschließend hupend zwischen die unmittelbar hinter dem Laster fahrenden drängten. Gelegentlich scherte einer nach rechts aus und suchte sich auf dem zu schmalen Seitenstreifen einen Parkplatz. Der Fahrer stieg dann aus, öffnete die Motorhaube, und manchmal machte er den Fehler, auch den Kühler aufzuschrauben.

Brunetti hätte gern einen Zwischenhalt vorgeschlagen, denn sie hatten es weder eilig noch ein direktes Ziel, aber auch wenn er nicht im eigentlichen Sinne Autofahrer war, wußte er doch genug, um sich mit derartigen Vorschlägen zurückzuhalten. Nach ungefähr zwanzig Minuten scherte der Lastwagen dann in eine langgezogene Parkbucht aus, die offensichtlich zu diesem Zweck angelegt war, und die nachfolgenden Autos schossen vorbei, manche mit einem dankbar winkenden Fahrer, die meisten, ohne sich weiter darum zu kümmern. Zehn Minuten später erreichten sie die kleine Stadt Barcis, und Ambrogiani bog links in eine Seitenstraße, die zum See führte.

Schwerfällig stieg Ambrogiani aus, offensichtlich entnervt von der Fahrt. »Trinken wir was«, sagte er und stapfte schon auf ein Café zu, dessen Tische auf einer großen Terrasse eines der Häuser am See standen. Er zog einen Stuhl unter einem der sonnenbeschirmten Tische hervor und ließ sich darauf nieder. Vor ihnen lag mit geradezu unheimlich blauem Wasser der See, dahinter ragten die Berge empor. Ein Ober kam, um ihre Bestellung aufzunehmen, und brachte ihnen einige Minuten später zweimal Kaffee und zwei Gläser mit Mineralwasser.

Als Brunetti seinen Kaffee ausgetrunken und einen Schluck Wasser probiert hatte, fragte er: »Und?«

Ambrogiani lächelte. »Hübscher See, nicht?«

»Ja, wunderschön. Was sind wir, Touristen?«

»Sieht so aus. Schade, daß wir nicht hierbleiben und den ganzen Tag auf den See schauen können, nicht?«

Es verunsicherte Brunetti, daß er nicht wußte, ob sein Begleiter es ernst meinte. Aber ja, es wäre nett. Er dachte an die beiden jungen Amerikaner und hoffte, daß sie ihr Wochenende hier hatten verbringen können, ungeachtet der Gründe für ihren Ausflug. Wenn sie verliebt gewesen waren, war das hier ein herrlicher Ort. Sofort korrigierte er als sein eigener Redakteur diesen Gedanken: Für Verliebte war jeder Ort herrlich.

Brunetti winkte dem Ober und zahlte. Sie hatten sich auf der Fahrt verständigt, daß sie keine Aufmerksamkeit auf sich ziehen wollten, indem sie Fragen nach Lastwagen mit roten Streifen stellten, die in Nebenstraßen abbogen. Sie waren Touristen, auch wenn einer von ihnen Jackett und Krawatte trug, und Touristen hatten nun einmal das Recht, an einem Picknickplatz anzuhalten und sich die Berge anzusehen, während der Verkehr an ihnen vorüberbrauste. Da er nicht wußte, wie lange sie unterwegs sein würden, ging er drinnen an den Tresen und fragte, ob sie ein paar Sandwichs mitnehmen könnten. Der Mann hatte nur Schinken und Käse anzubieten. Brunetti nickte und bat ihn, vier davon zurechtzumachen und ihnen noch eine Flasche Rotwein und zwei Plastikbecher mit einzupacken.

Damit gingen sie zu Ambrogianis Wagen zurück und fuhren den Berg hinunter, wieder in Richtung Pordenone. Etwa zwei Kilometer hinter Barcis sahen sie auf der rechten Seite einen großen Parkplatz liegen und steuerten ihn an. Ambrogiani parkte den Wagen so, daß sie statt der Berge die Straße im Blick hatten, und stellte den Motor ab. »Da wären wir.«

»Nicht gerade das, was ich mir unter einem Wochenendausflug vorstelle«, bekannte Brunetti.

»Ich habe schon Schlimmeres erlebt«, erwiderte Ambrogiani und erzählte dann, wie er einmal in Aspromonte ein Entführungsopfer suchen sollte und drei Tage in den Hügeln gelegen und durch ein Fernglas beobachtet hatte, wie Leute in einer Schäferhütte ein und aus gingen.

»Und wie endete es?« wollte Brunetti wissen.

»Oh, wir haben sie geschnappt.« Dann lachte er. »Aber es war das falsche Opfer, nicht das, nach dem wir eigentlich suchten. Die Familie dieses Mädchens hatte uns gar nicht verständigt, den Fall nicht gemeldet. Sie waren bereit, das Lösegeld zu zahlen, aber wir waren da, bevor sie Gelegenheit hatten, auch nur eine Lira loszuwerden.«

»Was wurde aus dem anderen? Dem, den ihr eigentlich gesucht habt?«

»Sie haben ihn umgebracht. Wir fanden ihn eine Woche nach dem Mädchen. Sie hatten ihm die Kehle durchgeschnitten. Der Geruch hat uns aufmerksam gemacht. Und die Vögel.«

»Warum haben die das getan?«

»Wahrscheinlich, weil wir das Mädchen gefunden hatten. Wir haben die Familie davor gewarnt, etwas verlauten zu lassen, als wir das Kind zurückbrachten. Aber irgend jemand hat die Zeitungen verständigt, und die brachten es auf allen Titelseiten. ›Glückliche Befreiung‹, die ganze Chose, Fotos mit ihrer Mutter, und wie das Mädchen ihre erste Pasta nach zwei Monaten aß. Die Entführer müssen das gelesen haben und dachten wohl, wir hätten ihre Spur. Daraufhin haben sie ihn umgebracht.«

»Warum haben sie ihn nicht einfach laufenlassen?« überlegte Brunetti laut, und weil Ambrogiani es nicht erwähnt hatte, erkundigte er sich noch: »Wie alt war er denn?«

»Zwölf.« Es folgte eine lange Pause, dann beantwortete Ambrogiani die erste Frage. »Laufenlassen wäre schlecht fürs Geschäft gewesen. Andere hätten daraus womöglich geschlossen, daß es eine Chance gibt, wenn wir ihnen erst mal dicht genug auf den Fersen sind. Indem sie das Kind töteten, machten sie klar: Wir meinen es ernst, und wenn ihr nicht zahlt, dann töten wir.«

Ambrogiani öffnete den Wein und goß etwas davon in die Plastikbecher. Sie aßen jeder ein Sandwich, und weil sie nichts weiter zu tun hatten, noch eins. Die ganze Zeit über hatte Brunetti bewußt nicht auf die Uhr gesehen, weil er hoffte, die Zeit würde schneller vergehen, wenn er länger damit wartete. Schließlich konnte er nicht mehr widerstehen und sah doch nach. Mittag. Die Stunden dehnten sich. Er kurbelte das Fenster herunter und blickte lange auf die Berge. Als er sich einmal umdrehte, schlief Ambrogiani, den Kopf nach links ans Fenster gelehnt.

Brunetti beobachtete den Verkehr auf der steilen Straße. Alle Autos sahen für ihn mehr oder weniger gleich aus, bis auf die Farbe oder, wenn sie langsam genug fuhren, die Nummernschilder.

Nach einer Stunde kamen immer weniger; Mittagszeit. Kurz nachdem er das festgestellt hatte, hörte er das scharfe Zischen der Luftdruckbremsen eines Lastwagens und sah einen großen Laster mit rotem Streifen an der Seite den Berg hinunterfahren.

Er berührte Ambrogiani am Arm. Der Carabiniere war sofort wach und griff nach dem Zündschlüssel. Sie fuhren auf die Straße und folgten dem Lastwagen. Etwa zwei Kilometer von ihrem Parkplatz entfernt bog dieser nach rechts ab und verschwand eine schmale unbefestigte Straße hinunter. Sie fuhren an der Abzweigung vorbei und weiter bergab, aber Brunetti sah, wie Ambrogiani ans Armaturenbrett faßte und den Tageskilometerzähler auf Null stellte. Nach einem Kilometer fuhr er an die Seite und stellte den Motor ab.

»Was war das für ein Nummernschild?«

»Vicenza«, sagte Brunetti und holte sein Notizbuch heraus, um sich die Nummer zu notieren, solange er sie noch frisch im Gedächtnis hatte. »Was meinst du?«

»Wir bleiben hier, bis wir ihn zurückkommen sehen, oder wir warten eine halbe Stunde und sehen dann mal nach.«

Nach einer halben Stunde war der Laster noch nicht wieder zurückgekommen, und Ambrogiani fuhr wieder bis zu der Einmündung, an der er vorhin abgebogen war. Sie fuhren daran vorbei und noch ein Stückchen weiter, dann hielten sie rechts an, und Ambrogiani parkte den Wagen zwischen zwei Markierungspfosten.

Als sie ausgestiegen waren, ging Ambrogiani zum Kofferraum. Er öffnete ihn und griff hinein. Neben dem Reservereifen steckte eine großkalibrige Pistole, die er herausnahm und in seinen Hosenbund steckte. »Hast du auch eine?« fragte er.

Brunetti verneinte. »Ich habe sie heute nicht mitgenommen.«

»Ich habe noch eine zweite hier. Willst du sie?«

Brunetti schüttelte den Kopf.

Ambrogiani schlug den Kofferraumdeckel zu, und sie überquerten zusammen die Straße und gingen auf den Weg, der zu den Bergen führte.

Lastwagen hatten zwei tiefe Rinnen in den Weg gegraben; mit den ersten schweren Regenfällen würde sich alles in eine Schlammwüste verwandeln und unpassierbar sein für Laster von der Größe, wie sie gerade einen gesehen hatten. Nach ein paar hundert Metern wurde der Weg etwas breiter und schlängelte sich an einem Fluß entlang, der vom See herunterkam. Bald danach verließ er den Fluß nach links, um nun einer langen Baumreihe zu folgen. Weiter vorn führte der Weg in eine scharfe Linkskurve und einen steilen Hang hinauf, wo er zu enden schien.

Unvermittelt trat Ambrogiani hinter einen Baum und zog Brunetti mit sich. Mit einer einzigen Bewegung griff der Carabiniere nach seiner Pistole und gab Brunetti mit der anderen Hand einen heftigen Stoß in den Rücken, so daß er zur Seite geschleudert und völlig aus dem Gleichgewicht gebracht wurde.

Brunetti ruderte mit den Armen in der Luft, unfähig, sich auf den Beinen zu halten. Einen Moment lang hing er zwischen Himmel und Erde, dann kippte der Boden auf ihn zu, und er wußte, daß er fallen würde. Dabei wandte er den Kopf und sah Ambrogiani direkt hinter sich, die Waffe in der Hand. Sein Herz zog sich in plötzlicher Angst zusammen. Er hatte diesem Mann vertraut, ohne auch nur einen Moment daran zu denken, daß die Person auf dem amerikanischen Stützpunkt, die von Fosters Neugier und Dr. Peters' Affäre mit ihm erfahren hatte, ebensogut ein Italiener wie ein Amerikaner sein konnte. Und er hatte Brunetti sogar noch eine Waffe angeboten!

Er schlug vornüber und zu Boden, benommen und nach Atem ringend. Er versuchte auf die Knie zu kommen, dachte an Paola und sah das blendende Sonnenlicht ringsum. Ambrogiani ließ sich neben ihn fallen, warf einen Arm über seinen Rücken und drückte ihn wieder nach unten. »Bleib liegen. Kopf runter!« zischte er Brunetti ins Ohr, während er neben ihm lag und ihn mit dem Arm weiter auf dem Boden hielt.

Brunetti lag auf der Erde, die Finger ins Gras gekrallt, die Augen geschlossen, und fühlte nur das Gewicht von Ambrogianis Arm und den Schweiß, der seinen ganzen Körper bedeckte. Sein rasender Pulsschlag wurde vom Geräusch eines Lastwagens übertönt, der offenbar vom Ende der Schotterstrasse auf sie zukam. Er hörte den Motor vorbeidonnern und leiser werden, während der Laster in Richtung Hauptstraße zurückfuhr. Als er nicht mehr zu hören war, wuchtete Ambrogiani sich hoch und begann sich abzubürsten. »Entschuldige«, sagte er, während er mit ausgestreckter Hand auf Brunetti herunterlächelte. »Ich habe einfach gehandelt, zum Nachdenken war keine Zeit. Alles in Ordnung?«

Brunetti ergriff seine Hand, zog sich daran hoch und blieb mit zitternden Knien neben dem anderen stehen. »Ja, alles in Ordnung«, sagte er und bückte sich, um sich notdürftig den Staub abzuklopfen. Seine Unterwäsche klebte ihm am Körper, eine Nachwirkung der animalischen Angst, die so plötzlich über ihn gekommen war.

Ambrogiani drehte sich um und und ging wieder auf den Weg zurück; entweder hatte er Brunettis Furcht gar nicht bemerkt, oder er war so taktvoll und tat wenigstens so. Brunetti strich sich noch ein paarmal über seinen Anzug, holte tief Luft und folgte Ambrogiani bis zu der Stelle, wo die Straße anstieg. Sie endete dort nicht, sondern machte eine scharfe Biegung und endete erst dann abrupt am Rand eines kleinen Steilabfalls. Zusammen traten die beiden Männer heran und blickten hinunter. Vor ihnen lag eine Fläche von der Größe eines halben Fußballplatzes, fast ganz mit wildem Wein bedeckt, der sie im Lauf des letzten Sommers leicht überwuchert haben konnte. Unmittelbar unter ihnen lagen vielleicht hundert Metallfässer, dazwischen große schwarze Plastiksäcke, Industrieformat und jeweils an einem Ende zugeschnürt. Irgendwann mußte hier ein Bulldozer am Werk gewesen sein, denn die weiter entfernt liegenden Fässer verschwanden fast unter der mit Weinlaub bewachsenen Erde, die über sie gehäuft war. Unmöglich zu sagen, wie weit die bedeckten Fässer reichten, hoffnungslos, sie zählen zu wollen.

»Tja, wie's aussieht, haben wir gefunden, wonach der Amerikaner gesucht hat«, meinte Ambrogiani.

»Ich nehme an, er hat das auch gefunden.«

Ambrogiani nickte. »Sonst hätte man ihn nicht umbringen müssen. Was glaubst du, was er getan hat? Gamberetto direkt darauf angesprochen?«

»Ich weiß es nicht«, antwortete Brunetti. Eine derartige Reaktion war nicht plausibel. Was hätte Gamberetto denn im schlimmsten Fall schon passieren können? Eine Geldstrafe? Er hätte es bestimmt auf die Fahrer geschoben, vielleicht sogar einen dafür bezahlt, daß er behauptete, er habe das von sich aus getan. Er würde kaum den Vertrag für einen Krankenhausbau verlieren, wenn so etwas aufgedeckt wurde; das italienische Gesetz behandelte solche Dinge höchstens als Übertretung. Größeren Ärger würde er bekommen, wenn er mit einem nicht zugelassenen Auto erwischt wurde. Dadurch entging dem Staat schließlich Geld, während das hier nur die Erde vergiftete.

»Meinst du, wir können mal da runtersteigen?« fragte er.

Ambrogiani starrte ihn an. »Willst du dir das Zeug aus der Nähe ansehen?«

»Ich möchte wissen, was auf den Fässern steht.«

»Vielleicht, wenn wir da drüben links hinuntergehen.« Ambrogiani deutete auf einen schmalen Pfad, der zu der Müllkippe hinunterführte. Zusammen kletterten sie den steilen Abhang hinunter, kamen gelegentlich ins Rutschen und hielten sich aneinander fest, um nicht zu fallen. Endlich unten angelangt, standen sie nur wenige Meter von den ersten Fässern entfernt.

Brunetti sah sich den Boden an. Hier an der Peripherie war er trocken und staubig, weiter drinnen sah er fester und eher wie eine Paste aus. Er ging auf die Fässer zu, sorgsam darauf achtend, wohin er die Füße setzte. Obenauf stand nichts, kein Schild, kein Aufkleber, keinerlei Kennzeichnung. Immer darauf bedacht, an der Außenseite zu bleiben und nicht zu dicht heranzugehen, betrachtete er eingehend die sichtbaren Flächen der Fässer. Sie reichten ihm fast bis zur Hüfte, und jedes hatte oben einen sorgfältig zugehämmerten Verschluß. Wer immer sie hier abgeladen hatte, war wenigstens so umsichtig gewesen, sie aufrecht hinzustellen.

Am Ende der Fässerreihe angekommen, ohne eine Aufschrift gefunden zu haben, drehte er sich um und blickte zurück, ob es in der Reihe eine Stelle gab, wo genügend Platz war, um zwischen die Fässer zu kommen. Schließlich ging er ein paar Meter zurück und fand eine Stelle, wo er hineinkonnte. Das Zeug unter seinen Füßen war jetzt mehr als eine Paste, es war zu einer dünnen Schicht von öligem Schlamm geworden, die an seinen Schuhsohlen hochquoll. Er setzte seinen Weg fort und bückte sich von Zeit zu Zeit, um irgendeine Identifizierung zu finden. Er stieß mit dem Fuß gegen einen der schwarzen Plastiksäcke, der an einem der Fässer lehnte. Von dem Faß hing ein Etikett herunter. Brunetti nahm sein Taschentuch und drehte das Papier damit um. »U.S. Air Force. Ramst...« Das letzte Wort war unvollständig, aber seit die Maschinen einer italienischen Kunstflugstaffel dort ineinandergerast und todbringend auf Hunderte deutscher und amerikanischer Zivilisten gestürzt waren, wußte jeder in

Italien, daß der größte Militärstützpunkt der Amerikaner in Deutschland Ramstein hieß.

Er trat gegen den Sack, der zur Seite kippte. Nach den Formen, die sich unter der Plastikhaut abzeichneten, war er mit Dosen gefüllt. Er zog sein Schlüsselbund aus der Tasche, bohrte einen Schlüssel durch das Material und riß es damit auf. Dosen und Kartons fielen heraus. Als eine der Dosen auf ihn zurollte, wich er instinktiv zurück.

Hinter ihm rief Ambrogiani: »Was ist?«

Brunetti winkte, um zu signalisieren, daß alles in Ordnung war, und bückte sich, um zu sehen, was auf den Dosen und Kartons stand. GOVERNMENT ISSUE. NOT FOR RESALE OR PRIVATE USE las er auf einem. Einige Kartons trugen Aufschriften in deutscher Sprache. Auf den meisten war der Totenkopf mit den gekreuzten Knochen zu sehen, der vor Gift oder sonstiger Gefahr warnte. Er drehte mit dem Fuß eine der Dosen um. IF FOUND, CONTACT YOUR NBC OFFICER. DO NOT TOUCH stand darauf.

Brunetti drehte sich um und ging Schritt für Schritt zum Rand der Müllkippe zurück, jetzt noch vorsichtiger, wohin er seine Füße setzte. Unterwegs ließ er sein Taschentuch fallen und hob es nicht wieder auf. Als er zwischen den Fässern hervortrat, kam Ambrogiani auf ihn zu.

»Und?« fragte der Carabiniere.

»Die Aufschriften sind in Englisch und Deutsch. Einiges stammt offenbar von einem ihrer Luftwaffenstützpunkte in Deutschland. Woher der Rest kommt, habe ich nicht feststellen können.«

Sie machten sich auf den Rückweg. »Was heißt NBC?«

fragte Brunetti in der Hoffnung, daß Ambrogiani so etwas wußte.

»Nuklear, biologisch und chemisch.«

»Heilige Mutter Gottes«, flüsterte Brunetti.

Foster mußte gar nicht erst zu Gamberetto gehen, um sich in Gefahr zu begeben. Er war ein junger Mann, der Bücher wie *Christliches Leben im Zeitalter des Zweifels* im Regal hatte. Wahrscheinlich hatte er getan, was jeder naive junge Soldat an seiner Stelle getan hätte – es seinem Vorgesetzten gemeldet. Amerikanischer Müll. Amerikanischer Militärmüll. Nach Italien gebracht, um ihn hier abzuladen. Heimlich.

Sie gingen den schmalen Weg zurück, ohne daß ihnen weitere Lastwagen begegneten. Als sie zum Auto kamen, setzte Brunetti sich hinein und ließ die Beine nach draußen hängen. Dann stieß er mit zwei raschen Bewegungen die Schuhe von seinen Füßen, so daß sie ins Gras am Straßenrand flogen. Anschließend zog er, sorgfältig darauf bedacht, nur den oberen Rand anzufassen, seine Socken aus und warf sie hinterher. Zu Ambrogiani gewandt, sagte er: »Meinst du, wir könnten auf dem Weg zum Bahnhof an einem Schuhgeschäft halten?«

21

Ambrogiani erklärte Brunetti auf der Rückfahrt zum Bahnhof in Mestre, wie es zu solchen Mülltransporten kommen konnte. Der italienische Zoll durfte zwar jeden Laster inspizieren, der aus Deutschland zum amerikanischen Stützpunkt fuhr, aber es waren so viele, daß nicht jeder überprüft wurde, und wenn, dann oft nur sehr oberflächlich. Vom Flugverkehr gar nicht zu reden; auf den italienischen Militärflughäfen Villafranca und Aviano konnten die Maschinen frei starten und landen – und laden und entladen, was immer sie wollten. Auf Brunettis Frage, warum denn so viel transportiert werden müßte, versuchte Ambrogiani ihm klarzumachen, was Amerika alles tue, damit seine Soldaten und deren Familien zufrieden seien. Eis, Tiefkühlpizza, Spaghettisoße, Kartoffelchips, Spirituosen, kalifornische Weine, Bier, all das und noch mehr wurde eingeflogen, um die Regale im Supermarkt zu füllen, ganz zu schweigen von den Läden, in denen Stereoanlagen, Fernseher, Rennräder, Blumenerde und Unterwäsche verkauft wurden. Dazu die Transporte von schwerem Gerät, Panzern und Jeeps. Er erinnerte sich an den Marinestützpunkt in Neapel und den Stützpunkt in Livorno; per Schiff konnte alles herangeschafft werden.

»Schwierigkeiten scheint's da für sie also nicht zu geben«, meinte Brunetti.

»Aber warum bringen sie das Zeug alles hierher?« fragte Ambrogiani.

Die Erklärung dafür erschien Brunetti ziemlich einfach. »Die Deutschen sind in solchen Dingen wachsamer. Ihre Umweltbewegung ist ziemlich einflußreich. Wenn in Deutschland jemand von so einer Geschichte Wind bekäme, wäre der Teufel los. Nachdem sie jetzt wiedervereinigt sind, würde irgendwer davon zu reden anfangen, ob man die Amerikaner nicht einfach rauswerfen sollte, statt zu warten, bis sie von allein gehen. Aber hier in Italien kümmert es keinen, was irgendwo hingekippt wird, sie müssen also nur die Kennzeichnung entfernen. Wenn ihr Müll dann gefunden wird, weiß man nicht mehr, von wem er stammt, alle können behaupten, sie wüßten nichts davon, und keiner fühlt sich dafür zuständig, es herauszubekommen. Und bei uns redet niemand davon, die Amerikaner rauszuwerfen.«

»Aber sie haben nicht alle Kennzeichnungen entfernt«, berichtigte Ambrogiani.

»Vielleicht dachten sie ja, sie könnten alles zuschütten, bevor es jemand findet. Es ist ja keine Affäre, einen Bulldozer hinzuschaffen und Erde darüber zu verteilen. Es sah sowieso aus, als hätten sie da nicht mehr viel Platz.«

»Warum schaffen sie das Zeug nicht einfach nach Amerika zurück?«

Brunetti sah ihn lange von der Seite an. So naiv konnte er doch wohl nicht sein. »Wir versuchen unseren Müll in der Dritten Welt abzuladen, Giancarlo. Für die Amerikaner sind wir vielleicht ein Drittweltland. Oder vielleicht sind alle Länder außerhalb Amerikas Dritte Welt.«

Ambrogiani murmelte etwas Unverständliches vor sich hin.

Vor ihnen stauten sich die Autos an den Zahlstellen am Ende der Autostrada. Brunetti zog seine Brieftasche heraus und gab Ambrogiani zehntausend Lire, steckte das Wechselgeld ein und verstaute die Brieftasche wieder. An der dritten Ausfahrt scherte Ambrogiani nach rechts aus und reihte sich ins Chaos des Samstagnachmittagsverkehrs ein. Schrittweise und im ständigen Kampf gegen andere Verkehrsteilnehmer krochen sie auf den Bahnhof von Mestre zu. Ambrogiani hielt davor, ohne sich um das Parkverbotsschild und das ärgerliche Hupen eines anderen Wagens, der hinter ihm kam, zu kümmern. »Na?« fragte er mit einem Blick zu Brunetti.

»Sieh zu, was du über Gamberetto herausfinden kannst, und ich rede bei mir mit ein paar Leuten.«

»Soll ich dich anrufen?«

»Aber nicht vom Stützpunkt aus.« Brunetti kritzelte seine Privatnummer auf ein Stück Papier und gab es dem anderen. »Das ist meine private Nummer. Du kannst mich morgens früh oder abends erreichen. Am besten rufst du vielleicht von einer Telefonzelle aus an.«

»Ja«, sagte Ambrogiani in ernstem Ton, als ob dieser kleine Hinweis ihm plötzlich die Größenordnung dessen klargemacht hätte, womit sie es hier zu tun hatten.

Brunetti stieg aus, ging um den Wagen herum und beugte sich zum offenen Fenster hinunter. »Danke, Giancarlo.«

Sie schüttelten sich durchs Fenster die Hand, ohne noch etwas zu sagen, und Brunetti ging über die Straße zum Bahnhof, während Ambrogiani davonfuhr.

Als er zu Hause ankam, taten ihm die Füße weh von

den neuen Schuhen, die Ambrogiani in einer Raststätte an der Autostrada für ihn gekauft hatte. Hundertsechzigtausend Lire, und sie drückten! Sobald er in der Wohnung war, streifte er sie ab und ging zum Bad, wobei er unterwegs alle seine Kleidungsstücke hinter sich fallen ließ. Dann stand er lange unter der Dusche, seifte seinen Körper mehrmals ein, bearbeitete seine Füße, besonders zwischen den Zehen, mit dem Waschlappen, spülte sie und seifte sie immer wieder neu ein. Endlich trocknete er sich ab und setzte sich auf den Badewannenrand, um seine Füße genau zu inspizieren. Obwohl sie rot waren vom heißen Wasser und der Rubbelei, sah er keine Anzeichen eines Ausschlags oder einer Verbrennung. Sie fühlten sich einfach an wie Füße, wobei er nicht so genau wußte, wie Füße sich anzufühlen hatten.

Er wickelte ein zweites Handtuch um sich und ging zum Schlafzimmer. Auf dem Weg hörte er Paola aus der Küche rufen: »Unsere *serva* hat übrigens heute Ausgang, Guido.« Ihre Stimme übertönte das Einlaufen des Wassers in die Waschmaschine.

Er überhörte es geflissentlich, ging an den Schrank, zog sich an und betrachtete, während er auf der Bettkante saß und frische Socken überstreifte, erneut seine Füße. Sie sahen immer noch aus wie Füße. Er holte ein Paar braune Schuhe unten aus dem Schrank, schnürte sie zu und ging zur Küche. Als Paola ihn kommen hörte, nahm sie den Faden wieder auf: »Wie soll ich die Kinder dazu bringen, ihre Sachen wegzuräumen, wenn du einfach alles fallen läßt, wo du willst?«

Er trat in die Küche und fand Paola auf Knien vor der

Waschmaschine, den Daumen auf der Ein-Aus-Taste. Durch die Glasscheibe sah er einen nassen Klumpen Wäsche hin- und herwirbeln.

»Was ist los mit dem Ding?« fragte er.

Sie sah nicht hoch, als sie antwortete, sondern hypnotisierte weiter die wirbelnde Wäsche. »Das Ding ist irgendwie im Ungleichgewicht. Wenn ich Handtücher wasche, eben alles, was viel Wasser aufnimmt, wird das Zeug bei der ersten Umdrehung ungleich verteilt, und dann fliegt die Sicherung heraus. Ich muß also warten, bis sie sich zu drehen anfängt, und aufpassen, daß es nicht passiert. Wenn doch, muß ich schnell ausschalten und die Sachen von Hand auswringen.«

»Paola, mußt du das bei jeder Wäsche tun?«

»Nein, nur bei Handtüchern und dieser Flannelbettwäsche von Chiara.« Sie verstummte und hob den Daumen über der Taste, als die Maschine in den nächsten Waschgang klickte, die Trommel plötzlich zu rotieren begann und die Wäsche nach außen gedrückt wurde. Paola stand auf, lächelte und sagte: »Na also, kein Ärger diesmal.«

»Wie lange macht sie das denn schon?«

»Ach, keine Ahnung. Ein paar Jahre.«

»Und jedesmal mußt du diese Prozedur mitmachen?«

»Nur bei Handtüchern, wie gesagt.« Sie lächelte, allen Ärger vergessend. »Wo warst du denn seit heute früh? Hast du etwas gegessen?«

»Oben am Lago di Barcis.«

»Und was hast du da gemacht? Soldat gespielt? Deine Sachen sehen aus, als hättest du dich im Dreck gewälzt.«

»Das habe ich auch«, meinte er und berichtete ihr von

seinem Tag mit Ambrogiani. Er brauchte lange dafür, weil er weit ausholen und ihr zuerst von Kayman und seinem Sohn erzählen mußte, wie dessen Krankenblatt »verlorengegangen« war, von der medizinischen Zeitschrift, die er mit der Post bekommen hatte. Und schließlich erzählte er ihr auch von dem Kokain, das er in Fosters Wohnung versteckt gefunden hatte.

Als er fertig war, fragte Paola: »Und sie haben diesen Leuten weisgemacht, daß ihr Sohn allergisch auf etwas von einem Baum reagiert hat? Daß alles in Ordnung ist?« Er nickte, und sie explodierte: »Diese Schweine! Und was passiert, wenn der Junge andere Symptome bekommt? Was sagen sie den Eltern dann?«

»Vielleicht bekommt er ja keine anderen Symptome.«

»Vielleicht aber doch, Guido. Und dann? Was sagen die dann? Daß sie nicht wissen, was er hat? Verlieren sie dann wieder sein Krankenblatt?«

Brunetti wollte einwenden, daß er an alledem nicht schuld sei, aber da dieser Protest ihm ein bißchen dünn vorkam, schwieg er.

Nach ihrem Ausbruch sah Paola ein, wie sinnlos das alles war und wandte sich praktischeren Dingen zu. »Was willst du tun?« fragte sie.

»Ich weiß es nicht.« Er hielt inne, dann sagte er: »Ich will mit deinem Vater reden.«

»Mit *papà*? Warum?«

Brunetti wußte, welchen Zündstoff seine Antwort enthielt, aber er gab sie trotzdem. »Weil er wahrscheinlich darüber Bescheid weiß.«

Sie fuhr auf, bevor sie nachgedacht hatte. »Wie meinst

du das, er weiß Bescheid? Woher denn? Wofür hältst du meinen Vater, für so eine Art internationalen Gangster?«

Da Brunetti schwieg, verstummte auch sie. Hinter ihnen hörte die Waschmaschine zu schleudern auf und schaltete sich ab. Es war still in der Küche, nur ihre Frage hallte nach. Paola drehte sich um und begann die Maschine auszuräumen. Schweigend, die Arme voll feuchter Wäsche, ging sie an ihm vorbei auf die Dachterrasse hinaus, wo sie die Wäsche auf einen Stuhl legte und dann Stück für Stück auf die Leine hängte. Als sie wieder hereinkam, sagte sie nur: »Na ja, es könnte sein, daß er Leute kennt, die eventuell etwas darüber wissen. Willst du ihn selbst anrufen, oder soll ich das machen?«

»Ich glaube, das tue ich besser selbst.«

»Dann tu es gleich, Guido. Meine Mutter hat gesagt, daß sie morgen für eine Woche nach Capri fahren wollen.«

»Ja, gut«, meinte Brunetti und ging ins Wohnzimmer, wo das Telefon stand.

Er wählte aus dem Gedächtnis und fragte sich, warum er ausgerechnet diese Nummer, die er vielleicht zweimal im Jahr anrief, nie vergaß. Seine Schwiegermutter war am Apparat, und falls sie überrascht war, Brunettis Stimme zu hören, ließ sie sich nichts anmerken. Sie sagte, ja, Conte Orazio sei zu Hause, stellte keine weiteren Fragen und meinte nur, sie werde ihren Mann an den Apparat holen.

»Ja, Guido«, sagte der Conte, als er den Hörer übernommen hatte.

»Ich wollte dich fragen, ob du heute nachmittag ein bißchen Zeit für mich hast«, sagte Brunetti. »Ich würde gern über etwas mit dir reden, was sich gerade ergeben hat.«

»Viscardi?« fragte der Conte zu Brunettis Erstaunen.

»Nein, nicht über ihn«, antwortete Brunetti, dem erst jetzt einfiel, daß es viel einfacher und womöglich auch ergiebiger gewesen wäre, statt bei Fosco bei seinem Schwiegervater nach Viscardi zu fragen. »Es geht um etwas anderes, woran ich gerade arbeite.«

Der Conte war viel zu höflich, um weitere Fragen zu stellen, sondern sagte nur: »Wir sind zum Abendessen eingeladen, aber wenn du jetzt gleich herüberkommen könntest, hätten wir eine Stunde für uns. Ist dir das recht, Guido?«

»Ja. Ich komme sofort rüber. Und vielen Dank.«

»Na?« fragte Paola, als er wieder in die Küche kam, wo eine weitere Ladung Wäsche in einem Meer von weißen Schaumkrönchen herumschwamm.

»Ich gehe gleich mal rüber. Möchtest du mitkommen und deine Mutter besuchen?«

Statt einer Antwort zeigte Paola auf die Waschmaschine.

»Na gut. Dann gehe ich jetzt. Sie sind zum Essen eingeladen, das heißt, ich werde wohl vor acht wieder hier sein. Möchtest du heute zum Essen ausgehen?«

Sie lächelte ihn an und nickte.

»Fein. Du wählst das Restaurant aus und bestellst uns einen Tisch. Wo du willst.«

»Al Covo?«

Zuerst die Schuhe, jetzt Essen im Al Covo. Die Küche dort war hervorragend, zum Teufel mit den Preisen. Er lächelte. »Laß einen Tisch für halb neun reservieren. Und frag die Kinder, ob sie mitkommen wollen.« Immerhin war ihm heute nachmittag das Leben neu geschenkt worden. Warum also nicht feiern?

Als er beim Palazzo der Faliers ankam, stand Brunetti vor der Entscheidung, die ihn jedesmal hier erwartete, nämlich ob er den überdimensionalen Eisenring betätigen sollte, der an der schweren Holztür hing, und ihn gegen die Metallplatte darunter schlagen, um so seine Ankunft über den Hof schallen zu lassen, oder lieber die prosaischere Klingel. Er wählte die zweite Möglichkeit, und einen Moment später tönte eine Stimme durch die Sprechanlage, die wissen wollte, wer da sei. Er nannte seinen Namen, und die Tür sprang auf. Er trat ein, zog sie hinter sich zu und ging über den Hof zu dem Flügel des Palazzo, dessen Vorderseite zum Canal Grande hin lag. Aus einem Fenster blickte ein uniformiertes Dienstmädchen zu ihm herunter. Nachdem sie sicher war, daß Brunetti keine bösen Absichten hatte, zog sie den Kopf zurück und verschwand. Der Conte erwartete ihn oben an der Treppe zu dem Teil des Palazzo, den er mit seiner Frau bewohnte.

Obwohl Brunetti wußte, daß der Conte bald siebzig wurde, konnte er, wenn er ihn sah, kaum glauben, daß er Paolas Vater war. Ihr älterer Bruder vielleicht oder der jüngste ihrer Onkel, aber gewiß nicht fast dreißig Jahre älter als sie. Das allmählich schütter werdende Haar, das er um das glänzende Oval seines Kopfes kurzgeschnitten trug, deutete zwar auf sein Alter hin, doch seine straffe Gesichtshaut und der klare, intelligente Glanz seiner Augen ließen es vergessen.

»Wie nett, dich zu sehen, Guido. Du siehst gut aus. Wir gehen am besten in mein Arbeitszimmer, ja?« sagte der Conte, drehte sich um und führte Brunetti in den vorderen Teil des Hauses. Sie durchquerten einige Zimmer, bis sie endlich das helle Arbeitszimmer des Conte mit Blick auf den Canal Grande erreichten, der an dieser Stelle in einer Biegung auf den Ponte dell'Accademia zuführte. »Möchtest du etwas trinken?« fragte der Conte, wobei er an ein Sideboard trat, auf dem eine bereits geöffnete Flasche Dom Perignon in einem eisgefüllten silbernen Kübel stand.

Brunetti kannte seinen Schwiegervater gut genug, um zu wissen, daß dies absolut nicht aufgesetzt war. Hätte der Conte lieber Coca-Cola getrunken, so wäre in demselben Eiskübel eben eine anderthalb-Liter-Plastikflasche gewesen und er hätte seinen Gästen in derselben Weise davon angeboten.

»Ja, gern, danke«, sagte Brunetti. Eine gute Einstimmung auf den Abend im Al Covo.

Der Conte goß Champagner in ein frisches Glas, füllte sein eigenes auf und reichte Brunetti das erste. »Wollen wir uns hinsetzen, Guido?« fragte er und steuerte auf zwei Sessel mit Blick aufs Wasser zu.

Als sie es sich bequem gemacht hatten und Brunetti seinen Champagner probiert hatte, fragte der Conte: »Was kann ich für dich tun?«

»Ich möchte dich um einige Informationen bitten, weiß aber nicht recht, wie ich meine Fragen formulieren soll«, begann Brunetti, der entschlossen war, die Wahrheit zu sagen. Er konnte den Conte kaum bitten, für sich zu behalten, was er ihm erzählte; eine solche Kränkung würde er schwer verzeihen können, selbst dem Vater seiner einzigen Enkel. »Ich wüßte gern alles, was du mir über einen Signor Gamberetto aus Vicenza sagen kannst, der eine Spedition und offenbar auch ein Bauunternehmen hat. Ich weiß nichts weiter von ihm als seinen Namen. Und daß er möglicherweise in etwas Illegales verwickelt ist.«

Der Conte nickte, was heißen sollte, daß der Name ihm bekannt war, er es aber vorzog, erst einmal zu hören, was sein Schwiegersohn noch alles wissen wollte.

»Und dann wüßte ich noch gern, was das amerikanische Militär erstens mit Signor Gamberetto und zweitens mit der illegalen Lagerung toxischer Substanzen zu tun hat, die offenbar in diesem Land stattfindet.« Er nippte an seinem Champagner. »Ich bin dankbar für alles, was du mir darüber sagen kannst.«

Der Conte trank aus und stellte sein Glas neben sich auf ein Intarsientischchen. Er schlug seine langen Beine übereinander, wobei eine lange schwarze Seidensocke sichtbar wurde, und legte die Finger unter dem Kinn zu einer Pyramide zusammen. »Signor Gamberetto ist ein ganz besonders unangenehmer Geschäftsmann mit ganz besonders guten Beziehungen. Er besitzt nicht nur die beiden Unternehmen, die du genannt hast, Guido, sondern auch noch eine große Hotelkette, Reisebüros und Ferienanlagen, viele davon im Ausland. Außerdem wird gemunkelt, er habe sich in letzter Zeit ins Waffen- und Munitionsgeschäft eingekauft und sich dazu mit einem der wichtigsten Hersteller in der Lombardei zusammengetan. Viele dieser Firmen laufen auf den Namen seiner Frau, weshalb sein

Name in den einschlägigen Zeitungen nicht auftaucht, in den entsprechenden Verträgen ebensowenig. Die Baufirma läuft, glaube ich, auf den Namen seines Onkels, aber da könnte ich mich auch irren.

Wie so viele unserer neuen Geschäftsleute«, fuhr der Conte fort, »ist er merkwürdig unsichtbar. Aber er hat mehr einflußreiche Freunde und Bekannte als die meisten. Sie sitzen gleichermaßen in der sozialistischen wie in der christlich-demokratischen Partei, keine schlechte Leistung, und er ist auf diese Weise sehr gut geschützt.«

Der Conte stand auf und ging zum Sideboard hinüber, kam zurück, füllte ihre Gläser nach und stellte die Flasche in den Eiskübel zurück. Nachdem er sich wieder in seinem Sessel niedergelassen hatte, fuhr er fort: »Signor Gamberetto kommt aus dem Süden, sein Vater war Hausmeister einer Schule, wenn ich mich recht erinnere. Es gibt demzufolge nicht viele gesellschaftliche Gelegenheiten, bei denen wir uns treffen könnten. Über sein Privatleben weiß ich nichts.«

Er nahm einen Schluck. »Und zu deiner zweiten Frage, wegen der Amerikaner, da wüßte ich gerne, was deine Neugier geweckt hat.«

Als Brunetti nicht gleich antwortete, fügte der Conte hinzu: »Es kursieren viele Gerüchte.«

Brunetti konnte nur spekulieren über die schwindelerregenden Höhen von Geschäft und Politik, in denen der Conte mit Gerüchten in Berührung kam, aber er sagte immer noch nichts.

Der Conte drehte den Stiel seines Glases zwischen seinen schlanken Fingern. Als klar wurde, daß Brunetti weiter schweigen wollte, sagte er: »Ich weiß, daß ihnen gewisse Sonderrechte zugestanden werden, die nicht in dem Vertrag stehen, den wir nach Kriegsende mit ihnen geschlossen haben. Fast alle unsere kurzlebigen und auf verschiedene Weise inkompetenten Regierungen fühlen sich bemüßigt, ihnen eine wie auch immer geartete bevorzugte Behandlung zuzusagen. Das geht nicht nur so weit, daß sie unsere Berge mit Raketensilos pflastern dürfen – eine Information, die dir jeder Einwohner der Provinz Vicenza geben kann –, sondern es erlaubt ihnen auch, so gut wie alles, was sie wollen, in dieses Land zu bringen.«

»Einschließlich giftiger Chemikalien?« fragte Brunetti direkt.

Der Conte neigte den Kopf. »Es geht das Gerücht.«

»Aber warum? Wir müßten doch von Sinnen sein, das zuzulassen.«

»Guido, es ist nicht Aufgabe einer Regierung, bei Sinnen zu sein, es ist ihre alleinige Aufgabe, erfolgreich zu sein.« Der Conte merkte wohl, daß sein Ton etwas schulmeisterlich geklungen hatte, und wurde jetzt konkreter. »Den erwähnten Gerüchten zufolge war Italien für solche Sendungen früher nur Durchgangsland. Sie kamen von den Stützpunkten in Deutschland, wurden hier auf italienische Schiffe umgeladen und dann weiter nach Afrika oder Südamerika gebracht, wo niemand danach fragte, was da mitten im Dschungel, im Wald oder im See abgeladen wurde. Aber nachdem es in den letzten Jahren in vielen dieser Länder radikale Regierungswechsel gegeben hat, sind diese Abflüsse verstopft, und sie weigern sich, uns weiter diese tödlichen Abfälle abzunehmen. Oder sie erklären sich bereit, sie zu nehmen, verlangen dafür aber exorbitant hohe Summen. Jedenfalls wollen diejenigen, die hier diese Sendungen übernehmen, nicht gern damit aufhören – und somit auch nicht mehr daran verdienen –, nur weil sie das Zeug in anderen Ländern oder auf anderen Kontinenten nicht mehr loswerden. Also kommen die Ladungen weiter her, und man findet hier ein Plätzchen dafür.«

»Du weißt das alles?« fragte Brunetti, ohne seine Überraschung und Wut zu verbergen.

»Guido, so viel – oder so wenig – ist allgemein bekannt, zumindest als Gerücht. Du könntest es leicht in ein paar Stunden am Telefon herausbekommen. Aber niemand *weiß* es, außer den Leuten, die direkt damit zu tun haben, und das sind keine Leute, die über diese Dinge reden. Und wenn ich das hinzufügen darf, es ist auch nicht die Sorte von Leuten, mit denen man redet.«

»Sie bei Cocktail-Parties zu schneiden, reicht wohl kaum, um sie zum Aufhören zu bewegen«, blaffte Brunetti. »Und es schafft das, was sie bereits abgeladen haben, auch nicht urplötzlich aus der Welt.«

»Dein Sarkasmus geht durchaus nicht spurlos an mir vorbei, Guido, aber ich fürchte, dies ist eine Situation, in der man hilflos ist.«

»Wer ist ›man‹?« fragte Brunetti.

»Diejenigen, die von der Regierung und ihrem Handeln wissen, aber nicht beteiligt sind, jedenfalls nicht aktiv. Außerdem ist da auch noch die nicht zu vernachlässigende Tatsache, daß nicht nur unsere Regierung damit zu tun hat, sondern auch die amerikanische.«

»Nicht zu vergessen die Herren aus dem Süden?«

»Ach ja, die Mafia«, sagte der Conte und seufzte müde. »Offenbar ist dieses Netz von allen dreien gesponnen und darum dreifach stark, und wenn ich das mit warnendem Unterton hinzufügen darf, auch dreimal so gefährlich.« Er sah Brunetti an und fragte: »Wie tief bist du in diese Sache verstrickt, Guido?« Man hörte ihm die Sorge an.

»Erinnerst du dich an den Fall des Amerikaners, der hier vor einer Woche ermordet wurde?«

»Ah, ja, bei einem Raubüberfall. Höchst unglückselige Geschichte.« Hier gab der Conte unvermittelt seine Pose auf und fragte nüchtern: »Du hast eine Verbindung zwischen ihm und diesem Signor Gamberetto festgestellt, nehme ich an.«

»Ja.«

»Da war noch so ein seltsamer Todesfall bei den Amerikanern, eine Ärztin aus dem Krankenhaus in Vicenza. Stimmt das?«

»Ja, sie war seine Freundin.«

»Eine Überdosis, soweit ich mich erinnere.«

»Ein Mord«, berichtigte Brunetti, gab aber keine weitere Erklärung dazu.

Der Conte verlangte auch keine, saß nur lange schweigend da und sah auf die draußen auf dem Canal vorbeifahrenden Boote. Endlich fragte er: »Was hast du vor?«

»Ich weiß es noch nicht«, antwortete Brunetti und fragte dann seinerseits: »Ist das eine Sache, auf die du irgendeinen Einfluß hast?«, womit er sich dem Grund seines Kommens näherte.

Der Conte dachte eine ganze Weile über die Frage nach. »Ich weiß nicht genau, wie du das meinst, Guido«, sagte er schließlich.

Brunetti, dem seine Frage ziemlich eindeutig erschien, ignorierte die Bemerkung des Conte und gab ihm statt dessen weitere Informationen. »In der Nähe vom Lago di Barcis ist eine solche Müllkippe. Die Fässer und Dosen stammen vom amerikanischen Stützpunkt in Ramstein, Deutschland, und vielleicht auch von anderen; die Kennzeichnungen sind in Englisch und Deutsch.«

»Haben diese beiden Amerikaner die Stelle gefunden?«

»Ich glaube, ja.«

»Und danach sind sie ums Leben gekommen?«

»Ja.«

»Weiß noch jemand davon?«

»Ein Carabinieri-Offizier, der auf dem amerikanischen Stützpunkt arbeitet.«

Es war nicht nötig, Ambrogianis Namen mit hineinzuziehen, und Brunetti fand es unnötig, dem Conte zu erzählen, daß sonst nur noch sein einziges Kind etwas davon wußte.

»Kann man sich auf ihn verlassen?«

»Inwiefern?«

»Stell dich nicht dumm, Guido«, sagte der Conte. »Ich versuche dir zu helfen.« Nicht ohne Mühe beruhigte der Conte sich wieder und fragte: »Kann man sich darauf verlassen, daß er den Mund hält?«

»Bis was passiert?«

»Bis die Sache ins Lot gebracht ist.«

»Und was heißt das?«

»Das heißt, daß ich heute abend einige Leute anrufen und sehen werde, was sich machen läßt.«

»Was sich womit machen läßt?«

»Mit dieser Müllkippe, daß sie verschwindet.«

»Wohin?« fragte Brunetti scharf.

»Weg von dort, Guido.«

»In einen anderen Teil Italiens?«

Brunetti beobachtete, wie sein Schwiegervater überlegte, ob er ihn anlügen sollte oder nicht. Schließlich entschied er sich aus einem Grund, den Brunetti auch nicht kannte, dagegen und sagte: »Vielleicht. Aber eher außer Landes.« Bevor Brunetti weitere Fragen stellen konnte, hielt der Conte beschwörend die Hand hoch. »Guido, versuch doch zu verstehen. Ich kann dir nicht mehr versprechen als das. Ich glaube, daß diese Müllkippe beseitigt werden kann, aber darüber hinaus zu gehen hätte ich Angst.«

»Meinst du das wörtlich mit der Angst?«

»Wörtlich. Angst.«

»Warum?«

»Das möchte ich lieber nicht erklären, Guido.«

Brunetti beschloß, noch einen Versuch zu starten. »Sie sind überhaupt nur darum auf diese Müllkippe gestoßen, weil ein kleiner Junge dort beim Herumstreifen hingefallen ist und sein Arm mit dem Zeug in Berührung gekommen ist, das aus lecken Fässern läuft. Es hätte jedes andere Kind sein können. Es hätte Chiara sein können.«

»Bitte, Guido, jetzt wirst du melodramatisch.«

Es stimmte, und Brunetti wußte es. »Ficht dich denn das alles nicht an?« fragte er, unfähig, die Erregung aus seiner Stimme herauszuhalten.

Der Conte stippte eine Fingerspitze in den Tropfen Champagner, der noch in seinem Glas war, und fuhr damit um den Glasrand. Während er den angefeuchteten Finger schneller kreisen ließ, ging ein hoher, weinerlicher Ton von dem Kristall aus und erfüllte das Zimmer. Abrupt löste er den Finger vom Glas, doch der Ton hielt an und hing im Raum wie ihre Unterhaltung. Er sah von dem Glas zu Brunetti. »Doch, Guido, es ficht mich an, aber nicht auf dieselbe Weise wie dich. Du hast dir selbst bei der Arbeit, die du machst, noch Reste von Optimismus bewahrt. Ich nicht. Weder für mich selbst noch für meine Zukunft, noch für dieses Land oder seine Zukunft.«

Er blickte wieder auf sein Glas. »Es ficht mich an, daß diese Dinge geschehen, daß wir uns selbst und unsere Nachkommen vergiften, daß wir wissentlich unsere Zukunft zerstören, aber meiner Ansicht nach gibt es nichts – und ich wiederhole, nichts –, was wir tun können, um es zu verhindern. Wir sind ein Volk von Egoisten. Es ist unsere Zierde, aber es wird unser Verderben sein, denn keiner von uns läßt sich je dazu bringen, sich mit etwas so Abstraktem wie dem ›Allgemeinwohl‹ zu befassen. Die Besten von uns kommen soweit, sich um das Wohl ihrer Familien zu sorgen, aber als Volk sind wir zu mehr nicht fähig.«

»Ich weigere mich, das zu glauben«, sagte Brunetti.

»Deine Weigerung, das zu glauben«, sagte der Conte mit einem beinah zärtlichen Lächeln, »macht es nicht weniger wahr, Guido.«

»Deine Tochter glaubt es auch nicht«, fügte Brunetti hinzu.

»Und für diese Gnade bin ich jeden Tag dankbar«, sagte der Conte sanft. »Das ist vielleicht das Beste, was ich in meinem Leben erreicht habe, daß meine Tochter meine Ansichten nicht teilt.«

Brunetti suchte im Ton des Conte nach Ironie oder Sarkasmus, aber er fand nur schmerzliche Aufrichtigkeit.

»Du hast gesagt, du würdest dafür sorgen, daß diese Müllkippe verschwindet. Warum kannst du nicht mehr tun?«

Wieder bedachte der Conte seinen Schwiegersohn mit demselben Lächeln. »Ich glaube, dies ist das erste Mal in all den Jahren, daß wir richtig miteinander geredet haben, Guido.« Dann fügte er in anderem Ton hinzu: »Weil es zu viele Müllkippen gibt, und zu viele Männer wie Gambe-retto.«

»Kannst du etwas gegen ihn unternehmen?«

»Nein, da kann ich nichts tun.«

»Kannst oder willst du nicht?«

»Aus mancherlei Sicht ist ›können‹ und ›wollen‹ das-selbe, Guido.«

»Das ist Sophisterei«, schoß Brunetti zurück.

Der Conte lachte geradeheraus. »Ja, das ist es. Dann laß es mich so sagen: Ich ziehe es vor, in dieser Angelegenheit nichts weiter zu unternehmen, bis auf das, was ich dir gesagt habe.«

»Und warum?« wollte Brunetti wissen.

»Weil ich mich nicht dazu entschließen kann, mich außerhalb meiner Familie von etwas anfechten zu lassen.« Sein Ton war endgültig; darüber hinaus würde Brunetti keine Erklärung bekommen.

»Darf ich dir noch eine Frage stellen?«

»Ja.«

»Als ich dich angerufen und um dieses Gespräch gebeten habe, fragtest du, ob ich über Viscardi sprechen wollte. Warum?«

Der Conte sah ihn mit echter Überraschung an, dann wandte er sich den Booten auf dem Kanal zu. Als einige vorbeigetuckert waren, antwortete er: »Signor Viscardi und ich haben gemeinsame Geschäftsinteressen.«

»Was soll das heißen?«

»Genau das. Wir haben gemeinsame Interessen.«

»Und darf ich fragen, worin sie bestehen?«

Der Conte drehte sich wieder zu ihm um, bevor er antwortete: »Guido, über meine Geschäftsinteressen rede ich nicht, außer mit den Leuten, die unmittelbar damit zu tun haben.«

Bevor Brunetti protestieren konnte, fügte der Conte hinzu: »Nach meinem Tod kann ich über diese Dinge nicht mehr bestimmen. Vieles geht an deine Frau über.« Er hielt kurz inne und sagte dann: »Und an dich. Aber bis dahin spreche ich nur mit Leuten darüber, die damit zu tun haben.«

Brunetti wollte fragen, ob die Geschäfte seines Schwiegervaters mit Signor Viscardi legal waren, wußte aber nicht, wie er die Frage anbringen sollte, ohne den Conte zu kränken. Schlimmer noch, Brunetti hatte Angst, daß er allmählich selbst nicht mehr wußte, was das Wort »legal« hieß.

»Kannst du mir etwas über Signor Viscardi sagen?«

Die Antwort des Conte ließ lange auf sich warten. »Er

hat mit einer ganze Reihe anderer Leute gemeinsame Geschäftsinteressen. Viele dieser Leute sind sehr einflußreich.«

Brunetti hörte die Warnung in der Stimme seines Schwiegervaters, aber er sah auch die Verbindung im Hintergrund.

»Haben wir eben über einen von ihnen gesprochen?«

Der Conte sagte nichts.

»Haben wir eben über einen von ihnen gesprochen?« wiederholte er.

Der Conte nickte.

»Kannst du mir etwas über die Interessen sagen, die sie gemeinsam haben?«

»Ich kann – ich werde – dir nicht mehr sagen, als daß du mit keinem von beiden etwas zu tun haben solltest.«

»Und wenn doch?«

»Ich fände es besser, wenn nicht.«

Brunetti konnte sich nicht enthalten zu sagen: »Und ich fände es besser, wenn du mich über ihre Geschäftsinteressen informieren würdest.«

»Dann haben wir wohl ein Patt erreicht«, sagte der Conte in bemüht leichtem Konversationston. Bevor Brunetti antworten konnte, hörte er ein Geräusch hinter sich, und beide Männer drehten sich um, als die Contessa eintrat. Sie eilte mit raschen Schritten auf Brunetti zu, und ihre hohen Absätze klickten eine fröhliche Botschaft aufs Parkett. Beide Männer standen auf. »Guido, wie nett, dich zu sehen«, sagte sie und streckte sich, um ihn auf beide Wangen zu küssen.

»Ah, meine Liebe«, sagte der Conte, indem er sich über

ihre Hand beugte. Vierzig Jahre verheiratet, dachte Brunetti, und immer noch küßt er ihr die Hand, wenn sie ins Zimmer kommt. Wenigstens knallt er nicht die Hacken zusammen.

»Wir haben gerade über Chiara gesprochen«, sagte der Conte und lächelte wohlwollend auf seine Frau hinunter.

»Ja«, bestätigte Brunetti, »wir haben eben gesagt, welch ein Glück es für Paola und mich ist, daß beide Kinder so gesund sind.«

Der Conte warf ihm über den Kopf seiner Frau hinweg einen Blick zu, sie aber lächelte beide an und meinte: »Ja, Gott sei Dank. Wir haben wirklich Glück, daß wir in einem so gesunden Land wie Italien leben, nicht?«

»Wie recht du hast«, sagte der Conte.

»Was kann ich den Kindern denn aus Capri mitbringen?« wollte die Contessa wissen.

»Nur deine gesunde Rückkehr«, antwortete Brunetti galant. »Du weißt ja, wie es da unten im Süden ist.«

Sie sah lächelnd zu ihm hoch. »Ach Guido, dieses ganze Gerede von der Mafia kann ja gar nicht wahr sein. Es sind nur Geschichten. Alle meine Freunde sagen das.« Sie wandte sich, Bestätigung heischend, an ihren Mann.

»Wenn deine Freunde es sagen, meine Liebe, dann ist es sicher so«, sagte der Conte. Und zu Brunetti gewandt: »Ich kümmere mich um diese Dinge, Guido. Heute abend erledige ich die Telefonate. Und sprich bitte mit deinem Freund in Vicenza. Es ist nicht nötig, daß ihr euch mit dieser Sache befaßt.«

Seine Frau sah ihn fragend an. »Nichts, Liebes«, sagte er. »Nur eine geschäftliche Angelegenheit, die Guido mich gebeten hat für ihn zu überprüfen. Nichts Wichtiges. Nur Papierkram, durch den ich mich vielleicht schneller hindurchfinde als er.«

»Wie nett von dir, Orazio. Und, Guido«, sagte sie, aufrichtig erfreut über dieses Bild der glücklichen Familie, »ich bin so froh, daß du dich an ihn gewandt hast.«

Der Conte nahm ihren Arm und meinte: »Wir sollten langsam daran denken, zu fahren, Liebes. Ist das Boot schon da?«

»O ja, darum bin ich ja gekommen, um es dir zu sagen. Aber bei all dem Gerede über Geschäfte habe ich es ganz vergessen.« Sie drehte sich zu Brunetti um. »Grüße Paola von mir, und küsse die Kinder für mich. Ich melde mich, wenn wir aus Capri zurück sind. Oder war es Ischia? Orazio, wohin fahren wir?«

»Capri, Liebes.«

»Ich rufe dann an. Auf Wiedersehen, Guido«, sagte sie und stellte sich wieder auf die Zehenspitzen, um ihn zu küssen.

Der Conte und Brunetti gaben sich die Hand, bevor sie gemeinsam in den Hof hinuntergingen. Der Conte und die Contessa begaben sich zum Wassertor und bestiegen das Boot, das am Landesteg des Palazzo auf sie wartete. Brunetti ging zum Haupttor hinaus und ließ es sich angelegen sein, es kräftig hinter sich zuzuschlagen.

22

Der Montag in der Questura verlief ganz normal: drei Nordafrikaner, die ohne Genehmigung auf der Straße Brieftaschen und Sonnenbrillen verkauft hatten, zwei Einbrüche in verschiedenen Stadtteilen, vier Verwarnungen an Bootsführer wegen mangelhafter Sicherheitsausrüstung, außerdem wurden zwei bekannte Drogenabhängige vorübergehend festgenommen, die einen Arzt bedroht hatten, weil er sich weigerte, ihnen Rezepte auszustellen. Patta erschien um elf und rief Brunetti an, um zu hören, ob es Fortschritte im Fall Viscardi gab, verhehlte nicht seine Verärgerung, daß dem nicht so war, und ging eine halbe Stunde später zum Mittagessen, von dem er erst nach drei zurückkehrte.

Vianello berichtete Brunetti, daß der Wagen am Samstag nicht gekommen war und er mit einem Strauß roter Nelken im Arm eine Stunde an der Haltestelle des Fünferbusses am Piazzale Roma herumgestanden hatte. Schließlich war er nach Hause gegangen und hatte die Blumen seiner Frau geschenkt. Brunetti hielt seinen Teil der Abmachung ein, auch wenn auf die Gauner kein Verlaß war, und änderte den Dienstplan so ab, daß Vianello am kommenden Freitag und Samstag frei hatte. Dann bat er ihn, sich mit dem Jungen auf Burano in Verbindung zu setzen, um herauszubekommen, was schiefgelaufen war und warum Ruffolos Freunde nicht zu dem Treffen erschienen waren.

Er hatte auf dem Weg ins Büro alle wichtigen Zeitungen gekauft und verbrachte den größten Teil des Vormittags mit ihrer Lektüre, wobei er besonders nach Hinweisen auf die Müllkippe beim Lago di Barcis suchte, auf Gamberetto oder alles, was mit dem Tod der beiden Amerikaner zu tun hatte. Doch diese Themen gehörten offenbar nicht zu den Aktualitäten, und so endete es damit, daß er die Fußballergebnisse las und das Arbeit nannte.

Am nächsten Morgen kaufte er wieder die Zeitungen und las sie sorgfältig. Unruhen in Albanien, die Kurden, ein Vulkanausbruch, Inder brachten sich gegenseitig um, diesmal aus politischen statt religiösen Gründen, aber nichts über Giftmüllfunde beim Lago di Barcis.

Er wußte, daß es unklug war, aber er konnte nicht anders und ging zur Vermittlung hinunter, um sich die Telefonnummer des amerikanischen Stützpunkts geben zu lassen. Wenn Ambrogiani etwas über Gamberetto hatte herausfinden können, wollte Brunetti es erfahren, und er konnte einfach nicht abwarten, bis der andere sich meldete. Die Vermittlung gab ihm die Nummern des Stützpunkts und des Carabinieripostens. Brunetti mußte bis zur Riva degli Schiavoni laufen, bevor er eine Telefonzelle fand, in der er seine Telefonkarte benutzen konnte. Er wählte die Nummer des Carabinieri-Postens und fragte nach Maggiore Ambrogiani. Der Maggiore war momentan nicht an seinem Schreibtisch. Wer wollte ihn sprechen? »Signor Rossi von der Generali-Versicherung. Ich rufe heute nachmittag noch einmal an.«

Ambrogianis Abwesenheit konnte nichts zu bedeuten haben. Oder alles mögliche.

Wie immer, wenn er nervös war, machte Brunetti einen Spaziergang. Er ging nach links und am Wasser entlang bis zu der Brücke, die nach Sant' Elena führte, überquerte sie und lief in diesem abgelegensten Teil der Stadt herum, den er auch diesmal nicht viel interessanter fand als bei früheren Gelegenheiten. Er machte sich auf den Rückweg durch Castello, an der Mauer des Arsenale entlang und auf SS. Giovanni e Paolo zu, wo diese ganze Geschichte angefangen hatte. Bewußt umging er den Campo; es widerstrebte ihm, die Stelle zu sehen, an der man Fosters Leiche aus dem Wasser gezogen hatte. Er nahm eine Abkürzung direkt zur Fondamenta Nuove und folgte dem Wasser, bis er abbiegen mußte, um wieder in die Innenstadt zu gelangen. Er kam am Madonna dell' Orto vorbei, registrierte, daß an dem Hotel noch immer gearbeitet wurde, und fand sich plötzlich auf dem Campo del Ghetto wieder. Er setzte sich auf eine Bank und beobachtete die Menschen, die an ihm vorbeigingen. Sie hatten keine Ahnung, absolut keine Ahnung. Sie mißtrauten der Regierung, fürchteten die Mafia, grollten den Amerikanern, aber das waren alles sehr allgemeine, ungerichtete Gefühle. Sie hatten ein Gespür für Intrigen, wie die Italiener es schon immer hatten, aber es fehlten ihnen Einzelheiten und Beweise. Über Jahrhunderte hatten sie genug Erfahrungen gesammelt, um zu wissen, daß es reichlich Beweise gab, aber in denselben grausamen Jahrhunderten hatten die Menschen auch gelernt, daß jede amtierende Regierung alle Beweise ihrer Missetaten erfolgreich zu verstecken wußte.

Er schloß die Augen, rutschte bequemer auf der Bank zurecht und genoß die Sonne. Als er sie wieder aufmachte, sah er die Schwestern Mariani über den Campo gehen. Die beiden mit ihren schulterlangen Haaren, hohen Absätzen und karmesinrot angemalten Lippen mußten inzwischen über siebzig sein. Niemand erinnerte sich mehr an die Tatsachen, aber jeder kannte die Geschichte. Während des Krieges hatte der christliche Ehemann der einen sie bei der Polizei denunziert, und beide waren in ein Konzentrationslager gesteckt worden: Auschwitz, Bergen-Belsen, Dachau; der Name spielte kaum eine Rolle. Nach dem Krieg waren sie, nachdem sie ungeahntes Grauen überlebt hatten, in die Stadt zurückgekehrt, und hier schlenderten sie nun fast fünfzig Jahre später Arm in Arm über den Campo del Ghetto, jede mit einem knallgelben Band im Haar. Die Mariani-Schwestern hatten die schlimmsten Intrigen erlebt, und ganz gewiß hatten sie den Beweis für das Böse im Menschen gesehen, und doch gingen sie im hellen Sonnenschein an einem friedlichen Nachmittag in Venedig spazieren, und die Sonne leuchtete auf ihren buntgeblümten Kleidern.

Brunetti wußte, daß er unnötig sentimental war. Er war versucht, gleich nach Hause zu gehen, aber dann ging er doch zur Questura zurück, langsam und ohne Eile.

Als er dort ankam, fand er einen Zettel auf seinem Schreibtisch: »Kommen Sie bitte wegen Ruffolo bei mir vorbei. V.«, und ging sofort nach unten.

Vianello saß an seinem Schreibtisch und sprach gerade mit einem jungen Mann, der ihm auf einem Stuhl gegenübersaß. Als Brunetti hereinkam, sagte Vianello zu dem jungen Mann: »Das ist Commissario Brunetti. Er kann Ihre Fragen besser beantworten als ich.«

Der junge Mann stand auf, machte aber keine Anstalten, Brunetti die Hand zu geben. »Guten Tag, *Dottore*«, sagte er. »Ich bin hier, weil er gesagt hat, ich soll herkommen«, wobei er es Brunetti überließ, herauszufinden, wer »er« war. Der Junge war klein und stämmig, seine Hände waren zu groß für seinen Körper und schon rot und geschwollen, obwohl er kaum älter als siebzehn sein konnte. Wenn seine Hände noch nicht ausreichten, um ihn als Fischer auszuweisen, dann sein Akzent, dieser rauhe Burano-Singsang. Auf Burano fing man entweder Fische, oder man stickte Spitzen; die Hände des Jungen schlossen die zweite Möglichkeit aus.

»Setz dich doch«, sagte Brunetti und zog einen zweiten Stuhl für sich heran. Die Mutter des Jungen hatte ihn offenbar gut erzogen, denn er blieb stehen, bis die beiden Männer saßen. Dann nahm er seinen Platz wieder ein, aufrecht und die Hände um den Sitz gelegt.

Als er im rauhen Dialekt der vorgelagerten Inseln zu sprechen begann, hätte kein Italiener, der nicht in Venedig geboren war, ihn verstehen können. Brunetti fragte sich, ob der Junge überhaupt Italienisch konnte. Aber sein Interesse an dem Dialekt verlor sich bald, als der Junge weitersprach. »Ruffolo hat meinen Freund noch mal angerufen, und mein Freund hat mich angerufen, und weil ich dem Sergente hier versprochen habe, daß ich ihm sage, wenn ich etwas von meinem Freund höre, bin ich gekommen.«

»Was hat dein Freund gesagt?«

»Ruffolo will mit jemandem reden. Er hat Angst.« Er brach ab und blickte die beiden Polizisten scharf an, um zu sehen, ob sie seinen Ausrutscher bemerkt hatten. Anscheinend hatten sie nichts gemerkt, und er fuhr fort: »Ich meine, daß dieser Freund von mir gesagt hat, Ruffolo hätte sich ängstlich angehört, aber er, mein Freund, wollte nichts weiter sagen, nur daß Peppino mit jemandem reden will, aber er hat gesagt, ein Sergente ist nicht genug. Er will mit einem hohen Tier reden.«

»Hat dein Freund gesagt, warum Ruffolo das will?«

»Nein, hat er nicht. Aber ich glaube, daß seine Mutter ihm gesagt hat, er soll das tun.«

»Kennst du Ruffolo?«

Der Junge zuckte die Achseln.

»Was würde ihm denn angst machen?«

Diesmal hieß das Achselzucken wahrscheinlich, daß der Junge es nicht wußte.

»Er denkt, daß er schlau ist, der Ruffolo. Er redet immer groß herum, von Leuten, die er im Knast kennengelernt hat, und von seinen tollen Freunden. Als er anrief, da hat er mir erzählt«, sagte der Junge und vergaß dabei ganz seinen vorgeschobenen Freund, »daß er sich stellen will, aber daß er ein paar Sachen im Tausch anzubieten hat. Er sagt, Sie wären bestimmt froh, wenn Sie die kriegen, und daß es ein guter Handel ist.«

»Und hat er gesagt, worum es geht?« fragte Brunetti.

»Nein, aber ich soll Ihnen sagen, daß es drei Sachen sind. Das würden Sie schon verstehen.«

Brunetti verstand. Guardi, Monet und Gauguin. »Und wo will er sich mit diesem hohen Tier treffen?«

Als merkte er plötzlich, daß sein vorgeschobener Freund nicht mehr da war, um als Puffer zwischen ihm und der Staatsgewalt zu dienen, hielt der Junge inne und sah sich im Zimmer um, doch der Freund war verschwunden; keine Spur mehr von ihm.

»Kennen Sie den kleinen Steg vor dem Arsenale?« fragte der Junge.

Brunetti und Vianello nickten. Gut einen halben Kilometer weit führte der erhöhte Asphaltweg von den Werften innerhalb des Arsenale etwa zwei Meter über dem Wasser der Lagune bis zur Vaporetto-Haltestelle Celestia.

»Da will er hinkommen, hat er gesagt, wo der kleine Strand ist, auf der Arsenale-Seite der Brücke. Morgen, um Mitternacht.« Brunetti und Vianello wechselten über den gesenkten Kopf des Jungen hinweg einen Blick, und Vianello formte mit den Lippen lautlos das Wort »Hollywood«.

»Und wer soll dort hinkommen?«

»Jemand Wichtiges. Deswegen ist er am Samstag nicht gekommen, hat er gesagt, nicht für einen Sergente.«

Vianello trug das, wie es schien, mit Fassung.

Brunetti gestattete seiner Phantasie einen kleinen Ausflug und stellte sich Patta vor, mit Onyx-Zigarettenhalter und Spazierstock, und weil diese Frühherbstnächte neblig waren, in seinem Burberry-Regenmantel mit kunstvoll aufgestelltem Kragen, wie er auf dem Steg beim Arsenale wartete, während die Glocken von San Marco Mitternacht schlugen. Und weil es Phantasie war, ließ Brunetti seinen Vorgesetzten nicht mit Ruffolo zusammentreffen, der Italienisch sprach, sondern mit diesem einfachen Jungen von Burano. Und das Phantasiebild ging im harschen

Dialekt des Jungen und Pattas verwaschenem Sizilianisch unter, die der mitternächtliche Lagunenwind von ihren Lippen davontrug.

»Ist ein Commissario wichtig genug?« fragte Brunetti.

Der Junge sah auf, unsicher, wie er das verstehen sollte. »Ja«, meinte er dann, nachdem er entschieden hatte, daß es ernst zu nehmen war.

»Morgen, um Mitternacht?«

»Ja.«

»Hat Ruffolo gesagt – hat er deinem Freund gesagt –, daß er diese Sachen mitbringt?«

»Nein, das hat er nicht gesagt. Nur daß er um Mitternacht auf den Steg bei der Brücke kommt. Wo der kleine Strand ist.« Es war kein richtiger Strand, wie Brunetti wußte, eher eine Stelle, wo die Gezeiten genügend Sand und Kies an die Mauer des Arsenale gespült hatten, daß sich dort Plastikflaschen und alte Stiefel verfingen und bedeckt von schleimigem Seetang dort liegenblieben.

»Wenn dein Freund noch einmal mit Ruffolo spricht, dann soll er ihm sagen, daß ich hinkomme.«

Zufrieden, daß er seinen Auftrag erledigt hatte, stand der Junge auf, nickte den beiden Männern verlegen zu und ging.

»Jetzt sucht er wahrscheinlich ein Telefon, um Ruffolo zu berichten, daß er mit uns handelseinig geworden ist«, sagte Vianello.

»Hoffentlich. Ich habe keine Lust, da draußen eine Stunde umsonst rumzustehen.«

»Soll ich mitkommen, Commissario?« erbot sich Vianello.

»Ja, das wäre mir lieb«, sagte Brunetti, der feststellte, daß er nicht das Zeug zum Helden hatte. Doch dann siegte sein praktischer Verstand, und er meinte: »Aber wahrscheinlich ist es keine gute Idee. Er postiert sicher Freunde an beiden Enden des Stegs, und es gibt keine Stelle, an der Sie sich verstecken könnten. Außerdem ist Ruffolo nicht gefährlich. Er ist noch nie gewalttätig geworden.«

»Ich könnte fragen, ob ich solange in einem der Häuser dort Unterschlupf finde.«

»Nein, ich glaube, das wäre nicht so gut. Daran denkt er sicher auch, und seine Freunde schleichen bestimmt überall herum und passen auf.« Brunetti versuchte kurz, sich die Gegend um die Celestia-Haltestelle ins Gedächtnis zu rufen, aber er sah nur anonyme Häuserblocks mit Sozialwohnungen vor sich, weit und breit so gut wie keine Bars oder Geschäfte. Genaugenommen wäre man, wenn die Lagune nicht gewesen wäre, kaum darauf gekommen, daß man in Venedig war, weil dort alle Wohnungen so neu und einheitlich gesichtslos waren. Es hätte ebensogut Mestre oder Marghera sein können.

»Und die beiden anderen?« fragte Vianello, womit er die beiden meinte, die noch an dem Einbruch beteiligt gewesen waren.

»Wahrscheinlich wollen sie ihren Anteil an Ruffolos Geschäft. Es sei denn, er ist in den letzten zwei Jahren eine ganze Ecke schlauer geworden und hat die Gemälde beiseite geschafft.«

»Vielleicht haben sie ja den Schmuck bekommen«, meinte Vianello.

»Möglich. Aber ich glaube eher, daß Ruffolo der Sprecher für alle drei ist.«

»Irgendwie unlogisch, das Ganze, oder?« sagte Vianello nachdenklich. »Ich meine, sie sind entkommen, sie haben die Bilder und den Schmuck. Was haben sie davon, wenn sie jetzt aufstecken und alles zurückgeben?«

»Vielleicht ist es zu schwierig, die Bilder zu verkaufen.«

»Commissario, das glauben Sie doch selber nicht. Sie kennen den Markt so gut wie ich. Wenn man will, findet man Käufer für alles, und wenn die Ware noch so heiß ist. Ich könnte die Pietà verkaufen, wenn ich sie aus dem Petersdom rausbekäme.«

Vianello hatte recht. Es war unlogisch. Ruffolo war kaum der Typ, der plötzlich zur Einsicht kam, und für Gemälde gab es immer Abnehmer, egal woher sie stammten. Es war gerade Vollmond, fiel ihm ein, und er dachte, welch gutes Ziel er mit seinem dunklen Jackett vor der hellen Mauer des Arsenale abgeben würde. Dann verwarf er den Gedanken als lächerlich.

»Also, ich gehe hin und sehe mal, was Ruffolo zu bieten hat«, sagte er, und es klang in seinen eigenen Ohren nach einem dieser schwachköpfigen Helden in einem englischen Film.

»Wenn Sie es sich doch noch anders überlegen, geben Sie mir morgen Bescheid, Commissario. Ich bin zu Hause. Sie müssen nur anrufen.«

»Danke, Vianello. Aber ich denke, es geht so. Trotzdem finde ich es wirklich nett von Ihnen.«

Vianello hob abwehrend die Hand und fing an, sich mit den Papieren auf seinem Schreibtisch zu beschäftigen.

Wenn er schon den Mitternachtshelden spielen mußte, und sei es auch erst morgen, sah Brunetti eigentlich keinen Grund, länger im Büro zu bleiben. Als er heimkam, erzählte Paola ihm, sie habe am Nachmittag mit ihren Eltern telefoniert. Es ging ihnen gut, und sie genossen, was ihre Mutter nach wie vor für Ischia hielt. Von ihrem Vater sollte sie Brunetti nur sagen, daß er die Sache für ihn in die Hand genommen habe, und sie sollte sich eigentlich bis Ende der Woche erledigt haben. Obwohl Brunetti überzeugt war, daß dies eine Sache war, die nie ganz erledigt sein würde, dankte er Paola und bat sie, ihre Eltern von ihm zu grüßen, wenn sie das nächstemal anriefen.

Das Abendessen verlief merkwürdig ruhig, was hauptsächlich auf Raffaeles Benehmen zurückzuführen war. Brunetti fand es erstaunlich, daß Raffi ihm plötzlich sauberer vorkam, obwohl es ihm nie in den Sinn gekommen wäre, seinen Sohn für schmutzig zu halten. Er schien erst kürzlich beim Friseur gewesen zu sein, und seine Jeans hatten eindeutig so etwas wie eine Bügelfalte. Er hörte seinen Eltern zu, ohne gleich zu widersprechen, und stritt seltsamerweise nicht mit Chiara um die letzte Portion Pasta. Nach dem Essen gab es zwar beruhigenderweise Proteste, als er hörte, er sei mit dem Abwasch dran, aber dann ging er ohne Murren und Seufzen ans Werk, und diese Stille brachte Brunetti dazu, Paola zu fragen: »Ist mit Raffi irgend etwas nicht in Ordnung?« Sie saßen im Wohnzimmer auf dem Sofa, und das Schweigen aus der Küche erfüllte den ganzen Raum.

Sie lächelte. »Merkwürdig, nicht? Wie die Ruhe vor dem Sturm.«

»Meinst du, wir sollten unsere Schlafzimmertür abschließen?« Sie lachten beide, aber keiner war sicher, ob über die Bemerkung oder darüber, daß sie es womöglich überstanden hatten. Wie bei allen Eltern Heranwachsender, bedurfte dieses »es« keiner weiteren Erklärung: Diese schreckliche, brütende Wolke aus Trotz und selbstgerechter Empörung, die mit gewissen hormonellen Veränderungen in ihr Leben driftete und darin hängenblieb, bis diese Veränderungen abgeklungen waren.

»Er hat mich gefragt, ob ich einen Aufsatz durchlese, den er für den Englischunterricht schreiben mußte«, sagte Paola. Und als sie seine Verblüffung sah, fuhr sie fort: »Halt dich fest. Er hat auch noch gefragt, ob er für den Herbst einen neuen Blazer haben kann.«

»Einen *neuen*, richtig aus dem Laden?« fragte Brunetti erstaunt. Und das war der Junge, der vor zwei Wochen noch glühend das kapitalistische System mit seinem Konsumzwang angeprangert hatte, das die Mode nur erfunden hatte, um eine nie endende Nachfrage nach neuen Klamotten zu schaffen.

Paola nickte. »Neu. Aus dem Laden.«

»Ich weiß nicht, ob ich darauf schon eingestellt bin«, sagte Brunetti. »Sollten wir etwa unseren ungehobelten Anarchisten verlieren?«

»Sieht so aus, Guido. Der Blazer, den er sich ausgesucht hat, liegt bei Duca d'Aosta im Fenster und kostet vierhunderttausend Lire.«

»Na, dann sag ihm mal, daß Karl Marx nie bei Duca d'Aosta einkaufen gegangen ist. Soll er doch mit den anderen Proletariern zu Benetton gehen.« Vierhunderttausend Lire! Er hatte fast zehnmal soviel im Casinò gewonnen. War das dann bei einer vierköpfigen Familie nicht Raffis Anteil? Nein, nicht für einen Blazer. Aber das war es wohl, der erste Riß im Eis, der Anfang vom Ende des Heranwachsens. Und wenn das vorbei war, kam der nächste Schritt zum jungen Mann. Zum Mann.

»Hast du eine Ahnung, was dahintersteckt?« fragte er Paola. Falls sie der Meinung war, daß er doch eigentlich besser geeignet sei, zu beurteilen, was es bei einem Jungen mit dem Heranwachsen auf sich hat, sagte sie jedenfalls nichts davon und antwortete statt dessen: »Signora Pizutti hat mich heute auf der Treppe angesprochen.«

Er sah sie fragend an, dann begriff er: »Saras Mutter?«

Paola nickte. »Saras Mutter.«

»Mein Gott. Nein!«

»Doch, Guido. Und sie ist ein nettes Mädchen.«

»Er ist erst sechzehn, Paola.« Brunetti hörte das Weinerliche in seinem Ton, war aber machtlos dagegen.

Paola legte ihre Hand zuerst auf seinen Arm, dann auf ihren Mund und brach in lautes Gelächter aus. »Oh, Guido, du solltest dich mal hören. ›Er ist erst sechzehn‹. Nein, ich kann es nicht glauben.« Sie lachte weiter und ließ sich dabei hilflos gegen die Sofalehne fallen.

Was wurde denn jetzt von ihm erwartet? fragte er sich: daß er grinste und schmutzige Witze erzählte? Raffaele war sein einziger Sohn, und ahnungslos, was ihn draußen in der Welt erwartete: Aids, Prostituierte, Mädchen, die schwanger wurden und einen zur Heirat zwangen. Und dann sah er es plötzlich mit Paolas Augen und mußte lachen, bis ihm die Tränen über die Wangen liefen.

Raffaele kam ins Zimmer, um seine Mutter zu fragen, ob sie ihm bei seinem Englischaufsatz helfen könne, und als er sie so sah, wunderte er sich nur, wie albern doch Erwachsene sein konnten.

23

Weder an diesem noch am folgenden Abend meldete Ambrogiani sich, und Brunetti mußte gegen die ständige Versuchung ankämpfen, beim amerikanischen Stützpunkt anzurufen, um sich mit ihm in Verbindung zu setzen. Er rief Fosco in Mailand an, aber da war nur der Anrufbeantworter. Obwohl er sich ganz schön dämlich vorkam, mit einer Maschine sprechen zu müssen, teilte er Riccardo mit, was Ambrogiani ihm über Gamberetto erzählt hatte, und bat ihn, über den Mann so viel herauszufinden, wie er konnte, und dann zurückzurufen. Weiter fiel ihm nichts ein, was er noch hätte tun können, und so las und kommentierte er Personalbeurteilungen und ging die Zeitungen durch, ständig abgelenkt vom Gedanken an das nächtliche Treffen mit Ruffolo.

Er wollte gerade zum Mittagessen nach Hause gehen, als die Gegensprechanlage summte. »Ja, Vice-Questore?« antwortete er automatisch, viel zu sehr mit den Gedanken woanders, um sich an dem Augenblick des Unbehagens zu freuen, das Patta jedesmal empfand, wenn man ihn schon erkannte, bevor er sich meldete.

»Brunetti«, begann er, »würden Sie wohl mal kurz zu mir herunterkommen?«

»Gleich, Vice-Questore«, antwortete Brunetti, während er sich die nächste Beurteilung vornahm, sie aufschlug und zu lesen anfing.

»Ich möchte, daß Sie jetzt kommen, Commissario,

nicht gleich«, erwiderte Patta mit einer Strenge, die Brunetti verriet, daß jemand bei ihm im Büro sein mußte, jemand Bedeutendes.

»Ja natürlich. Ich bin schon unterwegs«, sagte er und legte das Blatt quer, das er gerade las, um die Stelle bei seiner Rückkehr besser wiederzufinden. Nach dem Essen, dachte er und trat ans Fenster, um festzustellen, ob es immer noch nach Regen aussah. Der Himmel über San Lorenzo war grau und unheilschwanger, und der Wind zauste kräftig an den Blättern der Bäume auf dem kleinen Campo. Er ging zum Schrank und suchte nach einem Regenschirm; heute morgen hatte er nicht daran gedacht, einen mitzunehmen. Im Schrank herrschte das übliche Durcheinander: ein einzelner gelber Gummistiefel, eine Einkaufstasche voll alter Zeitungen, zwei große wattierte Umschläge und ein pinkfarbener Regenschirm. Pink! Chiara hatte ihn vor Monaten einmal hier vergessen. Wenn er sich nicht irrte, waren große, lustige Elefanten darauf, aber er wollte ihn nicht aufspannen, um sich zu vergewissern. Pink war schlimm genug. Er suchte weiter, fand aber keinen zweiten Schirm.

Schließlich nahm er den pinkfarbenen und ging damit an seinen Schreibtisch. Wenn er *La Repubblica* der Länge nach zusammenrollte, konnte er den Schirm fast ganz darin einwickeln, so daß nur die Krücke und eine Handbreit von dem Stoff zu sehen wären. Das tat er, betrachtete zufrieden sein Werk, verließ sein Zimmer und ging die Treppe hinunter zu Patta. Er klopfte, wartete, bis er sicher war, daß sein Vorgesetzter »Avanti« gerufen hatte, und trat ein.

Wenn Brunetti zu ihm kam, saß Patta meist hinter seinem Schreibtisch – »thronte« war das Wort, das einem dabei am ehesten einfiel –, doch heute hatte er einen kleineren Sessel vor seinem Schreibtisch gewählt, rechts neben einem dunkelhaarigen Mann, der lässig mit übereinandergeschlagenen Beinen dasaß und eine Hand, die Zigarette zwischen Zeige- und Mittelfinger, über die Armlehne seines Sessels baumeln ließ. Keiner der beiden Männer stand auf, als Brunetti hereinkam, allerdings stellte der Besucher die Beine nebeneinander und beugte sich vor, um seine Zigarette in dem Malachitaschenbecher auszudrücken.

»Ah, Brunetti«, sagte Patta. Hatte er jemand anderen erwartet? Er deutete auf den Mann neben sich. »Das ist Signor Viscardi. Er ist gerade für einen Tag hier in Venedig und kam vorbei, um mir eine Einladung zum Galadiner im Palazzo Pisani Moretta nächste Woche zu bringen. Ich habe ihn gebeten, noch kurz hierzubleiben, weil ich dachte, er würde vielleicht gern ein paar Worte mit Ihnen reden.«

Viscardi erhob sich und trat mit ausgestreckter Hand auf Brunetti zu. »Ich möchte Ihnen für die Mühe danken, Commissario, die Sie sich in meiner Sache geben.« Wie Rossi bemerkt hatte, sprach der Mann eindeutig mit Mailänder Zungenschlag, wobei die R ihm unausgesprochen von der Zunge rutschten. Er war groß, hatte dunkelbraune Augen – sanfte, friedliche Augen – und ein entspanntes Lächeln. Die Haut unter dem linken Auge war etwas verfärbt und offenbar übertüncht, vielleicht mit Make-up.

Brunetti gab ihm die Hand und erwiderte sein Lächeln.

An dieser Stelle mischte Patta sich ein. »Leider haben wir keine großen Fortschritte zu verzeichnen, Augusto, aber wir hoffen, bald Informationen über deine Gemälde zu bekommen.« Er duzte Viscardi, und Brunetti sollte das offenbar registrieren. Und respektieren.

»Das hoffe ich sehr. Meine Frau hängt ungemein an diesen Bildern, besonders an dem Monet.« Aus seinem Mund klang das, als spräche er von der Begeisterung eines Kindes über ein Spielzeug. Er richtete seine Aufmerksamkeit und seinen Charme wieder auf Brunetti. »Vielleicht können Sie mir sagen, ob Sie irgendwelche, ich glaube, man nennt es ›sachdienliche Hinweise‹, haben, Commissario. Ich würde meiner Frau gern eine gute Nachricht überbringen.«

»Leider gibt es sehr wenig Berichtenswertes, Signor Viscardi. Wir haben die Personenbeschreibungen der Männer, die Sie gesehen haben, an unsere Leute weitergegeben und Kopien der Fotos Ihrer Gemälde an die Kollegen vom Kunstraubdezernat geschickt. Ansonsten, nichts.« Brunetti hielt es für besser, wenn Viscardi nichts von Ruffolos Wunsch nach einem Gespräch mit der Polizei erfuhr.

Signor Viscardi lächelte.

»Aber hatten Sie denn nicht einen Verdächtigen?« unterbrach Patta. »Ich erinnere mich, so etwas in Ihrem Bericht gelesen zu haben. Vianello wollte doch am vergangenen Wochenende mit dem Mann reden. Was ist daraus geworden?«

»Ein Verdächtiger?« fragte Viscardi höchst interessiert.

»Das hat sich als Windei entpuppt«, erklärte Brunetti, an Patta gewandt. »Eine falsche Fährte.«

»Ich dachte, es sei der Mann auf dem Foto«, insistierte Patta. »Sein Name stand im Bericht, aber ich habe ihn vergessen.«

»Handelt es sich da um denselben Mann, von dem Ihr Sergente mir ein Foto gezeigt hat?« fragte Viscardi.

»Es scheint eine falsche Fährte gewesen zu sein«, wiederholte Brunetti und lächelte abbittend. »Wie sich ergeben hat, kann er nichts mit der Sache zu tun haben. Jedenfalls nach unserer Überzeugung nicht.«

»Du hattest also offenbar recht, Augusto«, sagte Patta wobei er das Du und den Vornamen erneut betonte. Dann wandte er sich an Brunetti und fragte energisch: »Und was konnten Sie über die beiden Männer in Erfahrung bringen, deren Beschreibung Sie haben?«

»Leider nichts, Vice-Questore.«

»Haben Sie...« begann Patta, und Brunetti widmete ihm seine ungeteilte Aufmersamkeit, gespannt auf die konkreten Vorschläge, die jetzt kommen würden. »Haben Sie bei den üblichen Quellen nachgefragt?« Genauere Details waren etwas für die unteren Chargen.

»Ja, gewiß. Gleich als erstes.«

Viscardi schob eine gestärkte Manschette zurück, blickte kurz auf einen goldglänzenden Fleck an seinem Handgelenk und sagte zu Patta: »Ich möchte dich nicht von deiner Essensverabredung abhalten, Pippo.« Brunetti hörte den Kosenamen und wiederholte ihn im Geiste jubilierend wie ein Mantra: Pippo Patta, Pippo Patta, Pippo Patta.

»Vielleicht möchtest du uns Gesellschaft leisten, Augusto«, schlug Patta vor, ohne sich um Brunetti zu kümmern.

»Nein, nein. Ich muß zum Flughafen. Meine Frau erwartet mich zum Cocktail, und dann haben wir Gäste zum Abendessen, wie ich dir schon sagte.« Viscardi mußte Patta gegenüber die Namen dieser Gäste erwähnt haben, denn schon die Erinnerung an ihren magischen Einfluß reichte aus, um bei Patta ein breites Lächeln hervorzurufen; wobei er andächtig die Hände faltete, als befänden sie sich schon durch die Erwähnung hier in seinem Büro.

Auch Patta blickte nun auf seine Armbanduhr, und Brunetti sah ihm an, wie sehr er darunter litt, einen reichen und mächtigen Mann verlassen zu müssen, um mit anderen Leuten essen zu gehen. »Ja, ich muß jetzt wirklich los. Kann den Minister nicht warten lassen.« Er hielt es nicht der Mühe wert, den Namen des Ministers an Brunetti zu verschwenden, und Brunetti fragte sich, ob Patta annahm, daß er ihn damit nicht beeindrucken konnte, oder ob er davon ausging, daß Brunetti den Namen erst gar nicht kannte.

Patta ging zu dem toskanischen Kassettenschrank aus dem 15. Jahrhundert und holte seinen Burberry heraus. Er zog ihn an und half anschließend Viscardi in den Mantel. »Gehen Sie auch, Commissario?« fragte Viscardi, was Brunetti bejahte. »Der Vice-Questore geht zum Essen ins Corte Sconta, ich muß nach San Marco, um ein Boot zum Flughafen zu erreichen. Ist das zufällig auch Ihre Richtung?«

»Ja, genau, Signor Viscardi«, log Brunetti.

Patta ging mit Viscardi voraus bis zum Haupteingang der Questura. Dort verabschiedeten sich die beiden, und Patta sagte zu Brunetti, sie würden sich ja nach dem Essen sehen. Draußen schlug Patta seinen Kragen hoch und enteilte nach links. Viscardi wandte sich nach rechts, wartete, bis Brunetti neben ihm war, und ging dann auf den Ponte dei Greci zu und weiter in Richtung San Marco.

»Ich hoffe wirklich, daß der Fall nun rasch abgeschlossen werden kann«, eröffnete Viscardi das Gespräch.

»Ja, das hoffe ich auch«, pflichtete Brunetti ihm bei.

»Ich hatte eigentlich erwartet, hier mehr Sicherheit zu finden als in Mailand.«

»Es war gewiß ein ungewöhnliches Verbrechen«, meinte Brunetti.

Viscardi blieb kurz stehen, sah Brunetti flüchtig von der Seite an, und ging dann weiter. »Bevor ich hierher gezogen bin, hatte ich geglaubt, Verbrechen seien in Vendig überhaupt ungewöhnlich.«

»Sie sind sicher weniger gewöhnlich als in anderen Städten, aber Kriminalität gibt es hier auch«, erklärte Brunetti und setzte dann hinzu: »und Kriminelle.«

»Darf ich Sie zu einem Drink einladen, Commissario? Wie nennt ihr Venezianer das, ›*un' ombra*‹?«

»Ja, ›*un' ombra*‹, gern.« Zusammen gingen sie in eine Bar, die am Weg lag, und Viscardi bestellte zwei Gläser Weißwein. Als diese kamen, reichte er Brunetti eines und hob sein eigenes. »*Cin, cin*«, sagte er. Brunetti antwortete mit einem Nicken.

Der Wein hatte einen scharfen Beigeschmack und war

ganz und gar nicht gut. Wäre Brunetti allein gewesen, hätte er ihn stehenlassen. Statt dessen nahm er noch einen Schluck, begegnete Viscardis Blick und lächelte.

»Ich habe letzte Woche mit Ihrem Schwiegervater gesprochen«, sagte Viscardi.

Brunetti hatte sich schon gefragt, wie lange es wohl dauern würde, bis er zur Sache kam. Er nippte an dem Wein. »Ja?«

»Wir hatten eine Reihe von Dingen zu besprechen.«

»Ja?«

»Nachdem das Geschäftliche erledigt war, erwähnte der Conte Ihre verwandtschaftlichen Beziehungen. Ich muß zugeben, daß ich zuerst überrascht war.« Wie Viscardis Ton zu entnehmen war, hatte es ihn vor allem überrascht, daß der Conte seiner Tochter die Heirat mit einem Polizisten erlaubt hatte, besonders mit diesem Polizisten. »Überrascht, weil es ja wirklich ein Zufall ist, verstehen Sie?« fügte Viscardi etwas verspätet hinzu und lächelte wieder.

»Natürlich.«

»Es war, um ehrlich zu sein, ermutigend für mich, zu hören, daß Sie mit dem Conte verwandt sind.« Brunetti sah ihn fragend an. »Ich meine, das gibt mir die Möglichkeit, offen mit Ihnen zu reden, wenn ich darf.«

»Aber bitte, Signore.«

»Dann muß ich Ihnen sagen, daß einige Dinge bei diesen Ermittlungen mich etwas befremdet haben.«

»Inwiefern, Signor Viscardi?«

»Nicht zuletzt«, begann Viscardi, wobei er sich Brunetti mit einem unverstellt freundlichen Lächeln zuwandte, »geht es darum, wie ich von Ihren Polizisten behandelt wurde.« Er hielt inne, trank, und versuchte es mit einem neuen Lächeln, diesmal einem bewußt zurückhaltenden. »Ich darf doch offen reden, Commissario?«

»Aber sicher, Signor Viscardi. Nichts wäre mir lieber.«

»Dann lassen Sie mich sagen, daß ich den Eindruck hatte, Ihre Polizisten sähen in mir eher einen Verdächtigen als ein Opfer.« Als Brunetti darauf nichts sagte, fügte Viscardi hinzu: »Das heißt, es kamen zwei ins Krankenhaus, und beide stellten mir Fragen, die wenig mit dem Verbrechen zu tun hatten.«

»Und was waren das für Fragen?«

»Einer wollte wissen, woher ich wußte, was es für Bilder waren. Ich werde doch wohl meine Bilder erkennen. Und der andere fragte mich, ob ich den jungen Mann auf dem Foto wiedererkenne, und schien sehr skeptisch, als ich das verneinte.«

»Nun, das haben wir geklärt«, sagte Brunetti. »Er hatte nichts damit zu tun.«

»Aber Sie haben keine neuen Verdächtigen?«

»Leider nicht«, antwortete Brunetti und überlegte, warum Viscardi so darauf bedacht war, sein Interesse an dem jungen Mann auf dem Foto herunterzuspielen. »Sie sagten, es waren mehrere Dinge, die Sie irritiert haben, Signor Viscardi. Das war bisher eines. Darf ich fragen, was die anderen waren?«

Viscardi hob das Glas an die Lippen und stellte es wieder ab, ohne getrunken zu haben. »Ich habe erfahren, daß über mich und meine Belange Erkundigungen eingeholt wurden.«

Brunetti riß in gespieltem Erstaunen die Augen auf. »Sie nehmen hoffentlich nicht an, daß ich in Ihrem Privatleben herumschnüffeln würde, Signor Viscardi.«

Viscardi stellte unvermittelt sein noch fast volles Glas auf den Tresen und sagte laut und deutlich: »Widerliches Zeug.« Als er Brunettis Erstaunen bemerkte, setzte er hinzu: »Der Wein natürlich. Ich fürchte, wir haben nicht das richtige Lokal gewählt.«

»Nein, besonders gut ist er wirklich nicht«, stimmte Brunetti ihm zu und stellte sein leeres Glas neben Viscardis.

»Ich wiederhole, Commissario, daß Erkundigungen über meine Geschäfte eingeholt wurden. So etwas kann nicht gut ausgehen. Es tut mir leid, aber jedes weitere Eindringen in meine Privatangelegenheiten würde mich zwingen, die Hilfe bestimmter Freunde in Anspruch zu nehmen.«

»Und was sind das für Freunde, Signor Viscardi?«

»Es wäre vermessen, ihre Namen zu nennen. Aber sie sitzen weit genug oben, um dafür zu sorgen, daß ich nicht weiter von Bürokraten verfolgt werde. Sollte das der Fall sein, werden sie ganz gewiß einschreiten und dem ein Ende machen.«

»Das klingt sehr nach einer Drohung, Signor Viscardi.«

»Übertreiben Sie nicht, *Dottor* Brunetti. Nennen wir es lieber einen guten Rat. Es ist außerdem ein Rat, dem Ihr Schwiegervater voll zustimmt. Ich weiß, daß ich auch für ihn spreche, wenn ich sage, daß Sie gut beraten wären, solche Fragen nicht zu stellen. Und ich wiederhole, daß es für den, der sie stellt, nicht gut ausgeht.«

»Ich glaube kaum, daß ich von irgend etwas, was mit Ihren Geschäften zu tun hat, überhaupt Gutes erwarten würde, Signor Viscardi.«

Viscardi zog unvermittelt einige lose Scheine aus der Tasche und warf sie auf den Tresen, ohne erst zu fragen, was der Wein kostete. Ohne ein weiteres Wort zu Brunetti drehte er sich um und verließ die Bar. Brunetti folgte ihm. Draußen hatte es zu regnen begonnen, der typische windgepeitschte Herbstregen. Viscardi blieb an der Tür stehen, aber nur so lange, bis er seinen Mantelkragen hochgeschlagen hatte. Ohne noch etwas zu sagen oder sich auch nur noch einmal umzudrehen, trat er in den Regen und verschwand eilig um eine Ecke.

Brunetti blieb noch einen Moment in der Tür stehen. Schließlich sah er keine andere Möglichkeit und wickelte *La Repubblica* von seinem Schirm. Dann faltete er die Zeitung zu einem tragbaren Format zusammen und trat in den Regen. Er drückte auf den Knopf, der den Schirm aufspannte, und betrachtete das Plastikdach über sich. Elefanten, fröhliche, tanzende, pinkfarbene Elefanten. Mit dem Geschmack des sauren Weines im Mund eilte er nach Hause zum Mittagessen.

24

Am Nachmittag ging Brunetti in die Questura zurück, nicht ohne vorher seinen schwarzen Regenschirm von Chiara zurückzuverlangen. Eine Stunde lang erledigte er Korrespondenz, dann erklärte er, eine Verabredung zu haben, und ging früh weg, obwohl es bis zu seiner Verabredung mit Ruffolo noch gut sechs Stunden waren. Als er nach Hause kam, erzählte er Paola von dem geplanten mitternächtlichen Treffen, und da sie sich an seine früheren Erzählungen von Ruffolo erinnerte, meinte auch sie, man könne das Ganze als Jux betrachten, einen melodramatischen Einfall, der sicher auf Ruffolos erhöhten Fernsehkonsum bei seinem letzten Gefängnisaufenthalt zurückzuführen war. Brunetti hatte Ruffolo nicht mehr gesehen, seit er damals gegen ihn ausgesagt hatte, und konnte sich nicht vorstellen, daß er sich sehr verändert hatte: gutmütig, segelohrig und unbekümmert, immer viel zu ungeduldig, endlich das Geschäft seines Lebens zu machen.

Um elf Uhr trat er auf die Dachterrasse hinaus, schaute zum Himmel hoch und sah die Sterne. Eine halbe Stunde später verließ er das Haus, nachdem er Paola versichert hatte, daß er wahrscheinlich gegen eins zurück sein werde, und sie gebeten hatte, nicht auf ihn zu warten. Falls Ruffolo sich stellte, müßten sie zur Questura, wo seine Aussage aufgenommen und von ihm unterschrieben werden mußte, und das könne Stunden dauern. Brunetti sagte, wenn es dazu komme, werde er versuchen, sie anzurufen, aber er wußte, daß sie sich daran gewöhnt hatte, ihn zu den merkwürdigsten Zeiten unterwegs zu wissen, und wahrscheinlich seinen Anruf verschlafen würde. Und die Kinder wollte er nicht wecken.

Die Bootslinie Nummer fünf stellte um neun Uhr den Verkehr ein, also blieb ihm nichts anderes übrig, als zu Fuß zu gehen. Es störte ihn nicht, schon gar nicht in dieser herrlich klaren Mondnacht. Wie so oft überlegte er nicht weiter, welchen Weg er nahm, sondern überließ es seinen durch jahrzehntelange Übung geschulten Füßen, ihn auf dem kürzesten Weg ans Ziel zu bringen. Er überquerte die Rialto-Brücke, ging über den Campo Santa Marina und auf San Francesco della Vigna zu. Wie immer um diese Uhrzeit wirkte die Stadt praktisch menschenleer; er begegnete einem Wachmann, der kleine orangefarbene Coupons zwischen die Gitter vor den Läden steckte, um zu dokumentieren, daß er in der Nacht dagewesen war. Als er an einem Restaurant vorbeikam, warf Brunetti einen Blick hinein und sah drinnen die Angestellten in ihren weißen Jacketts um einen Tisch sitzen und ein letztes Glas Wein trinken, bevor sie nach Hause gingen. Und Katzen. Sie saßen, lagen überall und schlichen auf leisen Pfoten um die Brunnen. Jagen war für diese Katzen kein Thema, obwohl es Ratten genug gab. Sie beachteten ihn nicht; sie wußten genau, wann die Leute vorbeikamen, die sie fütterten, und dieser Fremde gehörte gewiß nicht dazu.

Er ging rechts an der Kirche San Francesco della Vigna vorbei und dann nach links, um zum Vaporetto-Anleger Celestia zurückzugehen. Vor sich sah er deutlich den Steg mit seinem Metallgeländer und den Stufen, die hinaufführten. Er stieg hoch und blickte am Anfang des Steges nach vorn zu der Brücke, die sich wie ein Kamelhöcker über dem Durchlaß in der Arsenalemauer wölbte, der das Fünferboot auf dem Canal quer durch die Insel zum Bacino di San Marco führte.

Die Brücke war leer, so viel war zu erkennen. Nicht einmal Ruffolo wäre so dämlich, sich für jedes vorbeifahrende Boot sichtbar hinzustellen, schon gar nicht, wenn die Polizei ihn suchte. Wahrscheinlich war er auf den schmalen Strandstreifen jenseits der Brücke hinuntergesprungen. Brunetti ging auf die Brücke zu, wobei er sich einen Anflug von Ärger darüber gestattete, daß er hier in der nächtlichen Kühle herumlief, während jeder vernünftige Mensch zu Hause im Bett lag. Warum mußte dieser verrückte Ruffolo nur unbedingt eine wichtige Persönlichkeit treffen wollen? Wenn er das wollte, sollte er doch in die Questura kommen und mit Patta reden.

Im Vorbeigehen warf er einen Blick auf den ersten der kleinen Strände, nur ein paar Meter lang, und hielt Ausschau nach Ruffolo. Im silbrigen Licht des Mondes sah er, daß dort keine Menschenseele war, nur Bruchstücke von Backsteinen und Flaschenreste, überzogen mit schleimigem grünem Seetang. Signorino Ruffolo war auf dem Holzweg, wenn er glaubte, Brunetti würde da runterspringen, um ein Schwätzchen mit ihm zu halten. Er hatte in dieser Woche schon ein Paar Schuhe wegwerfen müssen, das passierte ihm nicht noch einmal. Wenn Ruffolo reden wollte, konnte er auf den Steg kommen, oder er blieb unten und sprach laut genug, daß Brunetti ihn verstehen konnte.

Er ging auf seiner Seite der Betonbrücke die Stufen hinauf, blieb oben einen Augenblick stehen und ging auf der anderen Seite wieder hinunter. Vor sich sah er den kleinen Strand liegen, halb verdeckt durch eine Vorwölbung der massiven Backsteinmauer des Arsenale, das rechts von Brunetti zehn Meter hoch aufragte.

Ein paar Schritte vor der Insel blieb er stehen und rief leise: »Ruffolo, ich bin's, Brunetti.« Keine Antwort. »Peppino, hier ist Brunetti.« Noch immer keine Antwort. Das Mondlicht war so hell, daß es scharfe Schatten warf, die den unter dem Steg liegenden Teil der kleinen Insel verdunkelten. Aber der Fuß war zu sehen, ein Fuß in einem braunen Lederschuh, und darüber ein Bein. Brunetti beugte sich übers Geländer, sah aber nur den Fuß und das Bein, dessen oberer Teil im Schatten unter dem Steg verschwand. Er kletterte übers Geländer, ließ sich auf die Steine darunter fallen, rutschte auf dem Seetang aus und fing seinen Fall mit beiden Händen ab. Als er wieder stand, sah er den Körper besser, obwohl Kopf und Schultern noch im Schatten waren. Aber das spielte keine Rolle; er wußte, wer es war. Ein Arm lag vom Körper abgestreckt, die Hand fast am Wasser, das mit winzigen Wellen zart daran leckte. Der andere Arm war unter dem Körper eingeklemmt. Brunetti beugte sich vor und befühlte das Handgelenk, fand aber keinen Puls. Die Haut war kalt und feucht vom Dunst, der von der Lagune aufstieg. Er trat einen Schritt näher, schlüpfte in den Schatten und legte dem Jungen die Hand an den Hals. Kein Puls.

Als Brunetti ins Mondlicht zurücktrat, sah er, daß seine Finger blutig waren. Er hockte sich hin und wusch seine Hand im Wasser der Lagune, einem Wasser, das so verdreckt war, daß schon der Gedanke daran ihn normalerweise anekelte.

Er richtete sich auf, trocknete sich die Hand an seinem Taschentuch ab, holte eine kleine Taschenlampe hervor und kroch wieder unter den Steg. Das Blut stammte aus einer großen Wunde an Ruffolos Kopf. Und in sehr geschicktem Abstand davon lag ein großer Stein. Sieh mal einer an! Das sah doch wirklich so aus, als ob er vom Steg heruntergesprungen, auf dem Seetang ausgerutscht und rückwärts mit dem Kopf auf diesen Stein geschlagen wäre. Brunetti zweifelte nicht, daß an dem Steinbrocken Blut war, Ruffolos Blut.

Über sich hörte er plötzlich leise Schritte und duckte sich instinktiv unter den Steg. Dabei kamen die Steine und Backsteinstücke unter ihm ins Rutschen und machten einen geradezu ohrenbetäubenden Lärm. Er hockte da, den Rücken an der glitschigen Mauer des Arsenale. Wieder die Schritte, jetzt unmittelbar über seinem Kopf. Er zog seine Pistole.

»Brunetti?«

Seine Panik ebbte ab, als er die vertraute Stimme hörte. »Vianello«, sagte Brunetti und kroch unter dem Steg hervor, »was zum Teufel machen Sie denn hier?«

Über ihm tauchte Vianellos Kopf auf. Er stand über das Geländer gebeugt und blickte auf Brunetti und das abfallübersäte Stückchen Strand herunter.

»Ich bin schon seit einer Viertelstunde hinter Ihnen,

Commissario, seit Sie an der Kirche vorbeigegangen sind.« Brunetti hatte nichts gesehen und nichts gehört, obwohl er geglaubt hatte, ganz Auge und Ohr zu sein.

»Haben Sie irgend jemanden gesehen?«

»Nein. Ich war drüben und habe den Fahrplan am Anleger studiert, wie wenn ich das letzte Boot verpaßt hätte und nicht kapieren würde, wann das nächste kommt. Ich meine, ich brauchte ja einen Grund, mich um diese Zeit hier herumzutreiben.« Vianello hielt plötzlich inne, und Brunetti wußte, daß er das Bein gesehen hatte, das unter dem Steg hervorschaute.

»Ist das Ruffolo?« fragte er überrascht. Das sah einfach zu sehr nach Hollywood aus.

»Ja.« Brunetti trat von der Leiche zurück und stellte sich wieder direkt unter Vianello.

»Was ist denn passiert, Commissario?«

»Er ist tot. Sieht aus wie gestürzt.» Brunetti verzog das Gesicht ob dieser präzisen Schilderung. Ja, genau so sah es aus.

Der Polizist kniete sich hin und streckte Brunetti die Hand hin. »Soll ich Sie hochziehen?«

Brunetti sah auf die ausgestreckte Hand, dann auf Ruffolos Bein. »Nein, Vianello, ich bleibe hier bei ihm. Am Celestia-Anleger ist ein Telefon. Rufen Sie ein Boot.« Vianello machte sich eilig auf den Weg, und Brunetti staunte über den Lärm seiner Schritte, der den Raum unter dem Steg ganz auszufüllen schien. Wie leise er gekommen sein mußte, da Brunetti ihn nicht gehört hatte, bevor er unmittelbar über ihm war.

Wieder allein, nahm Brunetti erneut seine Taschenlampe und beugte sich über Ruffolo, der einen dicken Pullover und keine Jacke trug. Die einzigen Taschen waren also die in seinen Jeans. In der Gesäßtasche steckte eine Brieftasche. Sie enthielt das Übliche: Ausweis (Ruffolo war erst 26), Führerschein (als Nichtvenezianer besaß er einen), zwanzigtausend Lire sowie das gewohnte Sortiment von Plastikkarten und Zetteln mit Telefonnummern. Er würde sich das später ansehen. Eine Armbanduhr trug er auch, aber er hatte kein Kleingeld in den Taschen. Brunetti steckte die Brieftasche zurück und wandte sich ab. Er blickte über das schimmernde Wasser, hinüber zu den Lichtern von Murano und Burano. Sanft spielte das Mondlicht auf der Lagune, und kein Boot störte das friedliche Bild. Ein glitzernder Silberstreifen verband die Inselstadt mit den vorgelagerten Inseln. Brunetti fühlte sich an etwas erinnert, was Paola ihm einmal vorgelesen hatte, an dem Abend, als sie ihm erzählte, daß sie mit Raffaele schwanger sei. Es war etwas Englisches gewesen, etwas über Gold, zu feiner Zartheit geschlagen. Nein, luftiger Zartheit. Und noch etwas mit »der zweien Seelen Eines«, das sei ihre Liebe. Damals hatte er es nicht so recht verstanden und war auch viel zu aufgeregt über die Neuigkeit gewesen, um sich darum zu bemühen. Aber jetzt, da das Mondlicht auf der Lagune lag wie zu luftiger Zartheit geschlagenes Silber, kam ihm dieses Bild in den Sinn. Und Ruffolo, dieser arme, dumme Kerl, lag tot zu seinen Füßen.

Man hörte das Boot schon von weitem, und dann kam es mit seinem blauen Blinklicht aus dem Rio di Santa Giustina geschossen. Er knipste die Taschenlampe an und hielt sie als Richtungsweiser hoch, damit es den Strand besser fand. Es kam so dicht wie möglich heran, und die beiden Polizisten zogen hohe Stiefel an und kamen durchs flache Wasser zur Insel gewatet. Sie brachten Brunetti auch ein Paar Stiefel mit, die er sich über Schuhe und Hosenbeine zog. Er wartete an dem schmalen Strand, bis auch die anderen da waren, hier gefangen mit Ruffolo, der Gegenwart des Todes und dem Geruch nach modrigem Seetang.

Bis sie die Leiche fotografiert und weggebracht und dann auf der Questura einen ausführlichen Bericht geschrieben hatten, war es drei Uhr früh. Brunetti wollte gerade nach Hause gehen, als Vianello hereinkam und ihm ein ordentlich mit Maschine beschriebenes Blatt Papier hinlegte. »Wenn Sie so freundlich wären, das hier noch zu unterschreiben, Commissario«, sagte er. »Ich sorge dann dafür, daß es dahin kommt, wo es hingehört.«

Brunetti sah sich den Text an. Es war ein ausführlicher Bericht über sein geplantes Treffen mit Ruffolo, allerdings im Futur abgefaßt. Er warf einen Blick auf die Kopfzeile. Dort stand das Datum von gestern, und der Adressat war Patta.

Eine der Regeln, die Patta in der Questura eingeführt hatte, als er vor drei Jahren das Kommando übernahm, wies die drei Commissarios an, ihm allabendlich bis halb acht einen Bericht über ihre Aktivitäten des Tages vorzulegen, ebenso eine Vorschau auf das, was sie am folgenden Tag vorhatten. Da Patta nie so spät noch in der Questura anzutreffen war, ganz sicher auch nie vor zehn Uhr morgens, wäre es ein leichtes gewesen, ihm diese Berichte auf den Schreibtisch zu praktizieren, wenn es nicht nur zwei Schlüssel zu seinem Büro gegeben hätte. Einen trug er an einer goldenen Schlüsselkette am untersten Knopfloch der Weste seiner dreiteiligen englischen Anzüge. Der andere wurde von Tenente Scarpa gehütet, einem ledergesichtigen Sizilianer, den Patta aus Palermo mitgebracht hatte und der seinem Vorgesetzten treu ergeben war. Scarpa schloß Pattas Zimmer abends um halb acht ab und morgens um halb neun wieder auf. Außerdem sah er nach, was auf dem Schreibtisch seines Herrn lag, wenn er am Morgen aufschloß.

»Ich bin Ihnen wirklich dankbar, Vianello«, sagte Brunetti, nachdem er die beiden ersten Absätze des Berichts gelesen hatte, in denen haarklein erklärt wurde, was er bei seinem Treffen mit Ruffolo zu tun gedachte und warum er es für wichtig hielt, daß Patta auf dem laufenden gehalten wurde. Er lächelte müde und reichte Vianello das Blatt zurück, ohne sich die Mühe zu machen, den Rest zu lesen. »Aber ich fürchte, es läßt sich nicht vor ihm verheimlichen, daß ich diese Unternehmung auf eigene Faust gemacht habe und nie vorhatte, ihn zu informieren.«

Vianello rührte sich nicht. »Wenn Sie nur unterschreiben, Commissario, dann mache ich das schon.«

»Vianello, was haben Sie vor?«

Ohne auf die Frage einzugehen, sagte Vianello: »Er hat mich zwei Jahre im Einbruchsdezernat schmoren lassen, nicht? Obwohl ich um Versetzung gebeten hatte.« Er tippte auf den Bogen. »Unterschreiben Sie, und morgen früh liegt es auf seinem Schreibtisch.«

Brunetti unterschrieb das Blatt und gab es Vianello

zurück. »Vielen Dank, Sergente. Ich werde meiner Frau sagen, daß sie bei Ihnen Hilfe findet, wenn sie sich mal aus der Wohnung ausgesperrt hat.«

»Nichts leichter als das. Gute Nacht, Commissario.«

25

Obwohl er nicht vor vier eingeschlafen war, schaffte Brunetti es, um zehn in der Questura zu sein. Auf seinem Schreibtisch lagen Notizzettel, daß die Autopsie an Ruffolo für den Nachmittag angesetzt sei, daß Signora Concetta über den Tod ihres Sohnes informiert worden sei und daß Vice-Questore Patta ihn sprechen wolle, sobald er im Hause sei.

Patta vor zehn hier. Es geschahen noch Zeichen und Wunder.

Als er in Pattas Zimmer trat, sah der Cavaliere auf und – Brunetti schob es auf seinen eigenen Schlafmangel – schien ihn tatsächlich anzulächeln. »Guten Morgen, Brunetti. Bitte, setzen Sie sich. Sie mußten wirklich nicht so früh kommen; nach Ihren nächtlichen Heldentaten.«

Heldentaten?

»Danke. Nett, Sie so früh hier zu sehen, Vice-Questore.«

Patta überhörte die Bemerkung und lächelte weiter. »Sie haben diese Ruffolo-Geschichte sehr gut zu Ende gebracht. Ich freue mich, daß Sie sich doch noch dazu durchgerungen haben, die Sache so zu sehen wie ich.«

Brunetti hatte keine Ahnung, was er meinte, und wählte den Weg der größten Weisheit: »Danke, Vice-Questore.«

»Dadurch haben wir die Geschichte ja soweit unter Dach und Fach, oder? Wir haben zwar kein Geständnis, aber ich denke, der Procuratore wird sich unserer Ansicht anschließen, daß Ruffolo gekommen war, um einen Handel zu machen. Es war dumm von ihm, die Beweise mitzubringen, aber er dachte wohl, Sie wollten sich nur mit ihm unterhalten.«

Auf dem winzigen Strand war weit und breit keines der Gemälde zu sehen gewesen, da war Brunetti ganz sicher. Aber vielleicht hatte er, irgendwo an seinem Körper versteckt, einen Teil von Signora Viscardis Schmuck bei sich gehabt. Brunetti hatte ja nur die Hosentaschen durchsucht, möglich war es also.

»Wo waren sie denn?« fragte er.

»In seiner Brieftasche, Brunetti. Erzählen Sie mir nicht, das sei Ihnen entgangen. Es geht aus der Liste der Dinge hervor, die bei ihm gefunden wurden. Waren Sie nicht mehr so lange da, um diese Liste aufzustellen?«

»Sergente Vianello hat sich darum gekümmert.«

»Ach so.« Bei diesem ersten Anzeichen, daß Brunetti etwas übersehen haben könnte, wurde Pattas Laune noch besser. »Sie haben das also nicht gesehen?«

»Nein, Vice-Questore. Es tut mir leid, aber ich muß es übersehen haben. Die Lichtverhältnisse waren sehr schlecht da draußen.« Er verstand langsam nur noch Bahnhof. In Ruffolos Brieftasche war kein Schmuck gewesen, es sei denn, er hatte eines der Stücke für zwanzigtausend Lire verkauft.

»Die Amerikaner schicken noch heute jemanden her, um einen Blick darauf zu werfen, aber ich denke, es besteht kein Zweifel. Fosters Name steht drauf, und Rossi sagt, dem Foto nach könnte er es sein.«

»Sein Paß?«

Pattas Lächeln war gönnerhaft. »Sein Dienstausweis.« Natürlich. Die Plastikkarten in Ruffolos Brieftasche, die Brunetti zurückgesteckt hatte, ohne sie näher anzusehen. Patta fuhr fort: »Das ist ein sicherer Beweis dafür, daß es Ruffolo war, der ihn umgebracht hat. Wahrscheinlich hat der Amerikaner irgendeine falsche Bewegung gemacht. So was ist dumm, wenn der andere ein Messer hat. Und Ruffolo ist daraufhin in Panik geraten, wo er doch gerade erst aus dem Gefängnis war.« Patta schüttelte den Kopf über die Unbesonnenheit von Kriminellen.

»Zufällig hat mich gestern nachmittag Signor Viscardi angerufen und mir gesagt, daß der junge Mann auf dem Foto möglicherweise doch an dem Einbruch beteiligt war. Er selbst sei einfach viel zu überrumpelt gewesen in dem Moment, um klar denken zu können.« Patta schürzte mißbilligend die Lippen, als er hinzufügte: »Und die Behandlung durch Ihre Leute hat wahrscheinlich nicht gerade dazu beigetragen, sein Erinnerungsvermögen zu stärken.« Dann veränderte sich sein Gesichtsausdruck, das Lächeln erblühte wieder. »Aber das ist alles Schnee von gestern, und er hat es anscheinend nicht allzu übel genommen. Demnach hatten diese Belgier wohl recht, und Ruffolo war wirklich dabei. Ich nehme an, bei dem Amerikaner war nicht viel zu holen, und da wollte er etwas Profitableres machen.« Patta war voll in Fahrt. »Ich habe schon mit der Presse gesprochen und erklärt, daß wir von Anfang an keine Zweifel hatten. Der Mord an dem Amerikaner war eine Zufallstat. Und das ist jetzt glücklicherweise bewiesen.«

Als er hörte, wie Patta den Mord an Foster so kühl auf Ruffolos Konto buchte, wurde Brunetti klar, daß auch der an Dr. Peters nie als etwas anderes als Selbstmord gelten würde. Pattas Gewißheit war wie eine Dampfwalze, und ihm blieb nichts anderes übrig, als sich ihm direkt in den Weg zu werfen. »Aber warum sollte er das Risiko eingehen und den Ausweis des Amerikaners mit sich herumtragen? Das erscheint mir nicht plausibel.«

Patta walzte ihn prompt nieder. »Er konnte viel schneller laufen als Sie, Commissario. Es bestand also kaum Gefahr, daß er damit erwischt würde. Vielleicht hatte er auch vergessen, daß er ihn noch bei sich trug.«

»Beweisstücke, die einen mit Mord in Verbindung bringen, vergißt man normalerweise nicht so leicht.«

Patta überging das. »Ich habe der Presse gesagt, daß wir von Anfang an Grund hatten, ihn des Mordes an dem Amerikaner zu verdächtigen, und daß Sie darum mit ihm reden wollten. Er habe wahrscheinlich gefürchtet, daß wir ihm schon auf der Spur waren, und geglaubt, in einer geringfügigeren Sache einen Handel mit uns machen zu können. Oder vielleicht wollte er auch versuchen, den Mord an dem Amerikaner jemand anderem anzuhängen. Daß er den Ausweis des Amerikaners bei sich hatte, läßt keinen Zweifel daran, daß er ihn umgebracht hat.«

Natürlich, dachte Brunetti, klar, dadurch wird jeder Zweifel beseitigt.

»Deshalb haben Sie sich ja schließlich mit ihm getroffen, nicht wahr? Wegen des Amerikaners.« Als Brunetti nicht antwortete, wiederholte Patta seine Frage »Nicht wahr, Commissario?«

Brunetti wischte die Frage mit einer Handbewegung weg und fragte seinerseits: »Haben Sie dem Procuratore schon etwas davon berichtet?«

»Aber sicher. Was glauben Sie denn, was ich den ganzen Morgen gemacht habe? Er teilt meine Meinung, daß es ein sonnenklarer Fall ist. Ruffolo hat den Amerikaner bei einem versuchten Raub umgebracht, und dann wollte er das große Geld machen, indem er in Viscardis Palazzo einbrach.«

Brunetti unternahm einen letzten Versuch, etwas Sinn in die Geschichte zu bringen. »Das sind aber sehr unterschiedliche Verbrechen, Raubüberfall und Bilderdiebstahl.«

Pattas Stimme wurde lauter. »Es gibt Beweise, daß er mit beiden Verbrechen zu tun hatte, Commissario. Einmal der Ausweis, dann Ihre belgischen Zeugen. Sie waren ja vorher auch willens, ihnen zu glauben, daß sie in der Nacht, als die Bilder gestohlen wurden, Ruffolo gesehen haben. Und jetzt glaubt Signor Viscardi, sich an Ruffolo zu erinnern. Er hat darum gebeten, sich das Foto noch einmal ansehen zu dürfen, und wenn er ihn wiedererkennt, gibt es keinen Zweifel mehr. Für mich sind das mehr als genug Beweise, und es sind auch mehr als genug, um den Procuratore zu überzeugen.«

Brunetti schob seinen Stuhl zurück und stand abrupt auf. »Ist das dann alles, Vice-Questore?«

»Ich dachte, Sie würden zufriedener sein, Brunetti«, sagte Patta aufrichtig überrascht. »Damit ist der Fall des Amerikaners abgeschlossen, allerdings wird es die Suche nach Signor Viscardis Gemälden erschweren. Sie sind nicht ganz ein Held, weil Sie Ruffolo nicht festgenommen haben. Aber das hätten Sie sicher getan, wenn er nicht von diesem Steg gefallen wäre. Ich habe Ihren Namen vor der Presse erwähnt.«

Das war Patta vermutlich schwerer gefallen, als Brunetti seinen Erstgeborenen zu schenken. Also sollte er diesem geschenkten Gaul wohl nicht ins Maul sehen. »Danke, Vice-Questore.«

»Natürlich habe ich klar zu erkennen gegeben, daß Sie nach meinen Anweisungen vorgegangen sind, daß ich Ruffolo von Anfang an im Verdacht hatte. Schließlich war er erst eine Woche wieder aus dem Gefängnis, als er den Amerikaner umgebracht hat.«

»Ja, Vice-Questore.«

»Dumm, daß wir Signor Viscardis Bilder nicht gefunden haben. Ich werde versuchen, im Lauf des Tages bei ihm vorbeizuschauen, um ihm selbst alles zu berichten.«

»Ist er denn in Venedig?«

»Ja, als ich gestern mit ihm sprach, erwähnte er, daß er vorhabe, heute herzukommen. Er erklärte, er sei bereit, sich dieses Foto noch einmal anzusehen. Wie gesagt, das würde ja alle Zweifel beseitigen.«

»Glauben Sie, es geht ihm nah, daß wir seine Bilder nicht wiederbeschaffen konnten?«

»Oh«, sagte Patta, der offensichtlich schon darüber nachgedacht hatte, »natürlich geht es ihm nah. Wer Bilder sammelt, der empfindet so. Für manche Menschen kann Kunst zu etwas Lebendigem werden. Ich bin nicht sicher, ob Sie das verstehen, Brunetti, aber ich versichere Ihnen, daß es so ist.«

»Wahrscheinlich geht es Paola so mit diesem Canaletto.«

»Diesem was?«

»Canaletto. Er war ein venezianischer Maler. Paolas Onkel hat uns eines seiner Bilder zur Hochzeit geschenkt. Kein sehr großes. Aber sie hängt offenbar sehr daran. Ich sage ihr immer wieder, sie soll es doch im Wohnzimmer aufhängen, aber sie möchte es gern in der Küche behalten.« Keine tolle Rache, aber immerhin etwas.

Pattas Stimme klang halb erstickt. »Ihre Frau hat ein Bild von Canaletto in der Küche?«

»Ja. Freut mich, daß Sie auch der Ansicht sind, das sei ein ungeeigneter Platz. Ich werde es ihr sagen.« Patta war so offensichtlich aus dem Gleis geworfen, daß Brunetti ihm nicht auch noch erzählen mochte, wie er Paola immer wieder klarzumachen versuchte, das Apfelstilleben von diesem französischen Typen würde sich in der Küche viel besser machen, denn er fürchtete, Patta könnte bei dem Namen Cézanne in Ohnmacht fallen.

»Ich glaube, ich muß mal nach unten gehen und sehen, was Vianello inzwischen erreicht hat. Er sollte ein paar Dinge für mich erledigen.«

»Gut, Brunetti. Ich wollte Sie nur zu einer guten Arbeit beglückwünschen. Signor Viscardi war sehr zufrieden.«

»Danke, Vice-Questore«, sagte Brunetti, schon auf dem Weg zur Tür.

»Er ist mit dem Bürgermeister befreundet, wissen Sie?«

»Aha«, sagte Brunetti. »Nein, das wußte ich nicht.« Aber er hätte es wissen müssen.

Unten saß Vianello an seinem Schreibtisch. Als Brunetti hereinkam, sah er auf und lächelte. »Wie man hört, sind Sie heute morgen ein großer Held.«

»Was stand sonst noch alles in diesem Bericht, den ich heute nacht unterschrieben habe?« fragte Brunetti ohne Umschweife.

»Ich habe geschrieben, daß Sie glauben, Ruffolo habe etwas mit dem Tod des Amerikaners zu tun.«

»Das ist absurd. Sie wissen doch, wie Ruffolo war. Er wäre schon gerannt, wenn jemand ihn auch nur angebrüllt hätte.«

»Er hatte gerade zwei Jahre abgesessen, Commissario. Vielleicht hatte er sich verändert.«

»Glauben Sie das wirklich?«

»Möglich wäre es immerhin.«

»Das habe ich Sie nicht gefragt, Vianello. Ich wollte wissen, ob Sie glauben, daß er es war.«

»Wenn nicht, wie ist dann der Ausweis des Amerikaners in seine Brieftasche gekommen?«

»Sie glauben es also?«

»Ja. Zumindest halte ich es für möglich. Warum glauben Sie es nicht, Commissario?«

Wegen der Warnung des Conte – Brunetti verstand sie erst jetzt als die Warnung, die sie gewesen war –, was die Verbindung zwischen Gamberetto und Viscardi betraf. Und jetzt verstand er auch, daß Viscardis Drohung nichts mit Brunettis Ermittlungen zu dem Einbruch in seinem Palazzo zu tun gehabt hatte. Sie bezog sich auf seine Ermittlungen zu den Morden an den beiden Amerikanern. Davon sollte er die Finger lassen. Morde, mit denen der arme, einfältige Ruffolo nichts zu tun gehabt hatte,

Morde, von denen er jetzt wußte, daß sie nie gesühnt würden.

Seine Gedanken wanderten von den beiden toten Amerikanern zu Ruffolo, der geglaubt hatte, endlich das große Los gezogen zu haben, und vor seiner Mutter mit seinen wichtigen Freunden geprahlt hatte. Er hatte den Einbruch im Palazzo begangen und sogar getan, was dieser wichtige Mann ihm gesagt hatte, nämlich ihn ein bißchen herumgeknufft, obwohl das gar nicht Ruffolos Art war. Wann hatte Ruffolo erfahren, daß Signor Viscardi noch viel mehr auf dem Kerbholz hatte als den Diebstahl seiner eigenen Gemälde? Er hatte von drei Dingen gesprochen, die Brunetti interessieren würden – das mußten die Bilder gewesen sein –, aber in seiner Brieftasche war nur eins gewesen. Wer hatte es da hineinpraktiziert? War Ruffolo irgendwie an den Ausweis des Amerikaners gekommen und hatte ihn behalten, um ihn in seinem Gespräch mit Brunetti als Pfand zu benutzen? Oder noch schlimmer, hatte er versucht, Viscardi mit seinem Wissen zu drohen? Oder war er nur eine ebenso unschuldige wie unwissende Schachfigur gewesen, einer der vielen kleinen Bauern in dem Spiel, die wie Foster und Peters eine Weile benutzt und dann geopfert wurden, wenn sie etwas wußten, was die Hauptfiguren in Bedrängnis bringen konnte? Hatte derselbe, der ihn mit dem Stein erschlagen hatte, ihm den Ausweis des Amerikaners in die Brieftasche gesteckt?

Vianello saß noch immer an seinem Schreibtisch und sah ihn ganz merkwürdig an, aber Brunetti konnte ihm keine Antwort geben, jedenfalls keine, die er glauben würde. Und weil er fast ein Held war, ging er nach oben, schloß die Tür seines Büros hinter sich und sah eine Stunde lang aus dem Fenster. Auf dem Gerüst um San Lorenzo erschienen endlich ein paar Arbeiter, aber was sie taten, konnte man beim besten Willen nicht erkennen. Keiner ging bis aufs Dach, so daß die neuen Ziegel unberührt blieben. Auch hatten sie, wie es aussah, keinerlei Werkzeug bei sich. Sie liefen auf den verschiedenen Ebenen des Gerüsts herum, stiegen die Leitern hinauf und hinunter, kamen zusammen und redeten miteinander, trennten sich wieder und stiegen erneut auf die Leitern. Es ähnelte dem geschäftigen Treiben von Ameisen: das Ganze hatte offenbar einen Sinn, und sei es nur, weil sie so geschäftig waren, aber kein Mensch konnte diesen Sinn erkennen.

Sein Telefon klingelte, und er wandte sich vom Fenster ab, um das Gespräch anzunehmen. »Brunetti.«

»Commissario Brunetti. Hier spricht Maggiore Ambrogiani vom amerikanischen Stützpunkt in Vicenza. Wir haben uns vor einiger Zeit gesprochen, im Zusammenhang mit dem Tod eines Amerikaners in Venedig.«

»Ach ja, Maggiore«, sagte Brunetti nach einer Pause, die gerade die nötige Länge hatte, um Mithörern den Eindruck zu vermitteln, daß er sich nur mühsam an den Maggiore erinnerte. »Was kann ich für Sie tun?«

»Sie haben schon genug getan, Signor Brunetti, zumindest für meine amerikanischen Kollegen, indem Sie den Mörder dieses jungen Mannes gefunden haben. Ich rufe an, um Ihnen meinen persönlichen Dank auszusprechen, ebenso den Dank der amerikanischen Dienststellen hier auf dem Stützpunkt.«

»Das ist wirklich sehr freundlich, Maggiore. Ich weiß es zu schätzen. Aber es ist doch selbstverständlich, daß wir alles tun, um den USA zu helfen, vor allem ihren amtlichen Vertretungen hier.«

»Sehr schön gesagt, Signor Brunetti. Ich werde es wortwörtlich weitergeben.«

»Ja, tun Sie das, Maggiore. Kann ich sonst noch etwas für Sie tun?«

»Vielleicht mir viel Glück wünschen«, sagte Ambrogiani mit einem künstlichen Lachen.

»Mit Vergnügen, Maggiore, aber darf ich fragen, wofür?«

»Für meinen neuen Aufgabenbereich. Ich bin versetzt worden.«

»Wohin?«

»Nach Sizilien«, antwortete Ambrogiani, ohne eine Gefühlsregung zu verraten.

»Oh, wie schön für Sie, Maggiore. Ich habe gehört, das Klima soll dort hervorragend sein. Wann geht es denn los?«

»Dieses Wochenende.«

»Ach, so bald schon? Und wann kommt Ihre Familie nach?«

»Leider gar nicht. Ich soll eine kleine Carabinieri-Station in den Bergen übernehmen, und dahin können wir unsere Familien nicht mitnehmen.«

»Das tut mir aber leid, Maggiore.«

»Nun, so etwas liegt in der Natur unseres Berufs.«

»Ja, das ist wohl so. Gibt es noch etwas, was ich hier für Sie tun kann, Maggiore?«

»Nein, Commissario. Noch einmal meinen Dank und den meiner amerikanischen Kollegen.«

»Ich danke Ihnen, Maggiore. Und viel Glück«, sagte Brunetti, die ersten aufrichtigen Worte, die er in diesem ganzen Gespräch von sich gab. Er legte auf und ging wieder das Gerüst inspizieren. Die Männer waren nicht mehr da. Ob man sie auch nach Sizilien geschickt hatte? Wie lange überlebte ein Carabiniere auf Sizilien? Einen Monat? Zwei? Er hatte vergessen, was Ambrogiani ihm gesagt hatte, wie lange es noch bis zu seiner Pensionierung sei. Brunetti hoffte, daß er so lange durchhielt.

Wieder mußte er an die drei jungen Leute denken, die alle eines gewaltsamen Todes hatten sterben müssen, Schachfiguren, mit brutaler Hand vom Brett geworfen. Bisher hatte es Viscardis Hand allein gewesen sein können, aber Ambrogianis Versetzung hieß, daß andere, mächtigere Spieler beteiligt waren, Spieler, von denen er und Ambrogiani ebenso leicht vom Brett geworfen werden konnten. Die Beschriftung auf diesen todbringenden Plastiksäcken fiel ihm ein: PROPERTY OF U.S. GOVERNMENT. Er schauderte.

Er brauchte die Adresse nicht erst aus seinen Unterlagen herauszusuchen. Er verließ die Questura in Richtung Rialto, ohne etwas zu sehen, ohne wahrzunehmen, was um ihn herum vorging. An der Rialto-Brücke fühlte er sich plötzlich todmüde bei dem Gedanken, noch weiter zu Fuß gehen zu müssen, weshalb er auf das Einser-Vaporetto wartete, das er beim zweiten Halt, San Stae, wieder verließ. Obwohl er noch nie hier gewesen war, trugen ihn seine Füße von selbst zu der Tür; Vianello hatte ihm gesagt, wo es war – das schien Monate her. Er klingelte, nannte seinen Namen, und die Tür ging auf.

Der Innenhof war klein und ohne Pflanzen, stumpfgraue Stufen führten zum Palazzo. Brunetti ging hinauf und hob die Hand, um an die Holztür zu klopfen, aber Viscardi machte schon auf.

Die Stelle unter seinem Auge war verblaßt, die Schwellung fast verschwunden. Das Lächeln aber war dasselbe. »Welch eine angenehme Überraschung, Sie zu sehen, Commissario. Kommen Sie doch herein.« Er streckte die Hand aus, aber als Brunetti sie nicht beachtete, ließ er sie sinken, als sei das ganz natürlich, und zog damit die Tür weiter auf.

Brunetti trat in die Eingangshalle und wartete, bis Viscardi die Tür zugemacht hatte. Er hatte das dringende Bedürfnis, diesen Mann zu schlagen, ihm irgendwie körperliche Gewalt anzutun, ihn zu verletzen. Statt dessen folgte er Viscardi in einen großen, luftigen Salon, der auf einen Garten hinausging.

»Was kann ich für Sie tun, Commissario?« fragte Viscardi, der die Höflichkeit aufrechterhielt, aber nicht so weit ging, Brunetti einen Drink anzubieten oder ihn zum Platznehmen aufzufordern.

»Wo waren Sie letzte Nacht, Signor Viscardi?«

Viscardi lächelte, und sein Blick wurde ganz sanft. Die Frage überraschte ihn nicht im mindesten. »Nun, wo jeder anständige Mann nachts ist, Dottore; zu Hause bei Frau und Kindern.«

»Hier?«

»Nein, in Mailand. Und wenn ich Ihre nächste Frage

vorwegnehmen darf, es waren noch andere Leute dabei, zwei Gäste und drei Dienstboten.«

»Wann sind Sie hier angekommen?«

»Heute früh, mit der Morgenmaschine.« Er lächelte und holte ein blaues Kärtchen aus der Tasche. »Ah, welch ein Glück, hier habe ich sogar noch die Bordkarte.« Er hielt sie Brunetti hin. »Wollen Sie sie sehen, Commissario?«

Brunetti ignorierte die Geste. »Wir haben den jungen Mann auf dem Foto gefunden«, sagte er.

»Den jungen Mann?« fragte Viscardi, stockte kurz und machte dann ein Gesicht, als ob er sich erinnerte. »Ach so, diesen jungen Kriminellen von dem Foto, das Ihr Sergente mir gezeigt hat. Hat Vice-Questore Patta Ihnen gesagt, daß ich mich inzwischen zu erinnern glaube?« Brunetti antwortete nicht, und Viscardi fuhr fort: »Haben Sie ihn festgenommen? Wenn das bedeutet, daß ich meine Gemälde zurückbekomme, wird meine Frau entzückt sein.«

»Er ist tot.«

»Tot?« Viscardi zog überrascht eine Augenbraue hoch. »Wie bedauerlich. War es ein natürlicher Tod?« erkundigte er sich, dann hielt er wieder kurz inne, als wollte er seine nächste Frage genau abwägen. »Eine Überdosis vielleicht? Ich habe gehört, daß solche Unfälle passieren, besonders bei jungen Leuten.«

»Nein, es war keine Überdosis. Er wurde ermordet.«

»Oh, das tut mir leid, aber das scheint ja richtig umzugehen, wie?« Er lächelte über seinen kleinen Scherz und fragte: »Hat er denn nun den Einbruch hier bei mir begangen?«

»Es gibt Hinweise, die ihn damit in Verbindung bringen.«

Viscardi kniff die Augen zusammen, zweifellos um eine allmählich dämmernde Erkenntnis anzudeuten. »Dann war er es also wirklich, den ich in der Nacht gesehen habe?«

»Ja, Sie haben ihn gesehen.«

»Heißt das, ich bekomme meine Bilder bald wieder?«

»Nein.«

»Ach, wie schade. Da wird meine Frau aber enttäuscht sein.«

»Wir haben Hinweise darauf gefunden, daß er auch mit einem anderen Verbrechen zu tun hatte.«

»Wirklich? Mit was für einem?«

»Mit dem Mord an dem amerikanischen Soldaten.«

»Da werden Sie und Vice-Questore Patta ja froh sein, daß Sie dieses Verbrechen auch aufklären konnten.«

»Der Vice-Questore schon.«

»Und Sie nicht? Warum nicht, Commissario?«

»Weil er nicht der Mörder war.«

»Das klingt, als ob Sie sich da sehr sicher wären.«

»Ich bin mir da sehr sicher.«

Viscardi versuchte ein neues Lächeln, ein recht verkniffenes. »Mir wäre es viel lieber, wenn Sie so sicher wären, daß Sie meine Gemälde finden.«

»Sie können gewiß sein, daß ich sie finde, Signor Viscardi.«

»Das ist sehr beruhigend, Commissario.« Er schob seine Manschette zurück und warf einen kurzen Blick auf seine Uhr. »Aber leider müssen Sie mich jetzt entschuldigen. Ich erwarte Freunde zum Mittagessen. Und dann habe ich eine geschäftliche Verabredung und muß zum Bahnhof.«

»Ihre Verabredung ist nicht in Venedig?« erkundigte sich Brunetti.

In Viscardis Augen stieg ein Lächeln reinsten Vergnügens. Er versuchte es zu unterdrücken, doch es mißlang ihm. »Nein, Commissario, nicht in Venedig, in Vicenza.«

Brunetti nahm seine Wut mit sich nach Hause, und sie saß auch noch zwischen ihm und seiner Familie am Eßtisch. Er bemühte sich, auf ihre Fragen einzugehen und ihrer Unterhaltung zu folgen, aber während Chiara eine Anekdote von heute morgen in der Schule zum besten gab, sah er Viscardis triumphierendes Lächeln vor sich. Und als Raffi über eine Bemerkung seiner Mutter grinste, erinnerte Brunetti sich nur an Ruffolos abbittendes Grinsen vor zwei Jahren, als er seiner Mutter die Schere aus der erhobenen Hand genommen und ihr erklärt hatte, daß der Commissario doch nur seine Arbeit tat.

Ruffolos Leiche würde ihr heute nachmittag übergeben werden, wenn die Autopsie beendet und die Todesursache festgestellt war. Brunetti hegte keinen Zweifel am Ergebnis: Ruffolos Kopfverletzung würde genau zu dem Stein passen, der an dem schmalen Strand neben seiner Leiche gelegen hatte; wer sollte entscheiden, ob er bei einem Sturz mit dem Kopf daraufgeschlagen oder ob die Verletzung auf andere Weise zustande gekommen war? Und wer sollte sich, da Ruffolos Tod alles so bequem löste, noch groß darum scheren? Vielleicht fand sich, wie bei Dr. Peters, Alkohol in Ruffolos Blut, was einen Sturz noch wahrscheinlicher aussehen ließ. Brunettis Fall war gelöst. Genaugenommen waren beide Fälle gelöst, da sich durch einen glücklichen Zufall herausgestellt hatte, daß der Mörder des Amerikaners gleichzeitig der Dieb von Viscardis Gemälden war. Bei diesem Gedanken stieß er seinen Stuhl zurück, ungeachtet der drei Augenpaare, die ihm folgten, als er den Raum verließ. Ohne Erklärung ging er aus dem Haus und machte sich auf den Weg zum Ospedale Civile, wo Ruffolos Leiche jetzt sein mußte.

Als er zum Campo Santi Giovanni e Paolo kam, ging er auf den Hintereingang des Hospitals zu, ohne auf die Menschen um sich herum zu achten. Aber als er an der Röntgenabteilung vorbei und über den schmalen Korridor lief, der zur Pathologie führte, waren dort so viele Leute versammelt, daß er sie nicht mehr übersehen konnte. Sie gingen nirgendwohin, sie standen nur in kleinen Grüppchen herum, steckten die Köpfe zusammen und tuschelten. Einige waren unverkennbar Patienten, denn sie hatten Pyjamas oder Morgenmäntel an; andere trugen Anzüge, wieder andere die weißen Kittel von Pflegern. Direkt vor der Tür zur pathologischen Abteilung sah er eine Uniform, die ihm vertrauter war: Rossi stand vor der geschlossenen Tür, die eine Hand erhoben, um die Menge davon abzuhalten, noch näher zu kommen.

»Was ist los, Rossi?« fragte Brunetti, während er sich durch die vorderste Reihe der Umstehenden drängte.

»Ich weiß es nicht genau, Commissario. Wir sind vor einer halben Stunde angerufen worden. Der Anrufer sagte, eine alte Frau von nebenan aus dem Altersheim sei durchgedreht und würde hier alles kurz und klein schlagen. Ich bin daraufhin mit Vianello und Miotti hergekommen. Die beiden sind hineingegangen, und ich versuche zu verhindern, daß diese Leute hinterhergehen.«

Brunetti ging um Rossi herum und stieß die Tür zur Pathologie auf. Drinnen sah es ähnlich aus wie draußen: Leute standen in kleinen Gruppen herum und redeten mit zusammengesteckten Köpfen. Allerdings trugen hier alle das Weiß des Krankenhauspersonals. Wörter und Satzfetzen drifteten durch den Raum an sein Ohr. »*Impazzita*«, »*terribile*«, »*che paura*«, »*vecchiaccia*«. Das paßte alles zu dem, was Rossi gesagt hatte, aber es erhellte für Brunetti in keiner Weise die Situation.

Er ging auf die Tür zu, die zu den Untersuchungsräumen führte. Einer der Pfleger sah ihn, riß sich von seinem Grüppchen los und stellte sich ihm in den Weg. »Sie können da nicht rein. Die Polizei ist da.«

»Ich bin von der Polizei«, erklärte Brunetti und wollte an ihm vorbei.

»Zuerst müssen Sie sich ausweisen«, sagte der Mann und wollte Brunetti zurückhalten, indem er ihm die Hand auf die Brust legte.

Der Widerstand des Mannes ließ Brunettis ganzen Zorn auf Viscardi wieder aufflammen; er ballte unwillkürlich die Hand zur Faust und holte aus. Der Mann wich einen Schritt zurück, und die kleine Bewegung genügte, um Brunetti wieder zur Besinnung zu bringen. Mit Mühe öffnete er die Finger, zog seine Brieftasche aus dem Jackett und zeigte dem Pfleger seinen Ausweis. Der Mann tat ja nur seine Pflicht.

»Ich tue nur meine Pflicht«, sagte dieser und machte kehrt, um Brunetti die Tür zu öffnen.

»Danke«, sagte Brunetti und ging an ihm vorbei, aber ohne ihm ins Gesicht zu sehen.

Drinnen sah er Vianello und Miotti auf der anderen Seite des Zimmers stehen, beide über einen kleinen Mann gebeugt, der auf einem Stuhl saß und ein weißes Handtuch an seinen Kopf gepreßt hielt. Vianello hatte sein Notizbuch in der Hand und schien den Mann zu vernehmen. Als Brunetti hinzutrat, sahen alle drei hoch. In dem Moment erkannte er in dem dritten Mann Dr. Ottavio Bonaventura, Rizzardis Assistenten. Der junge Mann nickte grüßend, dann schloß er die Augen, legte den Kopf zurück und drückte wieder das Handtuch an seine Stirn.

»Was ist denn los?« wollte Brunetti wissen.

»Das versuchen wir gerade herauszufinden, Commissario«, antwortete Vianello mit einem Nicken zu Bonaventura hin. »Vor einer halben Stunde hat uns eine Schwester von da draußen angerufen«, sagte er, womit er offenbar die Anmeldung meinte. »Sie sagte, eine Irre hätte einen der Ärzte angegriffen, worauf wir so schnell wie möglich hergekommen sind. Offenbar konnten die Pfleger sie nicht zurückhalten, obwohl sie zu zweit waren.«

»Zu dritt«, sagte Bonaventura, die Augen noch immer geschlossen.

»Was ist passiert?«

»Wir wissen es nicht. Wir versuchen es ja gerade herauszubekommen, Commissario. Als wir ankamen, war sie weg, aber wir wissen nicht, ob die Pfleger sie weggebracht haben. Wir wissen überhaupt nichts.« Vianello machte keine Anstalten, seine wütende Hilflosigkeit zu verbergen. Drei Männer sollten eine alte Frau nicht festhalten können?

»Dottor Bonaventura«, sagte Brunetti, »können Sie uns sagen, was hier vorgefallen ist? Fühlen Sie sich dazu in der Lage?«

Bonaventura nickte leicht. Er nahm das Handtuch von der Stirn, und Brunetti sah einen tiefen, blutigen Riß, der vom Backenknochen bis zum Haaransatz direkt über seinem Ohr verlief. Der Doktor drehte das Handtuch um und drückte es mit einer sauberen Stelle erneut auf die Wunde.

»Ich war am Schreibtisch«, fing er an, ohne sich die Mühe zu machen, auf den einzigen Schreibtisch im Zimmer zu zeigen, »und habe Papierkram erledigt, als plötzlich diese Frau hereinstürmte, kreischend und völlig außer sich. Sie hatte irgend etwas in der Hand und kam damit auf mich zu. Was es war, weiß ich nicht, vielleicht nur ihre Handtasche. Sie hat etwas geschrien, aber ich weiß nicht, was. Ich konnte sie nicht verstehen, vielleicht war ich auch zu überrascht. Oder zu erschrocken.« Er drehte das Handtuch wieder um; die Blutung wollte nicht aufhören.

»Sie kam zum Schreibtisch und schlug auf mich ein, dann fing sie an, alle Papiere auf dem Schreibtisch zu zerfetzen. In dem Moment kamen die Pfleger dazu, aber sie war wie von Sinnen, völlig hysterisch. Einen von ihnen hat sie zu Boden geschlagen, und ein anderer ist über ihn gestolpert. Was dann passiert ist, habe ich nicht mitbekommen, weil ich Blut in den Augen hatte. Aber als ich es abgewischt hatte, war sie verschwunden. Zwei Pfleger waren noch da, auf dem Boden, aber sie war weg.«

Brunetti sah fragend zu Vianello, der antwortete: »Nein, Commissario. Sie ist nicht draußen. Sie ist einfach verschwunden. Ich habe mit zweien der Pfleger gesprochen, aber sie haben keine Ahnung, wo sie geblieben ist. Wir haben drüben in der *Casa di Riposo* angerufen, ob einer ihrer Patienten vermißt wird, aber die sagen nein. Es war Essenszeit, da konnten sie ihre Leute gut zählen.«

Brunetti wandte sich wieder an Bonaventura. »Haben Sie eine Ahnung, wer die Frau gewesen sein könnte, Dottore?«

»Nein, gar keine. Ich hatte sie noch nie gesehen. Ich habe auch keine Ahnung, wie sie hereingekommen ist.«

»Hatten Sie Sprechstunde?«

»Nein, wie ich Ihnen schon sagte, habe ich hier Papierkram erledigt, meine Notizen übertragen. Und ich glaube auch nicht, daß sie aus dem Wartezimmer gekommen ist. Ich glaube, sie kam von da drüben.« Er deutete auf die Tür am anderen Ende des Raumes.

»Was ist dahinter?«

»Die Leichenhalle. Ich hatte eine halbe Stunde vorher gerade eine Obduktion beendet und war dabei, meine Notizen zu einem Bericht zusammenzuschreiben.«

Bei der wirren Erzählung des Arztes hatte Brunetti seine Wut vergessen. Ihm war plötzlich kalt, kalt bis ans Herz, aber es war kein Gefühl der Wut.

»Wie sah die Frau aus, Dottore?«

»Eine ganz gewöhnliche dicke, kleine Frau, und ganz in Schwarz.«

»Und Ihre Notizen, worum ging es da?«

»Wie ich schon sagte, um die Autopsie.«

»Welche Autopsie?« fragte Brunetti, obwohl er wußte, daß seine Frage eigentlich überflüssig war.

»Wie hieß er noch? Der junge Mann, den sie letzte Nacht gebracht haben, Rigetti? Ribelli?«

»Nein, Dottore, Ruffolo.«

»Ja, genau. Ich war gerade fertig mit ihm. Er ist wieder zugenäht. Die Familie sollte ihn um zwei Uhr abholen, aber ich war etwas früher fertig und wollte den Bericht zusammenstellen, bevor ich mit dem nächsten anfing.«

»Erinnern Sie sich an irgend etwas, was sie gesagt hat, Dottore?«

»Ich habe doch schon gesagt, daß ich sie nicht verstanden habe.«

»Bitte, versuchen Sie nachzudenken, Dottore«, sagte Brunetti, um einen ruhigen Ton bemüht. »Es könnte wichtig sein. Irgendwelche Wörter? Sätze?« Bonaventura schwieg, und Brunetti bohrte nach. »Hat sie italienisch gesprochen?«

»So was Ähnliches. Einige Wörter klangen italienisch, aber der Rest war Dialekt. Der schlimmste, den ich je gehört habe.« Auf Bonaventuras Handtuch waren keine sauberen Stellen mehr. »Ich glaube, ich muß jetzt mal die Wunde versorgen lassen«, meinte er.

»Gleich, Dottore. Haben Sie irgend etwas verstanden?«

»Ja, natürlich, sie hat geschrien: ›*Bambino, bambino*‹, aber der junge Mann war nicht ihr *bambino*. Sie war bestimmt über sechzig.« Das war sie nicht, aber Brunetti sah keinen Grund, ihm das zu sagen.

»Haben Sie sonst noch etwas verstanden, Dottore?« fragte Brunetti noch einmal.

Bonaventura schloß die Augen unter dem vereinten Gewicht von Schmerz und Nachdenken. »›*Assassino*‹, aber damit hat sie wohl mich gemeint. Sie hat gedroht, mich umzubringen, aber dann hat sie mich nur geschlagen. Das ergibt alles keinen Sinn. Keine zusammenhängenden Sätze oder so etwas, nur Lärm, wie ein Tier. Dann kamen, glaube ich, die Pfleger herein.«

Brunetti wandte sich ab und deutete mit dem Kopf zur Leichenhalle. »Ist die Leiche da drin?« wollte er wissen.

»Ja, das sagte ich doch schon. Die Familie sollte sie um zwei Uhr abholen.«

Brunetti ging hin und stieß die Tür auf. Drinnen, nur ein paar Meter von ihm entfernt, lag Ruffolos Leiche nackt und bloß auf einer metallenen Bahre. Das Tuch, das den Körper bedeckt hatte, lag zerknüllt auf dem Boden, als wäre es heruntergerissen und hingeworfen worden.

Brunetti machte ein paar Schritte in den Raum und sah auf den jungen Mann. Beim Anblick eines der übergroßen Ohren schloß er für einen Moment die Augen. Die Leiche lag mit dem Kopf von ihm abgewandt, so daß Brunetti die gezackte Linie sehen konnte, die durchs Haar lief und zeigte, wo man die Schädeldecke abgehoben hatte, damit Bonaventura die Schäden am Gehirn feststellen konnte. Die Vorderseite des Rumpfes trug den langen Y-Schnitt, diesen schrecklichen Schnitt, der auch am athletischen Körper des jungen Amerikaners zu sehen gewesen war. Der Kreis des Todes war so akkurat wie mit dem Zirkel geschlagen und brachte Brunetti wieder zurück, wo er angefangen hatte.

Er kehrte Ruffolos sterblichen Überresten den Rücken und ging wieder in den anderen Raum. Ein neuer Weißkittel stand über Bonaventura gebeugt und befingerte vorsichtig die Ränder seiner Wunde. Brunetti nickte Vianello und Miotti zu, aber bevor einer sich in Bewegung setzen konnte, sah Bonaventura zu Brunetti hinüber und sagte: »Etwas Komisches ist da noch.«

»Was denn, Dottore?« fragte Brunetti.

»Sie dachte, ich wäre aus Mailand.«

»Ich verstehe nicht, was meinen Sie damit?«

»Als sie sagte, sie würde mich umbringen, hat sie mich ›*Milanese traditore*‹ genannt, aber dann hat sie doch nur auf mich eingeschlagen. Sie hat weiter gebrüllt, daß sie mich umbringen würde und mich immer wieder ›*Milanese traditore*‹ genannt. Ich verstehe das alles nicht.«

Brunetti aber verstand plötzlich alles. »Vianello, haben Sie ein Boot hier?«

»Ja, Commissario, draußen.«

»Miotti, rufen Sie bei der Questura an. Sie sollen sofort die Squadra Mobile zu Viscardis Palazzo schicken. Kommen Sie, Vianello.«

Das Polizeiboot lag mit laufendem Motor an der linken Seite des Krankenhauses. Brunetti sprang an Deck, Vianello blieb direkt hinter ihm. »Bonsuan«, sagte Brunetti, der froh war, ihn am Steuer zu sehen, »rüber nach San Stae, der neue Palazzo neben dem Palazzo Duodo.«

Bonsuan brauchte keine weiteren Fragen zu stellen; Brunettis Angst war ansteckend. Mit einem Handgriff schaltete er die Sirene ein, schob den Gashebel vor und lenkte das Boot in die Fahrrinne. Kurz darauf bog er mit jaulender Sirene in den Rio San Giovanni Crisostomo ein und hielt auf den Canal Grande zu, wobei er beinah mit einem Taxiboot kollidiert wäre und eine starke Heckwelle verursachte, die gegen Boote und Hauswände klatschte. Sie rasten an einem Vaporetto vorbei, das eben an San Stae anlegte. Ihre Heckwelle warf es an den *embarcadero*, und mehr als ein Tourist verlor die Balance.

Gleich hinter dem Palazzo Duodo lenkte Bonsuan das Boot ans Ufer, und Brunetti und Vianello sprangen an Land. Brunetti rannte die schmale Calle entlang, hielt einen Augenblick inne, um sich nach der ungewohnten Ankunft von der Wasserseite her zu orientieren, und lief dann nach links, auf den Palazzo zu.

Als er die schwere Holztür zum Innenhof offenstehen sah, wußte er, daß er zu spät kam: zu spät für Viscardi, und zu spät für Signora Concetta. Er fand sie am Fuß der Treppe, die vom Hof zum Palazzo hinaufführte, wo zwei von Viscardis Essensgästen ihr die Arme auf dem Rücken festhielten, der eine noch mit der Serviette im Kragen.

Signor Viscardis Gäste waren beides große, kräftige Männer, und Brunetti fand es unnötig, daß sie Signora Concetta die Arme so brutal auf den Rücken drehten. Zum einen war es sowieso zu spät, und zum anderen wehrte sie sich gar nicht. Vollkommen zufrieden, beinah glücklich, könnte man sagen, blickte sie auf das hinunter, was zu ihren Füßen auf dem Hof lag. Viscardi war aufs Gesicht gefallen, so daß die klaffenden Löcher, die der Schrot in seine Brust gerissen hatte, nicht zu sehen waren, obwohl das Blut ungehindert auf die Granitplatten floß. Neben seiner Leiche, etwas näher bei Signora Concetta, lag noch die Flinte, wie sie hingefallen war. Die *lupara* ihres verstorbenen Mannes hatte ihren Zweck erfüllt und die Familienehre gerächt.

Bevor Brunetti etwas sagen konnte, erschien über der Treppe ein Mann in der Tür. Er sah Vianellos Uniform. »Wie kommen Sie so schnell hierher?« fragte er.

Brunetti beachtete ihn nicht, sondern ging auf die Frau zu. Sie sah zu ihm auf, erkannte ihn, lächelte aber nicht. Ihr Gesicht war wie aus Eisen gegossen. Brunetti sagte zu den Männern: »Lassen Sie sie los.« Sie reagierten nicht, und er wiederholte: »Lassen Sie sie los.« Diesmal gehorchten sie und ließen ihre Arme los, wobei sie schnell von ihr wegtraten.

»Signora Concetta«, sagte Brunetti. »Woher wußten Sie es?« Die Frage, warum sie es getan hatte, war überflüssig.

Langsam und steif, als täte ihr die Bewegung weh, nahm sie die Arme nach vorn und kreuzte sie über der Brust. »Mein Peppino hat mir alles erzählt.«

»Was hat er Ihnen erzählt, Signora?«

»Daß er dieses Mal genug Geld kriegen würde, damit wir nach Hause fahren könnten. Nach Hause. Es ist so lange her, seit ich zu Hause war.«

»Was hat er Ihnen noch gesagt, Signora? Hat er Ihnen auch etwas von den Bildern erzählt?«

Der Mann mit der Serviette am Hemdkragen unterbrach ihn mit schriller, schneidender Stimme: »Wer Sie auch sind, ich muß Sie warnen. Ich bin Signor Viscardis Anwalt. Und ich warne Sie auch, weil Sie dieser Frau Informationen geben. Ich bin Zeuge dieses Verbrechens, und keiner darf mit ihr reden, bevor die Polizei da ist.«

Brunetti warf ihm einen kurzen Blick zu und sah dann auf Viscardi hinunter. »Er braucht keinen Anwalt mehr.« Damit wandte er seine Aufmerksamkeit wieder Signora Concetta zu. »Was hat Peppino Ihnen erzählt, Signora?«

Sie bemühte sich, deutlich zu sprechen. Immerhin stand die Polizei vor ihr. »Ich wußte alles. Über die Bilder. Und über alles andere. Ich wußte, daß mein Peppino sich mit Ihnen treffen wollte. Er hatte große Angst, mein Peppino. Er hatte Angst vor diesem Mann«, sagte sie, wobei sie auf Viscardi deutete. »Er hat etwas gefunden, das ihm viel Angst gemacht hat.« Sie sah wieder zu Brunetti auf. »Kann ich jetzt gehen, Dottore? Mein Werk ist getan.«

Der Mann mit der Serviette mischte sich wieder ein. »Sie stellen dieser Frau Suggestivfragen, und ich kann das bezeugen.«

Brunetti streckte die Hand aus und faßte Signora Concetta am Ellbogen. »Kommen Sie mit, Signora.« Er nickte Vianello zu, der mit zwei Schritten bei ihm war. »Gehen Sie mit diesem Mann hier, Signora. Er hat ein Boot und bringt Sie zur Questura.«

»Nein, nicht in einem Boot. Ich habe Angst vor Wasser.«

»Es ist ein ganz sicheres Boot, Signora«, beruhigte Vianello sie.

Sie wandte sich an Brunetti. »Kommen Sie auch mit, Dottore?«

»Nein, Signora. Ich muß noch hierbleiben.«

Sie deutete zu Vianello, sprach aber zu Brunetti: »Kann ich ihm trauen?«

»Ja, Signora, Sie können ihm trauen.«

»Schwören Sie?«

»Ja, Signora, ich schwöre es.«

»*Va bene*, nehmen wir also das Boot.«

Sie ging mit Vianello davon, der sich tief hinunterbeugen mußte, um seine Hand unter ihren Ellbogen zu schieben. Nach zwei Schritten hielt sie an und drehte sich zu Brunetti um. »Dottore?«

»Ja, Signora Concetta?«

»Die Bilder sind in meinem Haus.« Damit wandte sie sich ab und ging weiter mit Vianello aufs Tor zu.

Später sollte Brunetti erfahren, daß sie in den zwanzig Jahren, die sie in Venedig war, nie einen Fuß auf ein Boot gesetzt hatte; wie so viele Menschen aus den sizilianischen Bergen hatte sie eine panische Angst vor dem Wasser, und die hatte sie auch in zwanzig Jahren nicht abgelegt. Aber vorher erfuhr er noch, was sie mit den Bildern gemacht hatte. Als Polizisten an diesem Nachmittag in ihre Wohnung gingen, fanden sie die drei Bilder in Fetzen, zerschnitten mit derselben Schere, mit der sie Brunetti einmal anzugreifen versucht hatte. Diesmal war kein Peppino dagewesen, um sie zurückzuhalten, und sie hatte so gründliche Arbeit geleistet, daß nach dem Wüten ihres Schmerzes nur noch Fetzen von Leinwand und Farbe übriggeblieben waren. Es wunderte Brunetti nicht, als er hörte, daß viele darin den sicheren Beweis für ihre Verrücktheit sahen; jeder konnte einen Menschen umbringen, aber nur eine Verrückte würde einen Guardi zerstören.

Zwei Abende später klingelte nach dem Essen das Telefon, und Paola ging hin. Der Herzlichkeit ihres Tons und dem Lachen zwischen den Sätzen entnahm er, daß sie mit ihren Eltern sprach. Nach fast einer halben Stunde kam sie zu ihm auf die Terrasse und sagte: »Guido, mein Vater möchte dich kurz sprechen.«

Er ging nach drinnen und nahm den Hörer. »Guten Abend«, sagte er.

»Guten Abend, Guido«, sagte der Conte. »Ich habe ein paar Neuigkeiten für dich.«

»Wegen der Müllkippe?«

»Müllkippe?« wiederholte der Conte und vermochte es sogar, Verwirrung in seinen Ton zu legen.

»Die Müllkippe beim Lago di Barcis.«

»Ach, du meinst die Baustelle. Ein privates Transportunternehmen ist Anfang der Woche dort gewesen. Das ganze Gelände wurde gesäubert, alles weggeschafft und Erde darüber festgewalzt.«

»Baustelle?«

»Ja, die Armee hat beschlossen, in dieser Gegend Untersuchungen über Radon-Emissionen anzustellen. Sie wird das ganze Gebiet absperren und irgendwelche Testanlagen dort aufstellen. Natürlich unbemannt.«

»Wessen Armee, ihre oder unsere?«

»Nun, unsere natürlich.«

»Wohin ist das Zeug gebracht worden?«

»Ich glaube, die Transporter sind nach Genua gefahren. Aber der Freund, von dem ich das weiß, hat sich nicht sehr präzise ausgedrückt.«

»Du wußtest, daß Viscardi damit zu tun hatte, ja?«

»Guido, ich mag deinen anklagenden Ton nicht«, sagte der Conte scharf. Brunetti entschuldigte sich nicht, und der Conte fuhr fort: »Ich wußte viel über Signor Viscardi, Guido, aber er war – jenseits meiner Macht.«

»Jetzt ist er jenseits jeder Macht«, sagte Brunetti, aber es befriedigte ihn nicht, das sagen zu können.

»Ich hatte dir das beizubringen versucht.«

»Mir war nicht klar, daß er so mächtig war.«

»Er war es. Und sein Onkel«, der Conte nannte ein Kabinettsmitglied, »ist und bleibt noch mächtiger. Verstehst du?«

Brunetti verstand mehr, als er zu verstehen wünschte. »Ich wollte dich um noch einen Gefallen bitten.«

»Ich habe diese Woche schon viel für dich getan, Guido. Vieles gegen meine eigenen Interessen.«

»Es ist nicht für mich.«

»Guido, Gefallen sind immer für einen selbst. Besonders wenn man etwas für andere will.« Als Brunetti schwieg, fragte der Conte: »Worum geht es denn?«

»Um einen Carabinieri-Offizier, Ambrogiani. Er ist gerade nach Sizilien versetzt worden. Kannst du dafür sorgen, daß ihm nichts zustößt, solange er dort ist?«

»Ambrogiani?« fragte der Conte, als interessierte ihn nichts weiter als der Name.

»Ja.«

»Ich werde sehen, was ich tun kann, Guido.«

»Ich wäre dir wirklich sehr dankbar.«

»Und Maggior Ambrogiani auch, nehme ich an.«

»Danke.«

»Schon gut, Guido. Nächste Woche sind wir wieder da.«

»Gut. Einen schönen Urlaub noch.«

»Ja, danke. Gute Nacht, Guido.«

»Gute Nacht.« Als er den Hörer auflegte, schoß Brunetti eine kleine Einzelheit aus ihrem Gespräch durch den Kopf, und er stand wie erstarrt und blickte auf seine Hand, unfähig, sie vom Hörer zu lösen. Der Conte hatte Ambrogianis Rang gekannt. Er hatte nur von einem Offizier gesprochen, aber der Conte hatte: »Maggior Ambrogiani« gesagt. Der Conte wußte von Gamberetto. Er hatte Geschäftsbeziehungen mit Viscardi. Und jetzt kannte er Ambrogianis Dienstgrad. Was wußte der Conte noch alles? Und in was war er sonst noch verwickelt?

Paola hatte seinen Platz auf der Terrasse eingenommen. Er machte die Tür auf, trat hinaus, stellte sich neben sie und legte einen Arm um ihre Schultern. Der Himmel im Westen verströmte sein letztes Tageslicht. »Die Tage werden schon kürzer, nicht?« sagte sie.

Er zog sie fester an sich und nickte.

So standen sie, als die Glocken zu läuten begannen, zuerst die hellen von San Polo, und dann schollen über die Stadt, die Kanäle, die Jahrhunderte hinweg die gebieterischen, tiefen Töne von San Marco.

»Guido, ich glaube, Raffi ist verliebt«, sagte sie in der Hoffnung, es wäre der rechte Augenblick, es ihm mitzuteilen.

Brunetti stand neben der Mutter seines einzigen Sohnes und dachte an Eltern und wie sie ihre Kinder lieben. Er sagte so lange nichts, daß sie endlich den Kopf wandte und zu ihm aufsah. »Warum weinst du, Guido?«

Lizenzausgabe für die Büchergilde Gutenberg
Frankfurt am Main und Wien
mit freundlicher Genehmigung des
Diogenes Verlags, Zürich
Die Originalausgabe erschien 1993 unter dem Titel
Death in a Strange Country
bei Harper Collins Publishers, Inc., New York

Einband Thomas & Thomas Design, Heidesheim
Druck und Bindung Offizin Andersen Nexö, Leipzig
Printed in Germany 1998 ISBN 3 7632 4682 7